Mimidola: The River Child

米米朵拉

HONG YING

虹影 著

給SYBIL

因為你的存在，我看見了吹笛人，並指給你看。

她像瓶子裡的蝸牛，

手腳無法攤開

柔軟的身體長出一條長長的河

目次

第一部

第二部

第三部

第四部

鳴謝

第一部

第一章　浴蘭節

米米朵拉一直在等待這個周末，恰好這天是一個少見的藍天，她握著母親的手，跟著人群走下陡峭的石階，石階底端是南岸碼頭。大中國水城江州，正在舉行一年一度的浴蘭節，幾個踩著高蹺的漁夫，全身披掛各色長長的飄帶，手持捕魚工具，像個龐然大物，從江邊走上來。

耀眼的陽光直射下來，江面碎銀閃閃，停泊著大大小小的客船、貨輪。這條橫跨大中國東西的大江，在江州有條支流綠江，使對岸城中心區成了半島，眾多摩天大樓中聳立著亞洲最高樓，頂端字母O做成枚尖尖的炮彈射向天際。整個江州城依山傍水，沿江岸有不少中西合璧的建築，高高低低，錯落有致，濱江路在兩江匯合處臨時搭建了幾個仿古牌坊，奇裝異服的大人小孩，披獸皮戴鬼頭或魚面具，追隨踩高蹺的漁夫，在其間穿來穿去。樂高公司新款機器塑料人沿石梯端正站立，跟人類一起參加這嘉年華會。

米米朵拉的眼睛睜得大大的，十年前母親懷她時，特別喜歡吃米飯，隔著肚子就叫她「米米」。上學時，母親把自個兒的姓名「田朵拉」拆開，和她的小名放在一起，「米米朵拉」成了她的正式名字，表示兩人永遠在一起，永遠不分離。相比同齡女孩，她矮矮小小的，卻格外古靈精怪，長長的睫毛下一雙亮亮的眼睛總在想著什麼，她披著齊腰的長髮，一身橘色旗袍式連衣裙，襯得她光潔的臉蛋紅潤健康。

她的母親戴了頂插了羽毛的寬邊黑帽，白衣裙上套了件裁剪別致的藍色薄風衣，短髮剪得層次分明，微微有點往外鬈曲。說實話，她看上去不是特別美、特別高䠷、特別年輕，可周身上下散發出一股讓人越看越想看的味兒。米米朵拉整個人也有這種吸引人的味兒。

從北岸駛來三艘紮了布幔的大龍船，身披朱紅袈裟的和尚邊誦經邊往江裡拋豆子，祭冥府河神。豆子掉入江中，浪花翻捲。另一艘桅桿上掛著兩幅金緞的船上，穿紫衣的尼姑們盤膝而坐，敲著木魚，一個老尼立於船舷，手持拂子，朝江水一掃，頓時波浪平息，水平如鏡。

米米朵拉驚奇地碰了碰母親的手，叫道：「媽媽，快看！」

母親沒有反應，掏出手機，低頭看微信，眉頭緊鎖。米米朵拉有點掃興地搖了搖頭。周圍眾多怪魚怪獸，她倆的服飾比較正常，反而顯得格外引人注目，好幾個黑衣戴蝦頭的人盯著她們。船上和尚擊鼓吹響喇叭，發出宏壯悅耳的聲音，這回他們撒下的豆子在江水上跳好幾下才掉入，有的還轉了幾圈，才掉下江去，消失不見。母親放下手機，看上去非常疲倦和焦慮，四下張望，看到米米朵拉時，頭往邊上偏了偏。米米朵拉一看，輪渡口上端搭了個垂著紅錦緞簾子的戲台。她靈巧地繞到母親身後，抓著她的手臂撒嬌地說：「媽媽，我要你背我，帶我去！」

母親聽話地背上她，往戲台方向走。天上飄浮著五彩氣球。兜售東西的小販，將帶輪的櫃台或小車擺得到處都是，有古裝孩童模樣的針插，也有各式粽子和討吉利的七彩線。小販們有不少戴著龍頭，裝扮成龍王，也有裝扮成蝦兵的，可是叫賣聲大過龍王。

戲台前圍滿了人，米米朵拉從母親的背上滑下地，往前擠，前排有一些小孩子坐在地上，這不妨礙她看得清楚。戲台大約四米長兩米高，紅錦緞簾子拉開，背景是波光閃閃的江水，兩個嘴角有痣的紫衣女人拉著木偶，木偶母親很漂亮，身著絲綢綠旗袍，頭髮上插著珠玉；木偶小姑娘，可愛的圓臉蛋，身穿藍絲綢旗袍，紮著兩條長辮。

在二胡舒緩的音樂聲中，木偶小姑娘手指著江上，用江州土腔問：「媽媽，為啥子要撒豆子驅鬼？」

木偶母親朝女兒走近兩步，也用江州土腔說：「若是不祭河神，等哈兒鬼節到了，妖怪魔頭就會從江裡跑出來吃人喲。」

木偶小姑娘害怕得渾身一抖。

「別怕。」木偶母親面朝江上說：「在很久很久以前，江裡住著妖怪，也住著神仙，有壞人，也有好人，有好多好多的故事，記得我給你講的娃娃魚與小孩子的故事嗎？」

「記得，全記得。娃娃魚是精怪呀，渾身發綠，有數也數不清的獠牙，經常從江裡爬上來吃我們小孩子的嫩肉，喝我們小孩子的鮮血。」木偶小姑娘緊張地東看看，西望望。「我有媽媽，我不怕。」

「記住，我的孩子。」木偶母親聲音緩慢地說：「人不要得罪娃娃魚，若得罪了，娃娃魚會報復，絕不放過。」

笛子響起，二胡聲加入，音樂幽怨而急促，台上背景變了，一個木偶娃娃魚從滔滔江水裡跳出來。木偶母女倆嚇了一跳，趕緊手拉著手，急急地走著。台上背景變了，換成半山腰眾多的吊腳樓，再轉換成一幢小平房。她倆進房裡，關上門。

紅錦緞簾子拉上了，音樂結束。

台下的米米朵拉也鬆了一口氣，回過身，發現母親又在看微信，她伸出小手遮著手機屏，不高興地說：「媽媽，不要看了，媽媽你見過娃娃魚嗎？」

母親只得收了手機，輕聲說：「沒有見過。有人說吃過娃娃魚，美味無比，其實那不過是人工養殖或是長得相似的魚而已；有人說娃娃魚把他害慘了，家破人亡。其實沒有證據，都是傳說而已。」

「知道我的班主任老師，怎麼說娃娃魚嗎？歪管是什麼魚，能讓人吃的，才是最好的魚。我才不要做班主任的心肝寶貝蘿蔔。聽話的同學都被選入啦啦隊，他們明天要去機場歡迎安哥拉總統多斯桑托斯訪問江州。」

「有你嗎？」

「沒有。對不起，媽媽。昨天我對老師說，『我對安哥拉的興趣僅僅在於安哥拉的野生動物園呀。』她狠狠地瞪了我一眼。」

「你寸步都不想離開我，可你的小腦袋瓜想法極怪，但願給你帶來的不是壞事。」母親擔憂地說。

「我當然不要你離開我。」她拉了拉母親的手。

米米朵拉上小學四年級，母親是學校家長委員會副會長，會長是母親的好友兼閨密歐笛，她的O公司和國外貿易公司、好幾個機構一起提供部分資金，與眾多學校家長委員會合作，每年寒暑假把優等生送去國外度假、短期集訓外語。歐笛的女兒上六年級，表現好，門門成績優，被派到英國三個月。米米朵拉知道母親和歐笛最近都在忙這件事，她倆把送去歐洲學習的計劃叫「小小大中國人」。

「我可以當『小小大中國人』嗎？」米米朵拉問母親。

「什麼？」母親吃驚地問，聲音卻低下去，「米米，你怎麼知道『小小大中國人』？」

「我想去法國，為了當『小小大中國人』，我會非常聽話的。」米米朵拉臉上沒有半點開玩笑的意思，她看看母親有些著急的神色說，「不要那樣狠狠地盯著我，你和歐笛阿姨打電話時經常說『小小大中國人』。」

「記住，不要跟任何人說這個！答應我。」母親似乎鬆了一口氣。

「為什麼呢？」

「大人的事，可以說給孩子聽的，自然會說。」母親的臉繃著。

「不然，孩子問也不說，對吧？嘿。媽媽，你怎麼啦？」

母親看著她說：「沒事，我的小姑娘，你怎麼跟我一樣敏感。我倒希望你性格粗糙點，那樣不易受傷。我沒事，我真的沒事。」

「媽媽。你不要擔心，你要擔心了，我便會擔心。」她握住母親的手。

「等這兒完事了，我帶你去城中心的雲屋吃飯。」

米米朵拉高興地跳起來，指著對岸半島上的最高樓問：「在一六八層樓上的雲屋吃飯嗎？」

「我一直說要帶你去的。正好想要去O公司，和歐笛見面。」母親眼神很憂愁，似乎想說什麼，卻猶豫著。

「那我可以見到歐笛阿姨嗎？」

「也許。」母親皺著眉頭說。

「媽媽，你心裡很不高興，對我說吧，我們一起分享祕密，一起保守祕密。」

「看著我，米米，答應媽媽，若遇到了難事，不要怕。記得媽媽在你是小寶貝時怎麼說的？」

米米朵拉拍著自己的胸膛說：「米米呀，你要小心點，你要自己照顧好自己！」

母親笑了。

「可是，我不能自己照顧自己，我要媽媽照顧我。」

母親皺眉毛。「早晚你得長大，早晚你得自己照顧自己呀。」

「不行，媽媽，我不要長大，我要一直做媽媽的貼心小棉襖。」

這時台上音樂響起，節奏詭譎陰森，除了二胡，還加入了怪誕的打擊樂，漸強漸急，戛然而止，復又加入打更棒棒聲。米米朵拉看到紅錦緞簾子拉開，木偶娃娃魚跳出來，往山坡上邊走邊張望。兩個紫衣操偶女人忙著，台上背景迅速換成江岸上的景致。木偶娃娃魚一變臉成了木偶狼外婆，頭上多了一根頭巾，朝觀眾露出大獠牙。台上背景變成那幢平房。木偶狼外婆躡腳躡手地走到平房窗邊偷聽。木偶母親在房裡對木偶小姑娘道別：「我託人捎過口信，讓外婆來照看你。再見，寶貝兒。」

一陣煙霧從戲台上瀰漫開來，遮住了戲台裡的小平房。

戲台外，整個碼頭，霧氣也從江面瀰漫上來，陽光突然被烏雲隱去，霧氣越來越濃，一時看不到江上的木船，彷彿水裡的妖怪隱在其中，朝岸上移來。

米米朵拉緊緊地抱住母親。母親輕輕地拍著她的背說：「不怕。」

一道閃電掠過，米米朵拉還沒回過神來，一個大火球從天而降，一聲巨響，戲台被劈掉一半，燃燒起來。戲台上下的人驚慌失措，有人悲慘地大叫：「不該演娃娃魚的戲，雷神來了，遭報應了！」

母親一把握著米米朵拉的手，她們跟著人群往渡輪方向跑，跑出了好長一段路，陽光突然射出雲層，霧散了。警察拿著喇叭喊：「沒危險了！」所有的人停住腳步，鬆了一口氣。米米朵拉抬臉看母親，發現一個黑衣戴面具的男人拉著她的手。她扔掉他，往回跑，邊跑邊叫：「媽媽！」

消防人員握著長水管，圍著戲台噴水。幾個人用擔架抬著兩個昏迷的操偶人，往石梯上端的120救護車走去。空氣裡一片焦糊的氣味，除此之外，一切恢復正常。和尚和尼姑們靜坐在各自的船上閉目念經，江面有數不清的冥燈，靜靜地往下游飄去。

米米朵拉順著江岸走，目光搜索穿藍色風衣、戴黑帽的人，不管上石階下，或是碼頭周圍，都沒有母親的身影，米米朵拉的心怦怦直跳，慌張得腳下一歪，跌到地上。「怎麼辦，媽媽在哪裡呢？」她爬起來，看到右前方的臨時公共廁所，五個門前排著長隊，沒有母親。一個個從廁所門裡走出來的人，也不是母親。

母親不見了，這是什麼一回事？米米朵拉急忙掏出衣袋裡的手機，撥母親的號碼，一個冷冷的聲音在說：「你好，你撥打的電話已關機。」

米米朵拉不相信，再撥，聽到的仍是同樣的話。她小小的額頭沁出汗珠，過了好一會兒，才反應過來，母親真的不見了，就像一陣風從河岸上消失了。她臉色發白，腦子轟轟響，鼻子一酸，哭了起來。

遠處過江索道纜車，在江水之上的半空緩緩移動。江上也有輪船在行駛。米米朵拉止住哭，繼續找母親。兜售東西的小販們越來越多，人聲鼎沸。廣播在播尋人啟事，剛才的事故中，一個五歲的女孩不見了，父母在焦急地找她。廣播裡重複說著女孩的名字、年齡和模樣。

母親找不到米米朵拉，會去廣播室。但廣播這會兒找的人不是她，說明母親並不著急。讓廣播找母親吧。她猶豫了，沒準兒隔一會兒，母親就會站在她身後，往她肩上一拍，「米米，媽媽在這兒！」

米米朵拉心情變好了一點，她跳上一個裝貨箱子看遠處，眼睛一亮，上坡的路上不就是母親的黑帽子嗎？她趕緊跳下地，跑過去撿起帽子。真討厭，路人把插在帽子上的羽毛踩爛了，但是帽子沒壞，簡直是奇蹟。她拍拍帽子上面的灰，扣在自己的頭上。

母親剛才在這兒，沒準是從這條路上走的，她追了過去。今天一早母親不高興，臉繃得緊緊的，看微信時這樣，說到那個「小小大中國人」計劃時也這樣。

米米朵拉喜歡提問，老師回答了，她馬上提新問題，弄得老師頭痛。她把書包頂到頭上，倒立著背課文，不喜歡穿校服，穿著鞋子跳進游泳池，經常上老師的不聽話的學生名冊，她做不了「小小大中國人」。也許為這個，母親生氣走掉？不，才不會呢，母親不會這樣做。

米米朵拉順著路，費了好些時間才擠到半山腰，發現已到了母親停車的地方。兩棵黃葛樹間，是一幢圓形黃樓停車場的入口。她走了進去，找了好半天才找到母親的車，一輛四門牧馬人的紅吉普車，停在樓下一層電梯口邊上。母親沒開車走掉！

米米朵拉從衣袋裡掏出車鑰匙一按，車門鎖卡嚓一聲開了。她進去一看，音樂CD盤擱在車門的槽裡。皮椅前座後座與後玻璃窗，整整潔潔，一切跟她們下車時一模一樣。

她取下帽子，蓋在駕駛盤上，跳下車來，推上門。按機器上的停車鍵，車子便跟著轉盤轉動。

這時身後有隻手輕柔地撥弄她的頭髮，她驚喜地大叫：「媽媽！」

可一回頭，不是母親，兩頭小海獅正開懷大笑。看到米米朵拉生氣，對方取下面具，原來是兩個剪一排劉海的小姑娘，同班同學小芳和妹妹琪琪，小芳瘦高個子，琪琪胖乎乎的，不太像一家人。小芳問：「米米，你在找什麼？」

米米朵拉說：「我媽媽。」眼睛一下子紅了。

「天哪，不要哭。」

兩個女孩子圍著米米朵拉，抱著她的肩，拉著她的手。

小芳的眼睛也紅了，對她說：「米米，不要著急，我們幫你找媽媽。我們分頭找吧。」

米米朵拉感激地點點頭。她們走出停車場。兩姐妹戴上小海獅面具，和米米朵拉一起往山下跑去，三個女孩在大大小小的魚頭中穿越尋找。這時一輛警車停下，後座裡坐著一位有絡腮鬍的中年警官，很像好朋友憂憂的父親宋簡。路堵著，交警在指揮，讓對面駛來的車駛到路沿上去。

米米朵拉跑過去，拍著車玻璃，大聲喊：「宋叔叔！」

宋簡聞聲抬起頭來，有點茫然，搖下車玻璃問：「你是我家小子的同學米米，對吧？」

她點點頭，然後說：「我和媽媽走散了，宋叔叔——」她的喉嚨一下子堵塞，發不出聲音來。

「不要著急，你媽媽是大人，丟不了，你媽媽沒準在家裡呢。」他安慰她。

「宋叔叔，我正式向你報警。」

「我會處理的。米米，這件事先就這樣吧。聽叔叔的。回家去吧！」這時路通了，他看了看手錶，對她說，「我得走了，對不起。」

車子開走了。米米朵拉拍拍腦袋，對呀，我急什麼，宋叔叔說得對，沒準媽媽早回家了。

第二章　半山腰上的家

沒準母親突然生病暈倒，被送進醫院。米米朵拉在回家的路上看到南岸市一院的標誌時，腦子裡蹦出這個想法，便朝醫院走去。她走得一身是汗到了醫院，問了好多人，才說急診是在副一樓的一層。急診室的椅子坐滿了人。米米朵拉焦急地問值班護士：「護士阿姨，我找田朵拉我的媽媽！請問她在哪？」

護士埋頭看電腦，手往自己身後的牆上一指。可不，上面有急診病人的名單，可是沒有「田朵拉」三個字。

米米朵拉像條小狗嗅著樓上樓下每個地方都找了，空氣裡沒有媽媽的氣味，她只得回家。位於半山腰的左岸小區的白色大樓間，種了好多竹子和茶花。當她穿過庭院，進到樓裡，乘電梯來到701房門前時，害怕得直喘氣。她輸入密碼推開門，大叫：「媽媽！媽媽！」

屋子裡安靜極了，門口沒有母親的鞋子和衣服。

米米朵拉一身是汗，踢掉鞋，跑進母親的房間，書和桌椅整整齊齊，筆記本電腦搭了塊綠絲巾，跟早上母親離開時一樣，旁邊是一疊防空氣汙染的硬形口罩。她累壞了，一下子躺在地板上，大喘氣。

過了好一陣子，她翻了個身，發現躺著的尼泊爾老地毯似乎不太對勁，她站起來一看，原來地毯被調了一個方向，有大象和盛開的花樹本是朝上，現在卻朝下。

誰動了地毯呢？米米朵拉撥了母親的手機，還是關機。她坐在地毯上，給憂憂發微信，但是發不出去，便撥了憂憂的電話，沒人回答，只能發信息：

憂憂，憂憂，在嗎？我和媽媽在江邊跑散了，我遇到你的爸爸。給我回信，千萬。

屋子好空，屋頂好高，沒了母親，她腦子裡一片白色。真的是白色，她的手發抖。怎麼辦，怎麼辦。她躺在那兒，回想，怎麼就跟母親分開了呢？那個黑衣男人居然抓了她的手跑。她真是笨得要命，那都不是母親軟軟的手。一慌，就錯了。現在更慌，母親不在家呀。她打歐笛的號碼沒人接，改打辦公室座機電話：「我媽媽說，要和歐笛阿姨在公司談事，請問我媽媽在嗎？」祕書小姐回答：「不在，小朋友，歐笛總裁不在。」

她每隔幾分鐘打一次母親的手機，打得筋疲力竭，打得淚流滿面，手機一直關機。她哭得鼻子發痛了，才止住哭。

她披頭散髮，站起來到書房，準備用母親的筆記本電腦，揭開綠絲巾，發現是一堆書，路由器歪倒在椅子腿邊，發出黃色信號。難怪微信發不了，原來是沒有網絡。

米米朵拉四下搜了一下，電腦不在書房裡，不在母親的臥室枕頭下，也不在沙發、廚房和陽台。

有可能母親突然有事，拿了電腦走了。走得急，弄倒了路由器，地毯弄歪了。鬼才信呢？母親平常陪她時幾乎不看手機。母親有心事，母親打算帶自己去江對岸最高的一六八層樓的雲屋吃午飯，就很不同尋常。

以前母親有急事離開，都會和她打招呼，留個紙條或發個手機信息，說去哪裡，大概幾時回。這種時候，母親的手機24小時開著，隨時可以找到。

這次例外。莫非，有什麼壞蛋趁母親和她不在時進來過，偷走了筆記本電腦？

這麼一想，她不禁渾身發抖。

若是有父親該多好。她從未見過父親，一直以來她與母親相依為命。小小孩時，她問為何別的孩子有父親，她沒有？母親說，對不起，你只有母親。母親規定以後在家裡不要再提「父親」兩字。她發脾氣，不吃飯。母親還動手打了她手心。當天晚上，母親向她道歉，說對不起，一直準備對她說，因為父親得了病，不讓母親知道，在米米朵拉一歲時突然離家出走，從人間蒸發了。所以她在心裡不原諒他。「你不愛他嗎？」母親沒有回答她的這個問題，而是傷心地愣在那兒。從此之後，她們便沒再提過父親。手機響了，是同學小芳的聲音：「找不到你媽媽，我們擅自作主，讓廣播播了你媽媽的名字，讓她回家。她回家了嗎？」

「沒有呀。」米米朵拉回答。她和小芳在電話裡聊了一陣子，聊得她心更亂了。小芳擱電話時說，要是米米朵拉需要，她們隨叫隨到。

廣播播了，也沒有用，母親仍沒回來。她的肚子餓得慌，咕咕咕地叫起來。從來都是母親做飯，哪怕是母親突然有事，也是給她做好飯，讓臨時看管的阿姨熱一下，給她吃。她幾乎沒有脫離開母親的照顧和保護。

廚房的冰箱裡有西紅柿、黃瓜、麵包和火腿肉，鮮牛奶和橘子汁，還有一瓶白葡萄酒。她想做三明治，結果做得亂七八糟，她吃了一口，難吃得馬上吐出來。可是餓得很，她就皺著眉頭嚥下去，喝了一大杯牛奶。一屁股坐到沙發上，不巧碰著遙控板，電視開了。

江州電視一台正在播社會新聞，對岸兩路口一個擦眼淚的老太太，說自己牽著三歲的孫女在家附近的馬路上散步，一個黑夾克男子趁她不防，一把搶走孫女，一路狂奔。老太太追過去，沒用，那男子抱起孩子鑽進路邊一輛車開走。

最近一段時間新聞頻道總有失蹤孩子的事，母親說那些拐賣孩子的人跟殺人犯一樣罪該萬死，應該判死刑。

米米朵拉害怕地問：「媽媽，如果有人把我偷走了——」

母親馬上捂住她的嘴，不讓她說下去。母親臉色蒼白，額頭上冒出汗珠，過了一會兒，才說：「媽媽沒有男人，可以堅強地活下去，媽媽沒有你，媽媽活不了。媽媽不可能都在你身邊，你一個人時一定要小心，記住，你是我的一切！」

「媽媽，放心，我會跆拳道。」

「你才紅黑帶，遠遠不夠。我要你堅持練下去。」

她朝母親點點頭。

米米朵拉的肚子還餓，她索性將剩下的火腿和西紅柿都吃了，吃得嗆著了，她著急地喝水，突然放聲大哭，哭得毫無顧忌，成了個淚人兒。沒有孩子的父母真可憐，沒有父母的孩子更可憐。媽媽不見了，我既是沒有媽媽的孩子，也是沒有爸爸的孩子，電視機啊電視機，我怎麼就這麼倒楣！媽媽沒我，不能活，我沒媽媽，也活不了呀！她伸手關掉電視。

好不容易止住哭，她紅著眼睛去上衛生間。鏡子裡的她，衣服髒得厲害，臉上也花花的，胸前全是西紅柿汁。她沖了個淋浴，穿上一身白色中式長裙。

學校裡老師總是說，你們這些孩子身處百年難遇的太平盛世，幸運無比。既是如此，母親怎會憑空不在了呢？她走到門口，穿上透氣的皮質意大利紅短靴，拉上門時，扯了一根自己的頭髮，夾在門鎖邊上。這是從讀過的偵探小說學來的一招。

米米朵拉從小區大門走出來，本來要坐公共汽車去南岸的中心區巴王廣場，結果看到車全堵著，好多車子從江邊方向駛來，一定是浴蘭節散了。時間過得飛快，竟然是傍晚了，天出奇地亮，亮得像透明的紙，一戳就會破。好在路不遠，她走了一站路，就到了巴王街上。她害怕地推開網吧門，走進去。一個T型窄長條，昏暗的燈下，每台電腦前有薄板隔開，錯落成蜂窩狀，人非常多，差不多都是少年少女，他們目不斜視，專心地玩遊戲。

櫃台坐著一位四十來歲的男子，冷冷地說：「十元，兩個小時。」

米米朵拉遞上十元鈔票。那人收下錢，在紙條上寫下上網密碼。

她拿著紙條，經過窄窄的過道，看到右邊第三排角落裡有空位，便走到那兒，坐下後拿出手機，輸入上網密碼，就上線了。

微信裡母親沒有任何片言隻字。

媽媽，快快回家！你的電腦不見了，家裡沒有網絡。我在家裡哭了好久，求你了，我的好媽媽，快給我打電話！！！沒你，我活不了。

突然手機嗞的一聲，有微信來，一看，是憂憂：「米米，對不起，我今天出外了，沒帶手機。你媽媽回家了嗎？」

她對著話筒說：沒有，沒有媽媽，求你爸爸，幫我查媽媽，我到處查了，去醫院查了，沒一個是我的媽媽，你說我的媽媽會去哪裡呢？

憂憂的微信馬上到了：我告訴爸爸。我在走廊裡。不行，我得走了。

米米朵拉等了好一會兒，憂憂還是沒有信來，弄不清是什麼急事需要他走開。她陸續給母親的朋友們發手機短信，發電子郵件，發微信，請他們幫忙找母親。找鄰桌幫忙，將自己的手機和電腦連上，將母親的一張穿藍風衣的特寫照片調出來，印了50份。她在照片空白處寫上母親的名字、失蹤的時間和地點，自己的手機號碼，頂端寫上：「尋母啟事」。寫了50份相同的內容，米米朵拉的手又疼又痛。

到櫃台買膠貼結帳後，她來到街上，在招貼欄上貼尋母啟事。母親偏愛CK的衣服，照片上這件藍風衣，試穿時，母親對鏡連連轉了兩圈，可愛又逗人。「媽媽，你快鑽出來吧，天快黑了，晚上我怎麼辦？」她對著照片上的母親說。招貼欄上有孩子走失或被拐走的紙條，大都三四歲的孩子，她看了一眼，不敢看下去。米米朵拉穿過巴王廣場，發現前面就是中心街兩江藝術家的工作間，母親在市電視台工作，偶爾也在此錄她編導的美食節目，有時她自己也露幾手私房菜。最近幾個月她變得忙起來，經常和歐笛在外面與人談事，要把那個「小小大中國人」計劃擴展得更大，經常是米米朵拉睡著後才回家。她走進去問，裡面有個看門的人說：「下班了，沒人。」

南岸這條中心街十五公里長，依著山坡延伸，下端臨江，大都新式摩天大廈，也有老式舊房和吊腳樓，只有這一段街不傾斜，高高矮矮的樓房，全是蛋殼形狀。一道閃電輕劃過天邊，接著響起雷聲，她發現身後站著兩個黑衣墨鏡人，不自然地盯著她。上午在江岸時也有幾個黑衣人盯著她和母親，他們戴著蝦頭面具。但願不是同樣的人！她疾步快走。

快到家門時，雨點密集地落下來，雷電交加。她來到自家門前，發現離開時放在鎖邊縫裡的頭髮絲掉在地上，嚇壞了，過了好一會兒，才輸入房門密碼，心裡想，但願是母親回來了。推開門，輕聲叫：「媽媽在嗎？」沒人回答。走廊地板上有一個個大膠底腳印，沙發的墊子掉在地上。

米米朵拉扔下包，奔進自己的房間，她的玩具、桌子和抽屜都被人動過。母親的書房，更是一片狼藉，抽屜裡的現金，卻一張也不少。

連錢都不要，絕對不是小偷。

雨下得更大了，她趕快關窗。有個人站在下面花園的樹下抽著菸。不錯，正是中心街上遇到的墨鏡人，沒準就是這傢伙，趁她不在家時進來搜查。她趕快縮回身子，靠著牆，心裡害怕極了。

冰雹辟辟啪啪打下來了，雷聲震耳欲聾。黑暗的天空像在生誰的氣，把所有的憤怒傾倒出來，變成雨水扔在地上。長這麼大，米米朵拉還是頭回見這麼大的雨。如果是墨鏡人拿走母親的筆記本電腦，來過了，怎麼又來？這壞蛋在找什麼東西呢？

米米朵拉查看手機，母親的幾個朋友回了短信：要麼覺得不可思議；要麼說你媽媽肯定臨時有事，晚一點，最多明天早上你就會見到她了，不要著急；要麼說孩子，你都十歲了，不必等媽媽回來，該自己睡覺了！

這些大人真是大人，不明白一個小孩子沒了母親會多麼驚慌。什麼好朋友？不需要你幫忙時你要幫忙，需要你幫忙時你不幫忙。歐笛不會和這些人一樣的，若她知道情況，肯定會幫。她不斷打歐笛的手機，回回都占線。歐笛怎麼每分鐘都在電話線上，一定是那電話出了故障。

她聽著手機裡的嘟嘟響聲，心驚膽顫地縮在客廳沙發角落邊。窗外一直狂風大雨，雷聲每隔幾分鐘響一次，閃電比先前更頻繁，突然一道燃燒著的紅色弧線出現，彷彿有什麼不好的事要發生。她顫抖著雙手合十，在胸前禱告：「保佑媽媽平安回家吧！」

第三章　遇到麻煩

門猛然被推開，母親神情慌張地走進來，看到米米朵拉鬆了一口氣。米米朵拉飛快地投入母親的懷抱。母親緊緊地抱著她，隔了好一陣子，才鬆開，親了親她的額頭，遞給她一對白色翅膀。她套上身體，整個人飛了起來，飛到天花板，飛到窗外，可是母親變得越來越小，完全看不見了。

「媽媽！」她大叫著，睜開眼睛，發現已是第二天上午，原來她坐在沙發上、握著手機、穿著衣服就睡著了，睡了整整一夜。

夢裡母親緊緊地擁抱她，俯身親了她。好想夢能延長，這樣，可以問母親在什麼地方。米米朵拉看著落地式陽台，暴雨停了，天上飄著小雨點，庭園樹下沒有黑衣墨鏡人，她不由得鬆了一口氣。

母親一夜未歸，她的手機還是關著。洗臉刷牙後，米米朵拉聽到門外有動靜，急忙走出一看，原來是收垃圾的。走廊電梯邊牆上的公共電視屏幕，正在播新聞：

一夜暴雨，江水猛漲，江沿岸尤其是大渡口和白沙沱地區出現房子廠房被淹……

電視裡記者出現在大渡口北邊的巴南野生動物園，實景報導：動物被困，管理員不知去向，如果江水繼續上漲，所有的出口關閉，動物們會被淹死。

江裡出現罕見的魚群，大如海裡的鯨魚，小如雪花劍魚，紛紛騰空躍起，其中也有世上幾乎絕種的珍貴的娃娃魚……

聽到「娃娃魚」三個字，米米朵拉馬上伸直背。昨天在江邊偶戲裡不是說，娃娃魚神奇得很，人不要得罪牠，若得罪了，娃娃魚定會報復？對呀，那娃娃魚變成狼外婆的偶戲不下去，被雷中斷了，兩個操偶人被送進救護車。

真娃娃魚都出現了，洪水能不來嗎？

夢裡母親給她一對白色翅膀，米米朵拉站在走廊想呀想，突然有了主意，母親不會回家，除非她去尋找。她回到房間裡，穿上棗紅色薄外套，把存錢罐砸在地板上，裡面大大小小的硬幣紙幣不少。她數了數，裝入一個小布袋裡。騰空書包，往裡扔進一個小本子、幾支筆、一個電筒、一個摺疊式帶小剪子的小刀、一瓶噴氣髮膠、一捲尼龍繩、母親的美食書《當我們變成辣椒》。然後拉開母親書桌的抽屜，寫了個借條，取了一沓現金，裝進書包裡。

書裡說，若是飛機或船失事，人漂流到孤島，人有這些東西，就可生存。

桌子上有本漫畫書《我們去打獵大熊》，她也放入書包裡。這是她小時母親常常講的故事，一家人出去玩遇上了大熊，驚慌失措地逃回家。她突然有個感覺，這將是一個漫長的旅行。米米朵拉背上書包，穿上意大利透氣短皮靴，走出門。

雨完全停了，路面濕濕的，好些地方積著水，天上懸掛著大朵烏雲，小區大門口，身穿制服的保安替米米朵拉打開鐵門，抱歉一笑：「小姑娘，早上你有朋友等你，我以為你上學去，就讓他走了。原來你沒走？對不起，對不起。」

她謝了他，跑向馬路。哪個同學沒坐校車，早上來等我呢？她腦子亂亂的，走到馬路邊，想去找憂憂。正好一輛黃色出租車駛到，她跳上出租車，對司機說：「叔叔，請快帶我去河濱中街。」

出租車開得飛快，開上下坡如平地，他滿臉橫肉，右眼下還有一道刀疤。米米朵拉心裡有些害怕。車子進入小街後，總見著人搬家具，有的用卡車，有的用板車，拖兒帶女的，一副逃命的架勢。沒走幾分鐘，司機便把車停下，冷冷地說：「今天漲大水，只能到這裡了。付錢下車吧！」

米米朵拉傻了，用商量的口氣說：「叔叔，你不肯走，那麼請把我開回上車的地方，那兒離我的學校不遠，我要去那兒。」

司機聽了，一聲沒吭，掉轉車頭往回開。

整個回程一直堵車，走了幾乎一個鐘頭，終於到了學校大門前，米米朵拉付了錢，從出租車裡跳下來。機器人校警，攔住米米朵拉，盤問她叫什麼是哪個班的。她回答了，機器人校警還是不放行。學校為確保師生的安全，啟用O公司今年專為學校研製的昂貴的機器人校警，它完全按程序辦事，一點也不通融。

「為什麼？」

「遲到了，家長紙條。」

「什麼紙條？」

「遲到了，家長紙條。」

米米朵拉沒辦法了，轉身離開，繞到校後門，模擬母親的口氣寫了一個紙條。機器人校警看看紙條，手裡發出一束光在她周身一掃描，本來關著的鐵門，「哐噹」一聲敞開。她挺直背走了進去。

這個位於江之南岸的民辦實驗一小，是江州赫赫有名的好學校，學生百分之九十升入重點中學。學校有最好的師資，老師大都留過學、有特級教師職稱。入學的孩子得經過嚴格考試，考差了，走後門塞紅包都沒有用。

學校前身是民國初年英國人辦的教會學校，歷史悠久，校舍依山丘而建，新舊參半，舊樓是洋房，還有一部分是洋房與明代寺廟唸經房住所改造，整個建築古色古香，主樓是五層老樓，有寬大的走廊和房間，雙層玻璃窗很隔音，桌椅更是舒服。新樓四幢，設有圖書館、游泳池、音樂廳，室內體育室和操場也比一般學校大。

學生樓與教師樓之間有一個長廊相連，爬滿了常青籐。古老的松樹梧桐銀杏樹，比比皆是，生有青苔的山石和飄著荷花的池塘，到處是草地和鮮花，最高處石亭閣，可看到江景，整個學校漂亮得像一個舊時達官貴人的後花園。

米米朵拉順著學生樓牆角彎著身體走，路上儘是昨夜下過暴雨的積水，濕濕的。她走上山坡一棵大樹下，借樹叢遮掩，往二層樓的教室看去。

學生們穿著藍校服，正在專心地盯著黑板，語文老師用標準的隸書寫著：「五代續唐。陳橋兵變，恥辱靖康，耶律完顏，元建宋僵。鍾離太祖，崇禎弔喪——」

趁這工夫，米米朵拉學布穀鳥叫。憂憂坐在最後一排位置，手裡握著一支圓珠筆，聞聲朝窗子轉過臉來。筆從他的手裡滑到課本上。她朝他眨眨眼睛，扔出一個紙團，趕緊縮回頭。

憂憂接著紙團，攤開看：「急，急，游泳池邊的假山後見。」

語文老師轉過身，他戴著無邊眼鏡，厲聲道：「宋小晶，把紙團交上來！」

憂憂趕緊揉了紙團，朝老師走去，突然朝教室門跑去。教室裡一下大亂，拍桌子聲口哨聲一片，語文老師喊：「安靜！安靜！」

米米朵拉彎著身子，小心地退下山坡。

游泳池因為下過暴雨，水混濁，飄浮著死蟲子和樹葉。米米朵拉看著水裡自己的身影，希望憂憂能出現。三年級時重新組班，新班首次上跆拳道課，她換完衣服，脫了鞋子和襪子，從掛鉤取下腰帶繫結時，摸著一堆熱呼呼的東西，一看，腰帶頂端綁著一隻小青蛙，剝了皮，手腳在動彈，血順著她的手指往下滴。她嚇得猛地往後跳開一步。小青蛙掉在地上，她也倒在地上，在場的同學哄堂大笑。

米米朵拉爬起來，看著手上的血，目光移向周圍的同學，心疼地問：「為什麼要這樣做呢？」那些人笑得更厲害了。米米朵拉的手指沒放下來，氣得臉色發紅。這時，一個高個、鼻梁挺直、額前頭髮微鬈的男孩子走過來，提起地上的死青蛙的一條腿，用一張濕紙巾擦了擦墊子上的血，又遞了一張濕紙巾給米米朵拉擦手指上的血，這才往教室外走。周邊同學看傻了眼。這時上課鈴響了，老師走進來，體育室裡馬上鴉雀無聲。學生分成兩隊，米米朵拉與那個男孩子正巧是對手，兩人出手兇猛無比。別人停住了，兩人還扭打在一起，不管她的腳法多刁鑽，他都能靈巧地閃開，並反擊。下課了，米米朵拉走到他面前，眾目睽睽之下說：「我可以和你一起走嗎？」

「非常榮幸！」他朝她幽默地鞠了一躬。她笑了，他也笑了。她注意到他笑起來時臉上有兩個酒窩，他的眼睛特別明亮，卻充滿憂傷，尤其是他背了一個電影《哈比人》的書包，顯得帥氣十足，正是她喜歡的男孩子的模樣和穿著。奇怪，之前怎麼沒有注意到這個叫宋小晶的男孩子呢？那天分手時，他告訴她自己的小名叫憂憂。沒過多久，他們便成了最好的朋友。

米米朵拉等著，不安地在游泳池邊走來走去。算算，從學生樓跑到這兒，十五分鐘足夠了，可是三個十五分鐘都過去，憂憂還是沒影兒。她爬上池邊上的假山，看著遠處，小路空空的，什麼人也沒有。跑出教室都不會嗎？學校家長委員會的人，沒準知道母親在哪裡。米米朵拉決定不再等憂憂。

她從教師樓尾防火梯走上去，推開三層過道的門，輕手輕腳地走近家長委員會辦公室，從門縫裡偷看：

裡面坐了十來個家長和老師，他們穿得很整齊，女的都擦了口紅，男的都打著領帶，梅校長頭髮燙得高高的，戴著金邊眼鏡，穿著一套做工講究的黑西服套裙，看著牆上大屏幕上的鐵塔介紹：「這是法國著名的埃菲爾鐵塔，巴黎最高的建築——」

米米朵拉的眼睛飛快地掃了一圈，房間裡沒有她的母親，也沒有歐笛。

梅校長介紹了巴黎的一所著名小學，說了半個小時，終於停了下來，喝水。米米朵拉馬上敲門輕聲問：「請問你們看到我媽媽——田朵拉了嗎？」她把門微微推開，好讓裡面的人看到自己。

屋裡所有人的視線轉向門口，臉上沒有表情。

米米朵拉整個身體進到房間裡，不好意思地說：「非常對不起，打擾你們了。我是米米朵拉，請問你們看見我媽媽了嗎？」

梅校長放下水杯，厲聲道：「真是太沒教養了，敢打斷我講話！」

米米朵拉膽怯地說：「對不起，我不想沒教養，沒有辦法，我有一個很大的麻煩——」

梅校長推推金邊眼鏡，揮手打斷米米朵拉：「離開吧。」

「求求你們回答我，對不起，對不起，我在找我的媽媽。」

梅校長皺起眉頭。

胖胖的班主任老師從米米朵拉的身後，握著她的一隻手，硬把她拖到走廊裡，上下打量她說：

「米米朵拉，瞧你不穿校服，披頭散髮的，像個野孩子！難道你不知道我們學校是培養淑女紳士的？」

「報告老師，我不知道。你見過我媽媽了嗎？請告訴我！你遇到她了嗎？」米米朵拉急切地看著班主任老師。

「在說些什麼呀。」班主任老師訓斥道：「上課去。聽著，在學校，老師的話就是聖旨，不能違背！」

米米朵拉站著沒動。

「你不聽話，會重罰你。」

米米朵拉還是沒動。

「趕快回到教室去！面壁反思！不然做一個星期教室清潔！」

「拜託你千萬不要這樣對我，我不會去上課的！」

「你是成心做不聽話的學生？」

米米朵拉的眼睛紅了，委屈地說：「我媽媽一夜沒回家。我在找她。」

「你撒謊！」

米米朵拉舉起右手，放在左胸上說：「我發誓是真的。」

班主任老師一改嚴厲的面孔，口氣變得柔軟，蹲下身來，握著米米朵拉的手說：「不要擔心，米米朵拉，我會幫你找你媽媽。」她走過去在梅校長耳根說著什麼，梅校長點點頭。她返回來，拉著米米朵拉的手朝走廊口走去。

有人重重地上樓梯，腳步聲在老地板上咚咚地響。當她們走到走廊口，從樓梯走上來一個穿綠制服的校警，用沙啞的聲音說：「請讓我問問她的情況，讓我來幫助她吧！」

班主任鬆開了米米朵拉的手，叮囑校警：「好吧，若有問題，請找我！」

校警瘦瘦精精的，他的鼻子比一般人大，而且生有好多小紅點，一路上沉默不語，目不斜視，重重地下樓梯，卻走得非常快。

他們走到樓下一層，進了校警室。紅鼻子校警坐在辦公桌前，打開電腦，手朝對面的一個椅子指了指。米米朵拉坐下來，抬頭看見牆上掛著一張紅鼻子校警穿著跆拳道衣服繫著黑帶的照片，馬上肅然起敬。

「你母親沒回家，沒事先告訴你嗎？什麼時候？學校非常重視，我們會查證，若是情況屬實，我們會馬上報警的。」校警在電腦前一邊敲著鍵，一邊問。

「我向宋叔叔報警了。」

「什麼？仔細說。」

於是米米朵拉給他解釋誰是宋叔叔，然後講了昨天母親與自己在江邊走散的事，還上醫院，回家後，一直打電話給母親和歐笛阿姨，可是電話不通，如何遇到了戴墨鏡的人跟蹤，她說得嘴都乾了，紅鼻子校警同情地倒了一杯水。她將杯裡的水統統喝完，瞪著眼睛看著他。

「再想想，有什麼沒告訴我？」

米米朵拉把桌上一個膠帶扯下一段給自己的嘴封上。

紅鼻子校警盯著她的眼睛說：「真的沒什麼事可講？」

米米朵拉指指嘴上的封條，她才不想說在教室外扔紙團給憂憂的事，這是她和憂憂的事；她也不想講自己離家出走，找母親的計劃，這是她自己的事，與這個校警無關，雖然她尊敬他是跆拳道黑帶。

「講吧，講了我才知道如何幫你。」他伸出手來把她的封條拿掉，啟發她，「米米朵拉同學，你頂撞校長，為什麼呢？我在電腦裡看到你不是一次頂撞班主任和體育老師，你這樣做會受到處罰。」

「那你不想幫我找媽媽了嗎？」

紅鼻子校警盯著米米朵拉的眼睛說：「除非你把知道的，做過的事告訴我。如果我打開電腦裡的測謊軟件，我就知道你沒說實話。」

「我百分之二百說實話。」

「百分之二百是什麼意思？」他的臉僵硬地笑了一下。

這時桌上的電話響了，紅鼻子校警接過來，他聽了，恭敬地說：「明白了，請放心！」他擱下電話，關了電腦，站起身來說：「米米朵拉同學，跟我去查一個地方，說不定你的母親在那裡。」

她一聽就奔出房間。

紅鼻子校警停下了，用沙啞的聲音喊道：「米米朵拉同學，你得跟在我身後，否則我不幫你找母親。」

她一聽，放慢腳步，乖乖地站在路邊等著紅鼻子校警。

他們走在教師樓後面一條小路上，紅鼻子校警踩著積水，泥水濺起來，米米朵拉趕緊跳開。兩人繞過一個長滿樹叢的小山丘，又走了好一會兒，出現了一條生滿雜草的羊腸小路，小路盡頭有一幢爬滿了籐蔓的石頭房。

紅鼻子校警走到石頭房前，打開生了鏽的鎖，吱嘎一聲推開了門，米米朵拉走了進去，還沒反應過來，身後的門吱嘎一聲關上，響起鎖門聲。

米米朵拉一下子呆了，但馬上反應過來，捶門踢門大叫：「放我出來！你這騙人精、臭大糞！缺心眼掉耳朵的王八蛋！」她後悔極了，怎麼可能上紅鼻子校警的當，被他弄到這個地方來。

門外一點反應也沒有。她停了下來，轉身打量起來：屋子裡真黑，堆了黑乎乎的東西，過了好一會兒，才看到那些黑乎乎的東西是舊桌凳、紙箱，還有一對舉重的啞鈴。

米米朵拉使勁拉開遮得嚴嚴的窗簾，有了亮光，可以看到房間很大，有兩層樓那麼高，朝門的牆有一個凹進去的石坎，供著佛像，時間久了，臉淡化無輪廓；朝窗的牆是紅漆標語——知識越多越反動！字也很淡了，滿是灰塵，牆角天花板全是蜘蛛網。

米米朵拉跳下地來，踩到一個軟綿綿的東西，聽到「哎喲」一聲大叫。

「是米米嗎?!」

米米朵拉聽到這聲音，嚇了一跳，竟然是憂憂，他穿著藍校服，一雙運動鞋。難怪她在游泳池假山石那兒等不來他：「憂憂，原來你被關在這兒，我錯怪你了，對不起。」

憂憂從一個墊子上跳起來，一把拉住米米朵拉的胳膊急切地說：「沒關係，米米！你怎麼在這裡？」

她撲到他的懷裡哭了起來。

「別哭。」他掏出手絹給她擦眼淚，「我家裡昨天有事，不然，我昨晚就來找你。今天上學時我去找你，忘了帶手機，你們小區的保安說你已走，我只得離開。」

「那個保安弄錯了。我來學校前打了出租去你家，結果車子去了不中街，我只好到學校來了，我倆錯過了。」

接著憂憂告訴米米朵拉，他撿到她扔出的紙團，被上課的語文老師瞧見，要他交上去，他趁勢跑出教室，遇到了值日老師，值日老師叫他交出來，他不交。值日老師說會給他父親打電話。他一聽，就把手中的紙團撕成碎片扔出窗子。結果他被關在這兒，讓他悔過自新。昨夜沒睡好，他拉倒墊子，睡著了。剛才米米朵拉踢門叫喊時，他半睡半醒，以為自己在做夢，直到被她一腳踩清醒。

「米米，你媽媽回家了嗎？」

米米朵拉難過地搖搖頭，一屁股坐在墊子上，把書包解下來。她把來學校前後的事，包括被紅鼻子校警弄進來，仔仔細細地說了。

「這個壞蛋，真是欺負人！」憂憂聽了，氣憤地說。

米米朵拉從書包裡拿出尋母啟事來，她盯著母親的照片，眼圈發紅。

憂憂看著尋母啟事，搖搖頭說：「這事太奇怪了！你媽媽怎麼在江邊說不見就不見了。別急，我們一起來想辦法。」憂憂的眼睛亮亮地看著她。「我佩服兩個人，一個是你，一個是我爸爸。」

「你昨天微信說你家裡有事，怎麼啦？」她把尋母啟事放回書包裡。

憂憂垂下頭說：「昨天我媽媽回來了，要和爸爸離婚。他們吵得好厲害。我的爸爸是好爸爸，我的媽媽是好媽媽，她搬出家好幾個星期了。」

「真離或是假離？」

憂憂不說話。

米米朵拉見狀，便換了話題：「我昨天在碼頭見到你爸爸了，他不相信我的媽媽不見了，他走得匆匆忙忙的。」

「大人不會信，只有我們這樣的孩子信。我爸爸昨天去了機場，為了今天那個非洲總統要來。今天他又去那裡了。」

「原來如此。」米米朵拉手伸進衣袋，拿出手機，馬上又放回去，遺憾地說：「忘了，一進校門，手機被機器人校警的手光掃描，不能用了。」

「我們必須離開這兒。」憂憂一下子從地上跳起來。

髒髒的玻璃窗子關得嚴嚴的，費了好大勁才打開，兩人探出頭去，看到窗下是一個深不見底的陡峭懸崖，他倆合計，即使想辦法下去了，也沒有用。他們在房間裡搜索起來。牆邊除了墊子，還有兩個大紙箱，布滿灰塵和蜘蛛網。紙箱裡是一些軍衣舞鞋和紅綢帶，還有發黃的舊報紙，全是好幾十年前的。她拍拍手上的灰，對憂憂說：「怎麼辦呢？我們出不去。」

憂憂說：「我裝死，直挺挺躺在地上。你去叫門，人如果來，會打開門查看。」

「那我就伸出一條腿，把來人絆倒，我倆就衝出門外。」

兩人一高興，伸出右手來擊掌。

憂憂躺在地上，硬硬的，繃直雙腳雙手。米米朵拉大聲叫喚起來：「出事了，死人了，快來人！」門外沒有反應。她拚命打門，製造出聲響，那個紅鼻子校警沒有出現，也沒有其他人出現。

他倆一點辦法也沒有。米米朵拉蹲下，把紙箱裡的紅綢拉出來，從中掉出一盒芒果牌香菸和一盒四季牌火柴。她撿了起來，遞給憂憂：「我家有這菸盒和火柴盒，我媽媽說是以前的。你看，這兒有生產時間，一九六八年的。」她皺眉算著，「四十多年前，哇。」

「我家也有，我爸媽當成寶貝似的。」憂憂把火柴盒子拿在手裡。

米米朵拉抽出兩根香菸夾在手指，扔了一根給憂憂，他接著，放在嘴裡說：「我們來試試這個老貨味道怎麼樣？」

米米朵拉有點吃驚地問：「你不反對？說不定跟吸灰燼一樣。」

憂憂取出火柴劃燃，給她和自己都點上。

米米朵拉吸了一口，嗆著了，咳起來，憂憂給她捶背。「抱歉，憂憂，不要看不起我，今天是我第一次抽菸，很辣，不像灰燼，感覺很爽。」

「我爸爸讓我試過，他說，男人不知香菸是什麼就不叫男人。」憂憂吸了一口說。

「不能有性別之分，女人不試，就不叫女人。」

憂憂笑了：「你像個大女人說話。」

「我就是大女人呀。」

他側身看了她，很異樣。她看著手指上的香菸，輕聲問：「怎麼啦？」

他的臉突然紅了，她不明白地看著，正要問他，他的肚子餓得咕咕叫，倒是解了圍。她的肚子也咕咕叫。他們一說，都沒吃早飯。米米朵拉告訴他實情：「我昨天把冰箱裡的東西都吃完了，沒有吃的了。媽媽不在，我恐怕活都活不了。」

憂憂熄滅了菸頭，同情地用它在充滿灰塵的地上畫了個餅。

「你真好，畫餅充飢。」米米朵拉也滅了菸頭，扔在地上，她順著牆走，仔細地摸，邊摸邊敲：「書裡都寫了，沒有出路時，會有奇蹟發生。」

「你會敲出一個暗道暗門來？」憂憂冷笑。

「不相信嗎？我們走著瞧——」

米米朵拉的話未說完，一陣火苗從她的腳邊躥起。她嚇壞了，憂憂飛快地把她拉到牆邊。火苗燃到紅綢帶、報紙和紙盒，房子裡頓時一片煙火。

「這是怎麼一回事？」米米朵拉邊說邊抓起書包背上。

憂憂查看地上，原來是火柴盒子翻了，橫七豎八撒了一地。可能是太乾了，人一踩在上面，就著火了。屋子裡全是煙，往敞開的窗子湧去，他們開始咳嗽。

米米朵拉用手捂著鼻子和嘴，不知如何辦。憂憂一點不慌，鎮定地護著她跑到門邊，他說：「我們趴下，這門邊有縫，有空氣，放心，我們不會被嗆死。」

突然門外有響聲，「吱嘎」一聲門被重重地推開，米米朵拉和憂憂閃電般跳起來，衝出門，把開門的紅鼻子校警撞倒在地。他們往小路上奔，遠遠的看到小山丘那邊已有好幾個黑點跑來。身後是紅鼻子校警的喊聲：「兩個縱火犯！給我站住！」

「我們沒有放火！火是自己起的！」米米朵拉朝他喊道。

「給我站住，說清楚！」

「你有錄相吧，看錄相去！」她又喊了一句，發現紅鼻子校警已經跑近，沒有其他路可跑，小路右邊是水池，左邊是一個掛有青苔的髒黑的防空洞。兩個孩子互相看了看，沒有一點猶豫便鑽了進去。

第四章　我們拉勾吧

洞裡陰暗又潮濕，背和脖子馬上冰涼，很多蟲子向他們撲來，他們用手撲打。走了一會兒，便非常低矮，彎著身子才能前行。有熱呼呼的東西從他們腿間竄過，米米朵拉尖叫了一聲，一看是老鼠，便停住。

「他們追不進來。只有我們這麼大的孩子才能進。」米米朵拉說，側過身看見憂憂蹲下，俯在地上聽。

憂憂說：「真的呀，他們沒追來。以後我們可帶班上同學來捉迷藏。」

他們深一腳淺一腳地走著，不知走了多久，終於出了洞，轉過一塊大山石，拂開灌木叢一看，竟然是學校的後山坡，一片密集的竹林，地上開滿了白色的花。

「哇塞，沒想到是這兒，」憂憂撿起地上的一截乾樹枝插在一塊石頭前說，「做個標記吧，以後可以找到。」他拉著米米朵拉的手，穿過竹林。竹林裡濕濕的，弄得兩人肩上衣袖頭髮都濕了。石頭上有一灘積水，倒也乾淨。他們把臉和手上的泥洗掉。憂憂喘了一口氣說：「剛才起火時，我以為我們會死了呢。」

「你真了不起，好鎮定。要是我一個人，說不定就完蛋了。」

「我絕不能讓你完蛋。你對我來說很重要。」說完這句話，憂憂不好意思地把臉轉過去。

米米朵拉聽了好感動。今天真是奇特的一天，憂憂平常從不對自己說這些話，也許有危險，他才如此安慰。

突然，急促的腳步聲從身後傳來，米米朵拉趕快拉了憂憂躲進假石山後面，小心地探出頭來向外窺看。

原來是紅鼻子校警和另一個稍矮的校警舉著電棍走過來。他們站在路上左右張望，然後走到體育場上，大聲地問正在踢球的學生們：「你們看到一個長髮女孩和一個高個子男孩沒有？」

老師和學生都搖頭。

「他們不會走得太遠，給我搜！」紅鼻子校警沙啞的聲音充滿怒火。

看著校警走遠的背影，兩人鬆了一口氣。但是，馬上憂憂說：「沒法從校門走了。」

竹林那邊響起窸窸窣窣的聲音，米米朵拉首先想到是蛇，嚇得臉發白，憂憂把手指放在嘴邊，讓她不要發出聲音。那聲音突然消失，緊跟著兩道黑影遮住面前的光線，傳來一聲吼：「出來，舉起手來——投降！」

米米朵拉和憂憂慢慢舉起手。

兩道黑影散開，米米朵拉一看，竟然是同學小芳和妹妹琪琪，她們都穿著藍校服，朝他們做鬼臉。米米朵拉生氣地把頭轉到一邊去。小芳說：「米米，不要生氣啦，你們真了不起，竟然出來了！」

輪到米米朵拉和憂憂驚奇了，齊聲問：「你怎麼知道？」

小芳說：「我看到你躲在教室外，就藉故拉肚子上廁所出來，一直跟著你呢，看到你被關進小屋裡。我很害怕，可是沒有辦法讓你出來，沒有鑰匙。等到中午吃飯時才告訴妹妹，我們什麼人也不敢說，怕說了，更讓你出不來。我們一直在假石山附近，沒去上課，真的等到你，沒想到還多了一個宋小晶。」

憂憂問：「你們知道那小黑屋邊上的防空洞通向這兒？」

小芳和琪琪搖搖頭。

米米朵拉指著憂憂：「他也被關在小黑屋裡。」

琪琪說：「超級惡魔！我們得去告訴校長。」

小芳插嘴說：「我聽見語文老師和校警隊長說，說是要把孩子送到什麼國家去。」

「是法國嗎？」米米朵拉問。

「沒聽清。但是他們說到什麼總統？」小芳皺起眉頭，「哦，想起來，非洲聯合國總統，說是要送人出國，千萬不要洩密。」

憂憂說：「這就奇怪了。出國是好事，當然是那些表現好的同學去，我們這樣的人沒資格。有什麼擔心洩密的？」

四個人分析了好久，也找不到原因。三個人主張把語文老師和校警的行為上告校長，米米朵拉一個人反對。她說：「我也說不出理由，只是不喜歡梅校長，還有她戴的那副金邊眼鏡，她對我那麼凶。」

兩姐妹對此不以為然，小芳說：「校長對你凶，是管你嚴，管你嚴，是對你好。」

「才不是呢，反正我不要告訴她，萬一又把我，我們四個人都抓進黑屋裡，到時後悔也沒用。」

琪琪說：「絕不會，那不是校長幹的。」

「好了，這事我們都聽米米的。」憂憂皺著眉毛說：「我們要幫她找媽媽，注意嘍，大家千萬要保密！」

兩姐妹保證對誰都不說，包括她們的媽媽爸爸。

「也包括你們家裡的小狗。」米米朵拉說。

「不說。」琪琪說，「我發誓。我們是朋友，朋友有難第一重要。來拉勾！」

米米朵拉、憂憂與兩姐妹的手指勾在一起，四個人齊聲說：「拉勾為證，拉勾上吊，一千年不變，誰變誰是小老鼠！」

他們拉完勾，把頭湊在一起低聲嘀咕，很快拍了掌，然後四個人散開。

機器人校警在校大門口站立得筆直，另有一個綠制服的胖校警在學生樓和大門之間來回巡邏，他腰插電棍，手提對講機正在通報情況：「沒有學生出大門。」

小芳提著書包從學生樓大門出來，慌裡慌張朝學校大門走去。沒一會兒，琪琪急急地跑出來，朝小芳大叫：「站住！」

小芳聞聲走得更快。

琪琪在後面大叫：「校警叔叔，幫我攔住她，老師叫我攔住她！」

門口的機器人校警攔住小芳。琪琪突然跌倒，「哎喲」一聲叫喚。紅鼻子校警這時從一幢樓裡跑過去扶她，她站起來痛苦地叫喚，他朝機器人校警叫起來：「快，快去叫校醫。」

機器人校警聽見，他看著小芳，小芳便笑嘻嘻地對他說：「哎呀，我只是想回家一趟，你去吧，他叫你去叫校醫呢。」機器人校警果然朝那邊走去。小芳趁機按了開鎖鍵，朝大門外跑去。胖校警跑出去追她。

米米朵拉和憂憂以大樹為遮擋，從一棵大樹悄悄地移到另一棵大樹後邊，趁這空檔兒，飛快地跑出校門。

他們穿過馬路，跑呀跑，突然手機響了，米米朵拉趕快停下接電話，沒接到。打過去，對方占線。兩人跑到一家售報刊雜誌的亭子後面，查看手機。突然一條信息發來：「小妹妹，看到你的尋人啟事，請到南岸中心碼頭輪渡口售票處見面，我知道你母親在哪裡。」

發信息的號碼和打電話的號碼一樣。「這是個好心人，我們趕快去吧。」米米朵拉激動地說，「反正我們得過江去找歐笛阿姨。」

憂憂點點頭，回頭看，沒有校警追出來。他借了她的手機撥號碼：「給我爸爸打個電話。」電話通了。

「我正在開會，不能說話，一個小時後再打。」憂憂的父親壓低聲音說，然後擱了電話。

「他永遠忙，什麼時候不忙才是怪事。」憂憂無可奈何地聳了聳肩膀，把手機還給米米朵拉。

他們連跳帶跑下著石梯，經過好些小街小巷，不時有逃洪水的人，搬運著家什，有的帶著長輩，有的拖兒帶女，孩子吵著哭著。坡上坡下濕漉漉的，陰溝凹地積著水，又髒又臭，米米朵拉專挑被雨水沖洗乾淨的石塊走。昏暗的天空射出一束光線，把南岸濱江街半山腰高低不平的樓房照得清清楚楚。

有一條黑色的拉布拉多狗跟著主人經過他們，米米朵拉停下腳步，一邊張望一邊說：「真像小黑！」

憂憂也在看：「牠比小黑稍大一點。」

「我好想小黑，好想媽媽。」米米朵拉目送那條狗消失在巷子口。小黑是母親給米米朵拉的生日禮物，兩個月前，小黑脖圈的牌子掉了，被打狗隊當成沒牌照的非法狗抓走，賣給狗肉餐館。從那之後，米米朵拉經常夢到小黑被殺死煮熟，切成一片片，端上桌來。她哭著醒來，母親抱著她，親吻她。

「不要難過了。我們會比小黑幸運的，要堅信！」憂憂拉了拉米米朵拉的手說，「嘿，米米，我們走吧。」

她點點頭。

在中心碼頭一帶，大片摩天大樓間仍殘留著少數平房、歪歪扭扭的吊腳樓，空氣中瀰漫著一股濃烈的擔擔麵的辣椒味，微風裡也有山坡石梯間野花的清香。在已成廢墟的老洋行別墅門前，可以看到兩江三岸，本來並不清澈的兩條江水一夜間變成黃湯，河床漲高了好幾米，江心變得洶湧澎湃，霧聚集在那兒，幾乎沒有船行駛。

他們繼續往碼頭輪渡口走，石階上的樂高塑料機器人一個不剩，整個濱江下街，昨日浴蘭節的廣告和裝飾全清理了，仿古牌坊撤走。穿黃衣的工人拿著儀器測量水位。比濱江路低的房屋淹了水，亂成一團，有三輪車、有板車在裝載東西，有人手做喇叭狀，對天大喊：「老天爺停了洪水吧！」

「憂憂」，米米朵拉回頭望遠處，「我找不到你家的樓。」

憂憂指著三幢金碧輝煌的連體大樓說：「從那看過去，左邊的橘色大樓。」

「看到了。會不會淹著你家？」

「絕對不要。那樣整個濱江下街中街都會在水裡了。」憂憂一臉憂慮地說。

他倆一聲不吭地跑過又髒又亂的馬路。渡口售票處關著窗口，邊上貼著通告，因為洪水，輪渡停了。一個挑櫻桃的小販大罵：「龜兒子輪渡停了，過江纜車也停了，啥時不檢修，這陣子檢修，老子楣倒大了！」

米米朵拉四下張望，沒有人像在等人。她掏出手機，打那個發信息的手機號碼，卻是關機。「說話不算數，真是！」她失望極了。走下台階，過江輪渡靜靜地泊在躉船前，裡面坐滿旅客，長長的跳板和石階上也坐了人，愁容滿面地看著江面。

「我們無論如何得過江去。」米米朵拉說。

憂憂看了看左右的一白一紅的大橋：「右邊的橋看上去近些，我們去那兒吧。」他跑上渡輪上端的馬路，遺憾地說：「今天沒車，我們只能走到那裡去，你在這兒等等，我去看看有無私車。」

「等等，憂憂。」米米朵拉跑上石階叫道。

他停了下來，江風把他的頭髮吹得亂亂的。她伸手把他理好。「千萬小心，答應我。」

「放心吧，一會兒見。」憂憂說完轉身跑開了。

汽車急煞車的聲音響起，緊跟著一個年輕男人下車來，恭敬地打開車門，從裡伸出一雙修長的腿，一個穿著高跟藍皮鞋的漂亮女人，挎著一個 Prada 黑皮包走出來，她穿了一件 MaxMara 的紅底藍花連衣裙，顯出細細的腰肢和豐滿的胸部，風吹亂她直直的頭髮，她皺了皺眉毛，跨上馬路牙，急急下著石階，走到私人躉船前的跳板上。

米米朵拉奔跑過去，大聲狂叫：「歐笛阿姨！歐笛阿姨！」

沒用，歐笛沒聽見，繼續往前走。

「怎麼啦？」憂憂聞聲跑回來問。

米米朵拉給他指遠處石階下的女人。憂憂一看，就說：「哎呀，是歐笛阿姨，快追！」

有個穿著黑衣的墨鏡人在輪渡口，故意扯大嗓門喊：「好啊，沒問題。」米米朵拉一看，正是昨晚跟蹤她的人，頓時嚇得臉色蒼白。

墨鏡人朝她走上來，手裡拿著米米朵拉做的尋人啟事，認真地說：「不是說好在渡口售票處見嗎？」

「原來是你給我的手機發信息。」她驚叫起來。

「小傢伙，跟我走吧。」

「憂憂，快跑。」她朝憂憂喊了一聲，就往左邊馬路跑。

可是他們馬上停住，紅鼻子校警和那個胖校警叉著手站在那兒，紅鼻子校警面露一絲笑容，哄小孩子似的說：「聽話，跟我們回學校去！」

米米朵拉和憂憂相互看了一下，狂奔而下石階，朝私人躉船跑去。穿灰制服的管理員用手攔著不讓進，他們貓下身子鑽了過去，跑上跳板。一艘載著歐笛的小汽艇，駛離躉船，在江面剪開一道白色浪花。她急得揮著手臂大叫：「歐笛阿姨，等等，是我，米米！」

憂憂也手做成喇叭狀，高聲喊：「停下，快停下！」

沒用，歐笛沒聽見，小汽艇越駛越遠。米米朵拉帶著哭腔對憂憂說：「不行，我們必須找她！」

管理員和戴墨鏡的黑衣人身體靠在一起，正嘀咕著什麼。憂憂拉著她的手朝躉船另一頭跑去，低聲說：「這兒沒有船，那邊有汽艇。」

米米朵拉握緊憂憂的手，嘴裡喊「一二三。」兩人使勁跳到另一個躉船上，回頭看，管理員和那個墨鏡黑衣人也跳了過來。兩個孩子小心地順著粗大的纜繩下到一艘小型半艙式汽艇上。

米米朵拉跳進艙裡，摸著方向盤，蹲下身子左瞧右瞧，著急地說：「怎麼開？我不會開。」

憂憂不說話，一隻腳踩著發動機上，雙手轉動方向盤的鑰匙，引擎響了。兩人激動得跳起來，憂憂說：「嘿，跟開車一樣，不怕就能開。」

汽艇駛離躉船了。躉船上站著紅鼻子校警和幾個穿灰制服的船員，朝他們這邊奇怪地看著，沒一個人為他們偷走汽艇表示憤怒或是痛心。這時一個東西重重地落到汽艇上，回頭看，原來那個墨鏡黑衣人騰空跳到甲板上，兩個孩子一下子呆住。汽艇行駛得飛快，墨鏡人剃了個光頭，眼鏡掛在鼻子上，躬著身走過來，一手像拎一個蘿蔔一樣，把她和憂憂拎起來。他倆相互看著，使了個眼色，各自對準黑鏡人就是一腳，痛得墨鏡人叫了一聲，手一鬆，他倆落到甲板上。米米朵拉站了起來，墨鏡人舉起手掌朝她狠狠地劈下來，她完全沒有防備，來不及躲閃，憂憂用整個身體朝墨鏡人撞過去，兩人都落在水裡，浪把他們往下游方向捲走。

「憂憂！」米米朵拉撲向船舷大聲叫，「救命呀！救命呀！」

浪太大了，她的聲音淹沒在一片水聲裡，他的人影越變越小，他在奮力地掙扎。

汽艇沒人駕駛，打著旋。米米朵拉奔過去，緊緊抓著方向盤，轉動著盤朝憂憂駛去。一陣大浪把她從頭到腳澆了個遍，她甩甩臉上的水，看江面，下游方向只有憂憂的頭，像個小皮球一樣冒著。她再看時，那兒什麼也沒有了。

天上奇大的黑雲壓下來，這麼大的波浪、這麼無情的洪水，憂憂難逃一死。米米朵拉感到自己的心被撕裂開來，從未有過這種感覺，彷彿生命的一部分離她而去，淚水嘩嘩地淌下來。

她用手抹了抹臉，江心波浪大得將汽艇蕩來蕩去，像是在嘲笑，也像是在警告：你救不了憂憂。他本是保護她不受傷害，成全她去找母親而被巨浪捲走。絕不能辜負他，米米朵拉絕望地向左轉方向盤，朝對岸城中心駛去。也怪，一過江心，浪馬上減輕，汽艇朝前行駛，沒一會兒就到了對岸。

汽艇被浪沖到石階上，她轉動鑰匙熄了火。

碼頭石階上坐了不少旅客和看漲水的人，纜車因為洪水停開，他們面無表情地看著米米朵拉跑上來。她喘著氣，把背上的書包取下，還好，水並未進帆布包裡，裡面的東西沒被打濕，她取出手機來，母親當時給她買這款索尼防水太陽能充電手機時，還說適合她這種毛手毛腳的人用。其實她很小心在意自己的東西。她查看手機，沒人給她打電話或留信息，她用憂憂給他父親打電話的號碼重撥，居然關機。歐笛的手機也不通，她放好手機，背上書包，著急地四處張望。

一個穿黃色救生衣的人正拿著對講機在說著什麼，米米朵拉朝他跑過去，拉住他的手說：「叔叔，快，有人落到江裡了，快去救他！」

「誰？什麼時候，說清楚。」

「憂憂，我的同學。」米米朵拉哭了起來。

「不要哭。再哭，我就不管了。」

米米朵拉停了哭，對他說了憂憂被浪沖走的事。

「我會處理的。」救生員對著對講機說，「有人掉進江裡，一刻鐘左右，好的好的。」

「沖到下游了。」米米朵拉插話。

救生員對米米朵拉說：「他們會通知負責江面的巡視小汽艇，去查看你的同學在哪裡，是死是活。」

米米朵拉著急地問：「馬上嗎？」

救生員拍拍她的肩說：「放心吧，我們不會不管的。」

米米朵拉從書包裡拿出筆紙來，把自己的手機號碼抄下來，把紙條遞給救生員說：「叔叔，一有消息，請給我打電話，一定要打！」

救生員接過紙條認真地點點頭。

米米朵拉順著碼頭上端的石欄杆走，江邊躉船前停泊著一些拖輪，都不像歐笛的小汽艇。支流方向小汽艇倒是有，卻不是歐笛乘坐的那艘。她想，小汽艇多快啊，像條魚一樣，待她笨拙地駛達對岸時，歐笛當然早到了。到哪裡去找她呢？

米米朵拉的心裡充滿悲傷，憂憂，老天爺保佑你沒事，若是你死了，那可怎麼辦？你千萬不要死！

欄杆邊一個很漂亮的女人正在和一個男人招手再見，轉身踩著超高跟藍皮鞋，不慌不忙地上著石階，那高眺的身材，穿著 MaxMara 的紅底藍花連衣裙，只可能是歐笛。歐笛上到石階頂端，正在穿馬路。

米米朵拉心跳加快，大聲喊：「歐笛阿姨！」馬路上太吵，她的聲音像蚊子叫。歐笛走過馬路對面的花台。米米朵拉追過去，正要過馬路，不料紅燈亮了，車子如潮水似的行駛著。她止步。邊上是一個大張貼欄，全是尋人啟事，大多是小孩失蹤，有一個縣失蹤了78個孩子，照片被做成細長條，在張貼欄上。米米朵拉嚇了一跳，這遠不是電視上看到的一個兩個，這麼多孩子在江州不見了。可憐的他們被弄到哪裡去了呢？

說不定下一個就是我！不行，我不能丟，我丟了，母親誰找？她從書包裡取出一張尋母啟事貼上，轉過頭來看，歐笛不見了。

她著急地踮高腳尖看，還是看不到歐笛。馬路對面，街心花園後，有一幢聳入雲端的銀色建築，船形底座，樓頂有個變形O公司的商標字母，人們俗稱炮彈大廈，一層是輪船售票和候船大廳，二層到一百層都是商場和遊玩中心，一百層之上是酒店和辦公室，不用說，歐笛肯定去了那兒。

綠燈了，米米朵拉過了馬路。當她跑進炮彈大廈，穿過熙熙攘攘的人群時，第一個動作就是查看電梯標誌。

第五章　亞洲最高樓

半島上的炮彈大廈是江州最高點，一六八層，也是亞洲最高樓，頂層小半是西餐廳，大半是觀望台。一層十五部電梯前佇立著穿銀制服的服務員。電梯分層劃段，直覺讓米米朵拉進入去頂層的電梯，裡面擠滿人。電梯速度飛快，像火箭直衝雲霄，到達一六八層時，僅剩十個乘客。米米朵拉跨出電梯來，清楚地記得母親昨天在江邊看和尚撒豆子時說，要帶她來這兒吃飯。話說了沒一會兒，母親就不見了。她心裡難過地朝前走了沒幾步，就看見西餐館門口掛著雅致娟秀的書法「雲屋」。

母親經常與歐笛來此，曾說這家西餐館是綜合意大利南北菜之精華，菜好，咖啡更妙，現磨現用鐵壺煮，香氣濃郁。門口侍者穿著改良的古羅馬時的白長袍、船形鞋，打量了一眼全身濕濕的米米朵拉，伸手攔住她。「請問有預訂嗎？」

「沒有。」

「對不起，這兒得預訂。」

「我找人。」米米朵拉態度很堅決，聲音異常焦急。

侍者一看這情形，就讓她進去了。

西餐館漂亮得像立體花園，好多高大的熱帶花樹垂掛著果子，威尼斯水晶燈和鏡子，也有現代油畫，就餐的外國客人較多，男女老少皆衣冠楚楚，幾乎沒空位，即使大白天，桌上點著蠟燭，放著意大利前衛樂隊PFM的音樂。米米朵拉左看看，右看看，幾分鐘後，她穿越花樹與桌子，通過一個由中外古典名著小說封面做牆的走廊，盡頭有一面大鏡子，鏡子是門，敞開大半，眼尖的她看到穿著紅底藍花衣裙的歐笛，脖子上是閃閃發亮的鑽石項鍊，面前擱著一杯咖啡和提拉米蘇蛋糕。一個黑衣正裝的短髮女人恭敬地站著，低聲說話。包間非常大，布置講究，有好多盆奇大的蘭花，紫色黃高背皮椅，沙發和五斗櫃則是灰藍色，還有一尊仿骨董站佛。

米米朵拉沒有敲門便走進去，黑衣女人把一封信遞給歐笛，看也沒看米米朵拉一眼，便走了。「什麼事，出了什麼事?!衣服都濕了。」歐笛站起來，驚異地看到撲進自己懷裡的米米朵拉，著急地問。

米米朵拉哭起來，嗚咽地說：「歐笛阿姨，他出事了——快去救他。」

歐笛摟著她說：「不要哭，小米米。」

米米朵拉哭得更厲害了：「我給你打了好多電話，你的手機要麼占線要麼不在服務區。打通了辦公室電話，你的祕書也沒傳話給你嗎？」

「我不知道是你的電話呀，辦公室也沒有告訴我你來過電話。可憐的小傢伙，不要哭了！」歐笛看著她的眼睛說：「現在你找著我了，一切都好了，真是聰明！放心，這件事交給歐笛阿姨來辦。告訴我，你媽媽什麼時候出的事？在哪裡？她有沒有紙條或是什麼東西留給你？」

米米朵拉搖搖頭，難過地說：「他掉進江水裡。」

「什麼，她掉進江裡？誰，慢一點，說詳細一點。」歐笛把米米朵拉拉到椅子上坐著，自己也坐了下來，取了紙巾給她擦淚水。

米米朵拉把憂憂出事的經過講了。歐笛鬆了一口氣說：「原來是憂憂啊，那個高高的酷呆了的小子宋小晶。」

米米朵拉驚奇地說：「你記得他名字？」

「米米告訴我的事，我哪會忘記。」

「我報告了穿救生衣的人。可是，可是我的手機一直沒有接到任何電話，憂憂要是死了怎麼辦？」米米朵拉用袖子擦了擦臉上的鼻涕和眼淚。

「小傢伙，不要擔心。我馬上打電話讓警察找他。」歐笛馬上從皮包裡拿出手機來撥號碼，她對警察說了憂憂掉進江水的情況。警察在電話那頭說：「好的，我們馬上派人找他，馬上通知他的父親，會查遍江面江岸每寸地方。」

「滿意了嗎，我的小米米。」歐笛點開微信寫著什麼，然後按了桌上一個鍵盤上的鍵：「給我的公主來一杯有機的鮮搾橙汁，這兒有真正的有機水果。」她笑起來，有點神經質，瞪著一雙大眼睛，像是在做夢。

「不，不，歐笛阿姨呀，我不要吃，我的媽媽不見了！」米米朵拉騰地一下站了起來，因為害怕，聲音大得出奇，「我媽媽不知出了什麼事，昨晚沒回家，她是昨天上午在江邊不見的。」

「什麼？小傢伙，你媽媽不見了？」

「是呀，是呀！我——我的媽媽沒有了，我不能沒有媽媽——」

「不要急！」歐笛輕輕拍著米米朵拉的背，「張大嘴，長出口氣。」

米米朵拉張大嘴，出了口長氣，眼圈又紅了，眼淚往下掉，說：「能不急嗎？我的媽媽突然沒了。」

「你一哭，我就沒轍了，怎麼一大一小兩個人都出問題了？不可能。」

「是真的啊，歐笛阿姨，我真是不幸啊！我怎麼辦？我想媽媽說不定在哪裡開會或是躲起來了，可憂憂卻掉進江裡，會死的啊，所以，我求你先找人去救他。」

「你的分析對。好了，好了，不要哭。警察會找到他的。死個人不是容易的事。放心，放心，小米米，我們耐心一些，待警察搜查江上江邊，有結果了，會告訴我的。」歐笛蹲下身來，用手抹去米米朵拉臉上的淚，「來，坐下來，把你媽媽的事原原本本地告訴我。」

她倆坐下後，正巧侍者端來一杯橘子汁。米米朵拉一口氣喝完，把杯子放在桌上說：「昨天我們在江邊看偶戲，天上一個火雷打在戲台上。人都跑起來。我和她跑散的。我打她的手機，老是關機，一直到今天也是這樣。我的媽媽不見了。」她說著眼淚在眼眶裡打轉，「我不要哭，哭了，你什麼也聽不清，對不對？」

歐笛點著頭，聽得非常專心，一邊自言自語：「她會去哪裡呢？」

「媽媽昨天一直在看微信。」米米朵拉想了想說。「她說，要帶我上這炮彈大廈，當時我們還說『小小大中國人』——」

歐笛打斷她，驚訝地問：「你媽媽跟你說『小小大中國人』？」

「對呀，我告訴媽媽，我要當『小小大中國人』，去法國。」

歐笛臉色變柔和了一點，問：「然後呢？」

米米朵拉說：「然後，我跑到戲台前面。」

歐笛與母親親近，無話不說。若是母親有什麼事，肯定會對她講。米米朵拉的腦子轉得很快：「歐笛阿姨，媽媽昨天和你通微信了吧？講了什麼？可以告訴我嗎？」

歐笛點了點頭，拿出一支口紅塗嘴唇：「我們談了學校的事，教育孩子的事。」她關上口紅蓋，蓋子彈到了桌上，垂直掉下來。她撿起來一看，裂開一條口，便放在桌邊說，「不要了，雖然是Gucci今年限量版，目前世界上最貴的口紅，壞了用，會影響心情，虧欠自己，自己要對自己好，才能對別人好。」這時她的手機響了一下，她點開微信看，居然是米米朵拉昨晚貼的尋母啟事。

「哈哈，是你做的？」歐笛由衷地說。

米米朵拉點點頭。

「好孩子！」歐笛坐直身體，拉起米米朵拉的手問道：「告訴我，你都找了些什麼地方什麼人？」

「我打了好多電話發了好多電子信，今天我去了學校的家長委員會。沒有一個人回答我，沒有一個人幫我。」米米朵拉用無法相信的口氣說。

「這些小人，見識只有一粒芝麻那麼大。好吧，我來看看，看有什麼人知道你媽媽在哪裡？」歐笛鬆開米米朵拉的手，站起身俯視玻璃窗外的建築和幾條跨越兩江的大橋，打著電話：「對呀，抱歉上午沒能來開會，我上午去了機場參加歡迎安哥拉總統來我們市的活動，對，對，是這樣的。」她在電話裡提到米米朵拉的母親，問是否參加什麼會，是否在什麼地方？看到她沒有？有她的消息馬上打電話來。

打完一串電話後，歐笛回到桌前坐下，看著米米朵拉說：「嘿，小傢伙，今天你沒去上學吧？」

米米朵拉點頭，本想說她和憂憂被關進學校的黑屋子裡，因為房子著火才逃出來的事，可擔心歐笛知道了，會認為她無法無天，便沒說。剛才她說自己和憂憂偷了小汽艇過江，歐笛的臉色一下子變得灰白。

歐笛柔聲地說：「小傢伙，你找媽媽沒心思上學，我不會怪你。明天你一定要去上課，你把這件事交給我，我一定幫你找到你媽媽，好不好？」

「謝謝歐笛阿姨！你真好。昨天我告訴憂憂的警察爸爸，說我媽媽不見了，他讓我回家去。我們要不要再報警呀？」

「小傢伙，他是對的。還不到報警時候。要是你媽媽今天突然回來了，那豈不成了笑話?!」歐笛神經質地笑了起來，「聽著，你的同學掉進江水與你媽媽不見是兩碼事。前一件事急，後一件事急也不行，得慢慢來。你放心，我會好好處理的。信任我嗎？」

米米朵拉點點頭。這時有腳步聲走近，敲包間的門，一個女人輕柔的聲音說：「O總，是我，莉莉。」

歐笛打開門，走到過道上。門未關嚴，是剛才那個黑衣女人，輕聲說：「O總，那邊準備好了，馬上送孩子們去法國。請簽字。」

「莉莉呀，咱們O公司這次利潤占了70%，做得好。」歐笛低聲說，還有紙翻動的聲音。

「那非洲呢？」

「現在不是時候，稍緩。」

歐笛走回來，關上門，手裡多了一個包裝袋，遞給米米朵拉，叮囑道：「小傢伙，進去沖個澡，換上乾淨的衣服。」

她進了洗手間，這兒有淋浴、潔白的毛巾和躺椅，鏡前有盛開的百合花，還有梳子和吹風機，非常舒適。她洗完澡，打開袋子，是一件 Kenzo 橘色長袍，薄而修身，下端還有荷葉邊，還有內衣褲和襪子。

米米朵拉換上衣服，大小合適，心想，歐笛就是在喝咖啡也在辦公，也不忘讓祕書給她快速購衣，對她真好。她心裡暖暖的，把濕衣裝進包裝袋，塞進包裡。歐笛坐在椅子上，看見她拉開門出來，伸出大拇指讚。

米米朵拉蹲下穿鞋。這時歐笛接了一個電話，在一張單子上簽字，挎上 Prada 皮包，臉色難看地說：「對不起，小傢伙，我們得趕快走。」

她倆在過道等著電梯上來。左右兩側落地玻璃窗前，一幢緊靠一幢水泥大廈、一座接一座大橋的輪廓，像怪獸一樣從地裡成批地冒出來，看不到江水遠處的廣袤的城鎮，一片灰濛濛。要是母親站在身邊就好了，有了母親，看不看風景都不重要了。

正在這時，電梯門開了，她乖乖地跟著歐笛走入。一六八層樓下降如同乘火箭，沒一會兒一層到了，歐笛一手挎著 Prada 包，一手握著米米朵拉的手出了電梯，正在這時響起火警廣播和刺耳的鈴聲，好幾個電梯裡湧出慌張的人來，紛紛往炮彈大廈出口走去。大家都朝街心花園湧去。

她倆好不容易才穿過擁擠的人群，到馬路邊。

一輛勞斯萊斯銀魅守候在VIP專車位，見這一大一小走過來，司機急忙下車慇勤地打開車門。寬敞的車裡，有電話電視和濕毛巾冰水，人坐穩後，安全帶自動繫上。車子朝下半城的舊城門駛去。歐笛翻著手機屏，對米米朵拉說：

「好消息，八十八層起火源被熄滅了，炮彈大廈安全了。」

米米朵拉頓時鬆了一口氣。

「壞消息，」歐笛繼續刷屏，「警察在江岸上找到一個人。」

「誰？」米米朵拉聲音發抖，「是憂憂嗎？他沒事吧？呵，不，他死了嗎？」

「是一個女人。」歐笛輕輕地說。

米米朵拉放聲大哭起來，肯定地說：「不，絕不會是我媽媽。」

「別哭，別哭。」歐笛一字一句地說。

米米朵拉馬上停住哭，一臉可憐相，輕輕說：「歐笛阿姨，你放心吧，我會聽你的話。」

「依我看，這是不可能的，這人不會是你媽媽。好了，我要看個東西，你不准看。」看到米米朵拉點頭後，歐笛才打開視頻：江水淹到的地方，一個廢棄的舊纜車道邊，幾個警察在那兒忙著，一個女人俯臥在泥坡上，雙腳在江水裡，身上是白衣，可是因為水泡了，已變成灰色，沾在皮膚上，就像沒穿衣服一樣裸著。

米米朵拉從未看過屍體，這是生平第一次，她的心狂跳不已。一個戴著手套的驗屍官用手，輕輕一推，那屍體便翻過來了。歐笛仔細地看，那女人沒有頭髮，一身是泥，臉腫得不行，辨不出長相，也看不出年紀，四肢全是青紫的傷痕，脖頸上有一道紅腫破皮的傷痕。

「死了多久？」歐笛用微信問。

「根據死者身體腫脹情況判定，三天，起碼三天了。」

「三天，起碼三天了。」米米朵拉輕聲重複著警官的話。

「哎呀，小傢伙，怎麼不聽話，叫你不要看呢。」歐笛趕快掉轉身體，手機背著米米朵拉。

「什麼，你認為和我說的失蹤人相似？」

「她絕對不是我媽媽，我的心告訴我。」米米朵拉肯定地說。

歐笛告訴對方：「聽見了嗎？她不是田朵拉。請給我繼續尋找！」對方在說著什麼，裡面嘈雜聲一片，聽不清楚，她只得關了手機。

轎車在下半城的一個私人碼頭停了，她們坐上汽艇，朝南岸破浪駛去。歐笛看著米米朵拉的眼睛說：「小傢伙呀，剛才你受驚了，對不起，歐笛阿姨本不該讓你知道。」

「我媽媽好事告訴我，壞事也告訴我，她不把我當一個小孩子。」

「你媽媽教女有方。好了，我要帶你去南岸獅子山的碧雲寺給你媽媽燒香，求菩薩保佑她。」她的話讓米米朵拉感動萬分。

開汽艇的駕駛員問：「老闆，老地方？」

歐笛推了推帽子，輕輕地「哼」了一聲。

汽艇在碧雲寺大門前的石階前停了，她們下了船。

米米朵拉緊跟在歐笛後面，朝大門走上去，沒兩分鐘就走到頂端青獅前。歐笛回過頭來看了看那兩江洪水，皺著眉頭說：「洪水再漲，我們江州就成汪洋大海了！怎麼辦？小傢伙，這年頭人都認錢不認龍王，是不是龍王小心眼了，拿我們人發威洩氣？龍王真是不可愛。」

第六章　寺廟

大雄寶殿裡的釋迦牟尼金佛靜靜地坐立，米米朵拉舉著香跪在蒲團上，連連叩頭，她仰臉望著佛，想，現在不一樣了，有佛保佑我媽媽了，媽媽會沒事的。米米朵拉也給憂憂燒了香，祈求佛保佑他，保佑她能與他再見面。

歐笛耐心地站在一旁，看到米米朵拉站起來，親切地說：「好了，我們走吧。」

兩個人跨過高高的大殿門檻，朝左走。一棵枝繁葉茂的菩提樹，樹下池內開著蓮花，廟裡非常清靜。米米朵拉問：「歐笛阿姨，你會永遠對我這麼好嗎？」

「小傢伙，難道你還不信我嗎？」

「就像信任我媽媽一樣，謝謝你給我買新衣。謝謝你打了那麼多電話幫我找媽媽。」

「傻孩子，我和你媽媽像親姐妹一樣。你穿濕衣會著涼。相信我，我就像你媽媽一樣，我當你媽媽好不好？」

「這——」米米朵拉不知說什麼好。

「你的媽媽當然是你的媽媽，我剛才那樣說，只是表達心意，小傢伙，我超級愛著你吶！」歐笛牽著米米朵拉的手走進廟左側的素食餐館。

一個尼姑服飾的侍者走過來，殷切地接過歐笛的帽子，招呼她們坐在裡面一張桌子旁，馬上端來熱毛巾。一個古色古香的手繪屏風，隔開了其他桌子，從窗子能看到江對岸碼頭和炮彈大廈。侍者點頭哈腰問：「O總，老習慣，三菜一湯嗎？」

歐笛點點頭，轉過臉來對米米朵拉說：「這兩天你肯定未吃上一頓好飯。知道嗎，這個素食館由O公司投資裝修，精選有佛性的好廚師，調製美味佳餚，全部收入捐給廟裡。現在這兒齋飯特別好吃。給你壓壓驚。」她看了一下手錶，叫了起來，「哎呀，都三點多了，你餓壞了吧？」

「是有點餓。媽媽在電視裡介紹過這兒的齋飯，說是她這兩年去過的最好的素食餐館，沒想到是O公司的，歐笛阿姨，你真好，記著好心有好報。」米米朵拉一邊說，一邊向四周看。可能是漲水的原因，吃齋飯的只有二十幾個人。

「你比你媽媽會說話，讓我心裡甜滋滋的。」歐笛用熱毛巾擦手，對米米朵拉說：「小傢伙，把書包放下來吧，不然太不舒服了。」

米米朵拉把書包從身上取下，放在座位後邊。

歐笛在一個便條上寫上自己的微信號，給米米朵拉：「這個微信只有少數幾個人有，可以隨時找到我。」

米米朵拉接過來，看了看，放入書包說：「謝謝歐笛阿姨。知道吧，很多小朋友都失蹤了。」

歐笛聽了，從皮包裡拿出一支菸來，按了好幾下打火機，才躥起火苗點上菸，她吸了一大口。

「你不是說抽菸不好嗎？」

「對呀，我戒掉了三十三天！怎麼又抽起來。」歐笛大笑起來，馬上滅掉菸。「聽小傢伙的，不抽，抽菸讓人煩惱更多。」

侍者端來巴西松籽和一瓶原裝意大利冰氣泡礦泉水，往兩個玻璃杯子裡倒水。米米朵拉一口氣全喝完。歐笛喝了一口，放下杯子，手敲著桌子說，「好吧，米米，給我講講你為何這麼說？」

「那些不見了的小朋友們，好可憐啊，被送到爸爸媽媽永遠找不到的地方，吃不飽飯，睡不好覺，還被人欺負，天天哭，哭也沒用，跑也跑不掉，最後被壞人打死，壞人真壞啊，比今天我在你視頻上看到的那個死人還慘。」

「誰給你說的？」

「想知道嗎？」

「當然嘍。」

米米朵拉放低聲音說：「實話告訴你吧，是我這兒說的。」她指指自己的腦袋。

「你媽媽沒對你說嗎？」歐笛也壓低聲問說，「嘿，你剛才不是說，她好事壞事都給你說。」

米米朵拉認真地說：「真是我想像的，真是來自我腦袋呀。哎呀，這種故事三天三夜也說不完，我不想當被人欺負的小孩，這個世界太可怕了。」

歐笛湊近她說：「你媽媽不把你當一個孩子養，未必全對。真有意思，連她說話的口氣，你也繼承了。你看你很會穿衣服，裙子配短靴，你才十歲，就已建立了自己的品味風格。」

「媽媽沒有不對，她不要我成為一個什麼偉人一個什麼淑女，而是一個與眾不同，有自己個性的人。」

「小傢伙，我是在幫你呢。你知道多少『小小大中國人』的情況？你想想，你媽媽怎麼會不見了呢？」

「你是說我媽媽不見這件事與『小小大中國人』有關？我媽媽參與那個『小小大中國人』計劃，歐笛阿姨，你也參與了，不是嗎？」

「前一段時間我都不在江州，我去國外了，我訂了私人飛機，本來要你媽媽與我同行，可她捨不得你。我飛了五個國家，路過倫敦，連看一下女兒的時間也沒有。工作是辛苦的，也是美麗的。有好長一段時間，是你媽媽一個人在管那個計劃。」

「哦，原來是這樣。」米米朵拉放低聲音問：「那誰想知道？」

「當然是壞人。」歐笛取了瓶子，往杯子裡倒水。

「你是說壞人把我媽媽抓走或害死？」米米朵拉想到江邊那個女屍，手往邊上揮了揮，彷彿想把腦子裡看過的那些情景都揮掉似的。

「我現在說不上來，我只是感覺，你媽媽有難，我比你更著急。相信我，我猜想你媽媽做新的『小小大中國人』計劃時得罪了人。你也得小心，最好不要亂走，我在哪兒，你就在哪兒。有我保護你，你不會有事的。」歐笛的聲音聽起來非常擔心。

「這麼說我媽媽得罪了壞人，才不見的？」

「可能是這樣，也有可能她有急事去什麼地方了。」

「但願如此。」米米朵拉想到家被人搜查，母親的筆記本電腦不見，心裡就非常焦慮，該挨千刀的壞蛋在找什麼東西？也可能母親真被壞蛋害死在什麼地方。天哪，她馬上從座位裡跳起來，跑出屏風。

「你去哪？」歐笛也一下子站了起來。

「我去洗手間。」

米米朵拉頭也不回地朝前走。洗手間很乾淨，點著香，有面大圓鏡，她拉下內褲，坐在馬桶上。

「你沒事吧？」歐笛隔著門關切地問。

「沒事。」她只想一個人待一會兒，把昨天和今天發生的事想一下。

腳步聲遠了。

幾分鐘後，米米朵拉回到桌子前，歐笛不在。她發現自己書包的拉鏈沒有完全拉上。有人打開我的書包看了？米米朵拉心裡一愣，後悔沒帶上書包去洗手間。侍者端上飯菜，有茄子燒豆皮、西紅柿炒蘑菇、涼拌木耳筍絲、豆腐湯和米飯。

她把拉鏈拉上，背起書包，走出屏風。旁桌一個女人馬上站起來，對她說：

「小朋友，你坐下。O老闆讓我照顧你，你趕快吃飯吧，不要亂走。」

米米朵拉很不高興，只好坐下吃飯，她吃了一口西紅柿炒蘑菇，真是名不虛傳，滿口蘑菇香，配著西紅柿的酸，像母親做的菜，好吃極了。再吃那茄子，比肉還柔軟滑潤，她不到五分鐘，一碗米飯都吃完了，也未見歐笛回來，相反那兩個女人乾脆移開屏風，面朝她這個方向坐著。

米米朵拉看周圍的人，沒一個認識，都是大人，不時有尼姑進進出出，有一個居然口紅未抹掉。她的一顆心都提起來，再看別的尼姑，長袍下面露出高跟鞋。

她們是假尼姑，只是穿了真尼姑的衣服而已。那麼真尼姑呢？一個也沒見著，太奇怪了。

歐笛阿姨打開我的書包，發現裡面有刀子和繩子，一不高興就走了。也許歐笛阿姨把我出賣了，報告了學校，說不定紅鼻子校警、墨鏡黨壞蛋正在往這兒趕，要是沒洪水，通車的話，坐車十分鐘就到，步行小路抄近道，二十分鐘就夠了，天哪，他們馬上就要到了，要抓我回學校。

米米朵拉一腳把右腳的鞋子蹬掉。

那個女人看到米米朵拉蹲下穿鞋，便放鬆看管。趁她不備，米米朵拉抓起書包背上，從桌子底下鑽出，跑出素齋館，往山下跑去。那個女人追了出來，一邊喊：

「小朋友，別跑！」

第七章　娃娃魚

米米朵拉不想去找歐笛，這個母親的好朋友，喜歡她，關心她，但相比從前，她總覺得有點不對勁，她用 Gucci 限量版口紅、Prada 手包、勞斯萊斯銀魅轎車，那種神經質，讓她覺得不舒服。歐笛的眼睛裡好像還有一雙眼睛，總在想什麼。算了，歐笛一直就是那樣的人，沒有什麼變化，變了的是她自己，因為母親不在了，她覺得整個世界都變了，她害怕極了。

那些假尼姑才有可能向學校報告，絕不會是歐笛。哎呀，不要懷疑歐笛，現在她唯一可以信賴的、唯一關心她的是歐笛。說不定，歐笛也被逮起來，不然怎麼不見了。

這麼一想，米米朵拉嚇壞了，一口氣跑到山下寺廟大門，她回頭看，沒有人跟著。

憂憂為了救她而出事，得想辦法盡快找到母親，才對得起他。

但願他被救，已經回家了。她沿著河岸走，這段路少有居民，路上小坑積滿雨水，飄浮著發臭的垃圾。蘆葦在江水裡只露出一個頂，邊上泡著爛沙發和生鏽的鐵桶。她爬上一個廢棄的舊纜車道，再鑽入一條小巷子，一出來，就該是河濱中街憂憂的家。

出了小巷子，真是河濱中街。米米朵拉直接進了橘色大樓二層。敲憂憂家房門，沒人應，整幢樓靜悄悄，是因為洪水都跑掉了？有隻貓懶洋洋地趴在過道的欄杆上，一動不動。

她打電話給憂憂的父親，是關機，只好留了一張紙條給他，講了憂憂落水的事，並希望他找憂憂，並給她打電話。她把紙條塞進門縫裡。

回家吧？母親不會在，反而會有不想見的人等著抓她。一想到學校的小黑屋，米米朵拉打消了這念頭。

網吧關著門，等得腿站疼了，才發現門上貼有一小紙片，因為洪水關店。米米朵拉撥了同學小芳和琪琪家的電話，電話通了，阿姨開口便說：「小芳和琪琪不在家。」

「放學了，她們怎麼沒回家？」米米朵拉著急地問。

「我也奇怪，告訴她們的父母，他們說她們天一黑就會回家。哎呀，父母不著急，我著急做什麼？」阿姨說完擱了電話。

米米朵拉覺得事情怪怪的，小芳和琪琪能上哪裡去呢？小芳說了會回家裡，這樣米米朵拉和憂憂若想找她們，她們就在。

她們當然不知道憂憂出了性命攸關的事。相比大人們的關愛，米米朵拉覺得孩子的友誼才是重要的。孩子簡單，對你好，是真好，大人呢，對你好，有目的，任何時候都可能變，靠不住。

沿江很多地方和大路被水淹了，米米朵拉只能繞著小路走。江岸朝坡上升了近百米，躲水災的老百姓，搭著棚，有人敲著鍋碗，唱著誰也聽不清楚的老曲子，還有人趴在屋頂上通過手機收聽新聞：

「今年的降水量並不是歷史上最大的，江汛期迄今總流量還不到七百億立方米，可還是百年來遭遇的最大洪水，數百萬軍民齊心守江堤抗洪救災。」

她聽了心裡好難過，百年來最大的洪水，好多人家都沒了，也有人跟她一樣，有家不能回，等於沒家了。就算有家，沒有母親，家等於破了。她往前繼續走，三個大人用一根繩套著水裡三輪車往岸上拉，還有一個學生背著書包，在江邊專心地撿上游飄下來的木椅，面前已放了四把椅子。

她看了看，繼續沿著江邊走。一輪灰濛濛的月亮出現在天上，傍晚的風涼涼地吹過來。不遠處是一家雲南私家菜餐館，圓形門廊前有塊山石，種了修剪講究的松樹，母親經常在那兒做美食節目，米米朵拉對直走了進去。

餐館底層進了水，一個人也沒有，院子有石桌石凳，盛開的梔子花散發著清香。她坐在石凳上，取出包裡的濕衣襪，晾在樹丫上，她又餓又困，心裡絕望透了。

媽媽講過一個故事，從前在江州有一個小女孩，父母被壞人害死，小女孩守在他們身邊，非常傷心，跪下對天發誓，說是父母不活過來，她就不起來。過了十天十夜，她渴壞了，餓壞了，睏壞了，可就是不離開父母一步，最後奄奄一息，還緊緊抓著父母的手。她的誠心，終於感動了天上的神仙，神仙讓她的父母活了過來。

「我跟小女孩一樣，走投無路。」米米朵拉面朝江水，對著月亮跪在地上許願，「天上的神仙呀，佛呀，上帝呀，請告訴我，我的媽媽在哪裡？你讓我做什麼事，我都願意，就是赴刀山火海，我也不怨，請讓我找到媽媽！求求你，求求你！」

她連連叩了三個頭，跪在那兒，跪得雙腿發痠發痛。

什麼事也沒發生，她疲憊極了，雙眼實在睜不開了，就身靠石凳睡著了。母親一身是水，躺在江邊，被一個戴著細眼細嘴面具的男人踢來踢去。她奔過去推開他，大叫：「你這個壞蛋，踢她做什麼？那是我媽媽！」

「你媽媽死了，是個罪人，活該！」那人笑著說。

「胡說。」她抓住媽媽不放。

那人要拖母親走，還好，母親跟江邊那個女屍不一樣，身上乾乾淨淨，也沒有一處受傷，只是她嘴唇緊閉，臉色蒼白，像石膏一樣。突然母親伸出手來緊緊抱住她，對她說：「米米，來救我，來救我！」母親還要說什麼，那人揭掉面具，是一個長有翅膀的餓狼，把母親拖走了。

「媽媽，媽媽！」她嚇得哭了起來。

這時，一條白魚游過來，圓圓的腦袋浮出水面，輕聲說：「不要哭，米米朵拉，我來了。」

「你是誰？」

「我是娃娃魚，我們見過的！」娃娃魚的聲音很親切。

「原來你就是娃娃魚！」米米朵拉覺得這魚完全不像傳說的那樣可怕，樣子也不太陌生，牠的周圍罩著一個光圈，但就是想不起來在哪裡見過。於是她問：「我們見過嗎？」

「我們見過，你曾救過我的命。」

米米朵拉以為自己聽錯了，覺得這事越來越離奇了：「什麼，我救過你命？」

娃娃魚笑了，吐了一個水泡，空中出現了一個長方形，那長方形就像一個電視屏幕：

她和母親的幾個朋友在江邊釣魚，那是三年前，在大江上游，釣魚的人極少。大人們釣的魚又多又大。穿著粉衣的米米朵拉老半天連一條小魚兒也釣不著，太陽下山了，不免有些著急，右腳抖動著，自編歌兒重複地唱：

米米朵拉釣魚魚，
魚魚鑽進水花中，
搖搖擺擺跳起舞，

大蝦小蝦往下竄，
只有魚魚往上蹦，
蹦上我的俏額頭。

這時她的魚竿動了動，似乎有東西重重地拖著。她疑惑地站起來，就在這時，她聽到嬰兒一樣的聲音在哭泣，無奈地說：「米米朵拉，放了我吧！」

她四下看，所有的人都在專心釣魚，邊上沒有別人。不知聲音來自何處。

魚竿動了動，泛著水波，一條白魚被釣著了，整個身體在水裡，露出一個圓頭。她欣喜若狂。抓住魚竿頭，收線，往岸上使勁拉線。

那魚移動得緩慢。她想叫母親，但忍住了，決定自己把胖頭魚弄上岸來，給母親一個驚喜。就在這時，耳邊又響起了帶哭泣的聲音：「米米朵拉，放了我吧！」

這回她聽明白了，聲音是魚發出來的。她驚奇地問：「魚呀魚，你怎麼知道我的名字？」「我是跟著你的歌聲來的呀，你唱得真好聽。」魚可憐巴巴地望著她，眼裡含著淚說：「米米朵拉，放了我吧！」她朝魚點了點頭，彎下身察看，尖利的鉤子深扎進魚的脖頸，她急忙取出鉤子，魚濺起好些水花，瞬間便消失在江裡。

娃娃魚的嘴一抿，那屏幕馬上不見了。

米米朵拉驚喜地叫道：「原來那魚就是你！」可是馬上愁眉苦臉了，想到母親，淚眼花花。

「米米朵拉，你快去冥府！到獅子山的碧雲寺門前石階上，面朝兩江匯合處，對著江心喊三聲『天上人間水門大開！』找到河神的鎮江寶物，此物知百事，治百病，救死復生，移山填海，如願以償。不過此物只能使用一次。」

娃娃魚又說：「記住，時限不多。」說完，朝米米朵拉的額頭吐了一個水泡，她頓時覺得額頭一陣被火燒灼的劇痛。娃娃魚繼續說：「當你額頭這點變淡藍，你就得返回人間。否則這點變藍，就永無返回之日。謀事在人，成事在天。切不可貪心。」

她一時沒反應過來，娃娃魚的圓腦袋已沉下江水裡，連一個波紋都沒有。江水彷彿倒流，有那麼一瞬間閃閃發光，整座城市像是飄浮在空中。

米米朵拉睜開眼，發現自己打了一個盹兒。聳立著高樓大廈的城市一如往昔，蒙有霧霾。雖然天未黑下來，輪船和大橋的燈光卻一點點亮了起來。她伸伸雙臂，躍身而起。剛才睡著，橘色衣袍上微微沾有水點。晾著的衣服和襪子倒也乾了不少。

她穿上鞋把衣服襪子摺好放進包裡，腿癢得厲害，抓了幾下，一看，被蟲子叮了好幾個小紅皰。傳聞中那麼可怕的怪物娃娃魚，居然對她那麼和氣，他甚至說她救過他的命！娃娃魚能說人話？從未聽人說過！

不對，那是我做的夢，一個不可言說的夢，像真發生過一樣。

但如果不是夢，是真的呢？

米米朵拉糊塗了。娃娃魚說過的每個字，她都記得一清二楚。娃娃魚最後那句話有好多層意思，尤其警告她不要貪心，否則後果不堪設想。

江水沒退，反而漲到石桌石凳邊了。她背上書包，朝東走。江邊進水的人家坐在屋頂和陽台上，發愁地看著江水。在自搭的棚裡，大人孩子擠睡在一塊，不睡覺的人趴在屋頂窗前議論紛紛，他們害怕打仗，害怕洪水不退買不到吃的，害怕繼續天災人禍，認為是老天懲罰人類的印記。

「大江下游大壩裂痕明顯，早晚要決堤。」

「這是謠言！」

「你可以不信，可心裡發慌吧。」

「白癡，你不知自己在說什麼？你看看咱們政府非常重視，除咱們江州駐紮的部隊，又調入外市部隊，配備醫療人員和災區缺乏物資，全國上下捐錢捐物，軍民齊心合力救江州之災。」那人停止，頭頂響起直升機的引擎聲。他抬起臉來望著，激動地說：「你們看看，這不，連直升機都出動了。咱們政府說幹就幹，將投入更大的力量和資金，用於災區。」

「這下我們有救了。」

有人開著三輪車，車上堆了好多東西，一邊吼道：「讓開讓開！」米米朵拉趕快往前走。碼頭中心廣場上暮色中，整齊地站著兩大排穿著白大褂的人，神色嚴肅，面朝滔滔不息的江水唱聖歌：

我今如同旅客行路，有時黑雲蓋前途

等我到那榮華福地，就無愁苦無歎息

戴著眼鏡胖胖的神父在他們前面，手裡拿著一疊紙，風把他發白的頭髮吹得亂亂的，但他紋絲不動。

米米朵拉想起娃娃魚的話來，他讓她快去冥府！到獅子山的碧雲寺門前石階上，面朝兩江匯合處，對著江心喊三聲「天上人間水門大開！」到冥府找河神的鎮江寶物。她搖搖頭。但願這一切是夢，這水災並不是真的，母親失蹤也不是真的。米米朵拉把拇指放進嘴裡一咬，結果痛得大叫起來。

這不是夢，她放心了。手機裡面沒有人打電話發信息。憂憂的父親也沒有打電話，她留了紙條，紙條上有她的手機號碼，說憂憂掉進江裡去。這個父親怎麼沒反應。母親見不著我，一定比我更不能忍受。墨鏡黨壞蛋、紅鼻子校警會抓我，怎麼辦？等等，既然這一切不是夢，那為什麼不按照娃娃魚說的做呢？真要去陰間嗎？米米朵拉的心裡搗騰開了。她在江岸上來來回回打著圈走，像熱鍋邊上的螞蟻，不知該如何辦。

一群灰鳥在江上來回飛著，天空突然像開了一個窗，透出一束光線來，霧霾幾乎完全散去。

就在米米朵拉仰頭望這工夫，好幾個墨鏡黨的人站在私人碼頭底端，其中一個就是和憂憂一起掉進江裡的光頭，嚇得她拔腿就跑。那幾個人馬上追過來。

她想朝山上跑，可是山上也站著一個墨鏡黨。她一下子慌了，從唱著聖歌的隊伍裡穿過，不知跑了多久，她發現自己來到獅子山的碧雲寺大門前。

那些追她的人也到了。

灰鳥們在河面上來回飛著，低得幾乎擦著江水了。

母親從未說過冥界不存在，相反，母親說，管你叫冥界或是叫地獄或是叫陰間，人死了就會去那裡，外婆外公也是從那兒去了天堂。冥界和天堂一日，人間一年。那兒有河神、酆都大帝，掌管人的生死和輪迴；那兒有十殿閻王，執掌刀山、火海、寒冰等十八層地獄，閻羅王是十殿閻王最可怕的王，吹一口氣，人就變成灰燼。

我怕他們，可我得找媽媽！得找那寶物，就可知媽媽在哪裡！如果媽媽遭到不幸，寶物可讓她復活。我信，信總比不信強。米米朵拉對自己說，沒有媽媽的生活，還不如下地獄。

米米朵拉跑上幾級石階，喘著氣。兩江匯合處，其實並未正對著獅子山的碧雲寺。漲水後，在寺廟大門石階前，怎麼看也是面對的。沒錯，今天歐笛帶她來過。這大門前的石階應該就是娃娃魚所說的地方。天上的黑雲壓得更低了，墨鏡黨們從左右兩邊朝石階靠攏，那個光頭正不慌不忙地走上石階。

她無路可走，面朝江心喊，可是嗓子像是堵著了，喊不出來。她低下頭憋足氣，對著江心喊：「天上人間水門大開！」

她等了一下，又喊了兩下。

沒有什麼事發生，她腳下還是石階，滔滔的江水不顧一切地向前流淌。

光頭快步奔上來，一把抓住她的左手臂，高興地說：「小姑娘，很高興，我們又見面了。」其他墨鏡黨站在石梯兩側，一齊擊掌，臉上綻開笑顏。

「你這個壞蛋，放開我！」米米朵拉拚命掙脫，可是她的勁太小了，光頭把她的雙手反剪在身後。她絕望了，什麼也不顧地對著江水連叫三聲：

「天上人間水門大開！」

一切原樣，什麼事也沒發生。

「喊什麼呀？小小年紀怎麼神經有病！乖乖地跟叔叔走吧！」

光頭話音剛落，江水突然「嘩」地一下分開，從她站著的石階，延伸著一坡長著青苔的石階。

她傻了，掙脫他的手，朝下走，那石階比寺廟的石階窄、比寺廟的石階陡，濕濕的，黑乎乎的，深不見底，一股刺鼻的潮氣湧來，彷彿有強大的吸力，在她頭頂飛著的灰鳥全朝石階下飛。她想也不想，跟著鳥兒們不顧一切地跑了下去，那速度真比閃電還快。

第二部

第一章　幾維鳥

米米朵拉跑下長長的石階，江水在她身後合攏，裡面一片漆黑，她嚇得渾身發抖。她停下腳步，從書包裡取出電筒來打亮。

潮濕的石階上全是鳥兒的羽毛，手電筒掃著那片黑暗中窄長的石階，潮氣結在石壁上，有水滴掉下來，頭髮馬上濕了。雙腳踩下去，像踩在油漆上，得費勁才能抬起腳。電筒光掃著台階，她往下走，心裡數著數，她看到石階上全是鳥兒的屍體，她蹲下，摸上去是溫熱的，沒一隻鳥活著。她小心地把死鳥堆在一處，抓了岩石上的青苔蓋著。繼續前行。

下到幾百步台階時，電筒光突然變暗，四周接近漆黑，她感覺到了熱熱的氣體撲面而來，石階盡頭出現玲瓏剔透的鐘乳石柱，一層又一層，色彩壯麗，有的像熊，有的像巨人，有的像母親和孩子，有的像群魔亂舞，她握著手電筒的手發抖，面前沒有路，她只能攀爬懸崖絕壁，好在有些石柱帶著光，她熄了手電光。崖底的暗河流淌著紅紅的岩漿，熱氣騰騰。她慢慢挪著步子，終於走到一個洞穴前。裡面太黑，她開了手電光照著，繞過一個石壁，竟然出現一座拱石柱，橫跨在兩個石壁上，分明就是一座天然的窄橋。她大著膽子走上去，石柱有裂隙、狹窄處只夠放一隻腳，另一隻腳必須放下一個位置。她雙腿發抖，踩上去，戰戰慄慄如同走鋼絲，橋下深不見底，漆黑中泛著少許白光，像餓狼的眼睛，摔下去，肯定粉身碎骨。手一哆嗦，手電筒滑出手，嚇得她趕快蹲下，平視前方，深深地吸了一口氣。

突然兩道綠光射過來，她完全看不見。她站了起來，感覺窸窸窣窣的聲音漸漸近了，她用手擋了擋，透過手指縫，看到一條綠色蟒蛇攔在面前，連頭帶尾足有十丈長，兩束綠光從牠的眼睛射出。

米米朵拉嚇得說不出話來，她不敢動。

「害羞的小東西！」綠蟒蛇繞到她的後腦來，用嘶啞的嗓音說。

米米朵拉閉上眼睛，緊緊咬著自己的嘴唇。

「有個性的小東西！」綠蟒蛇把米米朵拉上下纏了三圈，她連呼吸都呼不出，綠蟒蛇熱呼呼的嘴幾乎貼著她的臉：「這肉真鮮嫩，今天可以好好飽餐一頓！可憐可憐，為何而來？可惜太小了，只能吃一口，填我的牙縫。」

「媽媽，你在哪裡？快來救我！」米米朵拉叫了起來。

綠蟒蛇哈哈大笑：「叫媽媽的孩子，還在吃奶水吧？」牠把她纏得更緊了，感覺再纏一分鐘，她快窒息了。母親不在這兒，得靠自己。於是她把心裡的感受說出來：「你這麼大，我這麼小，你明顯在欺負我，你居然跟我這樣一個小女孩一般見識，有本事的，你去纏去吃比你大個的恐龍。恐龍比你大幾億萬年，你根本就見不了牠。本來我來，是個大祕密，不過你想知道，我也可以講，以此考驗你是不是一個守信用的蛇，但你必須保守我的祕密。」

綠蟒蛇一聽，居然鬆開了一點，逗趣地說：「小東西說話真好玩。我可以向你保證，我會保守你的祕密。」

「這祕密當然跟我媽媽有關，你能猜就猜。」

「你怕我，你媽媽也會怕我，這個祕密將更是祕密，當我吃了你後。哈哈，你發抖了，害怕了吧，我會趁你沒注意，一口吞了你的。」

「連你的笑聲都不公平，我真的非常害怕。嘿，你笑一個害怕你的小孩子！也不覺得可恥，你該給自己一個耳光，只是為了打醒你。」

綠蟒蛇停了笑聲：「沒見過你這種人類！既然恐懼，就趕快回去。」這時幾隻黑鷹從深崖飛出，尖叫著朝他們衝來，盤旋地飛在他們頭項，這些鷹都生著人臉，尖嘴鋒利如刀，她看了，非常恐懼，急忙。垂下眼。

「不回去，也沒用，鷹會吃了你，即便你能逃脫，牠們會把你這個活人來冥界的消息遠播，你終會被抓住，必死無疑。」綠蟒蛇把米米朵拉纏得更緊了，她無法呼吸，竭力掙扎，虛弱地說：

「你這種專挑小螞蟻欺負的東西。告訴你吧，不管你說什麼，我都不回去，絕不——」她說不出來話，昏了過去。

「小螞蟻，再見。」綠蟒蛇居然鬆開她，滑走不見。米米朵拉掉在石柱中間，四周重新陷入陰暗之中，盤旋在頭頂的黑鷹朝她撲來，可是看不到，撲了幾次，便振翅飛遠了。

她躺在原地，一動不動，過了也一陣子才醒過來，我死了嗎？她手觸到石柱，綠蟒蛇呢？不在，放了我，牠叫我什麼來著，小螞蟻，這一分心，身體傾斜，整個身體往下墜落，她本能地往上一躍，想去抱住橋。結果抱不著，相反墜落得更快了，她不由得發出一聲慘叫：

「媽媽！」

不知往下墜落了多久，可能兩分鐘，可能十分鐘，也可能更長久，反正米米朵拉重重地落在一個柔軟的東西上。她喉嚨裡湧著口水，她動了動嘴唇，伸伸腿，又抬抬手，感覺手腳都在身體上，沒有斷掉，伸手一摸身下軟軟的東西，想抓住，那東西馬上閃開了。她沒敢睜眼，摸摸周圍，有石頭有軟軟的泥土，居然不是岩漿，也不是尖利的冰峰。

這麼說我仍然活著。她趕快睜開眼，這兒不是太黑，是一片崎嶇不平的山谷，四周全是怪嚇人的山崖。沒有樹，沒有動物，頭頂灰濛濛，高遠無邊，四下靜得出奇，她的心急促地跳，還有一種伴奏，咚咚咚。莫非我有兩顆心或是我的心會演奏單調的音樂。不對，這弱弱的咚咚聲不是發自她的身體，而是在她的左邊，她望過去，有一隻鳥站在一塊峭石上，兩隻眼睛亮亮地看著她。

「要不是遇上我，你肯定粉身碎骨了。」那隻鳥有尖細的長嘴，聲音聽起來也有點尖。

米米朵拉站起來問：「此話怎講？你是誰？你這小東西會說話？」

「幾維鳥呀。我想說時就會說，除非不想。我活了快一個世紀，從未遇見一個小女孩，而且從空中掉下來，垂直砸中我。」那鳥一邊撲閃翅膀一邊高興地說，「我的身體縮小啦，哈哈，砸回我原來的大小了。」

「你現在像一隻鴿子，嘿，你原來比現在大？」

「比現在大一百倍。」

「那肯定是個可愛的大怪物。」米米朵拉說著，摸摸自己的臉和辮子，「我真的活著嗎？」

幾維鳥說：「當然嘍！」

「哎呀，若不是你這可愛的幾維鳥，我的身體落在石頭上，那還不粉身碎骨了嗎？我得謝謝你。」

「不謝，不謝。說謝的應該是我。」

「為什麼呢？」米米朵拉疑惑了。

「我在等風，等風把我送回家。」幾維鳥並不回答她的問題。

「你不能飛嗎？」

「不能。」牠讓她看岩石上畫下的密密麻麻的符號。

「這是什麼？」

「我待在這兒的天數。」

「天哪，我數不了。」

「我數得清。聽著，我的祖祖輩輩都住在南海的一個小島上，因得罪島上的蛇精，被施了魔咒，失去翅膀，沒了飛行能力。只有我不服，想找回飛行的能力。在我九歲生日的那天，我找到一本魔法書，全是學習飛行技能和修練魔法的要訣，我如獲至寶，天天練習。有一天我生出翅膀，長得也比同類大，我會了好些魔法，想練成後飛離小島。結果蛇精得知，我家人全被牠害死，變成石頭。蛇精來抓我，我不敢與牠打，只能逃，恰好有股狂風，把我吹到這人界與冥界的交界口。我沒法離開這兒，一定是那蛇精隔海施魔法定我在此，只能原地走十步。我已會的魔法不會了，靠吃這泥土和喝岩石縫的水活下來。日子過去不知多少年了，有一天我聽到一股風在說，東南西北風都在討論我的問題，說只要我繼續好德性、不怪罪於風，會有好風把我送回家。我怎會怪風呢，我只恨那蛇精心狠手毒，弄得我家破人亡，一個人流落在此。真的，我一天也沒怪過風。我就在這兒等啊等，因為吃了這泥土，身體一天天變大。又有一天我聽到一股風說，因為我中了蛇精施的魔法，什麼樣的風都無法送我離開。風還說，若是到一百年，我仍在這人界與冥界的交界處，就會變成一隻石頭鳥。每天膽戰心驚度過，還有一天，我在這兒就有一百年了，幸好你落到我身上，痛得我渾身鼓脹，居然一下子變小了，而且，原先的定力對我不起作用了。也就是說，蛇精定我在此的魔法被你這一砸，砸掉了。」

幾維鳥走下峭石，走向米米朵拉，在她面前停了下來說：「你看，我已經走了差不多二十步了，再走一百步，一千步也沒問題。若不是今天遇上了你，明天我就是一隻石頭鳥了。知道吧，我在這兒幾乎就變成一塊石頭了，我的心充滿絕望，現在我的心又充滿了希望。如果我能記得魔法，好好練習，早晚有一天我會飛。」幾維鳥的聲音由悲傷轉為高興，「所以，我要謝謝你。」

「不要謝了，那是你運氣好。真是了不起，能在這種地方待這麼久呀！」她注意到自己剛才掉下來的位置，邊上是一個大坑。

「你看那裡的土就是被我吃掉的，成了一個坑呀。」

「你真了不起！」米米朵拉向幾維鳥伸出手來：「我叫米米，我要去找媽媽，你願意跟我一起去嗎？我可把你帶回人界。」

幾維鳥沒有把腳伸向她，反而搖搖頭，繞著她走了一圈，又走了一圈後才說：「讓我考慮考慮。」

米米朵拉蹲下身子，幾維鳥沿著她的手臂走到她的肩膀上，用細長的嘴啄她的頭髮充滿好奇地問：「米米，嘿，可憐的小屁孩，你怎麼來到這兒的？」

「不要說我『可憐』，更不要叫我『小屁孩』。」

「對不起啦！」

「哼，道歉倒很快。幾維鳥小老哥，我來這兒，是要去冥府找鎮江寶物。」米米朵拉覺得牠值得自己信任，便把自己如何在江邊與母親走散，如何找母親，好朋友憂憂如何掉進江裡，自己如何遇到娃娃魚，如何到這兒來的事說了，直說到在這兒遇到幾維鳥才停了。

幾維鳥點點頭，聲音有點嘶啞地說：「好吧，勇敢的孩子，我弄不懂你們人類的事，看來哪裡都不好活。小米米，不管怎樣，我倆遇上了，算是有緣，我陪你去冥府吧。」

米米朵拉一聽，高興地跳起來：「太好了。」她彎下身，抱起它問：「我們該怎麼走？」

「掉轉方向，向後走。」

米米朵拉和幾維鳥轉過身來，山谷間沒有路，都是泥土和亂石，還有就是高聳著的怪石峰。她往後走，真的在兩座石崖間看見一個縫隙，她想走過去，突然白光一片，似一堵牆擋著。朝左朝右走，也是如此，白光扎得她雙眼發痛，直流淚，她趕緊閉上眼睛。

「怎麼辦？」幾維鳥閉著眼睛說。

「你這上了百年的幾維鳥都沒辦法，我這十歲小人類能有？」

「那我們完了？」

「絕對如此。」米米朵拉承認了。隔了大概幾秒鐘，她說，「我們留下，什麼也不會改變，我們必須離開這裡。」

「不行，我不能，我最怕強光。」

「其實我也做不到。」

「若是我們硬走，可能身體會成為好幾塊。」

「沒準我的頭到了你的身上，你的頭到了我的脖子上，那樣很好玩。」

想到會出現的後果，米米朵拉和幾維鳥都笑了起來。

「最多是那個樣子，也不錯。」

米米朵拉說著，與幾維鳥彼此看了看，懷著永別一樣的心情問，「準備好了？」

「說不定超級酷。」

幾維鳥點點頭，然後閉上眼。

米米朵拉也閉上眼睛，抱著幾維鳥朝前走去，白光之牆攔在面前，她沒有猶豫，硬是往前走。像瓷器破裂的聲音，只有一下，震得她整個身體彈了一下。米米朵拉不由得睜開眼睛，白光之牆消失，她站在一個雜草叢生的戈壁灘上，遠處有一堵高高的石牆，歲月風化，牆面不平，有好多奇怪發黑的貝殼。米米朵拉拍拍懷裡的幾維鳥：「嘿，小老哥，我的頭還在我的脖子上。」

「哎，我也是。」幾維鳥高興地說，牠跳下地，翅膀往外撲了撲，儘管飛不了，可走得飛快，走過去吃高牆根籐蔓上的漿果。

米米朵拉跟上，到了牆前，把幾維鳥放在肩上，攀上石頭，往上爬。石頭上長著苔蘚，很滑，滑到地上，摔了個四腳朝天。「哎喲！」幾維鳥痛得叫起來。

她心疼地抱起牠，放在肩膀上，又開始攀岩，牆上的小貝殼一抓就掉了，她挑大貝殼抓著，腳踩著，往上用力地攀。終於搆著牆頂，她雙手吊著，腿跟了上去：「加油！」給自己打氣，一撐，撐上牆頂。

站在牆上，她看到地平線上出現了一個岔路口，有三條道，每個道上立著個石牌坊。「幾維鳥小老哥，走嗎？」

「當然。」幾維鳥尖聲叫道。

下牆容易多了，她抱著幾維鳥跳下小山丘，又從山丘滑下。幾維鳥在米米朵拉的肩上說：「我們走哪個道呢？」

米米朵拉沒吭聲，她爬下牆來，把幾維鳥放在地上。幾維鳥撲閃著翅膀，又說：「你沒主意，你的主意等於零！」

米米朵拉沒理牠，朝前走。幾維鳥在原地嘰嘰咕咕，一邊啄地下的蟲子猛吃。她沒辦法，只得返回，對幾維鳥舉了舉拳頭：「我媽媽說過，歷來貪吃誤大事。」

「俏小姐，要知道我快有一百個三百六十天沒吃過蟲子了。」幾維鳥飛快地走。

「算術不好，那是快三十六萬天，哼，叫我老師。」

看著很近的路，她和幾維鳥走了大半天才走了三分之二的路程，累得筋疲力竭，一身大汗。

老師好，老師好，

老師走路像小鳥。

小鳥不飛，小鳥能跳，

一跳二跳跳到漿果牆頭，

看著老師栽了個大觔斗。

幾維鳥在她身後走著，來來回回反覆唱，米米朵拉聽膩了，堵著耳朵。還好，終於到了岔路口，幾維鳥停了唱歌。他們面前三條道上牌坊頂端都寫著「冥界」兩字。左道牌坊前有個男人擺了一個攤，賣香噴噴的雞頭，插著竹籤，沾著紅辣椒粉，竹筐裡是沒有雞頭的雞身。他頭上纏著麻布，看不出年齡，正在用一根毛巾擦臉上的汗。男人身後是一條羊腸小路，漸漸擴大，可以透過縈繞的煙霧，看見一座連著一座矮小的房子，院牆瓦片紫不紫、青不青，整座城池靜悄悄，沒有動靜。

中道雜草叢生，好些樹枯了，道兩側立著好些石雕的馬和牛羊，背景是巨人似的山崖。右道上有一隻奇大無比的連體雙蟹，正擋著一個青臉小猴子，不讓小猴子進。小猴子不時前進兩步，不時後退兩步。雙蟹的身後是熊熊燃燒的火焰。

左道上的攤主親切地笑著招呼米米朵拉：「小姑娘過來，吃了雞頭避邪走鴻運。」

米米朵拉覺得肚子真餓，走過去問：「老闆，請問多少錢一個？」

「兩元一個。」

米米朵拉掏出兩元紙鈔遞過去，那人看了錢很吃驚：「小姑娘，你是從哪兒來的？」

「這不是錢嗎？」

「是錢，是錢，但不是我們這兒的錢。不過沒關係，我可以託朋友兌換。」那人高興地把紙幣放在褲袋裡，遞過來一個沾著紅辣椒粉奇香無比的雞頭。

「我也要雞頭。」

米米朵拉彎下身遞給了幾維鳥：「哼，下次不要唱我栽個大觔斗。」

「栽了個大觔斗，栽了個大雞頭。」

米米朵拉接著小販遞上來的雞頭，低頭正要吃，眼光瞥見那人在笑，跟剛才的微笑不一樣，帶有得意和詭計。她頓時覺得毛骨悚然，扔掉雞頭，後退了一步，對幾維鳥說：「嘿，別吃。」

一個雞頭「吧嗒」一聲落在腳前也學她的樣，後退一步。米米朵拉不由得說：

「你這小老哥，關鍵時刻倒一點兒也不添亂。」

那攤主仍是站在原處，臉上的笑僵硬，他輕輕咳嗽了一聲，竹筐裡沒頭的雞身，統統蹦飛出來，落到地上，向米米朵拉走來，脖子還噴著血。中道上石馬和石羊，也在朝她一步一步移近。

米米朵拉呆在那兒，幾維鳥跳了起來，用長嘴啄她的腳踝，她這才反應過來，抱了幾維鳥拔腿就跑。

那攤主並不追，嘴裡喊著：「小姑娘，跑沒用，最後還得回來。」

米米朵拉跑得更快了，上氣不接下氣，問懷裡的幾維鳥：「你沒事吧？」

「沒事，米米，可是我們怎麼在原地跑？」

米米朵拉停下來一看，可不，他們真的是在原地。

「小姑娘，趕快到我這兒來吧。」攤主著急地叫，「我這兒通向光明世界。」

米米朵拉問幾維鳥：「冥界這三個道，萬一結果全一樣呢？」

幾維鳥說：「這是最壞的結果。要不，我們回去，另找路吧。」

「萬一回去，也沒有路呢？」

「算術老師，馬上我們的生命成零分，慌張不得啊！」

米米朵拉心沒有剛才那麼慌了，她站在右道中央，回轉臉，看左道上的男人和斷頭的雞群，又看中道上朝她移動的石馬石羊，它們的樣子變得非常猙獰，露出尖利牙齒想吃了她似的。她回過身來，在右道上走了兩步。

雙蟹忽然丟開青臉小猴子，朝米米朵拉張牙舞爪地撲來，牠比米米朵拉高出三倍，眼珠亮得出奇，腿上的毛如尖刺，頂端鋒利如刀片，閃著冷光。她驚恐地從雙蟹腿與身體的空隙處奔過去。牠急得掉過頭來，喘著氣，濺得塵土飛揚。她拚命狂跑，撲面而來的熱浪使她不得不止步，面前是一片火海，雙蟹追過來，她沒有逃的餘地了，急得團團轉。

幾維鳥一直在她懷裡，看見這情勢，尖聲叫著：「我們的命馬上是零，我們的命馬上是零。」

米米朵拉伸出右手，把幾維鳥抱在懷裡：「別怕。」

這時青臉小猴子輕輕一躍，到了她跟前，命令道：「快閉上眼睛！」

米米朵拉閉上眼，青臉小猴子抓起她來，用力往天上一扔。她感覺一股狂風吹來，整個身體剎那間飛起來。她大著膽子睜開眼睛，發現自己飛在熊熊燃燒的火焰之上，準確地說，是一座火焰塔，火焰變成好多火龍火蛇，有一隻龍托著她，餘的想吃了她，她把雙腿抵著猴子的屁股，一隻火蛇咬住她的袍子，一用力，袍子上的一塊荷葉花邊被牠吞進肚子。她飛得更高，高得她不敢看了。

狂風在耳邊呼呼作響，突然她的雙腳觸到一個硬硬的東西，風隨即消失，急忙睜開眼一看，原來自己站在一棵有籐蔓纏繞的古樹上。這樹直上雲端，樹身得有七八個大人才能圍住，枝丫尤其密集，樹葉比她的臉還大，分外嫩綠，小白花夾在樹葉間。樹邊有很多像芭蕉樹的樹，還有很多黃色杜鵑花，夾在灌木之中，紅土生長著蔥綠的野草，鳥一聲接一聲地叫，清脆悅耳，卻看不見鳥。

米米朵拉鬆開手，幾維鳥跳上樹枝，鬆了一口氣說：「我以為我死了呢。」

「我也是，剛才真險呀。」米米朵拉回轉身看，「小猴子呢？」

「沒跟來。」

「他的聲音好熟！我向你保證，我一定見過他呢。」她說完，搖搖頭。「嘿，怎麼可能？」

「管你見過他沒有，反正虧了他救我們。」幾維鳥一邊看四周，一邊說，「哇，我喜歡這兒，空氣好新鮮，景致好美麗！你呢？」

「可不！」米米朵拉回答。像是應著她的話，樹葉抖動，隱藏起來的鳥唱著好聽的曲調。她踩著樹枝往樹上爬，可以看到不遠處有湖，更遠的地方是一片灰色。越爬樹越高，伸入深藍的天空，到處是白雲，有的像人，有的像動物，有的像書本，有的像城堡，近到伸手可摘，遠到像一場夢。

看了一會兒，她從頂端爬到幾維鳥的身邊，四周非常安靜，她不由得問：「這是什麼地方？」

「我也想問你這個問題呢。」幾維鳥說。

「幾維鳥小老哥兒，遇上我，你的腦袋怎麼就成了豆腐渣？」

「什麼是豆腐渣？」

「就是不動腦子。」

幾維鳥被她這麼一說，不好意思地縮了縮脖子，彷彿要縮進肚子裡。

米米朵拉好高興，面前的一切奇美無比，她攀著樹幹踩著樹枝下地。環繞著古樹生長著好多小小的花朵，紫白二色，像地毯一樣鋪了好幾里，那紫，跟她那天空深處的藍相似，那白呢，像雪花。她稍稍走遠一看，紫白二色組成一個陰陽圖，陰中有陽，陽中有陰，非常神祕。

她像一隻蝴蝶，飛舞在花叢中。早春的花，過季的花，照樣盛開著，沒見過的花，發亮的花、如小鳥叫聲的多彩的花，像一串串鈴鐺倒懸在樹上。風一吹，便發出好聽的有節奏的聲音。哈，原來聽到的鳥叫是這些花兒發出來的。還有不少花會左右大弧度搖擺，也有一些藍色的球狀花上下跳動，人一走過，花瓣紛紛張開，粉色長蕊伸出來，彎彎的，像在招手致意，香氣隨風飄蕩。

她摘了一朵，放在鼻子前聞，清香如茉莉。

這麼一路看花摘花，不知不覺她到了樹上看到的湖邊。湖水非常清澈，看得見水下有一座古寺廟，還有一片連著一片的小鎮村莊。母親以前告訴她，因為修發電大壩，大江水位上升，下游好多城市好多縣鎮被淹沒在水下。一直跟在她身後的幾維鳥說：「不要看，看多了，不知會發生什麼事。」

「我想看。」

「可能是幻想湖，跟你的記憶有關，這兒不太像真正的冥界，沒弄清我們在哪，老師最好不看。」

米米朵拉點點頭。湖邊有好些樹，樹和樹之間有籐纏成一個鞦韆形狀，她走過去坐在上面，雙手抓著籐，腿一彎，身體一動，盪起來。好多哭泣的聲音湧來，像鬼怪嚎，又像貓叫，甚至夾有母親的呼喚：「米米！米米！」

「媽媽！」米米朵拉叫，「難道我媽媽死了嗎？」

她跳下樹籐，那些聲音馬上消失了。幾維鳥跳上樹籐，沒用力，樹籐就自個兒盪了起來，幸虧牠的雙腳夾著籐了，否則早就盪進湖裡了，嚇得牠叫起來：「停，停——」

沒等到米米朵拉拉住樹籐，樹籐自己就停了，這樹籐聽得懂幾維鳥的話呀。

幾維鳥說：「鎮靜，聽著，小傢伙，你媽媽不一定死了。這個地方神奇得很，這樹籐更是特別，坐在上面，可以聽到你心靈深處的聲音，尤其是親人的聲音，如果你想聽的話。」

米米朵拉鬆了一口氣說：「你是對的，我感覺這兒還不是冥界呢，最多是冥界的邊緣。如果是這樣，就不是我的目的地。親愛的小老哥，我們走吧，去冥界的中心冥府！」

幾維鳥停止不動。

「怎麼啦？」她不解地問。

幾維鳥望著她，一副難過的樣子。

「你要是不想跟我走，那我得走了，我得趕緊去找寶物救媽媽。」

「對不起，小米米，我不能跟你走了。聽我說，你已經把我帶出了危險。這兒很像我的小島，我……我剛才也聽到親人的聲音，我想他們。」

「可是，你回去，沒一個親人了。」她理解地說。

「那兒有我和他們在一起的記憶。」

「你不怕蛇精害你嗎？」她蹲在地上，摸著幾維鳥長長的嘴問。

「我怕，可是我不能總是怕，我想重新找到我的魔法書練本領，我要打敗蛇精，給親人報仇雪恨。」

「好樣的，你一定要小心。那我自己去冥府。我的小老哥！我會想你的。」

幾維鳥跳到她的肩膀上，張開翅膀碰碰她的脖頸：「癢癢你。」

她把臉靠在幾維鳥的臉上，雙手也環抱著牠的身子。

幾維鳥說：「謝謝你，我的朋友。」

「好吧，那我們就在這兒分手吧，多多保重呀！」

「我有個主意，你要找鎮江寶物，得往河神宮殿去才是。」

「我也這麼想。」米米朵拉不捨地說：「再見，我的小老哥。」

「再見了，我的算術老師！」

看著幾維鳥小小的身影消失在花草叢中，米米朵拉轉身離開湖邊，決定朝古樹相反的方向走，她在心裡說，但願這兒離冥界不遠。

第二章　走入集市

這兒與江州的霧霾天截然不同，不管走多長的路，天空都紫藍得可愛，路上全是奇花異草，有的高過米米朵拉的頭，有的矮過她的膝蓋，色彩罕見。以前她未曾見過這樣迷人的景色，聞到這麼清新的空氣，她張開嘴大口呼吸。

溪水潺潺流淌，除了水聲，還有她自己的腳步聲，陽光溫暖地照著她沁出微小汗珠的臉。

她走呀走，一抬頭，居然回到那棵古樹前。她心裡好想幾維鳥，但願牠回鄉之路順利。為了看得更清楚，她爬上樹，比上一次爬得更高，四下張望，沒有幾維鳥的蹤跡，也沒有其他的動物，甚至鬼。遠處湖上的漣漪像一群群星星閃爍。

更遠的地方，是一片虛無，翻捲著濃濃的灰色，像一個惡魔空蕩蕩的大嘴，在無限張開，企圖吞滅一切，米米朵拉不由得打了一個冷顫。

昨晚什麼都沒吃，肚子餓得叫了起來。米米朵拉發現樹葉遮擋著尖尖的青果子，形狀像一枚大棗，她顧不得能吃不能吃，摘了果子就吃了起來。裡面有滑溜溜的籽，酸酸甜甜的，非常好吃。可是吃一個，肚子就飽了，她把結在樹枝上的另外四個果子都摘了，放進書包裡。書包沒拿穩，一下子掉了，她急忙彎身抓住，居然一抓一個准，神速無比，感覺力氣也大了，書包在手裡，輕飄飄的，如同一片薄紗，之前的疲勞都消失了。她折下帶小白花點的一段樹枝，做了一個花冠戴在頭上，飛快地跑到湖邊，洗黏黏的手，她看到自己的皮膚變得滑順，光潔如玉，頭髮變得幽黑，臉頰粉紅好看。她弄不懂，這是怎麼一回事。

她決定不管，選擇了一條與剛才完全不同的方向走。

時間不知過去了多久，米米朵拉經過了好多不同的花朵和樹，最後又回到古樹前。她走到湖前，看水下的房子，水裡映出一個背著書包的小姑娘焦慮的面孔。這時水裡出現一群黑鷹，朝她飛近。牠們生有人臉，跟蟒蛇相遇她時一模一樣，牠們湊在一起，有隻鷹嘀咕：「是她，絕對是她！」

米米朵拉不由得心驚膽顫，急忙把身體掩藏在草叢中間。黑鷹們衝出水面，盤旋在湖上，一邊飛一邊尖聲唱：

花樹和風兒悄悄講，
今日大活人來了個，
她要吃小小螞蟻雙。
大王快醒來吃了她，
剩下心肝當作便當。
我們的歌要到處唱，
今日大活人來了個，
她要吃小小螞蟻雙。

米米朵拉嚇壞了，幾維鳥說得對，那幻想湖不能看。綠蟒蛇說過，黑鷹會將她這個活人來冥界的事廣為傳播。剛才又被牠們發現了，怎麼辦？

她連氣也不敢出，趴在草叢裡。黑鷹飛了一陣，沒發現她，飛回湖裡。米米朵拉返回古樹，爬得高高的，想再看看有沒有別的路，可看到的景致和之前一模一樣，若是下地，還會走迴旋路，走不出這個迷宮，她一籌莫展。

幾維鳥在的話，還有個商量的朋友，現在就她一個人，怎麼辦？她雙腿吊在樹枝上，坐在那兒發呆。

就在這時她聽到樹下有氣喘吁吁的聲音，低下頭去看，有東西朝自己坐的地方爬來。

她急忙躲進幾片碩大的樹葉後面，這才偷偷地往下看。

一個侏儒和一個大力士手攀樹幹、腳踏樹枝往上爬。大力士虎背熊腰，高過兩米，穿著一件短款中山裝，威風地佩著劍鞘，小腿綁帶飛刀，頭髮茂密，長臉黑紅如馬，不錯，就是馬臉。侏儒黑衣黑褲，費力地跟在大力士身後爬，身子不靈活，好不容易上了一個樹枝便大喘氣，他的臉百分之百是兔臉，他不屬於那種大頭身長腿短的怪物，而是成比例的縮小，乍看像一個孩子。大力士不耐煩地說：「快點，不然就晚了！不能晚，千萬不能晚！」

他飛快地到了另一個樹枝上，可是侏儒還是停在原處，他力不夠，總滑下來。大力士不管他，自己攀上更高一些的樹枝，一閃，人就不見了。

侏儒蹲在一個樹枝上哭起來。

米米朵拉爬下樹枝，停在侏儒的上端樹枝上，還沒說話，侏儒一看見她，便連連作揖：「小傢伙，快快拉我一把！」

米米朵拉伸手拉他，侏儒還是爬不上來。她跳到他的樹枝上，蹲下，雙手死死地抓著樹枝，讓他踩著她的背。他矮，可是並不輕，她忍著他的重量，等他爬上樹幹，他怎麼爬也上不去，又跳下她的背來，抱著小腿直叫喚。

她覺得奇怪，一看，原來他的右小腿受了傷，皮膚綠綠的，有綠血凝結了，腫得好高，褲腿捲著。

他連連嘆氣。

米米朵拉從書包裡取出繩子，爬上樹幹，讓侏儒抓牢繩子。她拚足全力，硬是把他拉上樹枝。米米朵拉非常驚奇自己能有這麼大的勁。侏儒鬆開繩子，撥開茂密的大樹葉，露出一道窄門，掛滿籐蔓。她跟在他身後，看得真切。

他小小的身體進到門裡，突然回頭，厲聲說：「你不要跟著我！」

「為什麼？」

「我要去冥都。」

「我也要去那裡。」

這下輪到侏儒吃驚了，他上下打量米米朵拉，冷冷地說：「小傢伙，各人有各人的祕密，你不講，我不問，本不該讓你這個小生人知道這個祕密通道。可是，你心眼兒好，幫了我，我就不隱藏了。不過到此為止。我過去後會把通道堵住，你甭想進來，否則後悔都來不及，那邊的世界不是你能待的！」

「求求你！我一定要進去！」

侏儒沒反應。

米米朵拉眼淚一下子就掉下來，急得不行地哭著說：「我丟了媽媽，我必須去冥都，求求你，帶我進去吧！」

侏儒把耳朵堵住，可是看到她哭得滿臉通紅，肩頭一抽一抽的，可憐兮兮的。他的頭一偏，讓開身體。她抽泣著，像一條魚鰍一下子就滑了進去。

一個熱鬧喧天的集市出現在面前，好多人在一個並不寬的街上擺攤，有的人在地上鋪了塊手織地毯，放了手雕木碗和玉器鐵茶壺，也有講究的攤位，搭了好看的篷掛了旗旛，有衣物有家具有食物瓜果蔬菜。賣疤餅的小販很多，用卵石烙，薄而脆，聞上去香噴噴的。還有人架著大銅鍋，煮沸著滷汁，混著黃豆、丸子、豬肉的香氣。邊上一個老婆婆唱著一首山歌「早市美到心尖尖，么妹我織了塊長長的布」，高音上去了好久也沒斷，脖子上的筋都突出了。

喲，婆婆唱「早市」呀，莫非這兒是上午？米米朵拉看著頭頂的天，透明的亮。聽憂憂說過，人間的晚上，是冥界的早上。好多人在無所事事地走來走去，有老有少，樣子跟人間的人一樣，但細看還是有點不同，他們的臉沒有血色，灰灰的，眼圈黑黑的，目光很安靜。可穿著倒比人間多樣化，有很古典的長袍和拖地長裙，也有很現代的網眼毛衣超短裙，有式樣前衛的塑料衣，有羽毛和獸皮的披風，有草鞋運動鞋羅馬鞋三寸金蓮水台箭形高跟，有點像人界的浴蘭節。原來陰界並非人間傳說的那麼可怕。母親會在這個地方嗎？米米朵拉的眼光像一個攝像頭，一個個地方掃射過去，不，沒一個像母親。媽媽，你千萬不要在這裡。她用手抹去臉上的淚珠，專心地看。

集市所在的街兩邊的木結構房子，最高兩層，式樣像宋代建築，有的雕花，有的漆著鮮豔的顏色，有的還有騎樓，門前種了鮮花。放眼望去，沒有高樓大廈，沒有大工廠和大火車，沒有大歌劇院和大體育館，沒有大立體停車站和大多層立交橋，石塊路和牆上爬有青苔和時間磨損的痕跡。

米米朵拉回過身，她剛才進來的那個密道完全不見了，那兒是白牆，有一棵枝葉茂盛的參天古樹，跟那棵開花的古樹很相像。兩個戴高帽的人，一個滿臉掛笑，另一個滿臉凶相，他們像散步一樣並肩朝集市走來，笑臉人帽子上寫著「你也來了」字樣，背上被人惡作劇貼了「壞蛋白無常」的紙條；凶相人帽子上寫著「正在捉你」字樣，背上同樣也貼了「臭蛋黑無常」紙條。母親說過冥界有兩個傢伙是死神，專門前往人間抓那些死期臨頭的人，能耐之大，沒人能逃脫。不用懷疑，這兩人就是死神。

她不禁打了個顫慄，本能地忙轉過身，再回頭去看時，黑白無常都不在了，她鬆了一口氣。舉手張望前頭。在一個布店騎樓下面，侏儒一拐一拐地走著。她追過去，喊：「勞駕小老哥，停下。」

侏儒沒理她，邊走邊望，他橫穿到集市，進入一個窄巷子，巷子裡房門緊閉，只有一家小鞋鋪和小客棧開著。

「停下！」她叫。

「你不要跟著我。」

「你的腿在流綠血。」

侏儒查看自己的腿，可能剛才爬樹用勁了，傷口結疤處裂開，紗布浸滿綠色的血，正一滴滴流下。就在這時，在他們身後一隻大手一把抓住侏儒的衣領，非常不快地說：「還不快走！」

米米朵拉嚇了一跳，抬頭看時，一個大塊頭的馬臉正凶凶地瞪著她，她認得此人，與侏儒一夥的。他的手沒放開侏儒，反而提高，侏儒的雙腳離開了地面。大力士咬牙切齒道：「這女孩是誰？」

侏儒嚇得不說話。米米朵拉認真地說：「大老哥呀，難道你沒看到他在流血?!」

大力士放了手，侏儒穩穩地落在地上。大力士從自己身上取出小藥瓶，揭開瓶蓋，蹲下來，抖了一些粉在侏儒的傷口上，那綠血止住了。米米朵拉把自己的衣邊撕下，遞過去，大力士把布條纏在侏儒的腿上，繫好。

「小老哥兒，現在好受了嗎？你剛才臉像一張白紙。」米米朵拉對侏儒說。

大力士站起來，咬牙切齒地對侏儒說：「真他媽的，你龜兒子眼瞎了，不知道這血不能這樣流下去。」

侏儒點點頭。

「說話凶，一點用也沒有。」米米朵拉說。

「閉嘴，小屁孩。」大力士瞪了她一眼，開始罵侏儒，「真他媽的奇怪，從哪兒鑽出這麼一個小破玩意兒來！她都沒死！哼，該不是你個混球弄進來的吧？你知道這有多危險嗎！你他媽的從不幫人的自私鬼居然幫這小臭東西！她會壞事，壞了我們的大事。真是，我恨不得抽自己一頓。好了，讓這小玩意到此自尋其道，拜拜她吧。」

「是是，讓她自尋其道！」侏儒低聲回答，又對米米朵拉說，「謝謝你的裙子布。拜拜你了。」

「不客氣，衣服缺了一塊，現在撕了反而整齊了。」

兩個男人都朝米米朵拉的橘色長袍看，不對，是往她身後看，她也掉頭看，原來不遠處站著一個一身黑衣窄袖袍衫的人，戴了一頂既像蒙古帽又像墨西哥大禮帽，大半張臉遮著，看不出年齡，看不出用意。他倚著牆，腰上佩帶了一把劍，並沒有看他們，盯著小鞋鋪，想著什麼，樣子非常神祕。

米米朵拉害怕地說：「他是黑無常嗎？等著抓我這大活人？」

「你這小屁孩，明知自己是個大活人，就該懂禍事就在腳下，快從我們身邊躲開。」

「天哪，我嚇得快尿尿了。」

「穩著。」侏儒對她說。

大力士將侏儒的髒手往米米朵拉臉上一抹，一把將侏儒挾在胳膊下，往巷子口急奔而去。

米米朵拉嚇了一跳，想用袖子擦淨臉，但馬上住手了，大力士這麼做，是不要讓這兒人看出她是活人。本該止步，可是她太害怕，又充滿好奇，便悄悄地跟在他們的後面。

第三章　紅臉菩薩

巷子通向一個街中心，那兒有東南西北四個牌坊，朝外都寫著「四方街」，朝裡都燙著兩個金字「幽都」，每個牌坊通向不同的街。

大力士和侏儒穿過牌坊往東走，街不長，每隔幾步便有一尊石獸，有的形態猙獰，有的形態安詳，這兒大都是錢莊、茶店、字畫骨董店，有家銅器店，擺了好多格架子的壺鍋碗，店主坐在門口，專門地敲打一個盆。米米朵拉悄悄地跟著他們走到街尾，眼前一亮，面前是一個圓形廣場，左邊是威嚴的衙門，掛著寫有「冥府」牌匾，屋簷雕著麒麟神獸，衙門兩側有石獅、石龜和駝石大碑，隱約可見高高的院牆裡的參天古木、依著陡峭的山而建的大大小小的樓閣宮殿，縈繞著雲霧。

雖不知高牆內哪一個宮殿屬於河神，但離娃娃魚說的鎮江寶物近了，她的心裡泛起一種奇怪的感覺。這時看到衙門前手握鋼鐵釵的牛頭馬面，整個人僵住了。牛頭馬面雖站如雕塑，但一有風吹草動，他們的一根手指頭，輕輕一點，任何對手都會灰飛煙滅。

米米朵拉掉轉身看衙門面前的圓形廣場，它特別大，東西兩側皆佇立著罕見的十八根大石柱子，柱子上雕刻著各種動物，有野牛和大象，有獅子和豹子，還有好些她叫不出來名字的獸，非常壯觀，高過廣場周邊的二層房子，柱子上蓋有廊頂，石柱邊緣生長著紅辣椒，還有不少蒲公英貼地開著白絨球。要不是情況特殊，她一定去摘絨球吹。廣場中心有一個刻有陰陽圖的圓池，她快步經過，朝廣場南端走去，那兒有一座雕著雲彩翻騰的玉石古大牌坊，後面是一座九龍飛舞的紫藍壁，壁前搭了一座古色古香的戲台，正在演偶戲。

台下密密麻麻站滿觀眾。她瞅著一個空位竄入，望著台上：

一個閉門的小房子，窗子很大，可以看到裡面的家具。背景是寬闊的江水，一條木偶娃娃魚躍出水面，跳到岸上，一轉身變成一個木偶狼外婆，鬼鬼祟祟地出現在小房子前望了望，哈哈大笑，鑼鼓喧天。

米米朵拉覺得這戲好熟，她的眼睛掃著台下觀眾，沒一個人是母親，可是發現大力士和侏儒依靠右邊第三個柱子站著，也在看表演。她人小，沒一會兒就鑽到他倆前的一個柱子站著。

戲台上，木偶狼外婆在門外偷聽木偶母親說：「我的乖女兒，我要出外辦事，請了外婆來照顧你。」木偶小姑娘無可奈何地點點頭，與母親再見後，關上門。鑼鼓聲急促，包著頭巾的木偶狼外婆扭著腰肢上台，猛地一回頭亮相，輕輕地敲門。木偶小姑娘一看是外婆，把門打開。戲台上移背景，換成屋裡陳設，點著燈，很溫馨。木偶狼外婆走到床上躺下，輕聲呻吟：「眼睛痛，不能點燈！」木偶小姑娘趕快熄掉燈，點蠟燭。

木偶狼外婆叫：「背痛，快來給我捶背。」

木偶小姑娘走近床邊，給木偶狼外婆捶背，驚異地問：「外婆呀，你的臉上怎麼長了這麼多毛？」

「我吃中藥了。」木偶狼外婆答：露出獠牙，流出口水，眼睛放出凶光。

木偶小姑娘反倒笑了，遞了一根手絹過去。木偶狼外婆擦了口水，坐起來，一派認真地問：

「我的小心肝，你想不想吃我？」

「你這樣毛茸茸的，烤著吃，費神，做刺身，更費勁，沒人要吃。」

「你不吃我，那我就要吃你了。」

「那等我把尿尿和臭大糞都拉出來，吃個乾淨的我吧。」

木偶狼外婆看了看木偶小姑娘，點點頭，從身上掏出繩子套住她。木偶小姑娘走出房間，把繩子繫在樹上。木偶狼外婆拉拉繩子，有東西，放心了。木偶小姑娘拚命地在戲台上來回地跑，一邊用江州土腔喊：「狼外婆要吃我，狼外婆要吃我，誰來救我？」後台的琴師拉著恐怖的音樂。

那戲台比一般偶戲戲台大，偶也大多了，表情活靈活現，刺繡的服飾，一針一線做得考究，床雕花，漆彩漆，桌椅珵亮照人。紅錦緞簾子後的藝人熟練地操縱戲偶，一舉手一抬足都恰到好處，一會兒裝木偶小姑娘的聲音，稚聲稚氣唱著：「這世上，誰可信誰可依靠呀？」一會兒裝木偶狼外婆嘶啞的聲音，連連回應：「我呀，信我呀！」

米米朵拉的眼睛突然一亮，兩個操偶女人，穿著紫衣，嘴角有痣，這不是浴蘭節上的操偶師嗎？難怪剛才一看，覺得戲熟。當時這兩個操偶師連同戲台被雷擊中，救護車來將她們載走。這麼說她們沒被救活，都死了，下到冥都來。有意思的是，操偶師在這兒也組了班子表演偶戲。米米朵拉仔細盯著她倆看，除了臉上蒙有一層灰色外，兩人神態慎定自若。戲台後面的琴師拉著憂傷的音樂，聽著聽著，米米朵拉心裡充滿了悲痛，她想母親，平常不喜歡母親低頭看手機的模樣，嫉妒那機器，而這時覺得即便是那樣，母親也是搆得著的，沒什麼不好。

戲台換了一個布景，是城隍廟。木偶小姑娘疾步跑來，跪在一尊城隍菩薩前，說狼外婆是妖怪變的，要菩薩替她做主，送狼外婆到地獄去。木偶狼外婆也追去那兒，辯解道：「不要相信這個小姑娘的話，我誰也沒來得及吃，請菩薩還我清白！」

戲台上城隍菩薩開始審狼外婆，台上喊「鎮靜！」台下卻一片喧囂，觀眾朝假外婆大聲喊：「處死她！炸油鍋！她是假的，她吃小孩！」

這戲到了高潮，突然響起一陣鳴鑼敲鼓聲，震得耳朵都要從腦袋上掉下來。米米朵拉雙手捂著耳朵看過去，從廣場南端左邊一個石柱後面走出一隊白衣人，前呼後擁著一個黃蓋紅幃大轎。轎子在戲台前停住，從裡邊走出一個左手捻珠、右手執錫杖的紅衣人，光光的頭，紅紅的臉，面相很有幾分像如來佛。

戲台上的操偶人，戲台下的觀眾，連連驚呼：「來了，來了！紅臉菩薩！」「幽冥教主！」他們馬上趴在地上，朝紅衣人叩頭請安。

米米朵拉問邊上的一個戴帽的青年男子：「請問來者是誰？」他悄悄對她說：「真正的城隍菩薩來了！」

這聲音聽上去很熟，她看了一下這人，並不認識，再瞧第二眼時，認出他就是巷子裡那個穿黑衣長袍的戴帽人，心裡陡然一驚，他的臉還是遮了一大半，瞧不出實際年齡來。她跟著他的視線看過去：紅臉菩薩一身刺繡的牡丹仙鶴絲綢長袍，在儀仗和輦駕的簇擁下，走上戲台。瞬間陡變，偶戲搭的房子和戲偶移走，紅臉菩薩一落座，蓮花生出，他口念一段經，然後點點頭。

台下人紛紛站起來，這時白衣侍從高聲吼叫一聲，台下立即湧出好幾個人，在戲台下從左到右一排跪著。

紅臉菩薩右手一抬。

台下人馬上抬起臉來，神情期待而緊張。

紅臉菩薩看著左邊第一位紅衣女子的眼睛，輕輕一笑：「不服閻羅小子的判決入仙界？」

那女子說：「小女子孟姜積德修行不夠，愧入仙界。」

紅臉菩薩目光掃向台下，下面鴉雀無聲，他說，「允——」聲音拖得很長，然後扔給紅衣女子一個小木牌，上面有一朵花。

紅衣女子拿著木牌連連叩了三個響頭，歡天喜地地走了。

那邊大力士與侏儒朝前進了兩步，米米朵拉也進了兩步，她不懂他倆為何神情格外緊張，突然發現排在第二位的竟然是一條小黑狗，那專注的神態，微微前傾的樣子，只可能是她的小黑。不會吧，哪有這麼巧？她顧不上那麼多，竭力擠到前面一看，真是她兩個月前被人打死的狗小黑。

紅臉菩薩照樣盯著狗的眼睛看了一下，問：「牲畜不入牲畜道，有何理講？」

小黑叫了三聲。

紅臉菩薩微微一笑說：「聽懂了，你說人界不愛狗，你被人類群毆致死，不想返回。」

小黑點頭。

「今天皆怪事，這冥界如此好，天界人界都不如！」紅臉菩薩看著下面的觀眾，自言自語，他手拿木牌，又擱下了。

大力士與侏儒急忙跑到台前，在剛才紅衣女子空出來的地方跪下：「請菩薩大人允了小黑！」

米米朵拉睜大眼睛，生怕看漏聽漏掉了一丁點兒。

台下一片寂靜，全都提心吊膽。這之前從未有一個鬼或人，甚至神敢對著紅臉菩薩擅自行事，他們均小心謹慎，不去惹惱紅臉菩薩。米米朵拉覺得紅臉菩薩臉變得更紅了，風吹過來，有酒的氣味，她心裡七上八下的。只聽紅臉菩薩問：「為何？何為，何何不為，何何有為？」

大力士緊張地說：「我們返回陽間程序有錯，成了半人半動物。本想求菩薩給我們一個完整的人臉人身，保留我們原有的記憶。可是比起小黑來，我們的事不重要，如果今天只允一個，請允給小黑。」

台下的觀眾馬上瞧他倆，看不清楚的，繞到邊上看，可不，一個是人馬，一個是人兔。

紅臉菩薩沒說「允」，也沒說「不允」，只是將頭左右來回搖著，然後右手掌放在膝前，口念一段經，然後朝台下扔了一個空白大木牌。

兩個白衣侍從接了木牌，當即把小黑、大力士和侏儒抓起來，小黑抱怨地叫了起來，被侍從一掌拍下去，便安靜了。

米米朵拉想都不想便往裡衝，邊上的黑衣戴帽人拉著她的衣袖，她動彈不了。待那一行人走掉後，那人才鬆開手，她生氣地從鼻子裡哼了一聲，拔腿就追。

這一程少說也走了二十來分鐘，從廣場出來，大街拐小街，小街穿小街，米米朵拉跟著他們走得飛快，彷彿腳下生風，竟也不累。小黑、大力士和侏儒被押到西城門前，停了下來，兩個白衣侍衛手持兵器，一動不動地站立著。城門高三丈，城樓上下都有守衛，進城門的，差不多皆是商販或下力人。黑白無常押著一些吊死了吐著長舌頭的人、渾身是血胸口插有刀、斷肢斷胳膊的人出城門。牆角蹲著一個灰衣少年，雙肩套著小手風琴，拉著一支抒情舞曲，反倒顯出幾分清靜來。

米米朵拉踩著手風琴奏出的舞曲節拍，朝城門走去。

小黑發現了她，用舌頭舔侏儒的手，侏儒張大了嘴，想叫，嘴馬上被大力士捂住。大力士朝她眨眼睛，讓她走開，她沒理會。

兩個並肩站著的白衣侍從覺察到異樣，也轉過身來，盯著她。她心裡什麼主意也沒有，還好，幸虧她的臉髒髒的，不然，會被分辨出是活人，早就被抓了。不行，不能亂想。她反手拉開書包拉鏈，取出噴氣髮膠，握在手中。

白衣侍從的臉、鼻子和嘴幾乎連在一塊，眉毛皺在一塊，耳朵上掛著兩條小青蛇，十分嚇人又好笑。米米朵拉的臉繃得緊緊的，笑不出來。不行，不能這麼緊張。如果幾維鳥在，聽著這舞曲，肯定會唱歌，於是她胡口爛編唱起來：

我頭上長出兩個尖尖角，
停著兩隻調皮的小蛐蛐，
蛐蛐黏著呀兩隻小青蛙，
青蛙吊著討厭的鬼侍從。
我呀我動一動呀跳一跳，
他們全都跌下河，哇哈哈，
哇哈哈，他們全都跌下河。

米米朵拉感覺輕鬆一點了，走近他們，只見她的頭髮輕輕一甩，手一揚，腳踮得高高的，對準兩個白衣侍從的眼睛就噴過去。

那兩個傢伙嚇了一大跳，都痛苦地捂著一隻眼睛，跳起來抓米米朵拉。她低下身閃開了，這時她聽到「哈哈哈」的笑聲，他們笑得前仰後倒，明顯髮膠傷不了他們，髮膠的氣味惹發了他們的笑神經。

米米朵拉猛地朝城門口跑去，本以為被抓的人馬、人兔和小黑會趁機跑出城門，但是他們一動不動地看著她。

她朝城門外一看，馬上明白了，一隊騎著馬的冥軍從黃泉路上急駛而來，快到吊橋了，他們全戴著青銅大面具，看不到眼睛和嘴。就在這麼走神之際，一個白衣侍從從米米朵拉手裡拿過髮膠，把她往大力士他們那兒一推，另一白衣侍從從他手裡搶到髮膠，對準自己的左眼噴，馬上哈哈大笑，又對著自己的腿噴，立即蹦得高高的，手也在亂舞，樣子特別滑稽。

米米朵拉笑了起來，城門前的人都在偷著樂。馬蹄聲近了，七八個冥軍騎著馬，還有一輛囚車，統統進了城門。噴髮膠的那個白衣侍從馬上立正，從袖子裡掏出空白木牌交給騎棗紅馬的一個小個子冥軍首領，有一根羽毛從首領的面具裡露出來。

他們連狗帶人統統被押進一輛三匹馬套著的囚車。

第四章　城門外

小隊冥軍騎著馬押著囚車出了城門，走過吊橋，護城河並不寬，河水也不深，有帶足的紅魚兒在跳躍。

荒無人煙的黃泉路上，囚車經過之處，塵土飛揚，留下車轆碾過的痕跡。囚車裡的兩個男人和狗都坐著，只有米米朵拉半蹲著，緊握囚車木柱，從裡往外望，高大的城門一點點變小，這些冥軍周身上下發出咄咄逼人的寒氣，也許面具裡不是肉臉，而全是羽毛。她不知自己要被這些人帶去何處，如何處置，心裡七上八下，非常不安。小黑對著城門方向狂叫。她鬆開手，側身去摸小黑的頭：「嘿，小黑，是我！」

小黑不理她。

大力士恨恨地說：「狗都比你懂得多？你多管閒事，誰要你蹚這渾水！」

侏儒問小黑：「小黑，這個小女孩是你什麼人？」

「我是牠在人界的主人米米朵拉！」米米朵拉不得不作了自我介紹。

小黑哼了一聲，表示認同。

「你們幫小黑，是他的朋友，也是我的朋友，我想救你們。只是偷雞不成蝕把米。哎，怎麼啦，全都掛著一張愁臉。高興起來吧，反正都這個樣了。」她聳了聳肩，攤開雙手。

侏儒馬上為她辯解：「哎，你們怎麼呢，人家小傢伙是想救我們。」他學她的樣，聳聳肩，攤開雙手，「反正都這個樣了。」

小黑也學樣，聳聳肩，動動前蹄，哼了一聲。大力士故意板著臉說：「哼，拿你們沒辦法。」

小黑這才搖著尾巴撲向米米朵拉，在她懷裡激動地抖動身體，親熱地舔她的臉，汪汪地叫起來。

「我好想你，小黑，好巧，遇上你！」她對小黑又親又抱。

侏儒插話道：「小傢伙，你怎麼在冥都呢？你根本沒死呀。」

小黑也叫了一聲，表示贊同。米米朵拉忙問：「你們怎麼知道我沒死？是不是所有的人都知道？」

「幸虧我大哥給你臉塗髒了，有這兒人的黑眼圈。不然你早就有麻煩了。」

米米朵拉看看大力士，他拉著一張長長的馬臉，瞪著她。她也瞪著他，一動不動，表情嚴肅，他覺得好笑，就說：「大人不記小人過。大人才像大人。」

「請你們說說，怎麼知道我沒死？」

侏儒說：「乍一看，你跟我們沒什麼不同。可仔細一看就知道，你是人界的活人。死了的人或動物，臉上沒有光，除了眼圈黑外，眼睛發綠，身體從腳心開始變綠，向身體延伸，最後到頭頂。才死的話，就只有腳心是綠的。若沒轉世投胎，死了一個月，半身是綠的，死了一年全身發綠，之後轉為灰色。」

米米朵拉看看雙手，沒什麼綠色，又把腿抬高了些，腿上別說沒綠色，連個綠點也沒有。她查看小黑，牠死了兩個多月，毛髮下的皮膚半身發綠，大力士和侏儒呢，他們的胳膊是綠的，腿也是綠的，浸在布帶上的血也是綠的。她掀起侏儒的衣服看，身體有一半是綠的，她放下衣服問：「你們死了多久？」

侏儒說：「比小黑早兩個月。但我們也許永遠會如此，因為我們轉世過。可是你來冥都做什麼？你說你找媽媽是怎麼一回事？」

米米朵拉的眼裡湧出淚花，說：「請讓我從頭說起。」於是她說了星期天母親在江邊與她走失的事，之後她到處尋母，流落在江邊無家可歸，娃娃魚告訴她下冥界的密咒，讓她來此找寶物。

「我並不知道鎮江寶物藏在何處？又將如何用它來找到失蹤的媽媽？」

小黑聽到這裡，悲傷地朝天嘶叫。米米朵拉撫摸牠的脖頸，牠才停住。

大力士說：「寶物當然是在河神的宮殿。」

「河神的宮殿在哪裡？」她問。

「娃娃魚讓你去冥府，那就跟冥府有關。」大力士皺眉說，「可是據我所知，冥府裡有眾多閻王的殿，河神宮殿權高位重，並不在那兒呀，除非是那兒有入口。」

「河神宮殿的入口？」

「沒錯，是通向河神宮殿的捷徑。冥府門前，分分秒秒有牛頭馬面守著，那裡面名堂多著呢，十個大殿，個個雲蒸霞蔚，一直通向山頂。尚不知河神宮殿的入口在哪個殿，就算是進到冥府裡，每個殿周圍全有本事大的神鬼隱身把守，黑白無常更是神出鬼沒。聽說河神的公主和王子，也非等閒之輩，文武雙全，樣樣功夫巫術精通。」

侏儒插話道：「那娃娃魚讓你去取河神的鎮江之寶，就算是借用，也是癡心妄想！」

米米朵拉聽了，焦慮地問：「怎麼辦？我要用那寶物找我媽媽，大老哥，你覺得她，她怎麼樣了？」

「你媽媽不會在這冥界。」大力士說。

「真的，我媽媽沒死？」

小黑點了點頭。

「你看我的感覺對吧？」大力士得意地說。

米米朵拉說：「為何小黑點頭，你就更肯定我媽媽沒在這兒了？」

「等一會兒我講給你聽。」

「我沒法等。」

大力士說：「你有耐心，我就講。」

「我有耐心，你瞧好了。」米米朵拉一邊說一邊回頭，已望不到城門了，遠處只有一片模糊的城牆輪廓，鋪著夕陽凋謝後的殘光，綠幽幽的，底端透著紫色的暗影，像大朵大朵蘑菇狀的，彷彿好多亡魂在拚命地尋找出口，要游出來似的。就在那個方向，河神的宮殿裡有一個寶物，需要她前去求得，以便了解母親生死、並解救母親。可現在呢，自己卻在囚車裡，離那宮殿越來越遠，也許再也回不來，因為接下來的路肯定凶多吉少，她絕望透了。

米米朵拉的情緒也感染了大家，他們全都沉默不語。

囚車由黃塵道進入一片密密的森林，黑壓壓的，連隻鳥也沒有。風聲裡有群狼的嗥叫，樹林稀疏處，可見殘月奇大，鑲嵌在天上。有好長一段路，森林中不斷有黑影子朝馬車撲來，那些冥軍眼裡射出光焰來，黑影子都著火了，尖聲叫著，飛騰著，像一個個火把，把森林照得通亮，可森林居然沒有燃燒起來。

他們看得目瞪口呆。野獸們躲在暗處嘶叫，再沒敢靠近馬車。大家鬆了一口氣，米米朵拉問：

「黑影子是不是魔鬼變的呢？」

「有可能，平常誰也不敢在夜裡穿過這片森林。」侏儒說。

「反正我們沒走過。」大力士看著米米朵拉害怕的神情，急忙說，「小傢伙，不要擔心，有冥軍護著，這些鬼怪近不了我們身的。」

「那也要小心。」米米朵拉說著，好奇地問，「你們怎麼與小黑認識的？」

「說來話長。」大力士說，「小傢伙，你的耐心準備好了嗎？」

米米朵拉點點頭。

大力士這才開始說。他叫劉大力，侏儒叫方丁丁，兩人是結拜兄弟，生前共同擁有江州有名的海盜要債公司。社會上有不少人借錢不還，還有更多人不付貨款、工程款、事故糾紛款、法院判的賠償款、拖欠工資。他們替人去要這錢，什麼案子都接，又會功夫，講信用效率和保密，一路順暢，要到不少欠債，也得到報酬。錢掙了不少，卻結了不少仇家。有一次收債時，遇見一幫光頭黨拐走一個女孩。他們趁其不備放走了女孩，送回家。結果被那幫人追過來，要找他們算賬，這夥人全被大力士一個個舉起來，摔在地上認輸。沒想到這夥人設下計，跟蹤他們去了南溫泉泡澡，拐了一個小男孩，讓小男孩來他們的溫泉池求助，他們正要帶走男孩，男孩說口渴想喝水，服務員正好送茶水來，三個人都喝了。沒想到這服務員是光頭黨用錢買通的人，在茶水裡摻了毒藥，他倆丟了性命。

兩人來到了冥界，也許是毒藥藥性不強，魂魄皆在，很是清醒，在冥都寫狀紙告那光頭黨，想回人界，都被轟出來。走投無路，有回到集市前小攤喝米酒吃米腸解悶，結果喝醉了，胡亂走，走入密道躥回人界。他們找到機會抓著光頭黨頭子，要報仇時，頭戴長帽的黑白無常來了，阻止他們，說那人雖作惡多端，可陽壽未到，命不該絕。他倆不服，與黑白無常吵了起來，結果他倆被白無常一掌打回冥界，直接落在一個漂亮的花園，裡面正在宴會，人聲鼎沸。一個穿戴講究的綠衣姑娘站在院子裡向他們親切地招手，他們走進院子一個廂房裡，發現桌上有好多美味佳餚和一壺壺酒，無比誘人。他們餓得難受，也取了空碗，倒酒取肉。兩人嫌裡面人多，走到花園，侏儒說：

「其實死就死了，無所謂了，可心裡冤得很！」

「那害人的人，命比你我長，我才不管這冥界的什麼鬼理，我得回去和他算帳。」大力士恨恨地說。

「對，早晚要報這仇。」侏儒贊同道。「可在這冥界，若要轉世，那就什麼也記不得了，不好。記憶對我最寶貴。我從小受欺負，我下世也要給人打抱不平，殺富濟貧。」

兩人吃肉，碰碗正要喝酒時，一條小黑狗從暗地裡躥出，撲向他們。他們跳開了，碗裡的酒全灑地上了。他們氣得跳起來，要打小黑狗。小黑狗倒是安靜了，他們舉起的手停住。小黑狗遞眼色讓他們看別人。剛才那個綠衣姑娘站在院子裡拍手，所有喝酒的人乖乖地跟著她走。

小黑狗帶著他倆走在院子後面。聽見一個姑娘用甜甜的聲音問：「孟婆，可以了嗎？」一個老女人的聲音慢吞吞地說：「行了，送他們上路，他們喝了我的湯湯水水，什麼事都記不得了。」

他們瞅著窗子縫一看，說話人打扮得非常豔麗，滿頭銀髮，面如滿月，看上去最多三十來歲，原來她就是早就耳聞的人界冥界鼎鼎大名的孟婆；門前站著一個青春貌美、端莊溫柔的紅衣女子，不用說她是孟婆的貼心侍女孟姜。

大力士和侏儒這才明白小黑狗打掉酒是為了他們好，要不然，他們此刻早被轉世成呱呱落地的嬰兒，為此，他們非常感激小黑，當即下跪拜謝。

米米朵拉抱著小黑親了親：「原來是這樣呀，小黑真是好樣的。大老哥，小老哥，你們真冤！」

小黑不好意思地垂下眼簾。大力士伸了伸腿說：「不要打岔，讓我接著講。」

那天他們覺得非常幸運，可是高興得早了，大力士吃了孟婆的一小塊馬肉，頭部變成了馬，侏儒吃了兩小塊兔肉，頭部變成了兔。幸好只吃了一點，他們對著池水照見自己的樣子時，當場就傻了。他們趁無人看大門時溜出了孟莊。

小黑在人界被人打死後到了陰間，一直掉淚不止，在孟婆這兒轉世時，孟姜看牠悲傷欲絕，一問才知小黑不肯轉世回人界，便收留牠做了看門狗。這不符冥界法規，若查到，不要說孟姜，哪怕孟婆想幫忙，也沒有用。有一天，小黑聽到過路的判官們說浴蘭節後兩天，城隍廟的紅臉菩薩要來巡視，他的權力大到閻王都管不著。紅臉菩薩在眾多城隍菩薩中，主持正義，不貪不畏，三界六道都敬畏他。小黑馬上知會了孟姜，正巧大力士和侏儒要去人界辦事，來辭行。小黑對他們比畫了好久才說清楚了這件事。沒想到他們記得日子趕回，參加聽審，為小黑說話，就算自己不能完整變成人，也要牠的願望成真。可惜運氣不好，弄得大家被抓了起來。

「下面的事，你已知道了，就不講了。」大力士說。

「都怪紅臉菩薩喝醉了！好窩心呀。」米米朵拉問：「明年他還會來巡視嗎？」

「在冥界這種事，不會有下回了。我們不能獸臉人身，回人界很麻煩。」大力士歎了一口氣，「人不是人，畜生不是畜生，我們在這兩界中都沒有戶口和身分。」

「我們回去，只能每天戴個面具。」侏儒插話。

大力士馬上打斷他：「讓我說完。」

侏儒馬上住嘴了。大力士看到米米朵拉驚異的臉說，「在人間時，我凡事聽他的，當時我抱怨地說，若是以後下陰間，凡事聽我的。他當時同意了的。好了，接著說，我們在冥界給兩邊人私下兌換貨幣。幸好我倆在人界的公司還在，由家人管理，偶爾會幫他們處理一兩樁棘手的事，幫那些受屈人出氣。」

她聽得心裡升起敬仰，懇切地說：「以後你們可拉上我做這種事？」

「你不怕？」侏儒問。

「我經常跟我媽媽說，就想成為一身俠氣的人。」

「知道嗎，小傢伙，我們離開江州時，洪水並沒有下去呀，淹了好些地方，真是慘呀，大江下游好些城市都被淹。」侏儒歎息了一聲說：「有算命師說，世界末日快到了，O公司聯合好幾家民營商會投資造全球最先進的諾亞方舟。」

「是歐笛阿姨的O公司嗎？」

「小傢伙，她是股東之一，聽說她的丈夫歐陽雪，O公司真正的控股人從西藏返回，要做這好事，都說他是個傳奇之人。」

「聽我媽媽說，歐陽叔叔在西藏寫書，拜仁波切，出了好多錢救援那兒的羚羊、野犛牛和黑頸鶴。」她瞪大眼睛，「嘿，小老哥，世界末日到了嗎？」

「這個難說。」侏儒調轉話題，「幸虧我們發現了冥界邊緣那棵極樂土的陰陽樹，找到進出冥界的密道，來回也快捷，否則哪能知道人界的事。」

「陰陽樹？」米米朵拉不解地問。

「就是我讓你進入冥界的樹上之門。」

她想起來，那棵古樹下有紫白二色花朵組成的陰陽形狀。原來那兒是極樂土，難怪不覺得牠是準冥界。她一把抓住大力士的手問：「現在你可以告訴我了，為何你們都認為我媽媽不在冥界？」

大力士看著她說：「你想想，若是小黑這兩天未在孟婆那兒遇見你媽媽，那她暫時就沒有性命問題。」

米米朵拉看小黑，小黑點點頭。

她摸了摸小黑的脖頸，高興起來，可一秒鐘不到，她又變得萬分擔憂：「那我媽媽在人間肯定遇到了特別壞的事。」

大力士和侏儒點點頭。

「她處於危險中，萬一壞人要她的命呢？」

「不要急，我們大家想辦法幫你。」侏儒馬上安慰她。

前方出現山丘的輪廓，起起伏伏像女人的身體，邊上湧著紫色光線，神祕而美麗。他們坐直身體觀看。駕車的冥軍士兵抽了馬一鞭，馬跑得比剛才快多了，沒一會兒，出了幽暗樹林，行進在一片雜草叢生的荒野上。星星像網一樣串聯在一起，照射下來，如同白晝，難怪有本書說陰間沒明顯的白天夜晚之分。

突然雪稀稀疏疏地下起來，氣溫陡降，冷得大家全都縮著身子。道路凹凸不平，馬車搖搖晃晃，走了沒一會兒，雪便停了。馬車遇到一塊石頭，顛簸時侏儒受傷的腿撞上了囚車柱子，痛得他大叫，他的肚子也餓得咕咕直叫。

米米朵拉本來縮成一團坐著，一下子跪下雙膝：「我忘了，我有這個東西。」她說著取出包裡的一個果子給侏儒：「吃吧！我吃過，肚子到現在也不餓。」

侏儒一口吃掉：「好吃，真管用，不餓了。」他伸了伸腿，驚訝地說，「腿也不痛了。」他揭開布條一看，傷全部痊癒，結疤掉了下來。

「神了，小傢伙，你這果子打哪裡來的？」大力士驚奇地問。

「陰陽樹上的。」她說著又從包裡取出兩個果子，給小黑和大力士。

小黑吃下，眼睛亮亮的，很高興的樣子，直搖尾巴。大力士吃了，一秒鐘不到，自言自語：「本來餓壞了，渴死了，現在不餓不渴，變得精力充沛。」他動了動自己的頭，「我的脖子本來扭傷了，也不痛了。可是，那樹沒結果呀。」

「對呀，那樹沒有果也沒有花。」侏儒贊同道。

這下輪到米米朵拉驚奇了。幾個人分析認為可能她是活人，所以她能看見。而他們是半死人，看不見，自然也摘不了果子和花。米米朵拉心裡覺得，是娃娃魚施了魔法。

她抱著小黑問：「冥界比人間好嗎？」

小黑喉嚨裡吱吱叫了好幾聲，把手舉起來在空中畫著字，他們看不清楚，還是米米朵拉懂他的意思說：「人間不好，吃狗肉把狗當畜生。對不對？」

小黑點點頭，又嘰嘰咕咕說了一陣，一激動卡住了，像人一樣咳起來。

「不急，不急，慢慢說。」

大力士也拍拍牠的脖頸，接過話頭來：「我覺得冥界派別眾多，各路鬼神，複雜莫測，充滿不公不義無情，也有敲詐陰謀甚至暴力，對有罪之人應當那樣，有時也冤枉好人，並不公正，可是比起人間，手段要簡單些。」

「我才不和你比人間與陰間的好壞，人間有媽媽，有家，對我就是最重要的。」

「小傢伙，你小小年紀怎麼知道有這陰間的？」侏儒好奇地問。

「很小就知道呀。」她想了想說：「我講個故事吧，有一天海龍王犯了天條，必須斬首，那時呀唐朝丞相魏徵是監斬官。海龍王就托夢給魏徵的皇帝李世民，拜託他在斬首那天不要讓魏徵下陰間，李世民答應了。那天到了，李世民約魏徵下一整天的棋，哪料到中途魏徵犯睏，竟然坐著入睡，李世民心裡更踏實了，卻不知是魏徵已靈魂出竅去斬龍王。第二天，死掉的海龍王來向李世民索命，說君無戲言。李世民嚇壞了，問魏徵有關陰間的情況，魏徵一一講來，當然也講到他奉天上玉皇大帝之令斬了龍王的事，什麼是十殿閻羅、什麼是十八層地獄、什麼是鬼門關外黃泉路、什麼是彼岸花、什麼是忘川河、奈何橋望鄉台。李世民聽得仔細，心裡鬱悶，龍王之死不可更改。海龍王常來夢裡找他麻煩，他愁眉苦眼好久，終於想到一個辦法，派出一個叫玄奘的和尚去西天取經，來超渡海龍王的亡靈。從此海龍王再也不來了。」

「小傢伙，你懂得比我們大人多！」大力士由衷地讚道。

「哪裡，是媽媽講的故事，媽媽是我的老師，她說三人行必有我師，你們是我的老師，連小黑也是我的老師。」

「還知謙虛。」大力士更加另眼相看她了。

米米朵拉不好意思了，問小黑：「人界有我呢，你不想回嗎？」

小黑點點頭。

侏儒插話說：「若是小黑回到人間，不能成為你的狗或貓，那真還不如就在孟婆那兒做看門狗。」

小黑輕輕叫了一聲。牠依偎著米米朵拉打起瞌睡。她摸著牠的脖頸說：「我有個感覺，今天我們多半是被送到孟婆那兒，對不對？」

「這不一定，但早晚要過孟婆那一關。」侏儒看著她的眼睛說，「米米你最危險，第一，你不能讓他們看出你來自人界，要裝得像死人一樣；第二，任何人和動物讓你在任何紙或表格上畫押按手印，都不要真做，起碼不給右手大拇指；第三，任何人給你吃的或喝的，你都不要吃下去。」

米米朵拉點點頭。這時天上突然有閃電，她抬起頭來看，頭頂天空烏雲聚集，凶狠地往戈壁平川壓下來，殘月移出烏雲，照著不遠處陡峭的岩石，像怪物舉著拳頭，隨時要砸過來的樣子。她恐懼地問：「噢，你們快看，那兒是什麼怪物？」

「怪物？」大力士以不太相信的口吻說，「沒準會下暴雨。聽人說，過了幽暗森林，就該是餓鬼谷，危險可怕有如十八層地獄。傻了，我帶著地圖呀。」他馬上在身上搜，最後從鞋子裡掏出一張疊成小薄餅的東西，他打開來，藉著月光看。

米米朵拉和侏儒馬上湊上前去看。地圖上有好多鉛筆做的標記，畫了一些圈和三角形。大力士手指城西門說：「我記得完全正確，這前方就是餓鬼谷。你們看，這城門外是黃泉路，餓鬼谷在城北。這距離，通常坐馬車要二三個時辰，步行最快也要整天，可我們靠冥馬，一個多時辰就到了，不可思議。」他停了停，然後皺著眉說：「弄不懂，為何到北邊？莫非真是去孟莊？」

「天哪，我們要被轉世了！」米米朵拉嚇壞了。

侏儒盯著地圖看，也不明白，把手放在她的手上：「一切都是天命，小傢伙，不管發生什麼，都不要慌。」

米米朵拉假裝不怕地說：「媽媽說車到山前必有路。」

這時半明半暗的天上響起一聲悶雷，押送他們的冥軍首領勒住棗紅馬，他的隨從也勒住馬，三匹馬套住的囚車停了下來，押解的士兵去解手。米米朵拉對他們叫：「我也要解手呀。」

冥軍首領走過來打開囚車的鎖。

米米朵拉一席人都下車來，自個兒尋地方便。兩分鐘不到，他們回到囚車上了，冥軍首領馬上鎖上大鐵鎖。解手的士兵回到馬上，一隊人正要行進，一群黑鷹叫嘯著從天下朝他們俯衝而來，牠們有著狼一樣的尖牙，跟以前見過的黑鷹一樣，生著人臉。冥軍騎馬圍著囚車，拔劍與黑鷹廝殺，從眼裡射出火焰，可是黑鷹敏捷轉身，統統避開了，騰空高飛。一隻大白鷹高叫一聲，所有的黑鷹馬上聚集，圍成一個圓圈，一起朝他們兇猛撲來。大白鷹搧動著巨大的翅膀，冥軍紛紛倒下。

大力士一看這情勢，只得拔劍砍開囚車門，一腳踢開斷掉的柱子，跳上囚車頂迎向大白鷹。侏儒從小腿綁帶處摸出飛刀，擊中一隻黑鷹，黑鷹墜地而亡，即刻變成輕煙飛散。更多的黑鷹撲上來，兩人身手不凡，時間一長卻難招架。大白鷹尖硬的爪橫掃過去，大力士倒在囚車頂，侏儒跌在馬背上。

米米朵拉在囚車門前，一隻黑鷹向她進攻，張嘴咬她。小黑守護在她身邊，一口咬著黑鷹的脖頸，沒料到大白鷹從身後撲來，抓起米米朵拉就飛走，她一掙扎，花冠掉在囚車裡。

突然套著囚車的三匹馬高聲嘶鳴，載著大力士、侏儒和小黑飛奔進山谷五十來米，緊緊跟著那大白鷹。看到囚車急駛而來，米米朵拉使勁亂踢，可是整個人騰在空中，踢也白踢。她背對著白鷹，反手扯，扯了好幾次，才扯下白鷹胸部的一片羽毛，牠很不舒服地叫，速度慢多了。米米朵拉又扯下第二片羽毛，牠又發出哼叫，一下子降低了。

小黑趁機騰空躍起，一口咬住大白鷹的腿，牠痛得鬆開爪子。米米朵拉掉下來，眼看要觸到囚車上，大力士猛撲過來，雙手接著她。那白鷹腿上吊著小黑，用翅膀拍打，小黑還是不鬆開，最後都落在地上，倒在馬背上的侏儒眼疾手快，手中的飛刀朝白鷹射出。兩隻黑鷹拚命來救護，恰好被擊中，墜下地，變成灰燼。

更多的黑鷹飛在白鷹四周，像人一樣站立，一下子變大了好幾倍，一下子近到跟前。米米朵拉從大力士手臂上滑下地，趁他不備，奪過他的劍，對準撲來的鷹群舉著劍說：「壞蛋，我跟你們拚啦！」

她胡亂地揮劍，額頭上全是汗。黑鷹們被她的臨死不畏的氣勢鎮住，停了下來。白鷹獨自走上前，搧動著翅膀，掀動著巨大的風。大力士和侏儒被掀倒，小黑就地滾了好幾圈。米米朵拉握著劍，頭髮亂飛，卻穩穩站著。白鷹的人臉非常詫異，一生氣右爪子一揮，米米朵拉手中的劍飛出好遠。

白鷹躍到她面前，露出奇怪的笑容，雙爪伸向她，她倒在地上。

這時一隻灰色貓頭鷹從天而降，撞向白鷹。可是白鷹沒和貓頭鷹打，而是飛在半空與之對視半晌，貓頭鷹憤怒地叫一聲，白鷹也憤怒地叫一聲，雙雙飛高，所有的黑鷹也飛高，幾乎在一剎那間消失殆盡。

侏儒和大力士把米米朵拉抱起來，小黑舔她的手和臉，她沒有反應。大力士與侏儒默默地上了囚車，把她放平在車裡面。

他們坐著馬車從山谷裡回到遇到襲擊的地方，查看倒在地上的冥軍士兵，地上只有十餘個青銅面具和一堆羽毛，並沒有屍體。剩下的三個士兵，傷勢不輕，都爬到自己的馬上。冥軍首領從地上爬起，他的手受傷了，上不了馬。大力士扶他上馬。他手握韁繩命令道：「不要以為你們這些囚犯打敗了侵犯者，我就會放了你們，馬上給我上車！」

大力士一愣，躺在囚車裡的米米朵拉突然睜開眼睛，便說：「你這種人不講良心，不是我們，你也會跟你那些死掉的部下一樣下場。」

「小姑娘，我本來就不是人。」冥軍首領說。

米米朵拉一聽，愣了一下。

「小傢伙，你沒事了！」侏儒和大力士異口同聲地說，小黑也吠叫起來。

她坐了起來：「是被那狗官氣回來了一口氣。」

冥軍首領用命令的口氣說：「少囉嗦，快上車，我們得趕路！」他的手朝地上一揮，剎那間青銅和羽毛全化成灰燼，米米朵拉驚得臉頓時發白。

餓鬼谷的路上全是骷髏，馬車輪子壓在上面，發出墨藍的光，再看天色，也變成墨藍了，路兩側的山崎嶇怪異，漆黑一團，很像巨人撿石。米米朵拉之前感覺這兒有怪物，真是一點不假。冷風颼颼撲面而來，像什麼生物在靠近，發出窸窸窣窣的聲音，但礙於冥軍，只是觀望而已。

因為有坡度，馬車走得不快，搖搖晃晃的，小黑緊張地瞪著眼睛，鼻子嗅嗅。侏儒望著大力士問：「我的飛刀功夫不如你，怎會射中正在飛的鷹？」

大力士回答道：「歪打正著吧。」

米米朵拉憂心忡忡地說：「我總覺得，有人專門想害我。」

「誰呢？」侏儒問。「白鷹一見貓頭鷹來就離去。說實話，白鷹不像是要殺你，牠的爪子如刀一樣鋒利，輕輕一劃，就會把你劃成幾截。它的翅膀更不得了，牠想要抓你。」

「我與鬼鷹無冤無仇，為何抓我？」米米朵拉抓了抓頭髮，想起來，「我下冥界時，綠蟒蛇說，黑鷹會將我這活人來這裡的消息遠播，黑鷹不僅如此做，而且還加入抓我的行動，牠們一定是魔鬼的爪牙。」

「這兒的人平常也怕黑鷹，我查過，查不出黑鷹白鷹屬於哪個神或是閻王手下。在冥界，什麼事都邪門，說不準，你可能不小心觸到誰的神經了，或你與之三世前三世後有恩怨，或是你正在做的事，讓誰不高興了。也許因為你是冥界惟一活著的小孩子，妖魔變成白鷹，想生吃你，就像《西遊記》裡的妖怪想吃唐僧肉一樣。」侏儒打了一下自己的嘴，「別信，我只是胡口瞎說。」

「哼，一向認為你心腸最軟，還來嚇我，不跟你玩了。」

「也不完全是嚇唬你。」

「直接說，白鷹想吃我的肉得了。小老哥，你說貓頭鷹與那白鷹對叫，真讓我想不通，我與貓頭鷹是怎麼一回事，三生三世前我難道是一隻貓頭鷹？」

「我敢保證，你是一隻小兔子，跟我一樣。」

米米朵拉掉過臉去。

「不要不高興。開不起玩笑，還是個小孩子。好吧，說正經的，你有神人相助。這是我的感覺。」

「神人是誰呢，為什麼呢？」

侏儒說：「我沒腦子，你有一副好腦子，好好想想吧。」

小黑換了一個姿勢，趴到打瞌睡的大力士的腿上，也打起了瞌睡。米米朵拉一點也不睏，她想不出來誰會幫自己，雙手放在胸前，祈禱好人有好報，祈禱神保佑母親：「媽媽，我剛遇到一險，終於逃脫了。媽媽，願神保佑你活著。」

山谷深得望不到頭，岩石高聳處天暗成一張黑紙，看不到近在眼前的人。這樣走了沒一會兒，轉過一個山崖，山谷兩側生長著像仙人掌一樣的植物，相連著好些三角形藍花的籐蔓。馬車並不繞開，而是直接穿過植物，掛了不少籐蔓。路漸漸顯得平坦，這樣走了十幾分鐘，三峰並立，不知怎麼回事，月亮變得通紅，投下來的光也是紅的。馬車從最末一個峰邊緣繞道走，突然黑壓壓一片，聽得見腳步響，震得山崩地裂一般。

米米朵拉抬眼一看，好幾個巨人呢，正從前兩個山峰間大步走來，他們所經之處，大腳印陷入地下一尺，裡面積了水，他們沒有臉，臉是一個平板，中間皺成兩個圓點，他們也沒有頭髮，更沒穿衣服，皮膚像橡皮，肚子大得像個口袋，裡面空空的，發出嘰嘰咕咕餓的響聲，尤其是紅月亮照著，他們周身上下全紅通通，十分嚇人。米米朵拉趕緊推醒同伴，他們回頭一看，嚇得嘴都張開了。有一個巨人快步疾走，搆著最後一匹馬，一腳便踩死了馬和馬上的冥軍。巨人朝囚車伸出來，這時掛在囚車上的籐蔓發出閃電似的光來，巨人觸電般渾身閃光，原地跳躍了幾下便不動了。米米朵拉心想，這回自己討乖，看到車上掛著的三角形藍花，沒去碰，否則觸電的是自己。

所有的巨人都停下，不敢碰囚車。

「難怪這地方叫餓鬼谷，其實是有這些巨人呀！」大力士感慨道。

「鬼也過不了這地方呀。」米米朵拉問。

「不管人或是鬼統統會到巨人的肚子裡了。」侏儒用手抹額上脖子上的汗。

小黑反倒使勁地叫起來，牠在囚車裡來來回回跑著，很不安的樣子。大家本來鬆了一口氣，這下不知小黑擔心的是什麼？頭一次弄不懂牠想表達什麼。馬車過了山峰，在一條岔路口停了下來。前面地平線上零零散散有著光亮。

第五章　少年與牡丹房

冥軍首領騎馬到前方看了看，然後到囚車前，伸出右手朝他們的頭一拍，米米朵拉渾身一震，覺得睏極了，腦子變得昏沉沉的，連連打了兩個呵欠。

囚車開始行駛，路變得平穩，又走了好一陣子，囚車終於停下了。米米朵拉看到前面有馬車，後面也有馬車。有人面獸身的傢伙在說：「今天不順，所有的道都得讓給大王的宴會用，害得我們去孟莊繞了個大圈子。」

不知等了多久，終於馬車開始動了，沒走一會兒，又停下了。

米米朵拉的眼睛睜不開了，在心裡數著數，她得知道自己會被冥軍首領帶去一個什麼鬼地方。剛才那首領一定施了睡眠咒，大力士、侏儒和小黑都睡著了，打起均勻的呼嚕。她無法再數數，墜入睡眠之中，但一股濃烈的臭味讓她打了一個大噴嚏，費力地睜開眼，發現一隻小小的灰灰的蜥蜴爬在囚車破門上，賊亮地盯著裡面的人和狗，身上散發出腥臭味。牠有五個腦袋，長長的尾巴和脊背一樣有綠斑紋。不止一隻蜥蜴，好多好多，從路兩側的石縫裡爬出，悄悄地朝囚車爬來，場面非常壯觀。突然她的左手拇指針扎一樣痛，她想叫，卻叫不出，有個嬰兒似的小嘴正在使勁吸吮。她急忙伸出右手打掉。

那東西馬上又朝她的右手拇指咬了一口，跟蜜蜂螫了一樣痛，她想叫，可是叫不出聲來。那東西用嘶啞帶回音的聲音說：「快來，快來，這兒有小鮮肉，吸她的血，吃她的肉，嚼她的骨頭。」

耳邊全是爬行的聲音，感覺自己周身都爬滿了東西，伸手一摸，是蜥蜴，天哪，他們要吸我的血，吃我的肉，連我的骨頭也不放過。沒準他們也爬滿了侏儒、大力士和小黑的身體，她拚足全身的力氣，極其恐懼地尖叫了一聲。

爬在身上的東西一下子鬆開了。「可惜，可惜，沒安靜的環境吃飯。」嘶啞帶回音的聲音遺憾地說。

「前面燈多起來，不妙，不妙，可惜了小鮮肉，下次吧，下次吧。」

爬行的聲響漸漸消失，馬隊繼續行駛，沒過多久又停下。

面前暗黑一片，水中央位置映著天光，一閃一閃。米米朵拉定睛看，原來是一個湖。一艘扁長的鮫魚舟從那光燦處駛過來，這舟頭頂一朵黑雲，有龍的頭，嘴伸出長長的獠牙和鬚，身上蠕動著粉色的蟲，很是嚇人。舟停在岸邊，他們一行上去。看似小小的舟，像一個大肚皮的魔法袋，彷彿可以裝下任何東西。舟離岸了，行駛得不快不慢，湖上飄浮著不同樣式的棺材，大小不一，有黃金玉石鑲邊的，有檀香和血龍木的，有板紙和塑料的。棺材裡面也許是人或動物剛死的屍體，也許大都腐爛，也許是殭屍和怪物。米米朵拉不敢看，害怕一看，就跟那個幻想湖一樣，會有麻煩，目前的麻煩已夠大了，是生是死，都掌控在他人手裡。搖舟人戴著奇大的斗笠，披著蓑衣，手腳全是骨頭，往上看，整張臉是一個骷髏，呼出的氣是藍色的圈。她假裝睡著，聽著槳划著水的聲音，不知過去多久了，她打起嗑睡，迷迷糊糊的，發現到岸了，鮫魚舟停在一個大宅子的院牆前。冥軍小首領的聲音響起來：「告訴裡面的，我們到了。」

院門前的侍衛把米米朵拉拉下囚車，她感覺自己的腳邁進一個高高的門坎，跟著侍衛朝前走，一步也不敢落下。

「今天有宴席，暫時讓他們待在牡丹房！」一個年輕女子命令道，她的聲音聽起來好熟。繞了好多迴廊，穿過好多院子，邁了好多門檻，最後進了一個門上畫著牡丹的房間，紛紛倒在地上。聽到侍衛離開的腳步，米米朵拉正想站起來，門吱嘎一聲響了，有人走進來，身上發出一股茉莉花香氣，輕輕移動過來，好像在察看他們。隔了好一會兒，還是先前那個女人的聲音，說著一串米米朵拉聽不懂的話，她一下子清醒了，悄悄睜開眼睛，只見一個紅衣女子走出去，對門口站著的白衣戴帽男子輕聲說：「放心，已解咒，沒事了。」兩人身影一閃，門隨後吱嘎一聲合上。

這間屋子連把椅子也沒有，石塊砌的地和牆冰冷，米米朵拉站起來，輕輕咳了一聲，小黑搖了搖尾巴，隨地打個滾，用濕濕的舌頭把大力士和侏儒舔醒。他們睜開眼睛，侏儒急切地問：「我們是在哪裡？」

大力士湊近木窗戶，戳了一個小洞，朝外看了一眼：「這地方怎麼如此眼熟？」

小黑輕聲叫了起來。大力士摸摸牠的頭說：「孟莊呀，米米猜得對，我們與小黑第一次遇見的地方。」

「孟婆的地方！真見鬼！」侏儒拍了一下自己的頭，「我們今晚難逃轉世投胎的命了，紅臉菩薩給了一個他媽的我最不情願的裁決！他一定看出我倆在陰陽兩界全是黑戶口。」

大力士急得在屋子裡團團轉。米米朵拉也很著急，她一屁股坐在地上，傻了。屋子裡的空氣凝結了。她看到大力士左手拇指尖上被蜥蜴咬的疤眼：「大老哥，我在路上被怪東西咬了，你也有呀？」她說著伸手給他看自己的中指上的疤眼。

「是什麼怪東西？」大力士問。

米米朵拉說是到達湖之前蜥蜴所為，她把經過講了一下。「牠們一個身子，生有五個怪頭，十個眼睛和耳朵，嚇人得很，身上特別腥臭。」

「我什麼也沒看見。」侏儒說，檢查自己的手，也有一個疤眼。

小黑身上沒有。

「野鬼谷的蜥蜴，據說是上古時留下的世界上最毒的毒蜥蜴，今天遇上了，可是我們怎麼沒事呢？」大力士百思不得其解，他盯著米米朵拉頭上戴著的花冠，眼睛一亮。

「我們都吃了陰陽果，對吧？」她問。

「只有這種可能，你看那果子對傷口有痊癒的神力，否則我們全都中毒而亡。」

侏儒打斷大力士的話：「別說了，現在怎麼辦？」

「如果這兒是孟莊，米米說的那位解咒的紅衣女就是孟姜，她故意讓我們待在這個地方，想來並不是不安全。」大力士分析道。

「沒錯，我聽見她這麼說。」米米朵拉說。

「不過，我們得馬上離開為妙！」大力士提心吊膽地走過去拉門，門並未上鎖。大家不由分說，迅速走出房間。

孟莊的大門、側門和後門，甚至院牆都有侍衛看守。他們出不去，即使出得了，也過不了鮫魚舟骷髏掌舟人那一關。好在是黑夜，到處有房子和花樹的陰影遮擋，棉花似的雲遮擋月亮，星星聚集，像碗那麼大，發紫奇亮，讓人覺得這一切像是一個夢。

好在這個晚上孟莊熱鬧無比，人來人往，侍女們全去關注重要客人，沒人注意他們的動靜。

米米朵拉跟著他們，貓著腰在花樹間穿越。孟婆的莊園極大，松樹被修剪成大象、長頸鹿、老虎、豹子、河馬和北極熊，還有奇特的石雕，是一個女尼在彈琴。開著花的熱帶植物，蝴蝶蘭尤其多，與人間不同的是，這些花閃亮。門廊院門前掛著藍燈籠，小徑上每隔幾步都亮著溫暖的燈，一摸是螢火蟲緊緊抱成一團。一條潺潺流水的小河繞過花園假山石，帶著足的紅魚兒跳躍在水面之上，天哪，米米朵拉倒吸一口涼氣，這兒的紅魚跟城西門護城河裡的魚不一樣，全是嬰兒的臉。河邊有一塊並不大的石頭，用紅字寫著「早登彼岸」。

侏儒一把抓住她說：「這是著名的三生石，記著每個人的前生後世。可是只有神才能讀。」

米米朵拉伸手摸石頭：「但願我能知道我的，我媽媽的。」她往右邊小河的盡頭看，那兒有一座小石橋，橋邊有一個小檯子：「那是不是著名的奈何橋和望鄉台？」

侏儒點了點頭，然後說：「都是讓人失去記憶的，據說孟婆閒時站在橋上，忙時都在廚房裡製造佳餚。」

「上次你和大老哥就是在她的房子裡吃了東西，成了現在這樣子。所以，今天我們一丁點東西也不能沾，記住了？」

小黑本來帶路，停下搖搖尾巴算作回答，大力士點了下頭，把中指放在嘴邊，米米朵拉馬上閉嘴。他們躲到一個石雕後面，看到孟莊的正門燈火通明，喧鬧無比，好多侍從恭恭敬敬站在那兒。一條青玉石鋪就的路通向正院，路上撒滿黑玫瑰花瓣，走著好些服飾奇怪、氣質迥異的客人。他們乘各式坐騎，或駕一片雲彩，或捲裹一陣風，有大中國南海的觀音、印度古老的蘇摩酒神、日本和歌山的禪師、蘇格蘭騎著掃帚的女巫、穿著唐裝長衫旗袍的羅馬尼亞吸血鬼、托著水晶球的占卜師，天宮裡的煉丹神仙，也有遠近聞名的鬼神，就算是從大西洋海底來的洋龍王，多少蝦兵蝦將抬著大轎來；甚至格陵蘭島北極熊王及王后魔法多麼不可一世，中土的魔王如何威風凜凜，到孟莊大門前，都得一派紳士淑女樣。他們被衣著講究的侍女恭敬地引進正院的後花園長長的酒席桌前，有冥界諸神陪坐，好茶好酒奉上。

有一個頭戴面罩的黑衣女士邊走邊向一個白髮童顏的神介紹，說孟婆是冥界有名的食神，她天生六指，從小熟讀經書，後修行得道，不僅能做出絕妙的失憶湯酒，也能做出三界少有的斷魂菇十芝百花菜。這道菜搜集世間雪峰、原始森林的種種靈芝奇花菌類，特殊調製而成。這道菜吃過，別的菜索然無味，像服興奮劑和可卡因，能飄飄然到達虛幻仙境，堪與天界王母娘娘的仙桃媲美，還能釋放出體內的毒氣，恢復青春至少十歲。秦廣王、楚江王、宋帝王和閻羅王等，昨日聽聞紅臉菩薩要來冥界巡視，都想宴請他，同時邀請各方面有頭有臉的人物，辦一場冥界的嘉年華會。他們派專人去請孟婆做廚娘，孟婆沒有回覆。

一向與孟婆關係融洽的酆都大帝冥王，放下架子，一早親訪她，說他和紅臉菩薩久仰她的絕妙手藝，想嘗試那道著名的斷魂菇十芝百花菜。他告訴孟婆預備邀請的客人名單，其中也有她心儀已久的神。酆都大帝冥王說，她能做出世上美味，是她全身心的投入。孟婆沉默了好一會兒才答應做這廚娘，為做菜方便，宴會地點定在孟莊。

酆都大帝冥王離開後，孟婆就張羅起來。侍女們有條不紊地忙碌著，有的負責宴會。不斷有人提著竹箱送東西來，裝飾布置；有的負責接待鬼魂，人死之後，眾役卒押送鬼魂到閻王殿去接受審問。判定後，將生前功過錄入冊中，凡有罪的鬼魂，被直接打入十八層地獄或阿鼻地獄；凡被判轉世投胎的鬼魂，會沿著孟莊的院牆走一圈，邁進孟莊大門後，喝孟婆的湯湯水水、吃她做的各類肉，轉為嬰兒或小動物，按時間先後返回該去的世界。

米米朵拉和她的朋友們聽得真切，一聲不吭，因為這宴會，他們明白自己與今晚所有等著轉世的鬼魂一起都等候在孟莊，不同的是，他們從等候的房間裡擅自跑出來。大力士是對的，他們必須趕快離開此地。

繞了好一陣路，他們才找到一個僻靜的地方，廚房後面的竹林。大力士和侏儒要去查一下其他出口守衛情況，以便可以逃離。大力士讓小黑陪著米米朵拉。

她不同意：「不，小黑熟悉這兒，帶牠去吧！」

大家約定，若是走散，無論發生什麼事，都要回到這兒來碰面。

他們離開後，米米朵拉躲在院牆的陰影下。侍女們進進出出廚房，有的抬著酒罈，有的提著裝有飯菜的竹籠，奇香撲鼻。突然眼睛一亮，廚房通往大廳的小徑上站著一個高個子少年，一身灰色西服，上衣敞開，可看到黃襯衣本著絲綢綠花的背心，華麗無比，頭髮用了髮膠，豎起來，很吸引人。那雙眼睛極度不快樂，隱藏著千斤重的痛苦，他在看小徑邊的螢火蟲燈，彎下腰去觸摸，結果螢火蟲都飛掉了。他調皮地笑了，露出兩個好看的酒窩。

他只可能是憂憂。米米朵拉不顧一切地追了過去。天哪，憂憂在這裡，他死了嗎？這時走過來一位少女，學他的樣用手搗弄，第二個螢火蟲燈的蟲子也飛掉了，兩個人哈哈大笑。她與他齊肩高，頭髮上插著名貴的鑽石珠寶，那美麗只有在畫裡才見過、米米朵拉愣了一下，不知為何心裡充滿苦澀和痛，不好受的滋味像大人們叫的什麼嫉妒來著。

她不管暴露自己有多危險，朝他叫：「憂憂！」

兩人聞聲回頭，看到她一臉熱切，少年一副茫然不識她的樣子。米米朵拉完全沒想到，這樣和憂憂相見。他沒有黑眼圈，雙眼亮亮的，臉上手上沒一片有綠色。他沒死，太好了。她的心一下子活絡起來，淚水流了出來。

少女冷漠地看她一下說：「真髒！」拉著少年的手，傲慢地朝院子裡面走去。

米米朵拉不由得後退一步，剛想擦自己的臉，但馬上停下，因為這髒可以掩蓋她是活人。憂憂的出現，給了她勇氣和膽量，她什麼也不顧地跟在了他們身後。

院子裡有迴廊，迴廊又連著又一個院子，到處都有罕見的花樹和假石山，令人目不暇給。那披金戴玉的高個子少女走得慢，邊走邊給憂憂介紹那是什麼花什麼樹。走到第三個院子左側院門前，兩人不見了。鑲嵌著銅蓮花的大圓門關著，並有衛兵把守。

米米朵拉只好止步了，退在一座假石山後。

裡面演奏著二胡，音樂憂傷而動人，一個女人的聲音在說：「在很久很久以前，江裡住著妖怪，也住著神仙，有壞人，也有好人，發生了好多好多的故事，記得我給你講的孫悟空七十二變在海裡大鬥龍王的故事嗎？記得我給你講的大禹王為治洪水三過家門不入的故事嗎？呵，記得我給你講的娃娃魚與小孩子的故事嗎？」

「記得，全記得。」

「講給我聽聽，好不好？」

「娃娃魚呀，綠身子紅腦袋，深藍色的尾巴，口水拖了一尺長，大大的尖牙，半夜從江裡爬上岸來吃人，最喜歡吃我們小孩子的嫩肉，喝我們小孩子的鮮血。」

米米朵拉聽到這兒，反應過來，裡面正在演娃娃魚變狼外婆的偶戲。這冥界真有意思，圓形廣場百姓看的戲，也會在冥王宴請紅臉菩薩時表演。下面該是木偶母親拍小姑娘肩膀的聲音，果然她聽到了一聲響，還有音樂伴奏。

一個紅衣女子匆匆忙忙地經過假石山，朝右邊側院走去。米米朵拉覺得這女子好眼熟，像孟姜，便踮著腳尖跟隨她。

紅衣女子走入院子，跨進一個房間的門檻，裡面一個上了年紀女人的聲音說：「跪下！」

米米朵拉急忙側立在門旁，馬上聽到「撲通」一聲。門旁有一頭石獸，上面就是窗子，她爬上去，手指戳了個小洞瞧：裡面布置華麗，好多鮮花，案几上三盞銀燭台把屋裡照得雪亮，羅漢床上有一個看上去眉目極善、典雅嫵媚的女人，灰白頭髮在腦後挽了一個髻，插了一個金釵子和兩朵怒放著的紅茶花，她一身白絲綢，斜倚繡枕墊子，床邊有一個架子，擱著一個點著酒精燈的銅盤子，裡面是好些叫不出名的果子、蘑菇和花朵。她有六指的右手輕輕轉動著盤子，盤子冒著熱氣，發出一股奇香來。米米朵拉馬上明白她就是鼎鼎有名的孟婆。孟婆一邊調美味，一邊和氣地對跪著的紅衣女子說：

「孟姜呀，我待你不錯吧？」

「如我親娘。」

「那告訴我吧，牡丹房咋個空了呢？」

米米朵拉嚇得臉都白了，果然孟姜解了冥軍的咒語，為了讓他們逃脫，故意不閂門。只聽孟姜輕聲說：「我不知道。」

孟婆停了轉動銅盤。熄了盤子下的火焰，然後盯著孟姜的眼睛問：「真的嗎？」

孟姜沒看孟婆，點點頭。屋子裡鴉雀無聲，能聽到遠處後花園裡宴席上傳來的歡語聲，沒過五秒鐘，孟姜的鼻子嘴角有鮮紅的血流出來。孟婆說：「哼，任何人在我面前一撒謊，馬上就露餡。」

孟姜不言語。

「為何要幫那個小女孩？她在哪裡？」

「我不能說。」

「真的不能說？」

「不能。」

「哐噹」兩聲響，孟姜的雙手掉在地上，血也跟著流淌下來，人痛得滿臉是汗珠，半分鐘沒有，她支撐不住了，倒在了地上。

孟婆的手一揮，從裡間走出兩個侍女，扶起孟姜。孟婆說：「把她拉下去砍成幾大塊，煮成美味的湯，加些崑崙山和西伯爾山上的野菌，送上宴席吧。」

米米朵拉嚇壞，看著她們把孟姜往裡間拖去，忽然跳下石獸，不顧一切地衝進屋裡說：「不許你砍她，是我自己跑掉的！可惡的巫婆，找我幹麼？哼，你是臭蟲山臭蟲河養出來的臭蟲巫婆！」她指著地上鮮血淋淋的兩隻斷掌，「趕快給孟姜姐姐接上手！」

屋子裡所有的人都聽呆住了，孟婆的手指抬了抬，兩個侍女停住了，孟姜睜開眼睛看米米朵拉，搖搖頭。

孟婆一字一句地說：「誰能指揮我？」

「你這沒心肝的壞巫婆！你是天底下最壞的妖精，心比毒蛇還毒，比吃人的狼還狠！沒人會喜歡你，你的爸爸媽媽，你的爸爸媽媽的爸爸媽媽都不喜歡你，你是世界上最令人討厭的老太婆了，雖然你有一張不算醜的臉，在我看來，你醜陋無比！你無可救藥！你惡毒，每根指頭沾滿好人的鮮血！你睡不得做不了好夢，你就是一條臭鹹魚，臭皮鞋，臭番茄，臭葡萄，臭蘑菇，臭雞蛋老巫婆！」米米朵拉氣得跳起腳來罵。

孟婆聽著，居然笑了起來，輕聲說：「並非我對孟姜處罰過重，而是之前她向我發過誓，絕對聽命於我，對我永遠忠誠，才會如此。」

「不要耍賴，你的心肝是蒼蠅肉做的，你是最辣的辣椒水，你是最麻的花椒油，你是最臭的臭豆腐，原來你做的菜美味、全宇宙無雙，就是用孟姜一樣的好姐姐的肉做的，你這害人精，殺人犯！你算什麼偉大的食神！」

「還有什麼詞，接著罵好了。」孟婆像一個孩子似的啃手指甲。

米米朵拉覺得自己罵孟婆沒用，肯定也打不過，就算自己到了跆拳道黑帶級別，對這個鬼老太婆也是小菜一碟，她嘴一動，一句咒語，自己就會四分五裂完蛋。她站在那兒，腦子裡轉動，怎麼辦，怎麼辦？不能讓一個好心救了自己的姐姐慘死。她急了，手指孟婆，大聲地說：「臭巫婆，你立馬放了孟姜姐姐，把她的雙手掌放回身體，我就把自己交給你，由你處置。」

「呦，」孟婆看著米米朵拉問：「說話算數？」

「誰變誰是小毛毛臭蟲！」

孟婆轉過頭來對孟姜說：「孟姜，我原諒你說過的話做過的事！」話音一落，孟姜掉在地上的雙手掌便回到手臂上了，鼻孔邊上的血也消失不見，甚至地上連一滴血也沒有。她推開抓著自己的侍女，走上前來，對著孟婆鞠了一躬，又對著米米朵拉鞠了一躬。

孟婆說：「去，替我照料廚房和宴會吧！可再放那部人界做的最新電影《鬼魅傳奇》給客人們看。讓他們看看人間無意搞笑、卻成了最好的搞笑電影。」

孟姜點點頭，退出屋子。

孟婆盯著米米朵拉的臉好幾秒鐘，然後說：「好了，小傢伙，你現在屬於我，告訴我，你的同伴在哪裡？」

「我不知道。我們從那房子出來，就走散了。」

「不騙我？」

「嘿，孟老巫婆。就算知道，我也不能告訴你。」房間裡的空氣一下子凝固了。

「你剛才保證過。」

「我整個人屬於你，不是別的人。」

「會狡辯。你知道你不說，會有什麼結果？」

米米朵拉朝前走了兩步，站在羅漢床前，對孟婆說：「我知道你厲害，會讓我粉身碎骨，讓我血流滿地，回不到家，你會要我的命，但我不會背叛我的朋友們，壞老太婆，你白活幾千歲幾億歲也不懂，天底下沒有什麼東西比忠誠朋友更重要。好了，你現在可以把我的命拿去！」

孟婆氣得瞪眼，有六指的手舉了起來，米米朵拉閉上眼睛。那高舉起的手在空中停了半晌，從她的臉頰擦過，落在她的肩上，輕輕地拍了一下。

米米朵拉睜開眼睛，看看自己的雙手和雙腳都在，她摸了摸臉，臉也在，覺得不可思議。

孟婆說：「現在你的臉乾淨了，我看得更清楚了。我再問你一個問題，你是誰，多大？沒死為何來冥界？」

「真是瞞不過你，我叫米米朵拉，十歲半，我來這兒找寶物救我媽媽。」

「寶物？你母親怎麼啦？詳細說來！」

米米朵拉便把她如何丟了母親、江州漲洪水、如何丟了同學憂憂、如何遇見娃娃魚、如何來冥界，嘮嘮叨叨說了一遍，說得她嘴都發乾了。她略去與大力士侏儒他們從陰陽樹捷徑到冥界不表，因為那是她與他們之間的祕密。

「這麼說我的看門狗是你的狗小黑。我聽說了這小東西不肯轉世投胎，今天去見那權大無比的菩薩，哼，但願白天發生在圓形廣場的事都是真的，你真的用什麼定型髮膠去噴白衣侍從？」孟婆不等米米朵拉回答，接著說，「小東西，你敢下冥界來，純粹為了一片孝心？」

「我不能沒有媽媽。」

「你背著什麼東西？」

她下冥界後，只有這個老太太對她的書包感興趣，她取了下來，把裡面的衣服、書和摺疊小刀子拿出來。漫畫書《我們去打獵大熊》和美食書《當我們變成辣椒》、一個小筆記本和幾支筆，還有兩張尋母啟事和一疊大中國的紙幣。

孟婆只把書取過來翻了翻，拿起尋母啟事，看著上面的照片問：「這是你母親？」

米米朵拉點點頭，眼裡閃著淚花。

孟婆一邊翻《當我們變成辣椒》，一邊說：「你母親寫美食書，愛辣椒，算是與我同行。」她抬起頭來，「就這些東西你就敢下冥界來？」

米米朵拉不解地問：「那需要什麼東西才可來這裡呀？」

孟婆一邊活動她的手腕，一邊說：「一旦被人知曉，你只有死路一條。」

米米朵拉把所有的東西收回書包，背在背上：「我現在被你知道了，我知道我活不了，對不對？」

「哼，的確如此。」孟婆慢慢地說：「小東西聽好，我可網開一面，放你回人間，否則做今晚的一道菜？你選擇吧。」

「謝謝你手下留情，放我回人間。不，我不會回去，我情願你拿我做一道菜。臭巫婆，幾輩子對人壞很容易，難的是一天對人好，難道你不知道對人好一點，你就不會不快樂，瞧瞧你一張僵硬的鬼臉，像是人人都欠你東西似的！」

「你以為我會上你的當？」孟婆被氣得幾乎要從羅漢床上跳起來。室內空氣充滿了火藥味，米米朵拉一點也沒畏懼，她看著孟婆，孟婆看著她，突然用一種冷冷的口氣說：「小傢伙，你以為我沒發現你額頭上的點嗎？娃娃魚點的，那個精靈鬼怪的孟姜一定是因為這個對你格外照顧。好吧，你可以問我三個疑難問題，趁我還沒有改變主意。」

孟婆態度的突然轉變，出乎米米朵拉的意料之外，她一愣，頭一個想要問的就是母親是否活著？不是不相信大力士和小黑他們說的她的母親未在冥界的說法，而是為了確認這一點，可是脫口而出卻是：「孟婆婆，我的好朋友憂憂沒死吧？」

「這麼說，你見到他了，很幸運，他被河神的女兒瑤姬公主救了。河神還有一個兒子魚少爺，他倆曾在我這兒學廚藝和魔法，後拜了高師，身懷絕技，連我都不可小看。」

「為何憂憂不認我？」

「瑤姬公主不想讓他記起之前的事，她對他施了魔咒。小傢伙，難道他對你這麼重要？」

「他是為了我才來冥界，我必須帶他回人界。」

「第三個問題！」孟婆說。

「怎麼是第三個問題？」

孟婆的聲音不耐煩了：「快問第三個問題！」

米米朵拉想，第三個問題，乾脆問母親是死是活。母親是生是死，娃娃魚說的寶物皆可救她。於是她說：「孟婆婆，如何拿到河神宮殿的鎮江寶物？」

孟婆仰面大笑，笑得米米朵拉毛骨悚然：「小傻瓜！你做夢都不可以夢到那寶物。」她的手在空中一畫，出現一圖像，米米朵拉看到冥府眾多的宮殿，每一座宮殿都是那麼不同，門前戒備森嚴，有大小神怪把守。她手一收，圖像消失。「宮殿晝夜都有衛兵看守，河神的宮殿還有瑤姬公主和魚少爺盯著，你在心裡滅了這個想法吧——」看到米米朵拉絕望的眼睛，她清了清喉嚨說：「除非你有一件隱身衣。」

「隱身衣？」

「不錯，這件隱身衣需要五樣東西才能製成：第一樣樂土之魂：陰陽之樹的花朵和果實；第二樣精靈之毛髮：原本無翅卻能說話的鳥，這鳥練成正果後能飛，需要一叢牠的頭頂羽毛；第三樣陽氣之水：在冥界活著的男童之手指甲和一縷頭髮；第四樣陰氣之汁：在冥界活著的女童之口沫與眼淚；第五樣絕世寶石：古印度的一顆孔雀石，是八世紀時阿拉伯魔法大師送給印度皇帝的禮物，世代相傳，據說後來鑲在莫臥兒皇帝的御座上。」

米米朵拉聽得一字不漏，每聽一樣東西，她的頭脹大一點，一雙眼睛瞪得圓圓的，不由得叫道：

「天哪，我怎麼可以弄到？」

「你的眼睛瞪成兩盞燈也沒用！」孟婆嘆了一口氣說，「前四樣東西難得到，孔雀石更難得到。好吧，不知天高地厚的小傢伙，假若你一旦湊齊這五樣東西，全放在你的一件衣服上，要在一個殘月之夜，對著月光將五樣東西放在衣服上，把衣服來回摺疊，摺成一個三角形，你得念我給你的密咒，隱身衣就成了。」她讓米米朵拉靠近自己，用手掌貼在她胸前，輕輕地在她耳邊說著，「『月神啊，我以孟婆之名請求你實踐傳說的誓言。』到時你可手按在胸前說這句話，再把手移到衣上就可以了。記住了嗎？」

「記住了。」米米朵拉肯定地說。

「重複一遍。」

米米朵拉於是說了一遍，錯了一個地方。孟婆驚異地瞧著她：「孺子可教，記性不錯。」孟婆讓她伸手出來，呵了一氣，所說的內容全在手心裡。「好心記著，一字不能差。」

「請問古印度莫臥兒皇帝住在哪裡？」

「天之邊海之涯。」

「那是什麼地方？」

孟婆不言語。

「我怎麼才能去那裡？那是很久很久以前？」

「我已回答了你三個問題。不會回答你了，除非你肯告訴我，你的同伴在哪裡？我可再回答你一個問題。」

米米朵拉低下頭，看著自己的腳，她的倒影投在地上長長的，不錯，很想這個鬼巫婆告訴她答案，她抬起頭來，看著孟婆說：「對不起，我不能告訴你。」

孟婆拍了一下手，門外有兩個侍衛馬上走出。

「帶他們進來！」

侍衛把大力士、侏儒和小黑推了進來。原來他們早就被抓了。米米朵拉大吃一驚，奔過去抱住躍到她懷裡的小黑，看著孟婆：「你要對我們怎麼處置？我剛才差點認為你的黑心肝變得稍稍紅了一點呢，看來我錯了！」

孟婆看了他們一眼，眼瞼垂下，用一個銀勺在銅盤上盛出一點汁來放在一個小碟裡，她呷了一口，然後遞給侍女：「把這盤裡的汁澆在最後一道菜上便可。」侍女端著銅盤朝外走。

孟婆的雙手交叉放在胸前說：「我的侍衛早在前院抓到他們。有意思的是你不說他們，他們也不說你。彼此忠誠得很，是真朋友，讓我羨慕呀。」

「你怎麼知道他們不說我？」米米朵拉一臉疑惑。

「我有化身，我的化身審問了他們。」孟婆站起身來，背伸得直直的，她的小腳穿著綠緞面繡花鞋。「紅臉菩薩其實待你們不薄，將你們的命交給我，由我處理。我處理完了。小黑不肯返回人界，就在我這兒當看門狗。你們倆，完全看你們下面的表現如何，日後我再做處理。好了，我不能讓化身老在宴會那裡，我的真身得去了。記住，小傢伙，你的命還在我手裡。小心為是，否則被人看出你的小活人，到時誰也救不了你。」

她扔下一個令牌：「出側門用的。」侍女侍衛一席人擁著她走到院子裡。

屋子裡的三個人和一條狗，原以為會被孟婆強迫灌迷魂湯酒，轉世投胎。沒想到，孟婆如此網開一面，他們一下子全愣住了。米米朵拉叫了起來：「請臭老婆婆停下，你真的放了我們？嘿，你為何要幫我？」

孟婆優雅地轉過身來，冷冷地說：「不出賣朋友，在人界冥界少見。小孩子能這樣更難能可貴。對一個人好，真可以讓人有好心情。」她說完，便消失不見了。

大力士撿起地上的令牌，看了一眼說：「我們快離開這裡吧，以免孟婆改變主意。」

他們走出右院子，左側院子後花園那邊在放人界恐怖電影《鬼魅傳奇》，屏幕直接聳入天空，好多烏鴉停在樹椏上專心地看著。觀眾不時爆發哄堂大笑來。

湊巧他們都是電影迷，都看過這電影。一對戀人，生前是冤家，死後繼續折磨、惡作劇對方，使其遭遇各類酷刑，最後兩人在奈河橋上相聚。他們轉世後，想念對方，在不同的國家尋找對方，設法生活在一起。米米朵拉對大力士和侏儒說：「你倆也是冤家，分開了，有緣相聚，並互相尋找。」小黑哼叫起來，聲音聽起來非常不快。

「我們也會找你的，小黑。下次回冥界，我們幾個一起再去看這電影吧。」侏儒說。

小黑搖起尾巴。大力士拍了拍侏儒的頭，表示贊同。他們很快到了孟莊側門，這兒也張燈結綵，守在門口的侍衛擋住路，檢查了孟婆的令牌，打開門放行。門前有四五級石階，石階下停了幾輛氣派的馬車，穿戴整齊的馬伕和侍衛守在一邊，他們有的是人臉，有的是動物臉。這時米米朵拉的背被人拍了一下，她回過身一看居然是憂憂。憂憂親切地說：「嗨，你好，你的嘴唇發紫了，冷嗎？」他馬上要脫自己的衣服給她。

米米朵拉心裡一熱，攔著他：「我很好，謝謝你，我不需要衣服。」

「你要去哪？」憂憂問。

「我是米米呀，憂憂，你馬上跟我走！」

「米米，這個名字很好聽。」

聽他這麼說，她馬上意識到憂憂仍然不知道她是誰。

憂憂看著她，笑了笑說：「再見，米米。」他朝鮫魚舟上停著的一輛豪華馬車走去，那個頭髮上插著名貴鑽石珠寶的少女坐在裡面，孟婆說她是河神的女兒瑤姬公主。憂憂鑽進車後，鮫魚舟駛離岸邊，向著湖心駛去。

沒等多久，鮫魚舟返回，骷髏掌舟人看了令牌後，他們一行進入舟裡。這次並非原路而歸，而是向西行駛，幽藍的湖面飄著胎盤臍帶，有閃亮的五彩魚在游動，生著鳥的大翅膀。米米朵拉看了一眼，覺得怪不可言。時間非常短，鮫魚舟在高高的紅土坡前停了，坡上開著細碎的紫花，花瓣下有骷髏。小黑叫起來。侏儒警告道：「大伙，不要看！」

米米朵拉落在後面，沒聽見，俯下身去看，果然有一隻骨頭手伸出來抓她，她嚇得叫了起來，與之對打，就近的大力士急忙奔過來，用劍砍掉那骨頭手。

他們爬上坡頂，又走了十來分鐘的路，看到好多灰色屋頂的房子在腳下，亮著稀稀落落的光。他們朝那兒走去，走得渾身是汗，終於到了掛著燈籠的街上，店鋪還沒有打烊，門前掛著旗旛。他們路過一個小麵館，裡面全是人，聽得見麵條從嘴裡呼進的聲音，卻一點也不吵鬧。麵館外面也是人，端著碗熱乾麵在吃，也不交談，麻辣香味四溢。兩個大人互相看看，又看看米米朵拉，他們仨異口同聲說：「不餓。」

他們又走了一條街後，大力士說：「如果我的記憶沒有問題，我們現在離白天的集市並不遠。」

「真的嗎？」米米朵拉問。

「我早就覺得我們走過這些路。孟莊很大，有正門側門後門，通向冥都中心區也有好幾條路。我們今天出來的路是近路。看來環繞孟莊的湖是個魔法湖，在地圖上找不到，那個鮫魚舟的骷髏人更是個神怪，我們之前來去孟莊也未曾遇見，完全看他如何掌舵，撐向哪個岸，便有不同的命，如果返回冥軍押我們去孟莊的原路，又沒有冥軍隨行，那下場不說便知。」

「看看令牌吧，上面有字嗎？」米米朵拉說。小黑也叫了起來。

「別叫，安靜。」大力士邊說邊摸出令牌來，之前上面有字有圖，現在全沒了，一塊白板。

米米朵拉連連打了好幾個呵欠，她一臉愁雲，睏得要命，孟婆說的做隱身衣的那五件寶貝，不知該如何找，更不知道怎麼去印度莫臥兒王國。風吹在身上有些涼，她從包裡取出棗紅色薄外套穿上。侏儒對大力士說：「我們找一家旅店，讓小傢伙休息休息再說。」

他們走到街尾，拐進另一條窄小的街，有一家銅器店，邊上是一家小客棧。

敲開門後，穿長衫的瘦高個掌櫃提著煤油燈引他們上了窄窄的樓梯，在走廊末一間客房停下，推開房門，把燈掛在牆上一個鐵鉤上。米米朵拉看到不大的房間裡地上鋪著乾淨的草蓆，靠牆有兩個地鋪，中間有一個小矮木桌，有一小窗臨街，很像日本的榻榻米。他們脫鞋進房間前。侏儒塞了一張冥幣給掌櫃：「請給我們弄一點吃的吧？」

掌櫃點點頭，拉上房門離開。

他們筋疲力竭地坐倒在草蓆上，米米朵拉馬上起身，對著手上的字，默記孟婆所說的隱身衣所需的東西和密咒，一字不差記著了，手上的字消失。她不可思議地搖搖頭。這時敲門聲響起，侏儒拉開門，掌櫃把托盤遞給他，關上門走了。

托盤裡有一個大碗、一個茶壺四個碟，碗裡疊放著幾個窩窩頭，還有切成片發黑的鹹菜地瓜蘿蔔，全是冷的，好在茶水熱呼呼。

「吃吧，天塌下來，有我們跟你一起扛著，我們會和你同去古印度，小傢伙。」侏儒把托盤放在小桌子上，對米米朵拉說。

「真的嗎？你們聽見了我和孟婆的對話？」她取下書包，坐在桌前。

大力士點點頭，坐在她身邊。

小黑叫了起來。

「好了，好了，我知道了。」米米朵拉煩躁地說，「可是怎麼去？多遠呀，我們去不了，就算我們有一個飛船去別的星球，也無法去古印度，莫臥兒王國呀?!」

大力士捏著手指算：「四百年，不，遠遠不止。」他的臉發白了，搖搖頭。

三個人和一條狗陷入深思，沒有這孔雀寶石，隱身衣絕對做不了。他們坐在小木桌前，勉強吃著窩窩頭，喝著茶水。侏儒說：「嘿，小傢伙她現在就有做隱身衣的第一件東西，陰陽之樹的花朵和果實。」

米米朵拉把花冠從頭上取下來，這花沒半點枯萎，跟摘下時一樣，還有兩朵。不錯，她有陰陽之樹的花朵。陰陽之樹的果實，在她的書包裡。她還認識幾維鳥，只要找到牠，牠不會不幫她的。可是幾維鳥在哪裡？牠順利回到自己的家鄉了嗎？不得而知。她把自己的想法說了出來。

「幾維鳥不太可能離開樂土，我們可去那兒找牠。」大力士說，「第四件東西容易，陰氣之汁：在冥界活著的女童之口沫與眼淚，那就是你這個小傢伙自己的口水和眼淚就可以。第三件東西難辦，陽氣之水：在冥界活著的男童之手指甲和一縷頭髮，因為沒有一個活著的男孩。」

「這個無法辦到。」侏儒雙手撐著下巴。

「不對，有一個活著的男孩。」米米朵拉從地上一下子站起來，「我的好朋友憂憂，他沒死，就是那個在鮫魚舟前主動和我說話的少年。」

「他就是憂憂呀。」侏儒說。

「孟婆說他沒死，證實了我之前的感覺。可是他不認得我，怎麼辦？」她悻悻地坐在草蓆上。

「再急，蘋果一夜也結不了果。」侏儒突然想起什麼來，「唉，聽你說，你的歐笛阿姨，說到『小小大中國人』計劃時很奇怪？」

「連我媽媽也是呀。」

大力士插話進來：「我第一感覺是『小小大中國人』計劃有問題，問題在哪裡，我也說不上來。」

「他們要把孩子送到法國去。」米米朵拉說。

「法國可是好地方，我也想去。」大力士看著她說，「那個計劃是選小孩到國外去玩和學習，肯定收益可觀，莫非是錢或是什麼利益分帳不公。」

「我媽媽不是看重錢的人，她經常對我說，做人不要昧良心，更不要依附權貴，否則一旦搭進去，一生會後悔。」

大力士點點頭：「你媽媽說得好。那麼，壞蛋在你的家裡找什麼呢？墨鏡黨為什麼要抓你？」

「我還想你們給我解答呢。」米米朵拉說。大力士把劍從身上解下來，拿在手上說：「好吧，我們暫時輕鬆一下腦子。小傢伙，你今天的劍使得不錯，我教你兩招吧！」

「真的？」米米朵拉的眼睛馬上發亮了。她脫了外套，掛在牆上，跟著大力士走到了門外走廊上。

整個旅館靜得一根針掉地上都聽得清楚，黯淡的光線從敞開的房門裡灑了出來。他先讓她看他如何站立，如何握劍，如何劈刺，如何躲避，如何進攻。「我教你最簡單的幾招。」他把劍插在地板上。

米米朵拉拔了起來，做同樣一套動作，她做得認真專注。

大力士看了看說：「你練過跆拳道，有基礎。記住不是手指揮劍，是你的心指揮，讓劍像你嘴裡呵出的氣體一樣。」他握著她的小手，「注意，像這樣轉動起來，乾脆俐落些！記住，你要以柔克剛，以小克大，利用你的靈巧，對付敵人的弱處。」

他教了她好一陣子，連連打呵欠，就進房間裡了。米米朵拉一個人在走廊裡練。

等到她練得一身是汗，推開房門時，發現侏儒和大力士和衣已在地鋪上睡著，打起了呼嚕，小黑蜷在桌下也睡得沉沉的。米米朵拉吹熄煤油燈，躺下試著睡覺。隱身衣啊隱身衣，沒有你，就進不了河神宮殿，那我何以取寶物救媽媽？媽媽啊媽媽，你聽見我在呼喚你嗎？不行，我不要想這些事。

窗外投來些許月光，一道黑影佇立窗外，使屋子裡變得漆黑一團。「誰？」米米朵拉叫了一聲。那道黑影移開。她急忙從床上爬了起來，抓起書包，悄悄打開房門，穿鞋後疾步走過走廊，跑下樓梯。掌櫃坐在櫃台前打盹。她一步跨出客棧，除了暗淡的天光，小街上一個人也沒有。二層的窗子高度，那個人起碼是個巨人或是一個非人類。米米朵拉面對門，朝前後看，都沒有自己搜尋的目標。等等，街右邊響著輕微的腳步聲，由近漸遠，她想也沒想，朝那聲音走去。

在小街盡頭，腳步聲消失了。左側是一條暗暗的街，米米朵拉在街頭朝外張望，發現東面有燈火和聲音，她決定朝那邊走。

第六章　希瓦

她走到街尾，那個人像水蒸氣蒸發了，一絲蹤跡也沒有。米米朵拉一片茫然，面前有兩條街，她拐進右街，繼續走。這些街都不寬，隔一段距離有一盞燈籠掛著，閃爍著藍藍的光。米米朵拉進入一條小巷裡，又不知走了多久，發現了牌坊，四個牌坊外面都寫著「天子殿」，裡面燙著兩個金字「幽都」。這地方好熟，她站在那兒張望，不錯，就是白天經過的街中心。

這冥都如同迷宮，不管哪個方向街道都異常陰暗，鬼祟得很，店鋪關著，一個夜宿之人也沒有，她心裡越來越慌，不敢舉步。

她看著頭上的「幽都」，心想，不要怕，反正睡不著，還不如隨便走走。於是她朝東街走去。走了近二三十步遠，這時她聽到一種不尋常的聲音，像是有人在唱歌。不錯是歌聲，一種很奇特的有節奏有韻律的歌，像一個鉤子吸引著她，她尋聲而去，發現自己到了冥府對面演偶戲的圓形廣場。

月光下，一個頭髮挽在腦後身材高大的英俊男子，對著一個躺在地上的女人轉著圈兒，他穿得隨便，一身淺綠色的痲衣，腳上是露趾的皮涼鞋。不對，他是在跳舞，左手擊在右手上，如鼓有節奏地響著，他唱著歌，如泣如訴。聽不明白那語言，只感到那聲音裡有著無盡的神祕和悲傷，突然他的手在腳上繞著，腳也上了頭頂，身體彷彿斷開來，那種痛苦是她從未見過的，她一下子被擊中，有好一陣子整個身體不能動彈，也無法呼吸。

地上那個女人靜靜地朝天仰著，額前戴著一串閃爍發光的鑽石，考究的玫瑰紅絲綢長衫，裡面襯出白花邊，露出少許桃花色的緞子長褲，粉紅寶石鑲著藍邊，一雙描金繡花的軟底紫紅皮鞋。

男子的頭始終低著，隨風搖動起來，雙手變幻出好些手，從手指縫掉下好些閃光的花朵，紛紛落在女人的身上，可是女人沒有動，也沒有什麼反應。

她死了嗎？

米米朵拉心裡一驚，她從兩個大石柱子間穿過，朝前走了幾步，看不太清楚，又走了好幾步，正巧月光移出一朵烏雲，傾灑下來，看清了：女人死了，眼睛都閉著，躺在那兒跟一塊石頭一樣。

男子的身影在廣場的石柱間穿行，心裡只有地上那個死掉的女人，他繼續歌唱，手與腳相交，彎起繞回，身體變魔術般摺疊起來，忽然騰空旋轉，只見一圈火焰環繞，他的雙手伸展開來，面頰的耳環像小蛇在飛舞，雙腳經過之處濺起火星，又像一顆顆星星劃過。

米米朵拉看得太專注了，以至於身邊有了別的路人圍觀也不覺察。可是他們對男人的舞蹈和歌聲沒有太多興趣，瞄上一瞄，就去看地上的女人，看過之後，扭頭便走。

兩大神黑無常白無常來了，他們關心廣場東西兩側佇立著的十八個大石柱子上的雕刻是否被這男人的舞蹈濺起的火花燒壞，一看沒事，便離開。冥府門前的牛頭和馬面站得遠遠的，觀望了一會兒，掉頭返回。

新的圍觀者來了，離開，接著又有新的圍觀者來了，又離開。

那男子對這一切熟視無睹，他單腿跪在女人跟前，伸手撫摸她的臉和頭髮，俯身親吻她的嘴唇和脖頸，久久地端詳，然後抱起她，擁入懷裡，騰起在半空，把頭依偎著她，那般愛戀和難捨難分。終於他飄落在地上，小心地放下她來，把她纏在一起打結的頭髮，一根根撫直，像水一樣柔軟，像猛虎一樣無畏，又像樹枝一般顫抖。米米朵拉看著，身體也顫抖起來。

驟然間圓形廣場外一片昏黃，下起了雨，閃電交加，而圓形廣場裡月光依舊，像是專門打在他身上，整個廣場活脫脫一個舞台，哇，這個高大的美男子會魔術！他在光亮中繞著那個地上的女人轉圈。米米朵拉想靠近那女人，可是老有其他觀者走到她面前，擋著她。

這時她恨自己為何長得小小的，為何這廣場一時人多了起來？

一會兒她就明白了，原來孟婆的宴會散了，馬車一輛接一輛地經過廣場，有認識男子的神怪停車，說：「希瓦，女人如舊履，去就去了，何足惜！明日我等為你尋幾個罷了！」

那叫希瓦的男子沒聽見。

紅臉菩薩的一行人也經過，他從轎子下到地上來，看看地上的女人，看看跳舞的男子，輕嘆一聲說：「哎呀，請你來喝一杯，你都不到，原來如此！」向他雙手抱拳，施了個禮就上轎離去。

更多的馬車經過，神怪們對地上那女人和對著女人舞蹈的希瓦，不屑一顧，扔下各式各樣的話：「看她穿得真是漂亮，恐怕是見過的最漂亮的衣服，衣上全是黃金片和珠寶。可惜很老了，不值如此鋪張。」「死了就死了，這麼大動靜做什麼，擾得雷神雨神都出來了，弄得我們淋著雨回去。那個女人再說也活過一般神的歲數，不是什麼美人，不必什麼都不顧親自送她到冥界來！」

酆都大帝冥王今晚宴請的客人，差不多都來到圓形廣場，見聞希瓦死了妻子而跳舞歌唱。十幾個高蹺者扮成天宮王母娘娘和西部片神槍手、東海龍王和比爾·蓋茨、姚明和哈比人比爾博·巴金斯等經過，他們嘴裡含著一根大菸槍，吞雲吐霧，奏的是江南鄉下小曲，所有的人都過去圍觀。

米米朵拉面前沒人攔了，真好，現在她可以坐在地上，安心地看著面前不幸死去的女人，她的臉上有皺紋，鼻子邊有亮亮的鼻環，嘴角線和下巴也有點鬆垮，直直的頭髮，隨意地散開，米米朵拉的心陡然一動，她並非一點也不好看，相反，真是好看極了，那眼睛，閉上的眼睛，輪廓和睫毛是那麼安詳，可以想像若是睜開來，會有多麼明亮，可以讓你望見內心，可以讓你信任，給你安慰和快樂。女人戴有銀環的手，皮膚纖細，能看到骨骼和經脈，彷彿在展現生前觸摸過的無數精緻的家具和器皿；女人戴有金環的腳，皮膚纖細，能看到骨骼和經脈，彷彿在呈現生前她經過眾多芳香的花樹和美麗的千山萬水，整個人也是充滿了母性的仁慈寬容，躺在地上，一派輕鬆滿足自如，你不能相信她的生命結束了，這樣美的人會死了嗎？怎麼可能？

米米朵拉眼睛紅了，鼻子堵住，喉嚨也不舒服，便輕輕抽泣起來。

希瓦的嘴裡輕輕地說著什麼話，那地上的女人在他的雙手間升起來，四個臉上戴著面具的侍衛把她抬走，雨頓時停了。希瓦悲傷地把雙手放在唇前，直到他們消失。

米米朵拉唏噓不已。希瓦轉過身來，看了看她，便蹲下身體，用一種很奇怪的聲音說：「小小姑娘，你為什麼哭？」

「她那麼美，可是她死了！」

「哦，你真的認為她美嗎？」

「她躺在那兒時，就像我的母親，沒有誰比她更美！」米米朵拉哭得更傷心了，「可是他們帶走了她，你去找冥王吧，讓她活過來！」

「每個人的生死都有定數，神也一樣，她是年輕的神，活了一千年了，她的定數如此，誰也不能讓她再活過來。」

米米朵拉聽他這麼說，淚水湧滿眼眶，感慨萬分地說：「我們有時真是無能為力，我們的命怎麼如此無情、如此無可商量？」

「小小姑娘，你叫什麼名字？」

「米米朵拉。」

就這樣米米朵拉在圓形廣場與希瓦認識了。發藍的月光下，這個叫希瓦的美男子說，人死成鬼，有黑白無常跟隨來冥界。神死了，卻只有神自己，很孤單。他不願意愛妻孤零零地到另一個世界去，他得親自送她。

希瓦束在腦後的頭髮垂了下來，遮著大半張臉。悲傷使這個活了萬年又萬年的印度神，頓時走路緩慢，彷彿有一千座山壓在肩上，背有點駝，雙肩一高一低，完全像一個年邁的人。

母親以前給米米朵拉讀過一本書，說印度有三個神，一個是智慧之神白袍梵天，他有紅皮膚、四臂四頭，手持權杖，坐駕是一隻鵝；另一個是宇宙循環更新之神王袍毗濕奴，他有藍皮膚、四隻手，一手持法螺，二手持飛輪，三手持權杖，四手蓮花，坐駕是一隻大鵬金翅鳥；還有一個毀滅和生殖之神，有各種化身，頭上有新月裝飾，可是她忘了這神的名字。於是米米朵拉問面前悲傷欲絕的男子這個神是誰？

希瓦說：「就是我希瓦呀，傳說中最恐怖的濕婆神。」一瞬間，他的帥氣灑脫回到身上，背也伸直了，青春彷彿一下子返回。

「濕婆神，原來就是你！」米米朵拉倒吸一口氣。

「正因為你不知我是誰，我才覺得你說的話是真的。再說，上至天，下至精靈世界和冥界，誰想欺騙我，都逃不掉我的第三隻眼睛。」

他甩了下長髮，露出整張臉來。米米朵拉看到第三隻眼長在他的額頭上，裡面往外湧出火焰來，一股熱浪迎面撲來。他吹口氣，火焰熄了。她看到他額頭上有一輪新月，脖子繞一條長蛇，胸前有骷髏裝飾，後脖耳根是大海的顏色，一搖頭，五個面孔閃現，像電影裡的快鏡頭，哈哈，他和毗濕奴神一樣，有四隻手臂。難怪剛才他跳舞時有那麼多隻手在舞動。

米米朵拉興致勃勃地盯著他，連眼睛都不肯移開一下，之前沒有一個人遇到這種時候不是嚇得臉色大變，趕快逃走。

「你為何不怕？」

「好玩。你可教教我？變那麼多手出來。」

「真是一個奇怪的小姑娘。」希瓦看了她半晌，然後說，「好吧，我教你歌唱。」他伸出雙手來，對著天空，大聲地叫起來，一瞬間，數不清的五彩繽紛的鳥都飛來，整個廣場都是，有的停在他的頭上肩上腳邊，鳳凰鳥跟著他叫，像是伴奏，聲音時高時低，恰到好處。

她學他的樣，對著天空，大聲叫起來。

這樣叫了不知多長時間，希瓦說：「好了，你再唱歌。」

米米朵拉唱起來，不必大聲，就很嘹亮，不必用力，肺部的氣流就源源不斷，高音激昂，低音清脆婉轉，飄飄揚揚。她唱失去狗小黑時的哀傷，她唱憂憂被波浪捲走、再見不識她的悲痛，唱媽媽愛唱的一首歌，要摘一顆天上的星星給她，唱媽媽多麼愛她，她多麼愛媽媽，她唱起兩天前她倆在江邊失散，自己慌裡慌張地找媽媽。她唱著此刻對媽媽的思念和生死恐懼，悲傷讓她的眼淚嘩啦嘩啦流下來。所有的鳥都悲傷地飛走了。

希瓦搖搖頭，又點點頭，他是古老得不能再古老的印度神，他的法力大到所有的神鬼都懼怕的程度。失去了妻子，他對一切都無所謂了。他本是要去喜馬拉雅雪山修身，做苦行僧。可是面前這個小姑娘牽動了他心裡最柔軟的一個地方，他第一次張開他的魔眼，看到這個小姑娘唱的歌就是她自己的故事：一個失去母親、來自人間的十歲小女孩。

「你有一條名叫小黑的狗。」

米米朵拉驚奇了：「你怎麼知道？」

「你還有一個好朋友，你叫他憂憂。」

「你從哪裡知道的？」她仰起臉去看他。

「因為我是希瓦，我想知道，便可知道。」希瓦單腿跪下，對她說：「可是他失去記憶，認不出你。」

「那我怎麼辦？」

他用左手輕輕把米米朵拉抓起來，站了起來問她：「告訴我，此刻你最大的願望是什麼？」

第七章　城牆與大絨球

當那古老得不能再古老的、英俊的印度神希瓦問米米朵拉此刻心中最大的願望是什麼時，她突然喉嚨堵住，說不出話來，她想看到自己的母親，想知道她的生死，她得到古印度去。孟婆告訴她，要用五樣東西做一件隱身衣，她能辦到嗎？她一定要把好朋友憂憂帶回人界。娃娃魚警告過她在冥界時辰有限，她還沒找到一面鏡子，看額頭上那個他手指按的點，變顏色沒有，她不知還有多長時間能在冥界？所有這些，她都想知道。

「你要去古印度莫臥兒的皇城阿格拉瓦那，對吧？」

她急忙點點頭，呵，阿格拉瓦那城，她要去那兒找那絕世的孔雀寶石做隱身衣救母親。真的，印度神希瓦什麼都知道。

「我可以幫你去那裡。」

兩行淚從米米朵拉的眼睛裡滾下來。

「不要哭，小小姑娘。」

「不哭，我這個小不拉耷，真沒出息！」她止住哭，用袖子擦乾臉上的淚，說，「我媽媽說過，遇到了困難，哭不管用。」

「哈，小不拉耷，明知故犯。」希瓦笑了。

就是這時，米米朵拉聽到了小黑的狂叫聲，扭過頭去看，小黑身後站著一高一矮的大力士和侏儒，全身濕濕的。大力士驚異地大喊：「小傢伙，你騰在空中做什麼？他們在找你。」侏儒也在叫，「快下來，躲藏起來吧？」

原來他們只看到米米朵拉，看不到希瓦，希瓦隱身起來。

米米朵拉對希瓦說：「請讓我下地。」她的話音剛落，人就站在了地上，「你們看，我沒事吧。」

侏儒拍了一下她的肩膀：「沒事就行了。下次跑出門要告訴人，我們都嚇壞了，以為你出事了。快聽我講。」

原來他們在小客棧裡睡著了，侏儒尿急，起來解手，才發現米米朵拉不在房間裡，慌了神，弄醒大力士和小黑趕快出來到處找。雨說下就下起來，許多黑鷹飛旋在冥都上空，十多個冥軍，說是接到麵館裡的顧客報告，他們認出米米朵拉是活人。冥軍騎著馬，挨個街道挨個旅館搜查活人。大力士和侏儒非常著急，一路找過來，雨水說停就停了，結果找到圓形廣場，發現她整個人在空中，臉上有淚珠，不知中了什麼邪，只好大聲叫她。

「真是抱歉，」米米朵拉說，「一千個對不起。」

侏儒問：「你一個人在這裡做什麼？」

「我——我？」米米朵拉看希瓦，希瓦盯著面前的兩個人和小狗看，她對他說：「我的大朋友呀，你知道的他們是我的朋友。」

於是希瓦顯身，這個有五頭四臂古怪年邁的神讓他們全都嚇了一跳，眼睛都瞪圓了。米米朵拉對他們說：「這是希瓦神。」他們更是嚇了一跳，大力士張開嘴，合不攏，隔了一會兒才說，「之前只是聽說過他的名字，從沒見過。」

「真是希瓦嗎？」侏儒質疑地問米米朵拉，「莫不是他這怪物想吃你嫩嫩的鮮肉。」

「嘿，不准亂說，他要吃我，早就吃了，你們這時來，只會看到我的一堆骨頭。」米米朵拉有點生氣地說。

希瓦哈哈大笑，打趣地看著他們。「你，劉大力，」他指著目瞪口呆的大力士說，像是看不到對方的驚訝，又朝著侏儒說：「你，方丁丁。」侏儒愣著，一臉不知所措的樣子。希瓦轉向在米米朵拉腳前搖著尾巴的小黑：「你，小黑。」

小黑叫了一聲，與希瓦打招呼。

米米朵拉蹲下把小黑抱起來，牠身上雨水並不多，看來是小黑皮毛順，雨珠兒掛不住，都滾落了。

侏儒看著米米朵拉問：「不會是你告訴他的吧？」

米米朵拉搖搖頭。

希瓦說：「小小姑娘，你看，他們被跟蹤了，你這小傢伙早晚會被人家擄去。」她跟著他的眼光看過去，一隊騎著馬戴著面具的冥軍從街上正朝廣場上衝過來。米米朵拉倒吸一口氣，害怕地捂著嘴，呆在那兒了。希瓦手一揮，那些冥軍全成了木偶人，停住了。「放心，他們恢復時，不會有定住時的任何記憶。」

侏儒和大力士都看到了，聽到了，心裡服了，侏儒嘴快，可是找不到合適的詞表達，便說：「不得不承認，這印度神的大中國話說得不錯。」

希瓦說：「實不相瞞，我什麼國家的話都會說。小小姑娘，你要他們和你一起去古印度嗎？」

米米朵拉轉過臉問那一高一矮的朋友：「可以嗎？」

大力士和侏儒都點點頭，他們望著希瓦，齊聲說：「是去古印度？」

「你們不相信我，我就不能讓你們去。」

大力士吃驚地看著希瓦，侏儒走到米米朵拉跟前，說：「這回我信了。我錯了，去跟希瓦說好話，讓我們陪你去吧。」

希瓦擺了擺手。

「為什麼？」

希瓦故意氣他們說：「心裡沒信不能去。」

侏儒在那兒跺腳：「真怪，他怎麼看透我的心？」

小黑對著希瓦叫了起來，也想去。

「知道了，知道了。可是你們不能去。你們國家偉大的領袖說過，人多好辦事。可是這一回，小小姑娘一個人去就足夠了。」希瓦攤了攤手說，「這還不簡單嗎？」

「算了，米米，我們幫你去找幾維鳥吧，還有你那個失憶的好朋友憂憂。分頭進行。」大力士氣鼓鼓地說，「我們在這兒等你，快去快回。小黑跟我們。」

小黑叫起來，朝大力士跑去，可是馬上又跑向米米朵拉。

米米朵拉心裡很難過，抱起小黑，她不願意與他們分開，雖是一天時間，卻已成了生死相交的朋友，沒他們，她失了主心骨。不過路是自己的，得自己走完，她騰出一隻手來，一把抱著侏儒，說：「我會盡快回到這兒！」

「小東西，你要小心！」

大力士將他們仨一起擁抱：「小傢伙，你能行的，我們相信你。」

米米朵拉的眼睛馬上紅了，這次她沒有讓眼淚流下來。

希瓦沒說話，交叉著手臂，在邊上靜靜地看著。

米米朵拉親親小黑，把牠遞給侏儒，轉身走到希瓦面前，拉了拉肩上的書包帶子。

希瓦輕聲問：「小小姑娘，準備好了？」

她點點頭。

清澈的月光下，希瓦把雙手放在她的腦頂上，又移向她的嘴唇，嘴裡說著奇怪的話。她的頭好重，熱血往上衝，她幾乎要暈過去，站不住，索性坐在地上。坐下好受多了，她看見石縫間長著一株株蒲公英，她低下頭來吹了一口氣，蒲公英的絨球飄散去。碰著另一株蒲公英，絨球飄散。哇，一地都是蒲公英白絨球。這時米米朵拉聽到一聲吼叫，一頭白象從巨大的石柱間探出頭來，接著牠的身子也出來了，邁著穩健的步子走著，長長的鼻子丟過去，輕輕一勾，一團絨毛在鼻子上繞來繞去。另一聲吼叫傳來，不對，不止一聲，好多吼叫聲混在一塊，圓形廣場石柱上雕刻的獅子、馬、豹子、蛇、熊和一些叫不出名的動物高聲叫著，紛紛跳出石柱，來到地上，玩起絨毛來。牠們打滾跳躍撲倒，像滑冰一樣，相互追打，樂得不可開交。大白象高昂頭叫了一聲，其他動物紛紛整齊地排列成一個長隊，頭頂著絨毛。蛇纏著石柱，哼著令人捧腹大笑的滑稽曲子：「格嘰，格嘰，格嘰格嘰，原來我就是你的格嘰。」那些動物踩著曲子的節奏交換位置，轉圈後又回到原位。「格嘰，格嘰，格嘰格嘰，原來我就是你的格嘰。」

米米朵拉跟著唱，抓著一團飄過絨毛，用嘴吹出氣來時，白象的鼻子把她輕輕一丟，就到了大象的背上，手一攬，好些絨毛被她抓著。

絨毛纏在一起，飄蕩起來，她站在象身上，高興異常，廣場上的絨毛都朝她所在的地方飛來。獅子、豹子、野牛和熊等獸加入，嘶叫著轉身朝她緩步走來，將她團團圍在中央，凶狠地張開有犀利牙齒的大嘴。她反而跳下地來，高興地打著轉，沒發現事情有多麼危險。她突然停下，臉上的歡快神情一下子凝結住。

希瓦輕輕地哼了一聲，獸們馬上停住了，朝後退，退回石柱裡，安靜如初。

米米朵拉臉上的表情又恢復了原樣，嘟起小嘴，踮起腳來，朝飄過她四周的蒲公英花絨吹出氣。小黑這時掙脫侏儒的懷抱，跑向米米朵拉，仰臉叫著，她分開絨毛一把將它抱在懷裡。白色的絨毛越來越多，絨毛在她周圍飄飛，把她和小黑飄裹起來，沒到一分鐘就成了個薄薄的大絨球，輕飄飄騰地而起，緩慢地往空中飄去。

月亮淡掉了，淺淺地掛在暗灰色的天空，天邊露出粉紅色，恰好與絨球的灰白色相映，嵌了一個不完整的花邊似的，她驚奇地伸手分開絨球，像開一個窗一樣，摸了摸，雖是摸不著那粉紅色，但手上灑滿那粉紅的光芒。

希瓦打了一個響響的榧子，剛才那頭與她玩的大白象緩緩地從柱子間走出來，他一躍就到了白象背上，瞬間，大白象變成一頭金牛。

米米朵拉的目光落到他身上。

他抬起頭來，對大絨球裡的米米朵拉說：「小小姑娘，當你需要回來時，你就呼喚我的名字，我就會出現。不必怕，遠大前程在勇敢者的心裡。」他的話餘音裊裊，就像附在她耳朵邊一樣。

金牛載著希瓦消失不見。

一陣風吹來，大絨球上升的速度加快，地面上的石柱和牌坊遠了，無數道燃燒的霞光，被天邊大量的暗灰色所吸收，一下子全凋謝了，投映在整個冥都，所有的景致盡收眼底，一片片灰黑的房子，有城牆有河道，除了牌坊寺廟塔外，沒一幢高樓，米米朵拉朝冥府宮殿方向看，那兒被灰色的雲團包裹，看不清。廣場上的侏儒和大力士變成兩個小黑點，他們在招手，米米朵拉也在使勁地招手。那些來抓她的騎著馬戴著面具的冥軍遠了，變成了一個個小黑點。

絨球升上了圓形廣場上空，向南飄去，速度變得更快了，小黑四隻腳站得穩穩當當，米米朵拉必須張開雙腳，一手得抓著絨球邊緣才不會歪七倒八。

可是沒過一會兒，她就手痠腳痛了，眼又貪，想看外面，索性趴著，有點像坐浪大的船，準確地說，有點像兩天前與憂憂一起駕駛著汽艇渡江的感覺。她掏出手機來給她和小黑拍照，覺得非常來勁刺激，搖搖晃晃拍了好多，才放好手機，雙手抓著絨球邊。腳下出現大江和盆地，出現了南北走向的高山深谷，挾持著怒江、瀾滄江和金沙江三條大江，還有連綿不絕的雪山，陡峭深邃的峽谷冰川和雄偉壯麗的冰塔林，那該是世界上最高大最年輕的喜馬拉雅山。

哇，這麼說我已不在冥界了，她激動地對自己說，真是神奇！蒲公英大花球東搖西倒在風中滾動，沒有多久已飄到了更高的天上。可不，她看到全是蔚藍一片，這藍和雲的白，形成強烈的對比，有的雲朵像是女人的身體，有的雲朵像奔跑的大狗熊，還有一群天兔在拉拔河。她把身子反倒過來，仰望更高的天空，除了一個淡淡的雲彩人，拉長的身子，在追著蒲公英球駛過的路線，周邊什麼也沒有，白而淨，無邊無際。

絨球繼續往南飄移，飄進大量的雲團之中，一點也不覺得寒冷。這個絨球把至少攝氏零下二十度的冷空氣隔開，雲遮著她的視線，還有霧，濃濃的看不清，能感覺到飄移的速度加快，她和小黑在絨球裡面像盪鞦韆一樣地搖擺，她的眼睛也蒙上白白的絨毛。她只得用手抹開，手指黏黏的，便含在嘴裡。

有點微苦，不過苦後回味甜。她以前腸胃不舒服時需要清熱，母親就去江邊山坡上採摘蒲公英，熬湯給她喝，怕湯苦澀，母親會放一勺蜂蜜。現在這絨毛呢，不放蜂蜜，味兒甜甜的，冥界與人間的同一種植物竟然有如此大的不同。她嚥了一下口水，又抓了一些絨毛塞在嘴裡。真是天然的棉花球糖，要是母親也能嘗一嘗，她一定會用它做甜品。一想到失蹤的母親，米米朵拉的心就疼痛起來。

小黑飛快地吃著絨毛臉上身上全是。但是突然喘氣，甚至瘋狂地叫起來。米米朵拉倒抽一口涼氣，原來絨毛球邊緣全是火苗，而且竟然滾動起來，滾動的速度像飛一樣，她和小黑緊緊地抓著絨毛，沒用，人和狗在球裡像個小豆豆被摔得東歪西倒，暈頭暈腦，好在絨毛球軟軟的，身體撞上去不痛。火苗燃燒得更猛烈了，她對此恐懼極了，不知該怎麼辦，本能地閉上眼睛。突然她感覺自己的身體穩了，急忙睜開眼睛一看，原來絨球正在一個紅砂石的古老城堡上空，徐徐往下飄落，球面的火苗都熄滅了，發出燒焦的氣味。

漸漸近了，可以看到城堡坐落在一百多米高的山丘之上，雕花城牆上有炮彈轟過的痕跡，大門破舊不堪，城堡下有眾多的房子；還有不少水泥建築，馬路上有很多汽車、馬和大象；還有不少披沙麗的女人和包著頭巾穿長衫皮膚曬得黑紅男人；小販穿著T恤、短褲和拖鞋在城堡大門前兜售工藝品，更多的是觀光客，有白種人，有黃種人，有日本人和大中國遊客，什麼國家的人都有，幾乎人手一個相機、手機拍照或是錄像，看遠一點，街道上居然有麥當勞快餐的大「M」商標。

莫非這就是印度的阿格拉瓦那城？

「不對呀，希瓦弄錯了，讓我到了現代印度，這下怎麼辦？我是要去幾百年前的印度呀。」米米朵拉對小黑說，急得滿臉是汗。小黑大叫不止。這時絨球啪的一下觸到了什麼東西，跟地震似的，她和小黑倒下了，眼前一陣金花，幾乎窒息過去，手腳冰冷地躺著，什麼聲音也聽不到了。過了好些時間，她才有了意識，感覺一個濕熱的東西舔她的臉，氣味很熟悉，是小黑。她一把將牠抱在懷裡，驚奇地說：「哇，謝天謝地，我和你還活著。」

大絨球擱在紅砂岩城堡的城牆上，破開一個大洞，那些觀光客、汽車和現代建築都不見了，一個人也沒有。米米朵拉趕快爬出絨球來，還好，書包仍在背上，頭上的花冠黏在絨球壁上，她摘下戴在頭上。絨球在城牆上搖搖晃晃，絨毛隨風飄揚，看來不會有太長的時間，它就會消失殆盡。

小黑跳到地上，跑到她的前面。

城堡不像她第一眼看到的那樣古老破舊，卻是龐大無比，大門格外結實氣派，上面鐵釘亮晃晃，門旁畫著鮮豔的波斯風格壁畫，男神對女神，花枝對鳥兒，邊上的血手印疊加在一起，很是神祕。原先的大馬路和現代樓房變成土路和大片空地。米米朵拉跟著小黑跑上城牆最高處崗樓裡，望見牆裡好多高低錯落有致帶水池的庭院，紅砂岩宮殿有大有小，門窗多出一塊遮陽的簷，它與亭子式的屋頂，顯出不對稱建築群中的對稱之美。手工雕刻的鏤空石頭屏風，迎著陽光的一面，像鏡子一樣，閃閃發亮。拱門一個套一個，盡出無窮，如同迷宮。就近一幢五層宮殿，是土耳其式的圓頂涼亭，裡面的裝飾極為精巧別致，床榻和靠枕，鋪有美麗的地毯，設有壁龕銅鏡，飄掛著彩布。最遠處有一座四方形高塔，襯在透明的藍天中，古樸而神祕。整個城堡安靜異常，看不到一個人。

「是個空城堡嗎？」小黑問。

米米朵拉驚奇萬分地說：「小黑，你能說話了？」

「對呀，我會說話了。」

「這是怎麼一回事？」

「我也不明白。」小黑說著，「要問，就問希瓦吧。」牠對著牆角蹲下撒了尿，突然一閃身往城門外跑去。米米朵拉跟了過去，他們看見城牆裡側，兩座大炮邊上有個大木樁，吊著一個男人。她走過去，看清楚了，男人死了。

第三部

第一章　老鼠

她呆呆地站在紅砂岩城堡牆邊，面對一具可怕的屍體，無助極了，感覺自己的手指僵硬而發涼。不知有多長時間，最後，她深深地吸了一口氣，好不容易集中起精神，看那個吊死的人，他包著頭布，皮膚發黑，是那種典型的印度人，眼睛閉著，全是鬍鬚，看不出年齡，不過穿得不差，裡面衣服像睡衣褲，外套及腰帶都繡著花，挑著金銀線，腳上是皮質的短靴，有手繪的花案。

這死者絕不是一個窮人或普通人，對著屍體的地上有一攤血跡，黏著幾隻蒼蠅。米米朵拉彎下身去查看，血凝固了，有股血腥味，是從他的手臂上流出來的，手掌上的血線已經乾了，蒼蠅黏在上面。她搖了搖頭。不管怎麼說，一著地，就見著屍體絕不是什麼好徵兆。

米米朵拉朝前走了幾步，探出身看城堡岩壁下面，在稍有坡度的山丘上，有一座城市，並不大，街道也並不是太整齊，大小不一的房子間有神廟和莊園，看上去漂亮的房子都是藍色，有庭院有騎樓，還有水池；次一點的房子是淡藍色，爛朽的房子是白色或灰色。遠處是綠綠綿延的山巒、河流和微微起伏的平原，一個人影也沒有，一個動物也沒見著。

城牆下面的山道上有深深的大象或馬車走過的印跡。她拉拉書包帶子，往城堡大門走，覺得這個地方奇怪極了。大門左側的城牆下躲藏著一排穿戴整齊的衛兵，拿著弓箭對準她。她嚇得馬上閉上眼睛，過了好一會兒，什麼動靜也沒有，她睜開眼，發現那些人睡著了。這是怎麼一回事？「米米，小心！」小黑驚叫起來。

「明白！」

小黑還是叫個不停。米米朵拉抬眼看到城門上貼著告示，居然畫著一個十分像她的大中國女孩，也是長髮，她仔細地看上面彎彎扭扭的語言，看了好久，才弄明白女孩不屬於這兒，大約十歲，說是誰可以抓到她就可以得到大賞金。

「不可能是我呀？誰也不知道我會來這裡？」

「告示有個大印呀，不是你，那最好，若是你，那我們麻煩就大了。」

「那樣的話，我們隨時就會被人抓起來。」她叫了起來，「這個地方，一點兒也不對勁。連房子都塗了顏色。」

小黑說：「那是以顏色分房子的等級，藍色是高等人的住宅，無色者是最下等人的住宅。」

「你從何得知？」

「如果問希瓦，希瓦會這樣說！」

「會幽默。那你說說，為何一個人也沒有？」

「我們悄悄下去就會知道。」

她和小黑下了一大坡石階，順著城堡側門延伸而下的大道走入城裡。街上沒人，充滿香料味，辣椒和咖哩味尤其濃烈，看來這是主街，可能常有集市，店鋪都搭了個遮陽擋雨的布棚出來，門前擺有瓦罐和石盆，植物開著妖豔的花，沒一家鋪子開著，四下裡靜得可怕。

陽光特別強烈，天氣熱得要命，米米朵拉一身是汗。她抬頭看城堡牆上的絨球，哪裡還有個影，早被風吹散了。小黑跑在她前頭，拐過一幢房子，進了小巷子，她快步跟上。有一戶人家門前有爐子，跟家鄉江州的燒餅爐子很像。餅是貼壁烤的，可是一個餅也沒有。小黑叫起來，她伸手進去，在爐底摸著一個東西。拿出來一看，是餅，有點濕熱，軟軟的。她蹲下來，問小黑：「這餅沒有毒吧？」

小黑一口咬著餅，跑開去，幾乎一眨眼工夫，全下了肚子。

米米朵拉口渴得厲害，可是找不到水。看到柵欄裡有牛羊雞，另一個柵欄裡有一頭大象，統統無精打采的。不遠處有長著草的水窪之地，水倒也清澈，她走過去正想捧水喝，一條鱷魚迅速游過來，她一步跳開來，邊跑邊急叫：「小黑離開！」

小黑跑到她身邊，朝鱷魚凶凶地叫了一聲，鱷魚居然停住了。

他們在一條街又一條街上轉悠，街不大，走到頭差不多十分鐘，最南的街有拱形石門，有一堵破敗的城牆，附近的房子矮小破舊，她爬上爛城牆，看到那邊是一個大廣場，什麼人也沒有。而城外幾里路遠的地方，有一座壯觀的神廟，用城堡一樣紅砂岩所建，非常壯觀。「唉，我們去那裡看看。」她對小黑說。

神廟前的石階寬闊乾淨，邊上有好些漂亮的花樹，裡面沒有人，地上鋪著禱告的毯子，什麼顏色都有。牆邊有口井，還有個瓦罐。小黑先跑過去，米米朵拉把瓦罐放在井水裡，水裡倒映出她和小黑的臉。她提著罐子說：「小黑，張開嘴，我們不要弄髒別人的罐子。」

小黑張開嘴，她小心地把罐子裡的水倒入小黑的嘴裡，它喝完水，舒服地趴在她腳邊，她這才端起罐子，仰起頭來，把冰涼的水倒入自己嘴裡，這一路走了起碼半小時，她渴得喉嚨都冒煙了。忽然她聽到了身後有些微的響聲，她轉過身來，驚呆了，手裡的罐子摔在地上，摔得粉碎。一塊布塞住她的嘴，一個大黑布袋從頭到腳把她罩了個嚴實，被倒提起來。她聽到了小黑的叫聲，可是說不出話來。她感覺自己被放在一個東西裡，馬蹄奔跑的聲音，過了多久，馬停了下來，她被攔腰抱走。

一分鐘不到，當她身上的黑布袋被取掉，她發現自己在一個帳篷裡面。好幾個神情嚴肅的印度男人坐在一張地毯上，他們全都是古銅色的皮膚，有著挺直的鼻梁，頭上包著布，披著講究的大褂，正盯著她看。一個留有山羊鬍、大約四五十歲的男人，威嚴地對站著的一個帥氣的青年說：「瑞傑，問這小姑娘從哪裡來此，為何來？」

「是，丞相大人。」瑞傑畢恭畢敬地回答，他轉過臉來。米米朵拉不等他開口便說：「請問你們為什麼要抓我？」「天哪，她居然會說我們的語言！」丞相驚訝地說。

米米朵拉也驚住了：「我也不知為什麼我會說你們的語言？真是奇怪。」她說得非常認真。帳篷裡的人都一下子不知該說什麼好。

沉默劃過空氣，沒有人說話，米米朵拉將那留著山羊鬍的人打量了一番，說：「丞相叔叔，我看你不像壞人，請問我的小狗呢？求你們放了牠！牠在哪？」她焦急的聲音帶著哭腔。

丞相一抬手，小黑躥入帳篷裡，嘴上戴著一個罩子：「小黑，你沒事吧？難怪你發不出聲。」她給它取掉罩子。

「謝謝你。」小黑說。

丞相眼睛瞪圓了：「聽見了嗎？這條小狗會說人話。」

「牠一到你們這裡，就會說話了。」她眼尖，看到丞相坐著的地方放著一張告示，和她在城堡門前看到的一樣，頓時嚇壞了：「原來就是你們想抓我？」

「小姑娘，不要著急，你來自哪裡？」

「那麼，我可以喝點水再說嗎？」米米朵拉懇求道。反正都到了他們手裡，想跑也跑不了。她的臉脖子上都是汗珠。

丞相點點頭。

馬上有人給米米朵拉一壺水，她先給蹲在身邊的小黑喝，然後自己飲盡所有的水。

喝了水，米米朵拉感覺沒先前那麼熱了，這些人似乎並不想害她，她大著膽子問：「叔叔，請問你們這是什麼地方？」她緊張而不安，連手都在發抖。

「小姑娘，你怕什麼？」

「我怕這裡還是我來的時間。」

「什麼？」丞相一下子站了起來，「你來自什麼時間？」

米米朵拉於是說了。

丞相坐下了，搖著頭。帳篷裡其他幾個人面色驚異不已，他們議論紛紛：「小孩子的話不可信！」「什麼都可能。」「她來自未來，這怎麼可能？」

「沒錯。」米米朵拉肯定地說。她拿出手機，給他們看上面的日曆，指著這天的日子，「丙申年五月三十一日。」

「五月三十一日。」丞相一邊數手指，一邊嘴裡輕輕說著什麼，算著。「哼，我們這兒與你至少有幾百年之差。」

「我說了半句瞎話，你們可以把我扔給鱷魚吃。」米米朵拉一派認真地說。

「我們之間相差五百九十七年，今天是我們這兒的 Ramadan 五日。」丞相額頭冒汗了。

米米朵拉面露喜色，自言自語：「這裡真是莫臥兒帝國的皇城，阿格拉瓦那？」

「不錯，這兒是阿格拉瓦那。」丞相聲音緩慢地說，「小姑娘，那麼你又從哪個我們沒聽說過的地方來的呢？」

「我來自大中國水城江州，在你們北邊。」

「我們的北邊？什麼樣的國家？你一個小女孩，怎麼能辦到？」丞相狠狠地盯著她，像要把她吞下去的樣子。「你手裡的東西是什麼？」

「手機。」

他皺著眉命令道：「不要講這東西，講你自己吧。」

米米朵拉只能將自己叫什麼名字，多大，住在哪裡，在哪裡上學，在大中國水城江州母親如何不見了、為尋母到冥界的故事說了一遍。

帳篷裡鴉雀無聲，隔了好一會兒，丞相邊上一個胖胖的男人咳嗽了一聲說：「真是做夢，這小女孩說她來的地方，就是鄰國呀。」

米米朵拉點開手機，本來想給他們看拍的絨球的照片，可全是灰白一片，什麼也沒有。她拿出書包裡的紙和筆來畫了一個大致的世界地圖，指著大中國的位置。丞相摸著自己的八字鬍說：「不錯，是鄰國 Cinisthana。小姑娘長的就像 Kathay 人種。」

「管你們叫 Cinisthana 或是 Kathay，反正，這是我們的國家大中國。」米米朵拉說起在冥界圓形廣場希瓦幫助她來此，吹起了蒲公英絨球，她和小黑在其中，隨風飄飛，穿越星空，最後絨球降落在城堡上。

幾個大男人聽得面面相覷，米米朵拉嫌說得不生動，便在地墊上做演示，如何在絨球裡翻觔斗。他們看得一愣一愣。她坐下，喘著氣問：

「叔叔，孟婆說你們皇帝寶座上有一個家族世代相傳的孔雀石，對吧？」

丞相倒抽一口涼氣，半晌才說：「不錯，是先帝傳下來的，嵌在宮殿裡皇帝的座位上。」

「冥界巫婆婆讓我要用它來做隱身衣。」

「小孩子，癡心妄想。」瑞傑冷笑著說，「別說你，就是丞相大人也沒有資格得到那寶石。」

米米朵拉覺得委屈，嘴裡咕噥著：「癡心妄想是一切成功的開始，這些大人比我多吃了多少年米飯，懂的事會比我少？」

丞相皺著眉頭，威嚴地注視著幾個手下說：「你們講講看法吧。」

「白髮女巫的預言顯靈了，說是這個時節，希瓦會派一個來自非人間的小小的 Cinisthana 人到我們這兒，會改變劫難。她恰好是希瓦派來的，全對得上號！」一個長得粗壯穿黑衣襟的男人說。其他的人爭先恐後發表自己的看法：「我們向萬能的神祈禱了整整四十九天，終於有了回應。」

「你相信，她見著希瓦？」

「不然如何解釋這個異域的小女孩穿過時空來到我們的國度？難怪城堡裡的人貼出告示，要抓她。」

「我親眼看見那個大絨球像彗星一樣燃燒著劃過天空，落在皇帝的城堡上，最後被風吹散。告訴她，我們的情況吧。」

「不必說，說了也沒用，她還是一個孩子，會搭上她的命的，讓她哪裡來哪裡回。」

他們爭論起來，語速飛快，米米朵拉聽不清，恐怕連他們自己也聽不清在說什麼，不過，意思明白，分為兩派：一派認為米米朵拉就是傳說中的那個會改變他們目前狀況的小小大中國人；一派認為不必信那傳說，不能讓小女孩冒這個險，最好趕快離開。

這時丞相舉起雙手，哼了一聲，爭論停止了。他清清嗓子說：「米米朵拉小姐，不管是何原因，遠道而來，就是我們尊貴的客人，客人不分年齡大小，來了就是客，我們得禮儀相待，儀式今日從簡。」他的手抬起來。瑞傑拍手。沒隔一會兒，帳篷外有僕人端著一個有硃砂鮮花的托盤進來，畢恭畢敬地彎下腰來。丞相站起身來，走到米米朵拉面前。她沒想到，手足無措站了起來。他用拇指印了硃砂按在了米米朵拉的額心上。然後抓起鮮花瓣，往她身上撒去，一邊說：

「我們不求日出帶來金子，也不求月亮帶來銀子，只求他們帶來珍貴的客人，歡迎你，米米朵拉！」

「榮幸之極，非常感謝！」米米朵拉鞠了一下躬，她的神情非常好玩，眼睛看著丞相，手並不閒著，接著抓著不少花瓣，打拍子似的發出有節奏的聲音。

坐定後，不知聲音從哪裡來的，抬頭到處看。小黑說：「搗蛋鬼別搗蛋。」

米米朵拉停止了，坐下後問：「叔叔們，剛才聽到你們說城堡裡的人貼告示想抓我，是皇帝嗎？他不認識我，為何要如此？」

丞相說：「好吧，瑞傑，你來回答她的問題吧。」

瑞傑在米米朵拉邊上坐下後，開始說話，講起兩個月前，整個帝國發生了一件非常不幸的事，先帝胡馬雍好不容易在流亡他國十五年後回來，恢復了統治。可是心愛的兒子阿克巴生病了，高燒不退，沒有人可醫治，眼看著會失去生命。神祕的白鬍子先知薩利姆來到城堡下，說是可以治好皇子的病。胡馬雍允許先知薩利姆進到宮裡，他說藥方很簡單，只要皇帝用心向安拉祈禱就行了，胡馬雍真的跪在地上祈禱，要真主保佑他的兒子病好，即使轉移到他自己的身上，他也無怨無悔。兒子果然高燒退了，而且他本人仍舊健康。這位先知薩利姆得到重用。一天深夜，胡馬雍與先知薩利姆在皇宮的藏書樓談經吟詩，送薩利姆時，他從藏書樓樓梯上跌了下來，馬上就嚥氣了。

丞相懷疑先知薩利姆故意將胡馬雍推下樓的，當時並無旁人，先知薩利姆要拔劍自刎，以此證明自己的清白和悲傷，被聞訊趕來的皇太子阿克巴阻止了。年僅十四歲的阿克巴繼位後，尊先知薩利姆為義父。義父以保護少年皇帝為名，開始掌握大權，排斥異己，濫殺不聽話的大臣和百姓。瑞傑悲傷地說：「我們失去了英明的先帝，同時少年皇帝阿克巴也突然變得懦弱無比，事事聽從義父的，沒有比這件事更不幸的啊。」

「我看到城堡上吊死了一個人。」米米朵拉忍不住插話。

「那是丞相大人的哥哥桑賈伊，他是個大學士，先知薩利姆請他去講課。他講到一千多年前的一個國王征服了好多國家，殺了很多人，後來悔悟了，放下屠刀，篤信佛教。先知薩利姆聽了，生氣極了，說桑賈伊借古嘲諷當今皇帝，認定他跟丞相大人是一夥的，把他抓起來，昨夜突然把他吊死了。其實他是無辜的，和我們沒有任何聯繫。」瑞傑的神情非常難過。

「那你們任憑他吊死人嗎？這整個地方是怎麼一回事，我都沒見著一個人，直到被你們抓著，瑞傑哥哥，你還沒有回答我剛才的問題呢？」

「耐心點，聽我說下去。不要打岔。」瑞傑的口氣顯得很不快，「小女孩，還沒有見過戰象吧？」

不等米米朵拉回答，他繼續往下說。象生性聰明，通人性，看似笨拙，卻能跋山涉水，陡峭山路也視若坦途。戰群更是刀槍不入，長長的鼻子輕輕一點，就能把人捲起，摔得粉身碎骨。知道嗎？就在兩個月前，捨爾莎王手下統帥喜穆率軍三萬、象軍一千頭，想攻占德里和阿格拉瓦那，少年皇帝阿克巴、先知薩利姆和丞相率領二萬騎兵與敵軍在德裡北邊的帕尼帕特擺開方陣大戰。敵軍的象軍使我軍丟盔棄甲，一敗塗地，丞相和少年皇帝都一籌莫展。先知薩利姆說，大象懼怕獅子，命令手下連夜趕製了一批獅子模型，運到陣前。果然敵軍的戰象威懾獅子，不敢前進。丞相利用炮火和弓箭手同時攻擊敵人，讓幾個人保護一個弓箭高手專門對付統帥。結果喜穆的眼睛中了毒箭，立即昏倒在地。不用多說，我軍取得了最後勝利。

丞相要少年皇帝阿克巴親手處死被俘的統帥喜穆，阿克巴不肯，丞相一劍結果了喜穆的性命。先知薩利姆當著丞相的面對阿克巴說，丞相仗著是皇帝的叔公，對皇帝不敬、逞能，應處罰他守邊界，以觀後效。

丞相去邊界後，文武全才的先知薩利姆獨攬大權，帶著少年皇帝夜夜遊戲作樂，歌舞昇平。沒多久，不管皇宮大臣，還是平民百姓，白天睡覺，夜裡工作。青壯年被勒令打造兵器，軍隊加緊訓練，包括俘獲的戰象。先知薩利姆野心勃勃，準備征服鄰國，擴大疆域，讓所有的星辰和大海都屬於少年皇帝。

晝夜顛倒，所有人怨言連天，先知薩利姆對少年皇帝說，是貓下了詛咒，施了魔法，帶來如此情形，讓少年皇帝下令派出軍隊將所有的貓殺死。又請巫師用草藥研製綠豆子辟邪，先贈送，後每家每戶按人頭限量購。丞相懷疑這是個陰謀，他帶了拉傑從邊界趕回，夜裡化裝進城，發現人吃了綠豆子後，不僅晝夜顛倒，而且會上癮。他們擇白日悄悄潛入城堡，發現少年皇帝在睡覺，衛兵和僕人也在睡覺，邊上有幾隻老鼠持劍守著。整個城堡沒有先知薩利姆的身影，只在他的房間他的床上發現一個白鬍子大老鼠在睡覺，也有幾隻老鼠手持劍警覺地看著四周。他倆沒法靠近，即使靠近，可以殺了小老鼠，必然會弄醒大老鼠。風險太大了，便原路出了城堡。

十有八九，先知薩利姆是一個鼠精，不然不會對貓進行屠殺？丞相派人四處找貓，都沒有一隻活貓，偏遠的小鎮和村子也沒有，有時是整個貓家族全部被殺害，在德里一個王室的陵墓裡外，到處可見貓的屍體，血淋淋的，剝了皮，中毒的屍體渾身發綠，發出刺鼻的臭味，其他野獸望而生畏，都不敢吃這些貓。

他們想去刺殺先知薩利姆，用夾老鼠的暗器，不管放在何處，他都能避開。他們把毒藥混進食物，先知薩利姆讓僕人先嘗，結果僕人死了。有一種味道不苦的毒草，藥性慢，不會當場死，他們把這種草磨成粉做成茶，給先知薩利姆喝，僕人喝了沒事，可他看著茶水顏色不對，便倒掉了。

聽說一年前在北方勒克瑙出了件怪事，一個俊氣無比的白鬍子男人挨家挨戶地化緣，只要麵包和洋蔥。幾天後，一個村子的人便如冬眠一樣睡著，鄰村害怕了，趕忙請來白髮女巫迦德盧驅魔，他們才得救了。

丞相帶著人馬，專門到了勒克瑙白髮女巫迦德盧的住處，想請她來對付這隻老鼠精。那是好幾棵樹環繞著一間小木屋，他們說明來意後，身著長長黑衣的女巫迦德盧用清水洗了手後，坐在地板上，把一條毒蛇扔進一個竹器裡，蓋上蓋，她捧著竹器聽了好久才說了幾個字：「一劫，薩利姆，老鼠精。」

「我們試了好些辦法消滅他，都失敗了，求你幫助！」

「我，不能。」

他們面面相覷，女巫迦德盧的眼睛也沒睜，聲音非常緩慢地說：「除非，在未來的兩個月裡希瓦派來一個，來自冥界的，小小的 Cinisthana 女孩，否則，你們的劫難不會結束。」

女巫迦德盧的臉上全是汗，嘴唇發紫，像生了重病一般，向他們揮手，意思是要他們離開。沒法，他們只得返回。今天正巧他們又來到廟裡求神庇護，沒想到遇到了米米朵拉和小黑。

「天哪，謝謝瑞傑哥哥告訴我這麼多東西。但是這個老鼠精怎麼會知道我呢？」米米朵拉急切想知道。

「他耳目極多，自然聽說了女巫迦德盧的話，所以，借皇帝之名貼了告示，要抓一個像你這樣的女孩。目前他尚未對皇帝下手，是因為他完全控制了皇帝，如此濫殺無辜，我們必須阻止他。」瑞傑說。

一個胖胖的男人說：「我們的人手不夠，會要了皇帝的命，犧牲更多無辜人的性命，萬萬不可。」

米米朵拉反問他：「女巫迦德盧的說法，你信嗎？」

「這可不好說。」

「我們可去請比迦德盧更厲害的女巫來消滅先知薩利姆。」瑞傑說。邊上另外一個有雙下巴的男人又加入進來：「沒有比迦德盧更厲害的巫師了。」他們三個人的聲音低下來，變成喁喁私語。

米米朵拉坐在那兒，突然好想母親，她不止一次說過要陪著米米朵拉來印度，讓她見識這個古老的國度。母親怎麼也不會想到米米朵拉在這兒，身處莫臥兒王朝。她也想大中國江州，不知洪水退了沒有？她也想她的好朋友們，但願琪琪和小芳回家了。哦，憂憂，希望他早一點恢復記憶，早一點記起她來。小黑蜷縮在她的膝邊，靜靜地閉目，耳朵卻張開，聽著帳篷裡的人說話。

丞相看著米米朵拉，問：「小小姑娘，你有何想法？」

第二章　馬戲團

面對丞相的問題，米米朵拉茫然地搖了搖頭，她本能地害怕他們說的那個老鼠精薩利姆，城堡上那個吊死的人，好像就在她面前。從第一眼看到城門上的告示開始，她便害怕，現在知道就是要抓她，她更是恐懼萬分。「你們說的女巫迦德盧，她可能說的是我，可能也不是我呀，可是呢，鬼老鼠精那麼強大，你們都沒有辦法，我怎麼有辦法？」她的眼睛裡充滿委屈又驚恐，垂下頭。

米米朵拉的態度，出乎在座所有大人的意料，全都沉默了。丞相不愧為丞相，體貼地說：「小姑娘肯定累了餓了，吃點東西，睡一覺吧。」

米米朵拉真的累了，她和小黑被帶到另一個帳篷，有人端給她和小黑兩盤羊肉和薄餅，沒有勺和筷子。「用手，右手！」小黑說了一聲，就蹲在盤子前狂吞猛吃起來。

米米朵拉撕了餅子，裹了一點燉得極爛的羊肉，吃一口，濃濃的咖哩湧入喉嚨，辣得好舒暢，汗出來了，鼻子通氣無比，原來咖喱是天氣熱時最好的清涼劑。她和小黑喝了不少水。小黑突然往帳篷外跑去，米米朵拉追出去，外面有好幾個帶兵器包著頭巾的男人。小黑蹲著撒尿，沒撒完，又跑到另一處撒。

這兒有三個帳篷，在一片山丘上，能看到城堡的一個尖兒。小黑東嗅嗅西聞聞，米米朵拉不由得問：「你在做什麼？」

「我是一條狗，狗就會這樣，你忘了？」
「當然不會。唉，你是死了的，怎麼會吃東西呀？」
「我也正在想這個問題。」
「之前你不吃東西？」
「不吃不喝。」
米米朵拉坐在一塊石頭上，微風吹過來，她把齊腰的長髮攬在胸前，伸手扯了一株滿天星草來撕葉子玩：「讓我想想，你是什麼時候開始吃東西？」
小黑搖了搖腦說：「吃了你的那個什麼陰陽果後，到了印度，覺得肚子餓了。」
「那個果有魔法，你越來越像生前的你。」
「我也是這麼想，你喜歡我，我餓，你更喜歡我，我又睏又渴。」
米米朵拉笑了起來，扔下草，拍拍手，站起來說：「我也犯睏了，我們進帳篷吧！」
米米朵拉奔跑在冰雪世界裡，小黑變成大黑，像馬那樣大，她騎在牠的身上，奔跑，身後一群老鼠精追著，也是放大尺寸的，凶狠無比，領頭的老鼠喊道：「好可愛的小孩子，不要跑了，我可以當你的母親，叫我媽媽吧！」
小黑馱著她跑著，她嘴裡輕輕說著：「休想！」
那個老鼠大叫：「認我吧，不然我讓你吃刀片和毒餅子！」
「你叫我媽媽，也白搭。」
那個老鼠氣瘋了，吼道：「看崖！」小黑突然停住，前蹄騰空，她發現真到了崖前，下面是波濤洶湧的大海，她急得大叫起來，這時她被人推醒，一看是瑞傑。

帳篷裡外暗黑一片，沒有點蠟燭或油燈。瑞傑說：「你想跟我們進城裡去瞧瞧嗎？」

米米朵拉點點頭，她弄醒了打著鼾的小黑。剛才那個可怕的夢，老鼠居然想當她的母親，真是莫名其妙。怕人認出她來，他們將她的長髮用一塊灰頭巾包裹起來，抹去她眉心的紅點，在她臉上脖子和手腳抹上一層黑顏料，罩了一件男孩的寬大灰長衫，她看上去完全是一個地地道道的當地小男孩，除了一臉擔憂。

滿天的星星個個大而亮，調皮地眨著眼睛，好像在說，不要愁，一切都會變好的。她望著星星，無不相信地點點頭。

一行人騎著馬越過山丘向城堡方向急馳而去。瑞傑載著米米朵拉，小黑放在馬鞍邊的布袋裡。丞相戴了頂帽子，穿得像個商人似的，其他人都喬裝打扮了，他們的馬馱著布匹和一些東西。

穿過粗糙的毛石塊砌成的大廣場後，他們在一所破舊的房子前停下，有人牽走他們的馬。幾個人穿過一個小圓形石門走入一條小街，順著院牆上大片的九重葛花朝前走，拐入一條死胡同裡，敲門進了一幢很氣派的藍房子。裡面銅器或玻璃罩裡油燈閃爍，有個帶迴廊的庭院，種了好些花樹，陳設舒適而講究，木質家具鑲著玉和貝殼，榻床有軟墊和靠枕，門柱和迴廊都有對稱的壁畫，藍寶石嵌著盛裝男女在花樹下相偎，他們在房子裡拐來繞去後登上樓梯，到了一個角樓。趴在圍欄上，抬眼就看到了不遠處的紅砂岩城堡。

與白天的安靜死寂完全不同，一輪殘月照著紅砂岩城堡，城牆上有衛兵巡視著，束束火把照得通明，城堡下街道也張燈結綵，離得近，看得也清楚：主街上全是人，各種小販在叫賣，人牽著牲口，馱著東西，吆喝著想擠過並不寬敞的街道，濃烈的咖哩茴香等香料味隨風飄來，各式水果和蔬菜，各色編織羊絨地毯，銀器銅器，人的喧譁聲也是如此，好些人在一家裝潢氣派的店門前排隊，身著官服的人站在門口，一手接錢，一手遞給綠豆子。隔壁店門前有個大染缸，一個女人發了瘋，撲通一聲跳進缸裡。其他人把她拉起來。一群人盯著一個舉著劍吞進喉嚨的藝人看，孩子們在其間跑來跑去，發出怪叫聲，其中一個男孩嚇得哇哇大哭。

「為何今晚人特別多？」丞相問。

藍房子的主人是一個生得端莊美麗約略四五十歲的婦人，一襲貼身藍色沙麗，襯出她豐滿高大的身材，不知何時站在他們身後。「羅伊夫人好！」瑞傑恭敬地給她行禮。她點點頭，手指城堡，對丞相說：「聽說上面請了遠近聞名的小雷蒙馬戲團。」

米米朵拉馬上說：「我想去看馬戲。」

小黑搖搖尾巴說：「正合我意。」

那位羅伊夫人聽到小黑說話，大吃一驚。不過她沒有說話，只是朝米米朵拉微微一笑。

正在這時街上一陣喧譁，有好些衛兵開道，一隊人馬手持長矛前簇後擁著一匹裝飾特殊的白色駿馬，上面坐著一個高鼻深眼、皮膚黝黑的少年，他的五官非常周正，頭上戴著一頂鑲嵌有珠寶的帽子，身穿絲綢的橘色衣袍，腳蹬一雙繡著花鳥的紅靴，腰佩寶劍，整個人看上去臉色蒼白，精神委靡不振。緊跟白馬的是一匹棗紅駿馬，一位瘦精精細眉細眼的老頭，他手握韁繩，一身黑衣袍，包著黑頭巾，有著飄逸的白鬍子，氣勢逼人。尾隨在他身後是十餘名騎者，穿戴整齊，皆佩著刀劍。

街上的人雖是圍觀，卻都垂手恭立，不敢抬眼看馬上的人。

瑞傑俯在米米朵拉耳邊，輕聲說：「那騎白馬的是我們的皇帝阿克巴，他身後那個白鬍子老頭，就是先知薩利姆。」

「他看上去像是一個好人。」米米朵拉張口便說。

「最好的好人。」瑞傑扔下一句，走到丞相邊上。兩人嘀咕著：「得打聽馬戲團待多長時間？」「明白了。」「我們看準時機，看鼠王薩利姆——」他們的聲音越來越低。

米米朵拉對著小黑耳朵說了一句，小黑跑下樓梯。人小的好處就是不會引起人注意，米米朵拉出了藍房子，看到小黑在街尾等著。她打了個榧子，小黑奔跑起來。她跟上牠，走到主街上。一家銀器店引起她的注意，除了銀壺銀杯銀首飾外，裡面點著好幾盞油燈，相比街上的人面如土色，店主老婆婆神色安詳，默默地數著一串碧綠的珠子。米米朵拉走進去，輕聲哼了一聲，她抬起頭來看了看，又低下頭繼續數珠子。

有一個年輕的男僕走過來，遞來一杯奶茶。米米朵拉喝了一口說：「謝謝你。請問奶奶，馬戲表演在哪裡？」

老婆婆的一隻手指了一下天上，再放在嘴上示意閉言。

米米朵拉放下茶杯，走出珠寶店。「唱一首歌吧，把那個奶奶的意思唱出來。」小黑說。

「小黑真逗，好吧，唱就唱。」米米朵拉哼起曲兒：

紅色城堡高高立，
春來冬去不變色，
馬戲表演狗當先，
趴在地上叫皇上。

小黑沒聽，很忙地東嗅嗅西聞聞。米米朵拉經過在角樓上看到的那個氣派的店，門口有士兵在不耐煩地說綠豆子售罄了，回去吧。門上有張告示，居然和城堡上懸賞外來小女孩的告示一模一樣。米米朵拉嚇得渾身打顫，好在她的男孩裝束，沒人注意她。她一回頭，看到一個鼻子上有紅球的小丑在街尾飛快地走，頭髮鬈鬈的。她馬上跟了過去。小黑也看見了，馬上躥上去。可是小丑轉過一幢房子便不見了。

米米朵拉無精打采地跟著小黑走，繼續唱曲兒：

小丑呀小丑鼻子妙，
怎奈我找不著你好抓狂。

不知不覺來到一座五六米長的小石橋前。河水淺的地方可見石塊和草，橋那邊大片空地點著火把，有一個很大的鐵桿撐著的帳篷，傳出節奏強烈的音樂，男女歌手在激情澎湃地對唱。帳篷外有許多舉著長矛的衛兵把守，旁邊有少年皇帝的白馬和先知薩利姆的棗紅馬，還有裝飾得漂亮的馬車，上面歪歪斜斜寫有「小雷蒙馬戲團」的字樣。

不止她一個人在橋邊張望，還有好多大人和孩子，都想看馬戲表演。有一個小男孩從遠處游泳過河，一身水淋淋爬上岸，就被衛兵捉住，小男孩大聲喊起來。喧譁聲引出那個白鬍子先知薩利姆，他看了一眼，嘴裡輕輕說了一句話，就進帳篷了。手下人當即拋起男孩到橋中心，手腿和身體立時分家。一個披著沙麗的女人奔過去，抱起小男孩，失聲痛哭。米米朵拉氣得握緊拳頭，恨得咬緊牙齒。珠寶店裡的男僕也在人群裡，他幫著那女人將小男孩的屍體弄走。

橋那邊，兩個馴象師腳上腳鈴叮噹響，他們牽著兩頭裝飾得如新娘新郎的大象走進帳篷。一個黑黑的影子跟著。米米朵拉心頭一驚，那是小黑呀，真是個鬼靈精，趁亂過了橋。她著急了，額頭冒汗，生怕小黑出什麼意外。

就在這時，一隻有力的手攔腰將米米朵拉一把抱起，分開人群疾步如飛。

第三章 南下

夜幕下沒人注意到她和劫持她的大漢。還好，這次她的眼睛沒被遮住，她發現他們進了一個大門，庭院裡殘燈樹影，迴廊間的壁畫和雕花的柱子，一切似曾相識。她被放下地，一看，不錯，是剛才那幢藍房子。

大漢是瑞傑，帶她進了一個小小的房間，地毯上丞相與羅伊夫人面對面坐著，面前放了幾種堅果甜餅和茶水，牆上點了蠟燭。羅伊夫人讓座給米米朵拉，側身離開。

「對不起，我只是想去看看馬戲。」米米朵拉道歉。

丞相笑了：「小姑娘，你還真不怕被老鼠精抓。」

「老鼠精現在顧不上我。」她一本正經地說。

這時小黑躥進來，蹲在她身邊，用中文講牠看到聽到的情況：「馬戲好看得很，知道嗎？帳篷裡的觀眾都是皇親國戚，他們只在這兒演一場，明天一早要去南方一個海邊叫什麼果阿的地方，他們說那兒富裕又安全，不屬於這兒的皇帝，是葡萄牙人的地盤。」

聽到這裡，米米朵拉一下子站起來，激動萬分地說：「丞相叔叔，丞相叔叔——」

「坐下來，慢慢說。」

「你們今天說的那個預言，我弄不清和我有多大的關係，我也不知道自己是不是那個冥界來的小小大中國女孩，但我要去替你們找貓，找一隻可以替你們殺了那隻老鼠精的貓。」米米朵拉說完，鬆了一口氣，坐了下來，看著丞相。

「小姑娘，怎麼突然變了態度？」

「因為我恨那個假先知，我看到他讓人把一個小男孩子摔死在橋上，我的心都碎了！」

「可是整個帝國，一隻貓也沒有了。」

「萬一有呢？馬戲團的人說南邊的果阿不屬於你們的皇帝管。那麼，那兒的貓不會被殺掉。」

「不錯，果瓦浦裡是一個獨立的小王國，被葡萄牙人占領，不僅改名果阿，也改了那兒的一切，但老鼠精不會對那個地方視而不見的。」丞相皺著眉頭，「再說，那個地方那麼遠，你這麼小，怎麼去？」

「我想明早就跟著馬戲團走。」

丞相搖搖頭。

「辦不到？」

「是的，這個小雷蒙是遠近聞名的馬戲團，不認錢，不認人，聽說當家人阿蘭達蒂脾氣古怪，行為也古怪，腦子一根筋。」

米米朵拉傻了：「那怎麼辦呢？」

丞相沉思片刻說：「我讓瑞傑陪你去南方。」

「不妥，他去，太引人注目，只會使事情更糟。」羅伊夫人端了一壺水進來說。米米朵拉喝完水，丞相還是沒有拿定主意，這件事該如何辦為好。

瑞傑牽著兩匹馬走進庭院。羅伊夫人俯身對丞相說著什麼，他點點頭，站起身來說：「我們的計劃有所改變。我們得走了，萬一被人發現，那就不好了。」

米米朵拉對丞相說：「我真的不想走。」

丞相一愣。米米朵拉站起來，認真地說：「丞相叔叔，我想試試馬戲團好嗎？不管成不成，我希望能得到你的祝福。」

丞相走進庭院裡，沒有說話，然後轉過身來，看著米米朵拉說：「從未來來的小小姑娘，你知道他們到處貼了告示要抓你，你卻一意孤行，好吧，願安拉保佑你平安無事！」他本來生硬的口氣，瞬間變得柔和了一些，對羅伊夫人說：「給她準備些錢和食品。」

「謝謝丞相叔叔。」說完這句話，她微微轉過身，「夫人，我想借宿一晚，可以嗎？」

「歡迎之至。」羅伊夫人說著，伸出她的雙手。

第二天清早，天邊剛露出魚肚白時，米米朵拉醒了。昨晚羅伊夫人的女僕給她準備了一個香香的熱水浴，她睡得很沉。穿上女僕洗淨的橘色修身長袍，她推開房間裡的彩窗，門柱迴廊鑲嵌著細小玻璃寶石，白日裡看更清楚，這裡該是丞相這樣的大臣的住宅。

整幢房子靜靜的，中了先知薩利姆的咒語和吃了綠豆子，羅伊夫人和僕人們都睡著。這時她才想起，丞相和瑞傑還不完全是害怕暴露自己和她惹來危險，而是因為若留在此，可能會中咒語。

可是我沒事，真是奇怪。「小黑，醒來！」看著呼呼大睡的小黑，米米朵拉心裡七上八下，生怕牠不會醒來。還好，牠的四肢像人一樣伸直，一下子蹦出房間撒尿。沒準我倆來自未來，老鼠精的咒語只是針對牠那個時間的人。當然我們沒吃牠的綠豆子，會倖免中魔。

她把書包裡的東西整理了一下。她的目光移到額頭眉心娃娃魚按的手指印，邊緣有點淡綠。她心裡清楚，那不是昨天丞相的歡迎儀式按下的硃砂吉祥痣，而是娃娃魚按的。從冥都，又從冥都到此，這是她到冥城、到古印度後第一次照鏡子，還是瘦削的臉、亮亮的眼睛，不過眼神更像母親了。想到母親，她的眼睛馬上紅了。媽媽，不管你在哪裡，你一定擔心我。她把手機取出來，幸好這是款太陽能充電手機，沒有信號，但其他性能正常。她挑出母親的照片看，放大看臉，眼淚便掉了下來。她抹掉眼淚，把昨晚用的頭巾拆開，披到頭上。鏡子邊上放著兩個布袋，一個沉甸甸的，不必打開就知道是錢，另一個布袋是餅子，她把它放進書包裡。

陰雲籠罩的皇城寂然無聲，連一隻麻雀也沒有，街上跟她第一次看到的一樣，店鋪緊閉門，東西都收了，集市留下了爛菜葉、果皮果核、灰土、破布片和動物臭熏熏的糞便，混夾了咖哩味，臭氣難忍。石頭縫裡與路上螞蟻排成一線，一動不動。米米朵拉蹲下去摸了摸，螞蟻不僅未硬邦邦的，還有熱氣，沒死。她抬起頭來，發現自己正在那家皇家店鋪前，也許螞蟻偷嘴，舔了一口綠豆子，藥性便發作了。

她抬頭望不遠處的城堡，火把熄滅了，衛兵依著大門睡覺，昨天吊著屍體的地方，只剩下一根柱子。

米米朵拉沒敢停留，跟著小黑，沒走多久，便到了小河上的石橋前。

馬戲團的大帳篷還在，她鬆了一口氣，快步跑上橋，昨晚男孩慘死的血跡，早被踩沒了，少許滴入石縫裡，也凝結成塊狀。

「幹什麼？」好幾個古銅色皮膚和棕黑色眼睛的男人，閃現在橋頭，用刀和棍子凶狠狠地對她吼道。

米米朵拉舉起雙手來，高興地笑了。

「笑什麼？」

「因為你們沒有跟這裡的人一樣，睡著。」

「我倒要問你呢，你是什麼人，你為何沒有睡著？」

米米朵拉指指他們手裡的刀和棍子說：「你們這麼多人，一根手指頭就可以打翻我，還用得著這些玩意兒？」

他們相互看看，把刀和棍子收起來。這時帳篷裡一個女人的聲音說：「讓她進來說話。」

米米朵拉被他們帶進大帳篷裡，裡面有人在收拾墊子，還有人睡在墊子上，被收拾的人一腳踢醒。

一個中年女人坐在墊子上，面前有一個小桌子，放了一些亂七八糟的東西。她的頭髮鬈鬈的，紮了根頭巾，雖然鼻子上沒有了紅球球，米米朵拉還是一眼能認出她就是昨晚自己看見的那個小丑。

「阿蘭達蒂當家人，早上好！」米米朵拉滿有把握地說。

「你怎麼知道我的名字？我是老闆，你是誰？」

「這還不簡單，你說話的口氣就是這兒的老大。我叫米米朵拉。跟你們一樣，我是昨天新來乍到的。」

「你這小屁孩不是我們國家的人。」

米米朵拉點點頭：「準確地說，我這小屁孩是大中國人。」

阿蘭達蒂一臉迷惑不解的樣子。

於是米米朵拉說她從未來的大中國水城江州來，今年十歲半，為尋找失蹤的母親不得已去了冥界，在那兒乘蒲公英大絨球來到這裡。

「找母親，母親沒找著，自己的命倒搭上了。」阿蘭達蒂嘲諷道。

「阿姨你是當家的，可是沒有同情心呀。」米米朵拉充滿可惜地說。

「我有同情心，但為什麼要給你呢？」

「對呀，你為什麼呀要給我。不給就不給，那麼阿姨，聽說你們今天離開，能不能捎上我？拜託了！」

阿蘭達蒂沒有驚奇，馬戲團的人見多識廣，就是跟丞相他們不一樣。她盯著米米朵拉看，米米朵拉也盯著她看。

「哼，小屁孩，沒有這樣盯著人不轉眼的。」

「阿姨呀，我是盯著你桌上的東西。」她指指桌上攤開的金紙上的十多枚綠豆子。

這回阿蘭達蒂驚奇了，拿了一枚豆子看：「你也認識這豆子。小屁孩，實話告訴你，這是昨晚我們表演的酬勞！很值錢！」

「別吃，千萬別吃，吃了會倒大楣！」米米朵拉本來不想說，可忍不住，冒著危險說了出來，不由得捂住自己的嘴。

「膽子真大，你就不怕我告訴城堡上面的人！你會被殺頭的。」

「我要講真話，呵，不然我胸口憋著難受。這兒的人吃了這東西，他們現在都在睡覺，他們晝夜顛倒不說，還格外聽城堡上面的人的話。我是為了你們好，才說的，你要出賣我這個孩子，就去告訴上面的人吧。」

「哼，小屁孩，死到臨頭，嘴還挺硬的！為何想跟我們走？」

「我得去找一隻貓。」

「貓都死絕了，而且貓帶有詛咒，你如此做是在違反皇帝的指令，是在找死！」

「你該高興呀，因為城堡上面的人會給你兩大筆賞。」

阿蘭達蒂眉頭一挑，從鼻孔裡「哼」了一聲。

「不要哼呀，阿姨，昨天晚上，我親眼看到一個小弟弟，想看你們的表演，游泳過河，被他們摔死在橋上。」米米朵拉的腦海裡馬上出現當時男孩的慘死相，還有當時白鬍子老頭嘴裡說著話的樣子，她臉色發白，「我恨那個臭老頭，他是世界上最壞最壞的人。」

阿蘭達蒂沉默著，將綠豆子包裹起來，放入衣袋。

「你們要去果阿？」

阿蘭達蒂「騰」地一下站了起來：「小屁孩，你怎麼知道？」

一直在邊上蹲著的小黑，走上前來說：「老闆阿姨，昨晚我趁亂溜進帳篷裡來聽你親口說的。」

阿蘭達蒂圍著小黑走了幾步：「我一向見怪不怪，今天怪事一大筐，好吧，即便你不是城堡上面的人想抓的小女孩，你看我也可以領三次大賞——綠豆子、貓、你的狗昨晚擅自觀看馬戲。」

米米朵拉倒抽一口涼氣。

「哼，異想天開，會表演嗎，馬戲團裡從不養閒人。」

「我不要吃閒飯，我蹦幾下，舞幾下，」米米朵拉對小黑說，「對吧？」

小黑點點頭：「我也會幾下呀！」牠扯開嗓子唱起來，「馬戲表演狗當先，趴在地上叫皇上。」

「行了，停住，並不好聽。我警告你，不許對任何人再提摔死孩子和貓的事，更不要提綠豆子的事。」她的聲音提高：「準備離開。小屁孩，跟我們走。」

米米朵拉完全沒想到，阿蘭達蒂最後的決定是這樣，她的眼睛瞪圓了，乖乖地點點頭，好一陣子也沒反應過來。

這些人動作迅速，轉眼間撤了帳篷，包裹好，打好包。四頭象馱著所有的東西，也馱著人，過了石橋往主街走。馬車裡是米米朵拉和阿蘭達蒂、小黑和一個女演員，她和阿蘭達蒂長得非常像，自我介紹說：「我叫小蜜蜂，我和阿蘭達蒂是表姐妹。」

看到阿蘭達蒂閉目睡著了，米米朵拉俯在小蜜蜂耳邊問：「阿蘭達蒂有丈夫嗎？」

「不，她才不要丈夫。」

「那你們來之前知道這兒的情況嗎？」

「不，我們不知道。半年前，我們收到來自皇宮的信，請我們來這兒表演。知道嗎，昨晚阿蘭達蒂拿著綠豆子說，這東西單吃不宜，卻可用來做藥。」

「她好特別！」

「她和我們不是一樣的人！」小蜜蜂說完，開始給她介紹馬戲團成員，除了老闆，其他人都有外號，都帶有一個小字，她指著第一頭象上面坐著的一個瘦高個男人，說他是馴獸師小細腿，邊上的大胖子是表演大師小鐵桶；第二頭象上面坐著的黑皮膚的男人是魔術師小黑球，身後的女子是踩繩師小補丁；第三頭象小一點，上面坐著的兩個矮個子是表演大師小地瓜和小螃蟹，第四頭象更小一點，上面坐著兩個演奏師小圓鼓小破琴。每頭象的名字也帶有小字：「依順序為小希瓦、小佛陀、小女巫和小月亮。馬車套著的一黑一紅兩匹馬叫黑雷蒙、紅雷蒙。」

「這些名字好聽。」米米朵拉興奮不已。

小蜜蜂認真地說：「阿蘭達蒂在我是你這麼大時，就告訴我，馬戲和魔法都不是真的，不能完全依賴，它並不真正具有神力。相反，她指著地上一棵小白蒿說，它遠比皇宮裡的寶石寶貴，因為它可以治病，它來自於大自然。記住，具有神力，可以改變人和大自然的命，必然來自大自然。」

「好費解。」米米朵拉隔了好一陣才說。

「我也覺得好費解。可一年年想下來，懂得一些了。」小蜜蜂看著前方的分岔路，「嘿，小妹妹，我喜歡去新地方，感覺每去一個新地方，就是一次生命新的開始。」

「可是在每個地方，你都得表演呀。」

「當然當然，不管是在台上還是台下，不管是自願的還是非自願的，生命進入一個地方，表演就開始了，表演的好壞取決於努力的程度。」

米米朵拉認真地聽：「那到一個新地方，什麼事也不做呢，算不算表演？」

「也是表演，只是你生命結束時，你會愧對自己和給你生命的人。」

「哎呀，小雷蒙的人，個個厲害，我得好好想想。」

小蜜蜂露齒一笑說：「小甜嘴，你想好了，就長大了。」

他們一行出了皇城後，一直往南走。一路上，小蜜蜂教她小竅門，怎樣繫死結，怎麼用硬物開鑰匙，怎麼用意念，比如從別人身上移物，她練得很上心。他們走了整整一天，經過一些村落、幾個寺廟，門裡傳出誦經聲，門前有虔誠聆聽的信徒。看見了雞鴨狗好些小動物，就是沒有看到一隻貓。象隊馬車抄近路穿過叢林後，行進在丘陵間，景致迷人，生著大片的各色野花。路遇騎著駱駝的商人，也見到了好幾頭牛角漆成紅色的白牛。

太陽西斜時分，他們經過一些錯落有致的粉色房子，繼續走了沒多久，路上不時出現獼猴，有時是三隻，有時是七八隻，最多是二十來隻，相互抓癢捉虱子，整理毛髮。也許害怕大象，這些猴子不靠近，只是望著，做著怪臉。阿蘭達蒂朝獼猴扔下些香蕉，牠們蹦跳著湧向香蕉，邊搶邊歡叫。

太陽下山後，一座琥珀色的城堡，出現在前面山丘頂上，整個宮殿閃爍著魔幻般的光芒，出奇耀眼。除了堅固的同色城牆，還有一個湖，粉色庭院在湖心小島上，湖水泛著美麗的漣漪。

「停！」老闆阿蘭達蒂一聲喊，馬車停了。

她走下來，四下看了看說：「粉色之城，久違了！今天就在這裡歇腳。」

大帳篷還沒有完全搭好，附近的居民都來了，自覺地往收費布袋裡投下錢幣，沒一會兒帳篷裡就坐滿了人。小蜜蜂穿上亮麗的戲服，畫上妝，掀開簾子來，請觀眾稍等片刻。她在米米朵拉的橘衣上捆了幾根彩帶，用一塊彩帶將她的長髮包裹起來，戴上大荷葉花邊衣領，把她整張臉畫成小丑，在鼻子上黏個小紅球球。她又給小黑身上繫了小花布，頭上紮了個花結，鼻子上黏了個紅球球。

天還沒黑盡，星月皆出來了，帳篷外點了好些火把，小雷蒙馬戲團的牌子在幾里之外也看得一清二楚。

一陣密集的鼓聲後，垂下的簾子拉開，快樂的樂曲吹奏起來，一排小丑從台子左邊跳出，踩著節拍，最後一個小丑調皮地伸出手，輕輕一推，整整一排人像波浪一樣從左到右倒地，他們狼狽爬起來。右邊最末一個小丑又從右腳輕輕一踢，整整一排人像波浪一樣從右到左倒地，後一個人親著前一個人的屁股。

台下的觀眾看得目瞪口呆，然後哈哈大笑。米米朵拉也笑個不停，她曾在江州看過大中國最棒的雜技團表演，但也沒見過這種波浪舞呢。

她對蹲在腳邊的小黑說：「大象表演後，就是我倆上台，你看我做什麼，你就做什麼，跟我一樣就行了。」

小黑沒聽她的，注意力在台上。

波浪舞後，樂曲變得更好玩了，兩頭大象兩頭小象排著隊跟著馴獸師小細腿和阿蘭達蒂上台，小象大象一起翻觔斗。阿蘭達蒂扔出一個個籐圈，兩頭小象都接到身上，又從圈裡跳到另一頭大象身上，空下來的那大象趴在地上，等另三頭象都到了牠身上，牠才鼓足勁站起來。四頭象一個重疊一個。阿蘭達蒂把圈扔到空中，最下面的象用鼻子接著圈，扔到最上面那頭小象的鼻子上。突然，阿蘭達蒂被象鼻子一捲，摔到了象的頂層，她單腿獨立，身體前傾，張開雙手，做了一個燕子飛翔的動作，連連打了好幾個跟頭，好像她會魔法似的，怎麼在上面折騰都不會掉下來。

觀眾紛紛熱烈地鼓掌。

阿蘭達蒂飛身躍下地來，踩著舞步亮相。米米朵拉從她的書包裡掏出手機，打開以前下載的音樂，飛快地找著目標，便裝入衣袋。

阿蘭達蒂牽著一頭象進後台，喘著氣，看到一臉緊張的米米朵拉便說：「小破孩，記住，演砸了，沒飯吃不說，還得讓你開路滾蛋。」她凶狠狠的樣子，讓米米朵拉更緊張了，雙腿禁不住發抖。

餘下三頭大象在馴獸師小細腿的指揮下走下台。米米朵拉跟小黑走到台正中，站立。簾子拉開，台下所有的觀眾的眼睛都朝她看呢、她的手摸著鍵，按了一下，本來是踢踏舞的音樂，可是手滑按成了木偶戲《奧當女孩》裡鋼琴配樂。小黑抬起前腳，學做米米朵拉按鍵的動作，她對牠喊：「錯了！」心裡一慌，腳一滑，撞向小黑，牠跳起來，正好踩在一個圓球上。米米朵拉整個身體僵硬，像木偶一樣艱難站起，左手朝小黑一點，生氣地說：「轉圈！」

小黑在圓球上轉著圈，也慌，滑向觀眾，米米朵拉急忙去拉牠，狗和人都倒在地上，不料簾子蒙著頭，小黑前腿吊著她的腿，正巧後台的小蜜蜂也在拉吊著布簾的繩，結果狗和人被拉進後台，小蜜蜂一鬆，狗和人又一下子回到了台上，樣子滑稽，觀眾笑得前仰後倒。

米米朵拉跳起來，右手臂朝小黑一點，說：「立正，跟著我學。」可是沒站穩，後台的人一拉，狗和人又倒在地上。音樂恰如其分，像是有意配合他們的表演。她的眼睛平視前方，雙手叉腰，穿著紅鞋的雙腳一開一合，手卻先合後開，小黑也立起身體，做著和她一樣的動作。她大聲唱起來：

跳起來，舞起來，
想錢的忘了錢，想權的忘了權

她露出潔白的牙齒，想笑卻是一張苦悶的臉，雙手一攤，聳了聳肩。小黑呢，在緊要處，狂叫兩聲，嘟起嘴，發出「嗚嗚嗚」的伴奏聲。米米朵拉往前踩著音樂進了幾步，手打著榧子，繼續唱：

跳起來，舞起來，
犯愁的忘了愁，有恨的忘了恨。
跳起來，舞起來，
我這小屁孩，不想錢來不想權，
不必恨來不必愁，
沒有爹來沒有娘，沒有爹來沒有娘，
只有馬戲又馬戲，跳破一雙最好看的紅舞鞋。

唱到這裡，米米朵拉把小黑舉在頭上，往前走，又往左走，再後退，走得極度不自然，怪怪的步伐和小丑的模樣，小黑隨時會倒下的緊張樣兒，觀眾笑得更起勁了。小黑蹦下地。她去捉牠，捉不到，叉著腰生氣，然後打了幾個倒立。小黑打起倒立，突然叫了一聲，趴在地上一動不動。她踩著音樂的節奏，去查看。小黑突然躍起。她馬上雙手舉起來，頭左右搖動，加入跆拳道動作。別說是這粉色之城的居民，就是走南闖北的馬戲團員，也從未看過這種狗與人自創的舞蹈、自編的帶著感情的歌曲，深深地感染了在場的所有人。

一個大肚子黑衣彩面大漢走上台來，踩著音樂跳起舞來，米米朵拉覺得不對勁，因為她看到台下也有彩面人，有的舉著刀，有的拉著弓箭。她手按著手機鍵，音樂和腳步都停了下來，正想叫喊，脖子被這傢伙提了起來。

整個帳篷裡的人一片驚慌，有人大叫：「強盜！快跑！」觀眾擇路奔逃，出口處一個下巴有疤痕、沒塗彩面的強盜，一看就是頭目，抓著一個想奪路逃走的觀眾，一刀砍掉頭，他舉起血淋淋的頭說：

「聽著，乖乖地聽話，交出口袋裡的錢。」

觀眾嚇得都止步了，呆在原處。一個彩面強盜拿著一個布袋，挨個搜觀眾的衣服。

米米朵拉瞪圓眼看著，喘不過氣來，雙手和雙腳在空中亂舞。小黑躍起來，咬了一口大肚子彩面大漢的手，他痛得鬆了手，她掉在地上，爬起來，跟著小黑就跑。那強盜跟著他們追。

阿蘭達蒂從後台衝出來，沒想來撞到強盜頭子的刀口上，他一手摸著她的臉說：「小騷貨，把昨天在皇城表演得到的賞錢給大爺交出來！」

她沒有慌，反倒調侃了一句：「聞著錢味來了，有本事自己找。」

強盜的手從她的臉上滑下到她的胸部，再滑下腰，搜出一個小袋子，拿在手裡，這時小蜜蜂舉劍刺著強盜頭子的後脖頸。阿蘭達蒂趁機脫身，搶過錢袋。從後台裡衝出所有的馬戲團成員，他們操起東西進行反擊。小黑銜來書包，米米朵拉背上書包跳下台來。

「快抓住那個小東西！留活口！」強盜頭子與小蜜蜂邊打邊叫。

觀眾一聽，拚命地跑向出口，居然撞倒了守在那兒的強盜。米米朵拉夾在他們中間，跑到外面。天並沒有全黑。幾個彩面強盜劃破帳篷追出來，米米朵拉馬上蹲在馬車下面。馬戲團的人也追出來，不讓強盜亂砍人。無論他們有多麼勇敢，都不是這批殺人不眨眼強盜的對手，全被打倒在地，只有揮鞭的阿蘭達蒂和持劍的小蜜蜂背對背與強盜拚殺。

帳篷被刀劃破，馴獸師小細腿抱著強盜頭子滾出來，強盜的刀掉在地上，一拳把小細腿擊昏。米米朵拉跑出馬車，撿起刀，卻不敢殺強盜頭子。他翻身而起，奪過刀來在米米朵拉的臉頰劃來劃去：

「小姑娘，讓大爺活吃了你吧。」看到她恐怖地叫，他得意地哈哈怪笑。

阿蘭達蒂掉轉身來，手裡的鞭子揮了過來，打掉了他手中的刀。米米朵拉趁機跑了過來。他惱羞成怒，招呼其他幾個強盜一起攻上來，其中一個拉弓搭箭，射向阿蘭達蒂的後背。米米朵拉猛撲過來，把阿蘭達蒂撞開，自己的右胸中箭，倒在地上。

阿蘭達蒂站了起來，瘋狂地揮起鞭子，那些強盜靠不近身來，小黑奔到米米朵拉身邊，狂叫。阿蘭達蒂也憤怒地仰天長嘯。

突然一個黑影跳入包圍圈裡，「啪」地一下，一個強盜倒地，緊跟著又一個黑影躍入，壓倒又一個強盜，米米朵拉費力地睜開眼睛，是獼猴，好多的獼猴，鋪天蓋地而來，跳躍著加入這場廝殺。強盜們一下子傻眼了，趕忙擇路逃竄。

獼猴們跟著追去，像潮水一樣散去，四下突然變得安靜起來，傷員的呻吟聲，小黑傷心地伏在米米朵拉的身上，因為著急，雙腳在地上不停地掘土，掘出一個坑來。

「我是不是已經死了。」米米朵拉喃喃地說，她的臉上和額頭痛得全是汗珠，臉蒼白如死人，胸前的衣服浸出血。

「你不會死的，不會的。」小黑說。

阿蘭達蒂扔下鞭子，蹲在米米朵拉的面前，察看了傷勢，拔出箭來，掏出腰上一個小瓶子，往傷口上撒下些粉末，又把自己的衣服撕下來一條，來回纏在米米朵拉的胸前，手按著好一陣子不鬆手。

米米朵拉緩過一口氣來，感覺好多了。

「小屁孩，為何捨身替我擋箭？」阿蘭達蒂罵道。

「因為我是個小傻瓜。」

「沒錯，你就是。」阿蘭達蒂臉上還是沒有什麼表情。

她把手放在米米朵拉的傷口上，嘴裡咕噥著什麼，米米朵拉馬上感覺身上有了暖意，傷口不那麼痛了。阿蘭達蒂回過身去看了一眼她的殘兵敗將，他們正在包紮受傷的地方，清理戰場。小蜜蜂拖著一個渾身是傷的強盜到跟前，劍逼著他，他伸出手指指天上，「有人告發了……你們，收留……皇帝懸賞的外來小女孩……狠狠教訓……」強盜未說完話就嚥氣了。

「糟了，城堡上面的人知道我們帶走了你。你已暴露，跟我們在一起——」

米米朵拉著急地坐起來，打斷阿蘭達蒂的話說：「那樣的話，我們大家危險。」

「我們受傷嚴重，保護不了你，恐怕一時半載不會離開此地，我們會找個地方躲起來，等到大夥兒傷好後，才能啟程去南方，再說我們的象也走不了那麼快。」

「那我自己去果阿。」

「就算你騎馬走，快馬加鞭，一天最多只能跑一百里路，人馬都得休息，從粉色之城到果阿，絕不是十天半月就能到的，城堡上面的人消息靈，馬上會知道這些假強盜沒抓到你，會再派追兵來。」

「啊呀，這可怎麼辦？」

「我知道你的事急，早一分鐘都好。你這小屁孩，做什麼孝女，這是天下第一難做的事！為了母親來我們這兒，居然捨身替我擋箭，也不怕死了，救不成母親。」阿蘭達蒂凶巴巴地說著，突然雙眼含滿淚水，她伸出右手來，放在小黑身上，朝天長嘯。小黑的身體像發麵包一樣漲，變得像一匹小馬那樣大。她從身上取下一根帶子套在牠的脖子上，這才微微地出了一口長氣，額頭全是細微的汗珠。

米米朵拉驚奇地張大嘴，完全不敢相信自己的眼睛。

「騎上牠，一直向南，記住，不管遇到任何事任何人，都不要回頭停下來，你們會一直到果阿。」

米米朵拉起身，一頭撲到阿蘭達蒂的懷裡，緊緊地抱著她，然後躍到小黑的身上。

小黑焦慮地說：「變大很好，可是我啥時可以變回原來的樣子呢？」

「山轉水轉，不如時候轉，時候一轉就變回了。」

阿蘭達蒂說完，伸手打了一下小黑的屁股，小黑向前奔跑起來。米米朵拉緊緊地抓著小黑脖子上的繩子，她沒有回過頭去，心裡明白，夜晚的灰黑色會把那個帳篷一點點遮沒，泛著銀光的湖水也被丟在了身後。小黑跑得更快了，風在耳邊呼嘯，她雙眼看著前方起伏不定的山丘，一點兒也不敢鬆手。

第四章　馬可船長

米米朵拉覺得自己像雲一樣輕盈，彷彿進入夢境一般，小黑向南奔跑著，達達達的蹄聲掠過地面，發出回響，天哪，昨天傍晚做的夢，居然成為現實，小黑貌似一匹馬。

她騰出右手來摸了一下右胸的傷口，一點也不疼了。她一把扯下繃帶，任它被風捲走。

原來老闆阿蘭達蒂是個魔法道數極高的女巫，待人看似嚴厲，卻是菩薩心腸。她給馬戲團惹下這麼大的麻煩，還用藥救她，施魔法幫她。難怪小蜜蜂說阿蘭達蒂與別的人不一樣！媽媽，你是對的，要我對人好，你說好人有好報，小雷蒙馬戲團裡個個是好人，個個是勇者，但願他們逃過這一劫，盡快痊癒，恢復健康。

好多燦爛的星星，如禮花在頭頂密密麻麻地冒出，而西南方的天邊居然還殘留著最後一抹亮光，燦爛如寶石，她向著亮光前行。夜晚寂靜無聲，走了沒多久，身後隱隱約約有女人的哭泣聲，聲音非常熟悉，聽起來很像母親。她正要轉過身去看，猛地記起阿蘭達蒂的話，便沒有回頭。那哭泣馬上變成怪物可怕的嚎叫，她嚇得連連說：「小黑，快跑，我們絕不要停下來喲！」

小黑跑得更快了，經過一片又一片荒野和叢林，進入高原，少見人跡。進入沙漠地帶，天光由暗黑轉為幽藍，偶見駱駝隊，在沙丘上一線排列，竟然像剪影，跟電影裡瞧見的一樣，沒準他們是強盜，沒準他們不是強盜，只是像她一樣，為了一個目的不顧一切趕夜路。

小黑與他們並行，奇怪，就是在沙漠，牠的速度也沒放慢，不一會兒就把駱駝隊拋在了身後。不知多少時間過去了，他們來到月牙形的峽谷。米米朵拉握緊繩子，沿著河邊行進。月亮奇亮，熠熠生輝，懸崖上全是石窟壁畫和雕像，突然好些美少女美少年從石窟裡走出，頭頂鮮果，身戴長串鮮花，載歌載舞。哇，一長排餐桌幾乎望不到頭，上面全是美味佳餚，鮮花美酒，還有各式漂亮衣服和水晶鞋，足足有一百多公里，他們熱情地招呼她：「美麗的小姑娘，停下休息一下吧！」

「來，喝一杯美酒吧！」

「小小姑娘，我們知道你來自哪裡，要去哪裡，下來嘗嘗這世界上最美味的東西，跳一會兒舞吧，我們保證你不會遲到的。」

她一笑，仍是向前。他們突然變成很小很小的人，有透明的翅膀飛起來：「我們會幫你找到你的目的地，相信我們。來吧，我們一起飛。」說著要把她拉下來。她客氣地揮動著左手。那些小人兒飛在她的眼前，傷心地哭了。這讓米米朵拉非常過意不去，她連連抱歉：「對不起，對不起，我不要停下來。謝謝你們的好意。」

忽然長長的餐桌全都消失，那些小小人一下子變成一條條小蛇，在她面前疊起一丈多高，牠們並沒朝她撲來，而是哼起無字歌來。一定會有什麼事不對勁，她這麼一想時，發現河流突然改道，掀起高高的巨浪，擋著去路。

「小黑，衝過去。」米米朵拉慌忙大叫。小黑像箭一樣射出，躲過了，但第二波巨浪馬上襲來，他們沉到水裡。都說狗可以游泳，真是一點不假，米米朵拉雙手緊緊抓著繩子，小黑像一個經驗豐富的游泳健將，浮出水面，一刻不停地向前游。她給小黑加油，小黑奮力游著，終於游到了河對岸。那些蛇變成小黑點，米米朵拉出了一口長氣。

這時她的身體騰空了一下，急忙睜開眼睛，原來小黑從山崖的這邊跳躍到另一座山崖，完全直線前行。

風嘩啦嘩啦響著，夾有野獸的尖叫聲，濃濃的夜色從四面八方捲裹而來，氣溫幾乎是在這一刻涼下來，無數雞蛋一般大的星星，沙子一樣拋撒下來，閃耀著紅光、綠光和藍光。不對，是野獸狼賊亮飢餓的眼睛，米米朵拉不由得打了個寒顫。

她緊抓繩子，雖然睏得要命，卻不敢睡覺。過了一會兒她便發現，她可以睡覺，因為小黑奔跑的速度快過那些野獸。她安心地趴在小黑的身上，閉上了眼睛。

不知睡了多長時間，當米米朵拉醒來時，感覺小黑的速度放慢了，她抓緊繩子，坐直身體來，一抬眼，看見天亮了，而且布滿一團一團的純紫色，有好多亭台樓廓、集市和人，熱鬧極了。可是一分鐘不到，房子和集市半隱半現在灰色雲朵裡了，再隔一分鐘，變得虛無縹緲。突然滿天霞光，金燦燦的，她不得不用手遮了一下眼睛，感覺手指縫裡的天，紅得像顏料倒出來，一輪紅日迸出蔚藍的海面。

小黑停下來，對米米朵拉拉說：「目的地果阿到了。」

米米朵拉激動地跳到地上，面前真是大海，小黑撲通一聲，跳進海裡。

他們從天黑時分跑到了日出，差不多十二個小時，如果在米米朵拉來的那個世界，飛機從出發的地方飛果阿只需要三個小時。算起來，本來要走幾個月的路程，只花了半天時間，真是太快了。

米米朵拉朝北站著，行了一個禮，在心裡說：「阿蘭達蒂，如果沒有你，我現在就不會在這裡，謝謝你！」

她在沙灘上連連打了好幾個滾，嘩啦幾下脫掉身上所有的東西，跳進藍藍的海水裡朝小黑游過去。她臉上身上的血汙和顏料全沒了。待她游出水面，穿戴好後，背上書包，發現小黑奔跑在沙灘上，來來回回轉著圈，又像箭一樣射到她面前，她牽著牠沿著沙灘走著。

果阿並不大，面海背山，曼多維河延伸進大海，岸上有稀稀密密的房子。這兒氣溫不冷不熱，海風徐徐吹來，鹹鹹的黏在皮膚上舒舒爽爽。碼頭有長長的堤岸和燈塔，靜靜地泊著大小不一的船，其中一艘大船，沒有海盜和骷髏圖案，像電影裡的海盜船，在陽光下顯得格外醒目，桅上白帆上升著，正在離開。

四五個男人合力拉四方漁網的繩索，繩索上懸空綁著大石頭，像玩蹺蹺板一樣，待到石頭落地，漁網已被拉出水面，裡面有白花花的大小魚兒。

米米朵拉放眼望去，發現這樣的漁網一個挨一個地排出好遠。海豚在更遠的海上出沒，躍出水面好高，礁石上站了一排觀望的海鷗，不時發出清脆的讚揚聲。

沙灘上曬著漁網、新鮮的魚蝦和牡蠣，有幾個曬得黑黑的漁女在織網補網，她們戴著帽子或裹著頭巾，安安靜靜地做著活兒。

米米朵拉騎上小黑，走了好一陣子，風一吹，濕髮差不多都乾了。她順坡而上，如果不說是在印度，絕對會認為這是在歐洲某個城市裡，葡萄牙式房子到處可見，並不寬的街整潔別致，門前種有花樹，路上遇到各種膚色的人，對米米朵拉來說，無論你是葡萄牙人、羅馬人、或是法國人、荷蘭人和英國人，都是西方人。猶太人和大中國人比較明顯，前者戴著一頂小帽子，後者男人腦後一根獨辮、女人綾羅綢緞下一雙小腳。她笑了，真是和她來的世界不同，這是幾百年前的大中國人呀。

她精神一振，從小黑身上跳下地，牽著牠，信步走著，幾乎看不到一個衣裳襤褸的窮人。一個較大的石砌廣場，有著白欄杆紅石階，台階頂端是一個牆上有聖母塑像的白色大教堂。她把小黑拴在門環上，推門探看，大理石地面，牆上鑲嵌碎寶石圖案，有精美的壁畫和鍍金祭壇，不少人虔誠地坐著跪著劃十字。

她走到聖母雕像前跪著，三歲時母親就帶她去貧困地區，讓她幫助兩個同齡孩子，逢年過節給他們寄衣服寄書和寫信，從那之後，她幾乎很少亂哭亂叫，她望著聖母像，眼睛一下子紅了，萬能的聖母呀，請你賜給我力量，請你保佑我的媽媽，讓我在這裡找到貓，保佑我吧！

海鳥和烏鴉叫喚著飛在小黑周圍，米米朵拉解開繩，牽著牠走下教堂左側的紅台階。這兒的人起得真早，廣場四周好些店鋪開著，有葡萄牙的香腸，有茴香香豆、黑胡椒腰果、芫荽青辣椒，什麼樣的香料都有，好些店裡備有上好的染料、寶石、象牙和虎皮，還有像寶貝似放在醒目位置的大中國瓷器和絲綢。也有店賣茶水與烙餅，有人坐著吃，有人站著吃。

商人們在店外小桌子上一邊喝著奶茶，一邊做著生意。有小孩和狗在廣場上奔跑，差不多都是西洋狗，有大獵犬和吉娃娃，但沒有一隻貓！

米米朵拉的心懸了起來。真的沒有貓，如丞相所言，鼠精薩利姆的魔爪也會伸到果阿這樣的地方。如果這樣，她也處於危險之中，她不便在廣場久留，慌張地拐入一條街。這兒有爬籐的茉莉花樹，香氣沁人心肺。她站了下來，發現邊上是一家小甜點店，分格的瓷器放著加果仁奶酪的甜品，紅紅綠綠，惹得她口水直流。一掏衣袋，只有大中國的錢，真有些後悔沒拿羅伊夫人給她準備的錢。

「小妹妹，來，嘗嘗吧。」店主是一個藍眼睛的金髮女人，將一塊奶酪糕用一片芭蕉葉托著，要遞給她。

「謝謝你，可是我沒帶錢。」

「沒關係，遠道而來的吧？」

米米朵拉點點頭。

「吃吧，孩子。」

「我從大中國來。」她接過奶酪糕。心想若先知薩利姆在這裡布下眼線，那不是自我暴露了嗎？可是她天生不喜歡撒謊。

「什麼大中國？是不是那個有個大官，叫什麼鄭和的，來的地方嗎？」

米米朵拉倒抽一口涼氣，她正在學的歷史裡有個明朝的官下西洋，就是這個名字，肯定就是這個人，她居然到了他到過的地方！她說：「是的呀。」

「唉，他來過我們這裡呢。」女店主口氣充滿了羨慕，「他的船隊雲帆蔽日，浩浩蕩蕩！知道嗎？有幾百艘船呀，每一艘船都有四層高，可以裝下一千多人。」

「你見過鄭和？」

「沒有，絕對沒有。我的公公是一個大夫，當時被請去給這個大中國官看病，可惜他還是死了。」

米米朵拉掐指算時間，她算不好，問：「一百多年前嗎？」

「什麼？」

米米朵拉又說了一遍。

「差不多吧，管它多久呢，反正我公公和這個中國官都過去了。哎呀，各人有各人的命，人由不得命。」看到米米朵拉低下頭，陷入沉思，女店主問，「小妹妹，在想什麼呢？你一個人來果阿，還是一家人來的？」

米米朵拉抬起臉來說：「我在找貓，可是我一隻也沒有看到啊！」

女店主馬上露出神祕的神色，壓低了聲音：「你找貓做什麼？聽說有人專門收集貓。」

「誰呀？」

「住在北方的皇帝。」

「阿克巴嗎？」

「沒錯，就是他，派人將這裡的貓都買走了。」女店主把一杯水遞給米米朵拉，「兩個多月前。其實這兒的貓大都是水手們從自己的國家帶來的。皇帝收集貓，愛貓，是好事。」

米米朵拉難過極了，不用說從果阿收走的貓全部被殺死了。現在怎麼辦？白來果阿了。告別女店主時，她拿出一張大中國的錢幣來：「留個紀念吧，這是我們國家的錢，謝謝你請我吃甜糕。」

女店主非常高興地收下了。

米米朵拉回過身，發現小黑不見了，真是的，牠會去哪裡呢？她出店門後往街上走，沒走兩分鐘，便看到小黑迎面跑來，對她說：

「我到處看了看，很遺憾——」

米米朵拉打斷小黑的話：「沒有貓，一隻也沒有。」

「你怎麼知道？」

米米朵拉將女店主講的印度皇帝收走貓的事說了：「就算是我們沿著河邊，沿著整個海岸線，哪怕走到最南方的海港，結果還是一樣，那個老鼠精先知薩利姆狡猾透頂，牠把印度甚至周邊國家的角角落落搜盡，把貓趕盡殺絕，一隻不剩。」

她傷心極了，心裡一片空白。長長的堤岸憩息著無數的海鷗，米米朵拉跑過去坐下來，呆呆地望著大海，一艘卡拉克三桅帆船朝碼頭駛來。

這次旅行以失敗而告終，是她完全沒想到的。沒有貓，如何有臉見丞相，怎麼幫助他趕走那個殘忍的先知薩利姆。她越想越絕望，站起來，走到堤岸邊。

小黑狂叫，她停住腳步，轉過臉來。「我知道了，我不要跳海自殺，如果我那樣做，我的媽媽會傷心死的。」但是小黑還是對她叫嚷。她坐下來，把牠擁入懷裡，牠才安靜了。

米米朵拉內心一片茫目，取出手機，手指翻看母親和她在一起的照片，看得眼淚花花，打開母親給她下載好的QQ音樂，是她百聽不厭的好萊塢電影《冰雪奇緣》裡的歌：

隨它吧，隨它吧，回頭已沒有辦法
隨它吧，隨它吧，一轉身不再牽掛
白雪發亮鋪滿我的過往，沒有腳印的地方
孤立國度很荒涼，我是這裡的女皇
漫天飛霜，像心裡的風暴一樣
只有天知道我受過的傷

母親第一次聽到她哼唱這歌時，驚奇得一隻高跟鞋跟掉了也沒有察覺，因為米米朵拉等不及母親帶她去電影院，逃學做了這件事。那天母親沒有怪她，只要她下不為例，得讓大人知道你人在哪，不然大人的心會慌的。孩子的心不慌則已，一慌就沒法止住。公主艾莎對她的臣民隱藏了擁有魔法手指的祕密，生活得苦不堪言，兩姐妹沒有爸爸媽媽，非常可憐，再沒有彼此，那就更可憐。災難臨頭，她們知道了誰是真愛，誰值得珍惜。

「一切都有因緣，」她跟著手機唱著：「隨它吧，隨它吧，回頭已沒有辦法。」

「戴花冠的小小姑娘，你的歌唱得真好聽。告訴我，你唱的是什麼？」一個低沉的男人的聲音傳入米米朵拉的耳邊。

她抬起臉一看，是一個眼角和嘴角都略為彎翹、一臉絡腮鬍的洋人，他的目光深邃而柔和，戴了頂帽子，抽著一個大大的菸斗，樣子特別像她看過的漫畫書《丁丁歷險記》裡面的法國船長。

「船長。」她脫口而出。

對方笑了：「你怎麼知道我是船長？莫非你看到我從那艘船裡走下來的？」他的一隻手指著三百多米遠的地方。

「不是。」她回答，眼睛看過去，那邊泊著的卡拉克三桅帆船正是剛才她看到的那艘，船側身標著威尼斯公爵號，搬運苦力正在往船上抬東西。

「這可奇了。」

「反正我知道，原因我就是告訴你，你也不會相信，還是省了不說。」

船長又笑了，看見她手裡的手機：「可不可以將你手裡的玩具給我看一看？」

「只看一分鐘。」

船長舉起右手來，向她保證。他熄滅菸斗，抖掉菸灰，收進褲袋。

米米朵拉本以為他會不懂，沒想到他無師自通，在手機上東點點西劃劃。沒玩一會兒，就發現裡面下載的QQ歌曲、地鐵酷跑和殭屍遊戲，還看見了米米朵拉和母親的照片，江州的風景，一下子鑽進去了。結果好多個幾分鐘過去，也不肯鬆手。沒辦法，米米朵拉客氣地推了推他，然後拿過來：「你的時間早到了，對不起，船長。」

船長有點不好意思了：「嘿，小小姑娘，你可以把這個魔法小盒子賣給我嗎？」

米米朵拉斜了他一眼。

「你不要生氣，我真是喜歡這個魔法小盒子。你要什麼，我就給你什麼。」

「不可以。」

「如果我有一樣你喜歡的東西，跟你換可以嗎？」

「什麼東西？」

「一隻會說話的鳥？」

「八哥！」她搖搖頭。

「一隻世界上最大的海螺，是從地中海來的，你會聽到漲潮聲、波浪的歌聲和魚的說話。」

這海螺聽起來有意思，但有什麼用？她搖搖頭。

「一個老烏龜，是我的家鄉威尼斯的，不，來自西班牙，是我最喜愛的寶貝。離開牠，我會哭的。」

她搖搖頭。

「那麼一把上過戰場的寶劍？一顆價值連城的大鑽石？」

她連頭都不搖了，當沒聽見。

「哎呀，你都不喜歡，我說的都是我的寶貝，其實我都捨不得。那麼，一隻威尼斯貓怎麼樣？這是我最不能捨得的寶貝。」

她一聽就哈哈大笑起來。

「笑什麼？不喜歡貓。」

「不可能，沒有貓。算了吧。」

「不相信？」

「是的。」

「可是就算你相信，我只能做一半主，因為那隻貓自己還要做一半主，還要看牠同意不同意。」

「胡扯！」米米朵拉瞪了他一眼。

「好吧，你改變主意了，就上那條船來找我。」說完他聳了聳肩，知趣地離開了。

我才不會換。哼，這手機裡有我的母親，有我從小到大全部的記憶。對嗎？小黑。小黑居然睡熟了，發出均勻的呼吸聲，一夜的奔跑，不累才怪呢！

米米朵拉不想打擾小黑睡覺，便玩起了手機裡的遊戲。

這時她身後有一雙黑黑的手靠近，一把將手機抓走。她急忙跳起來一看，是一個當地少年，皮膚曬得黑黑的，臉上髒髒的，拿著手機看稀奇似的。米米朵拉伸手說：「請還給我！」

少年拔腿便跑，她追了過去。可是少年不是一個，不知從哪裡鑽出一個胖小子和高個子男孩，吊著膀子走過來。她追著少年，少年馬上把手機扔給高個子男孩，她追著時，那人又把手機扔給胖小子，胖小子又扔回少年，三個人逗著她玩，哈哈大笑。

米米朵拉氣得臉發紅，閃身近前，空手奪過手機。她把手機小心地放入書包。三個壞小子互相使了一個眼色，一個將她雙手狠命抱著，壓倒在沙灘上，另兩個重疊上來。米米朵拉仰面朝天，被壓在最下面，她拚命地大聲叫：「小黑！」

遠處的小黑蜷成一團睡著，沒有反響。最上面的一個少年起身，朝米米朵拉飛起一腳，狠狠地踢去。

她痛得大叫起來。那少年揮拳朝她的臉打去：「叫什麼？」

「住手！」一個憤怒的聲音吼道。

那個少年回頭望了一眼，喊了一聲：「快撤！」就逃走了，餘下兩個小子也深一腳淺一腳地跑在沙灘上。米米朵拉費力地爬起來，船長站在堤岸上，大聲問：「沒事吧，小小姑娘？」

她搖搖頭，站起來，可是馬上跌倒了。

船長奔過來，查看她的小腿，剛才被踢的地方腫了一塊。他扶起她：「我去喝一杯茶的工夫，你就被這幾個臭小子欺負了，看我不去把他們揍扁！」

「謝謝你，船長，我叫米米朵拉。」她向他伸出手。

「我叫馬可，很高興認識你。」他騰出一隻手來，握著她小小的手。然後蹲下身子問，「要不要坐到我的肩上，當一下小公主？上我的船上去玩玩？」

米米朵拉點點頭，爬上他的肩，心裡好感動，離家出門後，這是第一回有一個人把她當成一個小女孩寵著。

她一扭頭，看見遠處的小黑猛地甦醒，吠叫著朝這邊跑來。

第五章　克勞迪歐

走近些，才發現馬可船長的威尼斯公爵號威風凜凜，三桅的前桅掛著三角帆，船尾高高的，巨大的前船樓凸出了船頭。

幾個皮膚黑亮的水手正在用水清理船上的汙漬，幾個水手蹲在地上擦地。馬可船長從跳板走到甲板上，把米米朵拉放下：「跟我來，我的小貴客。」

整個船身平滑，有一條優雅的圓弧形線條，船舵在船體中心線上。米米朵拉和小黑跟著馬可船長走進船艙。他的房間裡有好多空酒瓶，歪歪倒倒擱著。他打開一瓶紅葡萄酒，倒了兩杯，一個遞給她，一個給自己。

「來，為我們的相識。」船長說完喝了一口。

米米朵拉喝了一口，酒滑潤略帶有水果與花香味，把嘴裡海水的鹹味一掃而盡，她說：「好喝。」

他很高興，左手握酒杯，右手敲著酒杯說：「大家來見見我的小朋友米米朵拉。」

米米朵拉擱了酒杯，驚奇極了，馬可船長沒胡扯，屋子裡都是寶貝，八哥在一個籠子裡，綠色的羽毛，紅色的嘴，用尖細的嗓門叫道：「Boa vinda！」

小黑跟著學了一句：「Boa vinda！歡迎！」

狗。」

八哥馬上學：「歡迎！」

馬可船長的手高興地拍在米米朵拉的肩上：「你的大狗會說話，哈，好，什麼人便有什麼樣的狗。」

她的肩被這一拍，都快垮掉了，她拿掉他的手，做了一個鬼臉。

有好幾柄長劍掛在牆上，還有幾枚獎章，她不由得稱讚：「船長你打仗時是個好戰士，不錯！」

「來，為你這話，我們得喝酒。」他要與米米朵拉碰杯，可是她顧不上他，蹲在地上，看到一個長軀幹長尾巴如柄的大烏龜，頭縮在殼裡，趴在床下一動不動，不注意看，還以為是一塊烏黑的石頭。

馬可船長喝了一大口酒，介紹說：「牠叫弗弗，千年或是萬年老龜，我是在西班牙一個魚市場遇到的，當時好些人打賭，看兩個壯士誰能一拳擊碎牠。擊來擊去無數回，烏龜都是塊石頭，氣得其中一人要把它放在火裡燒死，我出重金救下了牠。」

石頭動了動，尖尖的頭伸出來，朝馬可船長點點頭，然後對米米朵拉點點頭。她驚喜地連連說：「嘿，弗弗，你好，弗弗。」

弗弗伸回頭，繼續睡覺了。馬可船長驕傲地說：「怎麼樣，米米小姑娘，我沒有胡扯吧。」

她點點頭，然後捧起來枕頭邊的粉色大海螺。真是從沒見過這麼大的海螺，雙手都捧不夠。馬可船長將海螺放在米米朵拉的右耳，好多聲音撲面而來，像潮水，像奇妙的音樂，夾有女子神祕而悲傷的輕聲哼唱，從低音漸漸升到高音。「啊——啊——」她跟著歌聲哼唱，這時注意到酒櫃邊有一雙亮晶晶的綠眼睛盯著她，見她注意了，馬上轉開臉，神情非常驕傲。天哪，是一隻貓，她的心跳加快，看仔細了，真真切切蹲著一隻黑青色的貓，頭和臉圓圓的，背上和耳朵邊有淡白色，毛髮油光水亮。她放下海螺，雙手合十，輕輕說：「謝謝聖母呀！」這才向前一步，彎下身子看著貓不轉眼。貓索性側著臉，一副不理不睬的樣子。

「過來，克勞迪歐。」

馬可船長的叫聲沒有用，貓沒有動靜。於是他解釋道：「牠是一個男孩，見了女孩害羞呢！」

米米朵拉張開雙手，輕聲說：「克勞迪歐，你好。」

突然克勞迪歐大叫一聲，衝過來，米米朵拉嚇了一跳，但馬上發現錯了，牠是衝向門口蹲著的小黑。小黑同樣朝牠大叫一聲。

兩個動物對視著，毛髮張開，爪子也張開，空氣一下子變得很緊張。牠們都沉默著，反而比狂叫更讓人擔心。於是米米朵拉叫道：「小黑小黑，不得無禮。」

小黑馬上朝克勞迪歐搖了一下尾巴，眼光變得柔和。克勞迪歐仍是警覺地看著小黑，繞著牠走了一圈，用前腳掌去抓小黑的後掌，樣子很凶。

馬可船長發話了：「真不像話，還不表示歡迎貴客，罰你去收帆。」

他的話音剛落，克勞迪歐機敏地一側身，穿過小黑的腿間，消失不見。小黑迅速地跟了出去。

米米朵拉立即跑到甲板上，只見克勞迪歐靈活地攀上桅桿，兩條後腳抱住桅桿，前腳如手解繩繫繩，輕輕一躍便到了另一端解繩繫繩，牠的嘴也派上用途，如同一個經驗豐富的水手。米米朵拉還沒回過神來，三角帆收起在頂端，嗖地一下滑下來。牠敏捷地跳下甲板，邁著優美的步子，昂頭挺胸，像一個人一樣走過來，向走出船艙的馬可船長行禮。馬可船長手往自己肩膀一指，克勞迪歐躍上了他的手臂，爬上肩頭蹲著，傲氣地望著大海方向。

米米朵拉掏出手機拍了一張照片，給馬可船長看。他驚奇不已。

「這是手機，是我最珍貴的，因為裡面有我和媽媽、小黑的照片。船長，現在我改變主意了，我願意用它換克勞迪歐。」她說完遞上手機。

馬可船長沒有接手機，手摸摸貓的頭問：「可以嗎？跟她走？」

克勞迪歐生氣地叫了一聲，搖了搖頭。

「你看，我說了我只能做一半克勞迪歐的主。」他掏出菸斗，裝上菸絲按緊，點上火，抽了一口，對甲板上的水手們說：「準備明天北上的水和食物。」水手們點頭稱是。

米米朵拉急忙問：「北上？哪裡？」

「先去孟買。怎麼啦？」

「請克勞迪歐同意跟我走，我也要去北邊。」

小黑插話了：「你不必坐他的船，你有我呀！」

「對不起，我一著急忘了你。」

貓連連叫了好些聲。米米朵拉對馬可船長說：「哦，克勞迪歐，船長，你們一定想知道我為何來果阿吧？」

「當然，我一直在想這個問題呢，你不是本地小孩子。你的父母呢？你總不會是一個人來的吧？」

「其實我是一個人、專為找一隻特別的貓來的。」

「這是怎麼一回事？」船長的耳朵豎起來，克勞迪歐的耳朵也豎起來。

米米朵拉一點兒也沒有保留地將她如何遇到娃娃魚，從冥界到印度找皇帝座位上的寶物，結果碰著丞相和老鼠精、如何跟著馬戲團，遭到先知薩利姆的手下人追殺，阿蘭達蒂變魔法，讓她的小狗變成一頭如小馬的大狗，她騎著牠一夜間到果阿的事都講了。她擔心地掏出手機自拍額頭上的印記，還好，還是淡綠色的，沒有變藍。

她放了心，不等船長問，又說：「這一切都是因為五天前我的媽媽突然失蹤。」她從包裡掏出一張尋人啟事給船長。

馬可船長看不懂尋人啟事上的中文，但通過照片能明白大致內容，他搖了搖頭說：「真是天方夜譚！這是你媽媽，她可真美！真是大災難，她失蹤了，我深深地為你感到難過。可憐的孩子！」

米米朵拉悲傷地說：「知道嗎，那個皇帝的義父薩利姆，在人前是個白鬍子先知，一臉鼠相，牠用魔法控制了皇帝阿克巴的思想，在阿格拉瓦那，人白天睡覺，夜裡工作，他們吃薩利姆的綠豆子上了癮，不得不受他控制。」

「這個先知卻怕貓？」馬可船長自言自語。

「對呀，他的魔法大得很，卻怕貓，知道嗎，牠是隻老鼠精，真是一物降一物。可是丞相他們四處都找不到貓，所有的貓都被薩利姆想方設法殺死了。」

「他媽的，他媽的，氣死我了！」馬可船長喘著粗氣說：「勇敢的孩子，小小的年紀居然做我們大人做不到的事。天哪，你一定非常想念你的媽媽吧？」

米米朵拉悲傷地點點頭，使勁咬著嘴唇，忍著不哭。

船長伸手把肩上的貓抱下來，遞給米米朵拉，一邊對克勞迪歐說：「我的寶貝，跟小米米去吧，幫她抓了那個老鼠精。」

克勞迪歐在米米朵拉手裡並不動彈，趁她手一鬆，躥下甲板，一聲不響地走開。可是走了幾步，一隻黑青色的貓和一隻大白貓攔著去路，大白貓說：「去吧，我的孩子，幫媽媽把那個該挨千刀的鼠精混球辦了。」

小黑高興地叫了起來：「克勞迪歐的爸爸媽媽要牠跟我們走。」

米米朵拉沒想到，馬可船長這兒還有另外兩隻貓，而且貓會說人話，驚得張著嘴。

馬可船長說：「克勞迪歐的父母菲力波和羅阿咪，一直喜歡跟水手們在一起，對不起，我經常忘了牠倆。這下子好了，牠們支持你，小米米。」

兩隻大貓押著兒子朝米米朵拉走來，克勞迪歐眼睛垂了下來，乖乖地走到米米朵拉的面前，點了點頭。

米米朵拉的眼淚一下子流下來，感動得說不出話來，她一把擁著三隻貓哭起來。

船長不肯接受米米朵拉的手機，她非要送給他，但他還是搖了搖頭。他捨不得克勞迪歐，也捨不得米米朵拉，要舉行一個小宴會，為他倆餞行。米米朵拉覺得這個主意不錯，因為克勞迪歐去北方皇宮，凶多吉少，命運難測，應該給出時間讓貓家族好好道別。

船長說：「小米米，你眼睛紅的，去，在我的床上睡一覺！」

米米朵拉很聽話，她的頭一落枕，便沉沉睡去。

夕陽沉入海水之中，激越的舞曲響起，米米朵拉醒來，心情煥然一新，走到甲板上，海風吹拂著她的長髮，她看到威尼斯公爵號上架了個桌子，上面有酒有麵包有火腿肉，還有好些海鮮燒烤。有人彈著琴。沙灘上點燃了一堆堆篝火，烤著魚和海味，咖哩味浸得整個海灘都是，奇香無比。她倒了一杯水喝，又吃了麵包和魷魚。

馬可船長已喝得滿面紅光，醉醉的樣子，一個人在跳加亞爾德舞，每個步子都邁得誇張，雙手也在不協調地舞。米朵拉不由得捧腹大笑。舞曲盡了，米米朵拉掏出手機，點到踢踏舞曲，音樂一響，她開跳起來，一邊跳一邊唱：

我呀我有一頭小小狗，
突然成了一頭大大狗，
騎著牠呀到了南印度，
意外地遇到船長馬可，
踢踏踢踏威士忌蘇打。

她鞋跟敲地，左邊八下，原地轉一圈，右邊八下，原地轉一圈，然後抬起，在地板上摩擦拍擊。好些人跟著一起跳，踢踏舞是全世界最難跳的舞，也是最易入門的舞，馬可船長跳得相當不錯，他蹲下來挽著米米朵拉的手，和她轉圈，一邊無不羨慕地說：「小米米呀，你這個魔法盒子，真是稀奇，不行，小米米呀，和你商量一下，我可不可以借一下，記住，只是借來玩玩？」

米米朵拉把手機遞給馬可船長，他把手機抱在懷裡，頭昂得高高地跳。米米朵拉拍手，船長原地轉圈，甲板上跳踢踏舞，真是過癮，大皮鞋敲得梆梆響。

海面上太陽像假的一樣，小半沒入水中，她見過落日，看得不敢眨眼，生怕它會瞬間消失。可是印度的太陽真是有耐力，一曲盡了又一曲開始都沒落下去。

這時她聽到小黑的叫聲，從馬可船長的船艙裡傳出。她跑過去透過一絲門縫，看到裡面船長的寵物都在，開會一樣，氣氛非常嚴肅。

「Matou-o，Matou-o！」八哥說著當地話。

貓爸爸菲力波問：「你說什麼？」

老烏龜弗弗伸出尖腦袋來，慢吞吞地說：「八哥，說，老鼠，該，殺，罪大。」牠聽了聽甲板上的跳舞聲，然後縮回去，聲音拖得長長的：「這，舞，跳得，真，久啊。」

貓媽媽羅阿咪問小黑：「你見到過那個老混球假先知真老鼠精嗎？」

「當然，有個男孩為了看馬戲，被他們當場摔死，是臭老鼠精下令的。」

「Matou-o，Matou-o！」八哥說。

「老鼠精該死。」羅阿咪說。

克勞迪歐的右前蹄舉起來，菲力波的右前蹄舉起來。小黑無比欣賞地說：「好樣的，你們家很民主，一致同意了。」

克勞迪歐把海螺放在小黑耳邊，兩人沒打架，倒像是多年的好朋友一樣。「嘿，我聽見好多魚在說，我們魚是最最自由的，可以隨便說話，可以隨便做事。」小黑邊聽邊說。

烏龜弗弗的四肢伸出來，右腿潔白如玉，帶皺紋的脖子幾乎全伸出來，昂起頭來慢慢地說：「這個呀，我，愛，聽。繼，續吧。」

「老鼠，說說那個老鼠精。」克勞迪歐對準海螺說。

小黑搶過海螺，回了一下頭：「噓，」屋子裡靜了。牠聽著，隔了好一陣子才說：「魚說，老鼠不用魔法也可以控制人，因為人天生奴性。老鼠殺了貓，是因為貓不聽話，跟我們魚一樣愛自由，是危險分子，能傷害老鼠。貓的智商最高，最讓老鼠嫉妒，儘管貓把我們魚當成美食，我們也不得不說，我們也嫉妒貓。」

「我愛沙丁魚，沙丁魚意大利麵。」三隻貓齊聲說，牠們的嘴流出清口水來。

突然小黑扔了海螺，身上的毛髮豎起來，轉身朝床狂叫著走去，可是克勞迪歐比小黑更快，一下子躥入床下，只聽到一聲尖叫，再走出來時，嘴裡多了一樣東西。天哪！是一隻老鼠，全身瑟瑟發抖。小黑對老鼠狂吠不已。

「Matou-o，殺，Matou-o！殺。」八哥說。

烏龜弗弗向前一步說：「且慢！」

克勞迪歐把灰老鼠扔在地上，兩隻前腳踩著牠。烏龜弗弗鎮定地說：「這是，一個，被收買的，暗探，審牠，吧。誰，派，你，來此？」

老鼠說不出話，一個勁地發抖。

「你看老鼠精不僅控制了人的思想，也控制了老鼠的思想，牠們沒有自己的主意，只聽一個王八蛋的。」菲力波邊說邊繞著老鼠轉圈：「最後老鼠精想統治人和我們動物。」

八哥又叫了起來：「殺，殺！」

貓爸爸和貓媽媽相互看了一眼說：「留著這隻老鼠，關了牠。」羅阿咪一轉身，不知從哪裡銜來一個小鐵籠子，牠打開籠門嘴銜起老鼠，扔進去，前腳一伸關上門。

「兒子啊，我猜到會有事發生，我們待在這裡守株待兔，看牠有多少同夥，才好有對策。」

情況陡變，米米朵拉再也不想待在門外，就推門闖入。烏龜弗弗笑出了聲：「哈，哈，小女孩，躲在那，裡，終於，出來，了。」

「為什麼要留活口？」米米朵拉不解地問。

「總會有用的，沒準這混球是老鼠精的心腹或是兒子什麼的。再說，這老鼠已知道我們的計劃，對我們不利。」羅阿咪說。

烏龜弗弗插話：「想，想，印度，有，多少，隻，老鼠？一隻，老鼠，懷孕，一個月，可以，生，十，隻，小老鼠。這，十隻，小，老鼠，兩個月後，就，可以，懷孕，又，可以，生，多少，隻，老鼠？幾，千，隻，幾萬隻，甚至，上億。一隻，老鼠，會，告訴，另一隻，老鼠，一個傳，另，一個，牠們，有，牠，們，的，方式，馬上，老鼠精，就，會，知，道。」

米米朵拉嚇得叫了起來：「天哪，這麼多這麼快，這世界會成了老鼠的了呀！」

「又快又多，歡迎歡迎！」八哥說。

「時間緊急，我們該馬上出發。」米米朵拉對小黑說。

馬可船長手握一個酒瓶，醉醉地走了進來：「好的，好的，我同意出發。」他掏出手機遞給米米朵拉，「Party 已經結束了，我該還你這寶物了，拿著吧，小米米，你需要看你的母親的照片，我不能奪了你的所愛，這樣就太不公平了！」

米米朵拉感動地接過手機，放入包裡說：「可是，可是馬可船長，知道嗎，我得帶走你的貓。」

「我沒醉，沒醉，是貓爸爸貓媽媽決定的呀，不是我，你要感謝，就感謝菲力波和羅阿咪吧。」他扔掉酒瓶，雙手把米米朵拉舉起來。

「嘿，小傢伙你真高。我的船明天就朝北開去，你們一定要戰勝那個臭老鼠害貓精——害人喝人血的東西！」他原地轉圈，打了個踉蹌，最終站穩說，「打得贏打不贏都來找我。」

八哥喊：「說錯了，掌嘴船長。」

「哦，哈哈，別掌我的嘴，我的意思是，你不要怕老鼠。」

米米朵拉說：「我真怕牠，可我不能怕牠，我要介紹你給印度皇帝阿克巴，你可跟他交換好多東西。」

「哇，跟印度皇帝交換東西？這會讓我的雙腳長到頭頂上！小米米，告訴你吧，我這一生最喜歡酒和朋友，我父親死前，把他的錢一分為二，一半給我媽媽，一半給我，我呢用這錢買了這艘大海船，嘿，聽你這麼說，我會發大財。呵，你在說笑話！我喜歡笑話，笑話也讓人倒立著走路！小朋友走了，我會睡不著呢，牽掛呀，答應我，一定要小心，不管發生老鼠精怎麼對你，你都要高喊，我的船長朋友在我身後！」他把米米朵拉放下來，她緊緊地抱住他。

克勞迪歐跟父母再見，牠們仨的右前蹄搭在一塊，嘴裡哼叫著。菲力波朝米米朵拉伸出一隻手來讓她握著，然後說：「好好管教我家小子！」

羅阿咪的眼睛一下子紅了，抽泣著說：「你們出門在外，要小心點，遇到麻煩事，要好好商量。」

米米朵拉點點頭。烏龜弗弗伸出長長的脖子來，在米米朵拉的臉頰上碰了碰：「小，小，姑娘，後，會，有期！」

米米朵拉謝了烏龜弗弗，撿起海螺，放在耳邊，裡面傳來魚群的聲音：「走好！走好！」她也對著魚兒們說：「再見，再見！」海潮聲嘩地一下湧過來，其中夾有女人輕輕的哼唱聲，聽不清詞。在進入蒲公英大絨球前，當希瓦把手放在她的頭上嘴上後，她可以聽明白好多以前不懂的語言，也可以說好多以前不會說的語言，可這海螺裡神祕的歌聲，不知是什麼意思。可是沒有關係，聽著聽著，便能感覺到有一個小小的人在爬洗得發白的樓梯，有一隻手伸了過來，握著小小的人的手，她心裡無比感動。母親說過：「好人有好報，好人有好朋友，好人有好時光，好人會快樂起來。」

絕對如此，她不由得用中文回了一句：「多麼完美的一天！」

八哥說：「翻譯，翻譯。」

烏龜的背上顯示一行葡萄牙語：「Como um dia perfeito？」

她點點頭？這一天不盡然完美，可是你貼在手指尖、貼著怦怦跳的心上想，這一天就變得完美了。天下的離別沒有不難捨難分的，米米朵拉硬著心腸，牽著小黑，一直走到甲板上，才停下來。好像有心靈的感應，沒等她喚一聲，克勞迪歐便像一道光一樣快閃到她跟前。

米米朵拉彎身把牠抱了起來，放在小黑的背上，牠的髮毛真像絲絨一樣舒服。她牽著小黑走下跳板。果阿是個好地方，有這麼好的天然碼頭，不必坐小船，直接從跳板下到堤岸上。沙灘上還堆有幾處篝火，燃著最後的火苗。她翻身上了小黑的背上：「來，克勞迪歐，坐好，我們啟程。」

她一手握繩，一手朝朋友們揮動，馬可船長抱著烏龜弗弗、貓爸爸菲力波帶著八哥，貓媽媽羅阿咪帶著關著間諜老鼠的籠子。

米米朵拉掉轉過頭來，克勞迪歐掉轉身子坐，與她面對面，一本正經地說：「小妹妹，不必擔心那隻老鼠，我爸爸會嚴格看守牠，會拷打牠。別緊張，不不，開玩笑的。你不了解我的父母，我爸爸會唱歌給牠聽，我媽媽肯定每天都給牠做好吃的家鄉菜，把牠養得肥肥胖胖的。我的父母就是這樣的人，刀子嘴豆腐心，只有主知道我有多麼愛媽媽爸爸，我的媽媽爸爸是我的生命。我真不願意離開，可是我也最聽媽媽的話，我跟你走。」

「哈，克勞迪歐，謝謝你。你還會幽默。而且你居然叫我小妹妹。」

「我已經四歲了，比你大。」

「你快告訴我，我有多大？」

「我們貓看人年齡，看耳朵的形狀就知道，你是十歲半的耳朵，小妹妹。」
「你才四歲，比我小呀。」
「我的一歲，等於你的十三歲，我的兩歲，等於你的二十四歲，以後每隔四歲，梯級遞增，知道了吧，如此推算過來，如今我該是人的三十二歲了。哼，小妹妹。」
「好有學問，讓我長見識了。我以後叫你克勞迪歐哥哥吧。」
「小妹妹，隨你的便。」克勞迪歐的聲音聽上去很高興，牠轉過身去坐著，前腳抓著繩子。
米米朵拉抬頭看看頭頂紫色的天空，拉了一下繩子說：「好小黑，乖小黑，朝著北方，朝著阿格拉瓦那皇帝的城堡前進吧。」
小黑朗聲回答：「聽命，米米小姐。」
這個旅程不會順利的，這是頭一個想法，她為之不寒而慄。緊跟著另一個想法出來，而且越來越強烈，如果可能，我不要一夜才到達那兒，越快越好，越快越好，這就是一個願望，她輕輕地說了出來。
小黑在沙灘上奔跑，這傢伙真比世界上任何一匹馬都快。耳邊全是風聲，唰唰直響。小黑跑了一陣路後，明顯減速了，但願不會變得更慢，不然的話，就不會像到達果阿那麼迅速，僅是一夜便可，說不定會有好幾天的路程呢。她根本不可能是丞相一夥人說的北方女巫預言中的那個小女孩，他們一定是病急亂求醫。若是阿蘭達蒂在這裡就好了，她擔心，非常擔心，日子一長，處於危險之中的母親會更危險。
夕陽沉沒得只剩下神祕的紫色，白色的海浪拍打著沙灘和岩石，全像精心編織的花邊，美得怵目驚心。海浪湧過來，天哪，浪像一堵牆那麼高，向她撲過來，她本能地偏開頭來。濕濕的水花掠過來，她的臉頰感覺到了，慢慢地，她的衣服和頭髮飄動起來，小黑的四蹄騰空飛馳起來，彷彿要踩著那巨浪尖上，她低了一下頭，真是在浪尖上飛奔，突然她覺得自己拖入一個大浪之中，浪越捲越凶，把她拋來扔去，她幾乎喘不過氣來，突然又被巨浪重重地摔出去，她不由得大叫一聲，昏了過去。

第六章　親愛的朋友

好痛呀，米米朵拉因為疼痛，醒了過來，發現自己躺倒在一個雜草叢生的空地上，四肢連動一下都不可能。她再看第二眼時，發現紅砂岩城堡高高在上，點著火把。她「騰」地一下站了起來，彷彿所有的力氣都回到她身上，摸著頭髮上的花冠，高興地蹦跳起來：「天哪，我許的願，實現了！」她打開手機一看，一分鐘時間，她從果阿回到了阿格拉瓦那，可不，那紅砂岩城堡就是阿克巴皇帝的宮殿呀。這是多麼不可思議的事，她搖了搖頭，這是印度呀，再不可能的事，都有可能。

她拍拍橘色長袍上的灰，輕聲叫：「小黑！」

小黑沒有回答。這兒傍晚幾乎跟果阿一樣，紫得發稠，星星沒有露出來，殘月掛在城堡上空。

「克勞迪歐！」她輕聲叫。

克勞迪歐沒有回答。真是糟糕透頂，雖然神速回到阿格拉瓦那，可是貓和狗都不見了！米米朵拉的心懸起來，慌慌張張地尋找。她發現有一條河，河上有一座橋，橋那邊是街道。這個地方很像馬戲團在皇城演出之地，兩天前，那個男孩游泳過河想看馬戲，被老鼠精薩利姆下令摔死的地方。

她走過橋，發現一個黑糊糊的東西在房子投下的陰影裡注視著自己，她有點害怕，本能地後退一步。還沒有反應過來，那個黑糊糊的東西朝她撲過來，她的手被一個冰冷的舌頭舔著。

「小黑！」她叫了一聲，緊緊地抱住牠。「哇，天哪，你是原來的尺寸了，阿蘭達蒂真了不起，說話算數。」

小黑有點不好意思，大概是因為變小了，牠氣鼓鼓地說：「難道你不喜歡我像一匹馬一樣大？哼！」

「大的小的，都喜歡，只要是小黑就喜歡。可是，我沒看到克勞迪歐，我們趕快找牠吧，但願牠不會留在果阿。」

街上點著一束束火把，如同白晝，顯得異常安靜。遠處傳來動物的吼叫，還有腳步聲。小黑往前跑得快，跑遠了，又跑回來瞧瞧米米朵拉。正街的店鋪大都關著，只有少數開著，可是行人寥寥無幾，中心街邊開著九重葛花，幾隻老鼠衛兵在夜色裡一動不動。

氣派的皇家店裡有個長得鼠頭鼠腦的人，正在擦著櫃台，牆上有張告示：綠豆子售罄，一周後到貨。門前還是貼著懸賞外來小女孩的告示，雖是殘破了，隨時要掉下地的樣子，這無疑提醒了米米朵拉，她渾身一震，哇，這來回果阿之行，差點兒忘記自己是城堡上的人要抓的女孩，她害怕地將頭巾取出披上，以免被人辨認出。她急匆匆走著，殊不知一抬眼，發現自己來到曾到過的銀器店門前。門裡仍是靜靜坐著一個手握珠子的老婆婆，低著頭，像是睡著一樣。米米朵拉走進去，年輕的男僕馬上端來一杯奶茶給她。

「請問哥哥，你看見我的一個小朋友了嗎？」

米米朵拉比畫著貓的樣子和大小。

男僕搖搖頭。

米米朵拉焦急地四下看，輕聲呼喚：「克勞迪歐，你在哪？」

男僕把手放在嘴邊，米米朵拉趕快閉嘴。男僕朝裡屋走去，像一陣風那麼飄過。老婆婆咳嗽了一聲，抬起臉來，向她招手。米米朵拉走近一些，老婆婆用輕得不能再輕的聲音說：「隔牆有耳，到處有老鼠，牠們在操練。」

男僕突然出現在她們面前，朝老婆婆點點頭。她站起來，手裡仍是握著珠子，邊朝裡屋走邊說：「孩子，跟我來。」

米米朵拉與小黑跟上，這時聽到身後有聲音，她回頭一看，是克勞迪歐，頓時鬆了一口氣。她彎身抱起牠，驚喜地說：「天哪，你在這裡！是不是一直跟著我呀，我還以為我丟了你呢。」克勞迪歐點了點頭，算是回答，牠的身體僵硬，鬍鬚張開，警覺地四下看著，最後停在小黑身上，與牠的眼睛對視片刻，才放鬆下來。

老婆婆耐心地等著米米朵拉走進裡屋，這個房間很大，地上有一條地毯，堆了一些舊家具和靠墊，牆上掛有一張手織地毯，女神男神騎著兩頭大象，一些孩子在邊上跳舞。老婆婆揭了牆上的地毯，輕輕敲了三下。等了好幾分鐘，那邊傳來三下聲音。老婆婆用力一推，是一扇門。她的臉上沒有表情，手指向門。米米朵拉走了進去，原來是一個大庭院，燈火幢幢，映照著花樹和帶角樓的藍房子，門柱和迴廊上有美麗的壁畫。她記得這個地方，是丞相的親信羅伊夫人的大宅子，沒想到它與銀器店相通。

庭院裡閃出好些人影，其中一個人，帶著她熟悉的聲音說：「我們正在說到你呢，想派人沿途尋找你，有人報告你在正街！歡迎你安全回來，小小姑娘！」

說話人是丞相，他身邊的幾個人，有帥小伙瑞傑，還有幾個人也是她之前見過的。身披紫色沙麗的羅伊夫人托著一個盤，走過來，給米米朵拉眉心點上紅痣，往她身上撒了好些粉色的花朵。花朵撒落在克勞迪歐的臉上，牠輕輕叫了一聲。
「天哪，你找到了貓！」丞相驚呼道。
「一隻威尼斯貓！」米米朵拉說。
「安拉呀！」丞相激動得說不下去，馬上跪在地上叩頭，在場所有的人都跟著他跪地上，對神感恩起來。
克勞迪歐也跪了下去，可是牠的嘴裡叫著：「主啊，我的上帝，爸爸媽媽。」
丞相和手下人更加驚異了，他們圍著克勞迪歐看。米米朵拉連忙伸手一一介紹說：「克勞迪歐，來，認識一下，這是丞相大人、這是瑞傑，這是這兒的主人羅伊夫人。」克勞迪歐的眼睛溜得飛快看他們，一點兒也不膽怯。
不管他們說什麼，克勞迪歐都沒有反應。瑞傑要抱牠，牠不肯，緊緊地靠著米米朵拉。
他們被引進一個大房間裡坐下後，丞相摸著自己的八字鬍，不可思議地看著米米朵拉說：「嘿，一意孤行、說到又做到的小小姑娘，給我們說說你怎麼如此迅速找到貓返回，才一天半呀，你怎麼辦到的？實話相告，你走後，我們這兒有些人懷疑你並不是傳說的女孩，以為你嚇得跑掉，或是被怪獸吃掉，絕對不會返回。哈哈，你真讓我開眼，說說，我都等不及了。」
「丞相叔叔，你肯定也懷疑吧，哎呀，不要回答，因為我也懷疑自己，真的懷疑。不管怎麼糟，全靠朋友的幫助，我這個小不點才能找到克勞迪歐。」米米朵拉說道，她接過羅伊夫人遞上來的水，喝了一大口。
「不急，孩子。」羅伊夫人說。
她又喝了一大口水，這才斷斷續續地說了這一程發生的事，最後說到在馬可的船上抓到老鼠時，在座的人的神情都緊張極了。丞相的聲音盡量平和地說：「孩子，你已暴露了，臭老鼠精派人追殺你，也知道你在果阿，好在他還不知道你已返回了這兒。但是你不要怕，我們會保護你。」他的眼睛威嚴地看了手下人，「我們得異常小心，與每條線上的人都得通知到。」

屋子裡的人全都點頭稱是。

人和動物都上了角樓，克勞迪歐從圍欄上一下子跳到另一個房子的屋頂，米米朵拉再看一眼時，牠已消失在黑暗之中。城南大廣場上亮著幾百支火把，能看到大象，幾百頭大象，看不清人，夜幕下全是密密麻麻的黑影，大象們叫著，兵士們跟在其後，舉著武器，邁著整齊的腳步，齊聲吼叫。

「看到了嗎？那是象軍。」瑞傑問米米朵拉。

她點點頭，頭一回看到大象全副武裝的樣子，真是威武壯觀。瑞傑說，先知薩利姆自她走後，每晚操練，正在擇吉日準備南下收復果阿、馬德拉斯、印度沿海，葡萄牙人占領的地方。為了統一國度，先知薩利姆如此辛勞、忠心懇懇，少年皇帝阿克巴對義父倍加信任，凡事都聽他的。

「薩利姆派出老鼠暗探還在果阿嗎？」丞相問。

「是的。丞相叔叔，知道嗎，克勞迪歐的爸爸認為臭鼠精最大的野心在於控制人類和動物、統治他們。」

「喲，一隻貓如此智慧，令我欽服。薩利姆真如此打算，就遠遠超出我的意料，太可怕了！」丞相手扶角樓的圍欄道。

「先知薩利姆昨天抓了十八個人，都是一個村子裡。他們找到一種草藥吃了，可以不吃綠豆子，能在白天醒著不睡。昨夜他們的孩子和幾個猴子把兩隻老鼠暗探打死了，也被抓了起來。」羅伊夫人難過地說，「真是殘忍！多虧了他們，我們今天也找到這草藥。」

「希望這隻貓能替我們解決所有的問題。貓呢？」丞相說著，四下看。「別出什麼閃失。」

「我馬上去找牠。」米米朵拉說。

小黑帶路，米米朵拉跟在牠後面。看著不遠，走起路來一點兒也不近，小黑還是變成一匹馬好，她可以騎牠。她走得腳都走痛了，才到城南廣場邊。這廣場是用大小不等的粗糙的毛石塊砌成，縫隙大，泥土鑽入，時間一久，石塊變得黑髒發亮，廣場南面對著遠處的荒野，另三面稀稀落落有房子，房子舊得要坍塌，不像有人居住。

她怕被發現，就躲在東面一個小破房裡，擔心小黑跑出去，她抱著牠。

火把通明，象軍上坐著戴面罩穿長衫的士兵，身體都矮小得出奇。先知薩利姆坐在一匹裝飾非常氣派講究的大象上，鞍墊是帶花邊的絲緞和皮毛，兩個侍衛在他身後舉著金黃帶子的華蓋，難道他不知道這是夜晚，而且只有皇帝才能用的嗎？列成方陣的步兵全副武裝，穿戴鎧甲佩大刀，前面是弓箭手，他們的樣子也不太像人，是先知薩利姆把人變了模樣呢或是把老鼠變成了人？米米朵拉來不及多想，因為她聽到一聲口令，方陣朝兩邊散開，出現了一排綁著手、衣衫不整、身上臉上有鞭傷的人，有男有女，有老有少，還有一排猴子，被綁著手腳。

米米朵拉數了一下：十八個大人，三個孩子，七隻猴子。

持刀的兩隊士兵走上前，一隊割掉捆綁人的繩子，一隊割掉捆綁猴子的繩子，人和動物有的後退跑，有的轉身往前拚命地跑。

先知薩利姆嘴裡喊著什麼，馬上箭手拉開弓，箭射出，人和猴子叭嗒叭嗒倒下好幾個。馬隊跟了上去，大刀朝那些狂奔逃命的人揮下去，一個個人頭像蘿蔔一樣掉下地來。馬隊像一陣風似回到陣前。有三個孩子嚇得趴在地上，這時爬起來，尖叫著跑到了廣場邊緣。可是第一排象軍衝上來，不管是活的或死了的人和猴子，皆成了大象腳下的肉餅和血漿。軍隊大聲歡呼，氣壯雲霄。

那些大象身上的蒙面士兵跳下地，掀掉面罩，原來是老鼠，他們趴在肉餅上，吃著，喝著血漿，吃完喝完後，高聲呼著口號：

靠了偉大先知的愛，
我們吃了美味綠豆，
七天不洗澡，節省腸和肚，
七天不梳頭，砍下人的頭，
七天只吃人！能把人吃光。

連颳過的風都有一股血腥味！米米朵拉再也忍不住了，哇地一下吐了出來，在果阿裝進肚子裡的葡萄酒和海鮮，全吐出來了。過了一會兒，她才抬起臉來，朝操練場看，先知薩利姆叫出一個當官模樣的人，交代他士兵繼續操練，自己帶著小隊人，打著華蓋，離開廣場。這時，她發現了克勞迪歐，在十步遠的一塊石頭後面，全身嚇得發抖。

小黑掙脫她的手，朝克勞迪歐跑去。

克勞迪歐卻躥到離米米朵拉幾步路遠的地方。「我會來找你，現在我要一個人待一會兒。」牠扔下這句話便跑開了。小黑追過去。

米米朵拉跑過去，招呼小黑說：「不要惹牠，我們走。」

先知薩利姆一行人朝城堡方向走去。雖是不同的路線，小小的她帶著狗，還是驚恐萬狀地落在他們身後，走走停停。天黑盡時，米米朵拉筋疲力竭地回到藍房子，屋子裡幾個大人在角樓上也看到殺人的場面，但不如她看得真切，她這時才敢哭出來，害怕地抱著小黑。聽她描述後，屋子裡一片沉默，有人在院子裡恨得捶石柱。先知薩利姆如此明目張膽血淋淋地殺人和動物，在皇帝的眼皮子底下，把不聽話的人和動物當成靶子練，丞相的臉鐵青，牙齒咬得格格響。

過了好一會兒，屋子的人議論起來，不止一人懷疑，一隻小小的威尼斯貓能打敗那個可怕的先知薩利姆嗎？米米朵拉尚未從目睹殺人的恐怖中恢復出來，她臉色蒼白，心裡空空的，克勞迪歐去向不明，怎麼辦？怎麼辦？要是牠不回來，永遠地走了呢？她用袖子抹去眼淚，看到桌子上擺著水和果子，銀盤子裡盛了羊肉和豆子，可是她完全沒有胃口。

敲門聲響起，羅伊夫人打開一看是瑞傑，他的身後跟著喘著氣的克勞迪歐。米米朵拉趕快把牠抱了起來，看到桌子上的肉，牠叫了一聲。米米朵拉馬上用盤子裝上吃的放在地毯上。克勞迪歐狼吞虎嚥地吃了起來。丞相又親自給了牠一塊肉，放了一杯水。

吃完後，克勞迪歐用舌頭舔乾淨髒髒的嘴，望著米米朵拉輕聲說：「小妹妹，我有一個主意。」全房間裡的人都盯著牠，牠嘴裡發出噓聲，接著說：「隔牆有耳。」

所有人都低下頭，靠在一起，聽牠說下去。

牠飛快地說完，伸了伸脖子，看著大家。米米朵拉看著丞相，丞相沉思片刻後，點點頭。

米米朵拉被留在藍房子，還是兩天前的同一個房間，同一張低低的木榻。米米朵拉取下花冠，放在壁龕上，又被羅伊夫人的女僕領到一個涼亭裡，那兒牽滿花籐，一大桶涼水在地上，她沖澡後，回房間換上乾淨長褂，躺了下來。窗外爬滿了星星，遠處操練的軍隊已停止叫喊，四下變得靜靜的，院子裡樹梢上的貓頭鷹在淒厲地叫著。

奇怪，平常一個熱鬧的不夜城，因為血雨腥風，人都嚇壞了。今晚不知多少個家庭關著門，抱在一起為死去的親人痛哭。

小黑和克勞迪歐在榻邊的地毯上一橫一豎地躺著，發出均勻的呼吸聲。狗怎麼跟貓一樣嗜睡，到皇城後牠倆居然沒有不快，也沒有爭寵。也許小黑發現克勞迪歐並不能取代自己在主人心中的位置，也就沒有了嫉妒心。

雞叫第一遍時，她得起來。睡覺吧，米米，無論如何，你得睡一會兒，睡好了，第二天頭才不會昏，走路才穩。母親經常這樣對她說。她拿出母親的美食書《當我們變成辣椒》來，翻著裡面的照片，有一張是母親抱著她坐在窗前。當時自拍完照片後，母親給她唱了一首自編的小曲：「睡覺吧，米米，星星睡覺了，月亮睡覺了，你也睡覺了。」單單想起與母親在一起的情景，她緊張的神經一下子變得鬆弛，幾乎一分鐘不到，她便睡著了。

這一覺睡得真沉，幾乎一個夢也沒有。吱嘎一聲，一身綠沙麗羅伊夫人推開門，走到木榻前，俯下身來，輕輕推醒了米米朵拉。

米米朵拉看到羅伊夫人，驚奇地問。「夫人，你怎麼沒睡？」

她神祕地笑了笑，不回答。

「你吃了不睡覺的草藥，真好。謝天謝地！」米米朵拉馬上捂著自己的嘴說：「對不起，我什麼也沒說，我保證不對人說。」

羅伊夫人朝門外走去，邊走邊說：「你一會兒到隔壁屋來吃點東西。」

米米朵拉點點頭，她伸了個懶腰，一步跳下床一看，太陽早就懸在天上了。她的紅鞋子被擦乾淨，昨日換下的橘色長袍乾乾淨淨放在床邊，還有一小袋肉乾。她心頭一熱，穿上衣服和鞋。聽到動靜，屋子裡的狗和貓都醒了，牠們用爪子洗臉，「騰」地一下躥到門外樹下去撒尿。

在通向紅砂岩城堡的路上，米米朵拉和跟在她身邊的一貓一狗都沒有說話。天上突然出現了大團球狀烏雲，太陽被遮住，成了一個不折不扣的陰天。她抬眼望著城堡前的一長坡石階，覺得每向上一步都艱難。

衛兵們在大門前熟睡，米米朵拉注意到要抓她的告示只剩下一個角，要麼被風颳掉，要麼被人撕掉。門敞開了一角，三個小小傢伙一閃身而進。紅砂碎石子鋪就的路上，乾乾淨淨，裡面很安靜，火把已熄滅，蠟燭也燃盡，整個城堡的衛兵都睡著了。他們順著有坡度的紅砂岩大道進入宮殿區域，大小不一的房子方方正正聳立在花園裡。沒有繞多少道，就發現了皇帝的宮殿左邊三層帶角樓的小宮殿房子，也是紅砂岩，面朝一個淺淺的長方形水池，水面有一層綠綠的浮萍。

「你們從水池那兒的門進去，向東走到盡頭，有一個雕花迴廊，朝北走，再往右拐，裡面有一個廳三個房間，朝南的房間，就是先知薩利姆的臥房。」

丞相昨晚交代得很詳細，她不會忘。小黑和克勞迪歐止步，碎寶石鑲邊的大門虛掩著，一塊遮陽布垂下。米米朵拉蹲下來，掀起布的一角，看到三隻老鼠衛兵手持小劍，警覺地守在一張有著床簾的雕花大床邊，從裡面傳出均勻的呼吸聲。她掏出肉乾扔在布簾前的地上，三隻老鼠嗅了嗅，立即跳出來搶吃的。這時小黑和克勞迪歐迅速將三隻老鼠打暈在地，跟著米米朵拉走進房裡。

床簾被米米朵拉一把拂開，白鬍子老頭先知薩利姆裸著上身，盤膝而坐，微微一笑說：「恭候多時了，遠道而來的小小大中國女孩！」

米米朵拉不敢相信自己的眼睛，她感到渾身上下的血都凝結了。

「你不知道這是怎麼一回事吧？我的孩子，讓我來告訴你吧，你從果阿千辛萬苦帶回來的貓，覺得與你在一起不好玩了——」

米米朵拉打斷他的話：「你是說克勞迪歐背叛了我？」

「可以說是這麼一回事。」先知薩利姆扔來一張紙。

米米朵拉撿起來一看，居然是城堡門前的那張懸拿她的告示，撕得少了一角。她轉向身邊的貓問，聲音都在發抖：「克勞迪歐，真的是你，是你——是你拿下這告示?!呵，不，不！」

克勞迪歐不回答，牠的頭低著。先知薩利姆把床上的一件褂子披在身上，繫上帶子，站起來，手一揮：「把他們統統給我拿下！」

從左右兩邊的房間裡衝進好些持大刀的衛兵，都是賊眉鼠眼的，把沒反應過來的米米朵拉雙臂往後拉著，小黑朝衛兵撲過去，卻被另外的衛兵投下一個網罩著，另一個網投向克勞迪歐，牠被罩著，拚命掙扎，大聲質問：「為什麼要這樣做？」

先知薩利姆指著門邊牆上的貓皮，發出爽朗的笑聲，然後說：「你不要忘掉，你是貓，我不會放過任何一隻貓的。」

克勞迪歐狂叫不已，怒火使牠的瞳孔縮小成一條縫，兩耳豎起向後擺，耳尖向裡彎，鬍鬚向兩邊豎起，尾巴狠狠地拍打地面，兩個前肢伏地躍起來。衛兵用腳牢牢踩著網，牠無法移動。

先知薩利姆視而不見，一隻黑蟲子飛過來，盯在他脖頸上。他啪地一下打在上面，蟲子掉在地上，一個衛兵馬上撿起，放在嘴裡吃著。他生氣地手一揮，那個衛兵當即倒地而亡：「軍隊沒有紀律何其為軍隊，聽著，誰犯了，誰跟他的下場一樣！」

房間裡外的衛兵全部立正，齊聲吼道：「扎！」

米米朵拉的雙手被綁著，先知薩利姆走到她跟前，親切地說：「坊間都在傳，白髮女巫迦德盧預言有一個像你一樣的小姑娘，有一天會來這兒消滅我這個人類的。多麼美麗的傳說呀！我喜歡。我非常歡迎你，到處貼了告示，懸賞你。不過有一點，我要告訴你，我並不是禍害，一個壞人，我所做的一切都是為了我的皇帝阿克巴，讓他的帝國更強大！讓他青史留名！」他彎身撿起地上的告示，揉成一團，拿在手裡。

「我三歲時不會信你，現在我八歲更不會信你。」米米朵拉鄙棄地說，「你當然不是一個壞人，你是一個壞老鼠精！殘忍地殺人殺貓，你會遭到報應。」

「你這句話就可以讓你沒命。但我不是這麼沒涵養。」他的聲音還是親切的：「是人，是動物，不重要，關鍵是在於他／牠是否有一顆偉大的心、做偉大的事業。告訴你，我有。」

「殺人殺動物，是最最臭的心。」她舉起小手指，「是這麼一丁點，我看不起。」

「這，你就不懂了，可惜你長不大了。」他對衛兵命令道，「拉下去，天黑後，全吊死在城堡牆上示眾，逆我者亡！準備糧草，最遲明天、最早今晚我們要向南進軍。」

衛兵們拉著米米朵拉往外走，她著急地叫道：「臭老鼠精，你白天怎麼沒睡覺？」

先知薩利姆聽了，眉毛向上跳了一下，慢慢說：「滿足你這小東西的好奇心吧，我是先知薩利姆呀，我可以睡，也可以不睡。有隻蠢貓警告了我，我就醒著。實話說吧，克勞迪歐，你若不說，沒準這網罩著的便是我了。哦，太晚了，沒有後悔藥可吃。」

克勞迪歐氣得尖叫起來，聲音刺耳得像鐵器相挫。

「沒用，沒用。」先知薩利姆連連打著哈欠，朝大床走去，「現在我可要睡了。」

他們仨被押著，進了城堡西邊一個轉著圈上樓梯的地方，走了好久好久，頭都轉昏了，才上到最後一層，進去後，門被重重地關上。

聽著衛兵下樓梯的腳步聲，米米朵拉試圖用綁著的手臂揭開小黑和克勞迪歐的網，但是辦不到。他們互相看著，沒有說話。這個塔頂，只有兩本書大小的窗口，沒有玻璃，不時湧來絲絲微風。不過站遠一點，可以看到外面陰沉沉的天空。她絕望極了，癱坐在地上。她口渴極了，用舌頭舔濕嘴唇。沙沙的聲音響起，米米朵拉回身看到克勞迪歐的前掌握著一把小小的劍，在網裡轉動，那網又細又重，要費力氣才能撐開一些空隙。朝牆邊移，鼓足勁，只聽到唰地一下，網破了，牠躥出來，劍光朝米米朵拉一閃，綁著她的繩子也斷了。

「你怎麼做到的？」米米朵拉叫起來，她察看雙手，上面全是繩子的紅勒痕，鬆開了，比剛才還痛。

「剛才撿了一個老鼠的劍而已。」克勞迪歐看著劍光，輕輕說。牠劃破了罩著小黑的網。

小黑靜靜地走出來，看了看克勞迪歐，突然咆哮起來，咬著牠的尾巴。克勞迪歐手裡拿著劍，卻沒有動彈，眼睛狠狠地盯著對方。

「小黑，蹲下。」米米朵拉叫道。

小黑鬆開牠，跑過來，憤憤地說：「都是因為這隻意大利貓，我們才被關在這裡。」

「都怪我，都怪我，小妹妹，你罵我吧，恨我吧！」克勞迪歐一步躥到米米朵拉面前，「我太害怕了，他們連小小的孩子都殺！我的心裡全是恐懼，我覺得自己打不過老鼠精，反而會弄得牠去加害我的爸爸媽媽、我的朋友八哥、烏龜，還有我的船長。我真的嚇壞了，我昨晚跑到城堡大門口看到那個告示，揭了它，去和老鼠精協商。老鼠精答應我，只要我把你帶去宮殿見一面，保證不會傷害你和我的父母朋友們。我相信了牠。我哪裡知道牠是個騙子，不講信用呢。我真是該死，我是個蠢貨廢物，」牠哭了起來，把劍放在自己的心臟處，要戳進去。

米米朵拉一把奪過劍來，扔到牆角，發出鏗鏘一聲響。「聽著，克勞迪歐，不要再做傻事了！你媽媽知道了，要傷心死掉呀。」

「哦，真的呀，我死，她也會死。我，我徹頭徹尾就是個無可救藥的蠢貨廢物！」

米米朵拉雙膝跪著，用手輕輕擦去克勞迪歐的眼淚：「不要罵自己呀，罵久了，會真成個廢物就麻煩了。」

「罵多了，真會那樣嗎？」

米米朵拉認真地點點頭。「反正我媽媽是這樣告訴我的。告訴你吧，我也害怕，我比你還害怕，你這樣做是為了救你的爸爸媽媽、朋友們，就像我從我的國家來到這裡，是為了救我的媽媽。我太羨慕你了，你有爸爸！我長這麼大，還沒有見過爸爸一次，都不知道他在哪裡。」她的眼睛一下子紅了，使勁忍著，沒讓眼淚掉下來。「可是，克勞迪歐，我媽媽說沒有一個人生下來就是勇敢的，如果一個人說他是勇敢的，這個人肯定是在撒謊。我這樣的小孩子做事容易半途而廢，所以，我要堅持做，不然我就永遠見不到我的媽媽！我感覺，我感到勇氣會突然來到心裡，取代害怕。我心裡全部的希望，是要見到媽媽，這個希望在我心裡，滿滿實實的。」

「小妹妹，你真是這麼想的？你真的不恨我？」

米米朵拉點點頭。

「可是我不能饒恕我犯下的過錯。」

「都是那個老鼠精壞，壞得臭如大屎，好在現在你不再相信牠了。」

「謝謝你，謝謝你的一席話，我感覺好多了。」克勞迪歐把前掌放在她的手裡：「小妹妹，你好可憐，沒爸爸，媽媽也丟沒了。」

米米朵拉用手指點著自己的心說：「他們都在我這兒。你的爸爸媽媽也在你這兒。」她指指克勞迪歐心臟的地方。

克勞迪歐摸摸左胸，聽著心臟發出的跳聲：「呵，我的爸爸媽媽在這裡，就是今天晚上我被老鼠精吊死，你們也在我這裡，真好，真好。我也在你們的這裡。」

小黑走到米米朵拉和克勞迪歐之間，趴下來，眼裡閃著淚光說：「我的心裡只有米米，我不要你死！」牠的話引得克勞迪歐又哭了起來。

看到兩個朋友傷心，米米朵拉坐直了腰說：「不要哭了，我給你們講一個故事吧。」

小黑和克勞迪歐都抬起臉來，看著她。

「我講的這個故事，是從哪兒聽來的，聽誰說的，我怎麼想也想不起來了。不過我相信它發生過，還會發生。為什麼呢？因為世事繁雜多變，有些事總會重複，預言家知道，我們小孩子也知道，幾句話難以說清。現在我講給你們聽，是要你們明白，生活常常會發生一些事，讓你們措手不及。那麼該怎麼辦呢？聽完這個故事，你可以找到答案。」

雖然米米朵拉在繞著彎子，學著母親給她講故事的方式和口吻，可是房間裡安靜極了，狗和貓連動也沒動一下，趴在那兒聽著。她吞了吞口水，繼續說：

「好吧，言歸正傳。從前，有一個國家，正值亂世，到處都在失蹤小孩子，孩子們一般都不敢獨自出外，不管是去森林裡看外婆，或是去河裡游泳捉小魚，也不管是上遊樂場玩過山車，或是去公園裡野餐滑旱冰。總之，孩子們害怕外面的世界，就跟我們剛才那種害怕差不多。」她停了一下，把身子靠在牆上，接著講：

「有一戶人家有個叫小不點的女孩，和我一樣的年齡，十歲加半年，她只有一個媽媽，兩人相依為命。這天坐校車放學，媽媽不知為何沒有來接她，十分鐘距離到家，她對校車老師說，不必打電話給她媽媽，她可以自己回家。老師看了看她，居然同意了。她沿著運河邊的小路走著，發現運河裡有一艘全新的亮晶晶的水陸兩用火車，車廂裡有個人向她招手，車速慢下去，軌道鋪延過來，停在她面前。一個塗著桃紅色口紅的好看的紅髮女人，問她要不要上車？

「小不點開心地問：『阿姨，要票嗎？』

「紅髮女人說：『要票的。』

「小不點說：『我沒有帶錢。』

「紅髮女人說：『你只需要哭兩聲就可以了。』

「小不點哭了起來。她被允許上了車，本來只想哭兩聲就算了，結果想到不快的事太多了，淚水止不住地流。紅髮女人由此對小不點很器重，認為她是一個哭的天才，讓她坐到第一節車廂第一排位置。坐在這裡她可以透過亮亮的玻璃，看到駕駛室裡的紅髮女人，她開車，其實就是在一排按鈕上點了某個鍵一下，非常輕鬆；坐在這裡她也可以首先看到沿途風光。窗外的確景色迷人，運河邊全是新摩天大樓，密得都看不到藍天了，不過中間夾有一段古城牆，站了不少進城打工的農民，焦慮地在等著人僱用。整個城市就只剩下這麼點古東西。火車加快，駛出城市。座位上有一種由糖精香精合成的紅玫瑰飲料，小不點喝了，越喝越想喝，一不小心，喝了四瓶，她只能去找廁所。三間廁所都在火車中間位置，門前等了好多孩子，都是喝了這種飲料尿急的，他們有大有小，小的剛能走路，大的跟小不點同齡，不過個個面黃肌瘦、沒精打采。

『小不點問一個稍大一點的男孩子：『你坐火車要去哪裡？』

『男孩子說：『去法國。』

『小不點問：『哪一個城市？』

『男孩子說：『巴黎。』

『小不點羨慕地說：『真好，我也想去。』

『男孩子說：『難道你不知道，這一列火車目的地就是巴黎？』

『小不點激動地說：『真的嗎？』可是馬上便不高興了，因為想到媽媽回家發現她不在，會有多麼擔心。這讓她非常不安，要知道呀，小不點可是一個孝順的孩子，除了今天擅自閒逛未回家外，平常她都待在家裡。

『解了手，小不點回到她的座位來，肚子餓得慌，便敲駕駛室的門。紅髮女人嘴裡正在吃著什麼，關切地問：『怎麼啦，我的哭天才？』

『小不點說：『晚飯時間到了，請問有餐車嗎？』

『紅髮女人說：『這是新式火車，沒有餐車那些累贅的東西，來吧，』她打開駕駛室的門，讓小不點進去。她把正在吃著的一盒東西遞給小不點，『要不要來點？』

『小不點一看，全是小孩子的耳朵，嚇得臉色發白，好不容易才沒暈過去。紅髮女人說：『我喜歡吃耳朵，很好吃！這個部位脆脆的，有嚼勁，其他部位都給後車艙的人吃。這是不聽話的孩子的下場，我也是沒有辦法。』

「小不點明白了紅髮女人是一個壞巫婆。為了確認，她摸了摸女人的紅髮，輕輕一扯就掉了，是假髮。女巫大都禿頭，因為長年戴假髮，頭上長虱子，癢得不行，每隔一段時間，要用長指甲的手抓癢。小不點看不到紅髮女人的手指，因為她戴著漂亮的綠手套，可是每隔十分鐘，她就會抓一下頭皮。

「小不點說：『親愛的阿姨，你都吃這樣的東西，真是有點可惜來世上一回了。』

「紅髮女人問：『我的哭天才，為何如此說？』

「小不點說：『小孩子很臭，有尿有屎有汗味，可以吃，但不是最美味的，最美味的是烤全羊，放上迷迭香和橄欖油，用落日的光芒、草原的風和溫泉的水，最好在一棵獨特的樹前，由一束乾乾的野花點燃的火焰，做這道烤全羊，女人吃了會年輕二十歲，漂亮二十倍。』說完，她加了一句，『我媽媽就是吃過這樣的烤全羊，每個見了她的人都說她是我的姐姐。』

「紅髮女人的眼睛都放光了，『有這樣的事？』她看了小不點一眼，小不點一本正經地點了點頭。

「紅髮女人說：『好吧，我們來看看有沒有這樣一個地方？』

她按了一個鍵，火車加速，像飛機一樣快。火車逢山進山，像一個最鋒利的機器，鑽出山，留下一個長長的隧洞，火車逢河過河，比軍艦還威風，拋下一片長長的浪花。沒過多久，前方出現了一大片草原，紅髮女人按了鍵，火車慢下來，軌道邊有一群羊在專心地吃草，還有一棵歪脖子樹，落日的紅光映著樹和大地，大片的野花盛開著。火車停了，小不點與紅髮女人下火車，她們走向羊群。

「小不點說：『要最肥的。』

「紅髮女人伸手抓了五頭肥羊，扔到了歪脖子樹上掛著，手再一揮，一束開過的乾乾的野花，在她手中，她吹了一口氣，野花燃燒起來，火焰繞著樹身升騰。火車上的孩子們全部跑下火車來了。紅髮女人朝他們轉過一張漂亮的臉來，不是太高興。

「小不點馬上說：『讓他們參加吧，人越多，吃東西越香，反正我媽媽是這麼說的。』

「紅髮女人默認了，孩子們從她身邊經過，跑向有五頭全羊烤著的火樹，牽手圍著樹歡叫著。香氣隨風湧來，所有的人都流出口水。火樹變成焦炭一樣的黑樹，塌倒，烤熟的全羊也倒在地上。紅髮女人手一揮，那燒得焦糊的羊皮輕輕一抖，就剝落了，露出有汁的肥肥的烤熟的羊肉來。紅髮女人扯了一條羊腿，連連讚歎：『好吃好吃，真好吃！』她吃了另一條羊腿，嫌站著吃不舒服，便坐了下來。所有的孩子都餓壞了，也扯了塊羊肉來吃。紅髮女人吃完了一整條羊，又拿了一頭羊，吃高興了，藍藍的唾液和羊油從嘴裡流出，手套擦得濕濕的，不舒服，索性脫下，露出又尖又長的爪子手指。因為頭皮癢，她伸出油油的爪子去抓頭皮，嫌麻煩，索性把紅色的假髮脫了。越吃越高興，吃得尖鼻子長出來，連連讚歎：『好吃好吃真好吃，比臭孩子味道鮮，比臭孩子的肉肥，比臭孩子的汁多！』

「不知是哪個孩子突然發現面前的紅髮女人變成了一個又醜又老的女巫時，指著她大叫起來：『女巫！』其餘的孩子一看全傻了，顧不上吃，拔腿便跑。這時小不點站在火車頭前，招呼他們往火車上跑。

「女巫拿著一個羊腿站起來，追孩子們，突然看見亮晃晃的車廂門上自己的樣子，惱羞成怒，朝正在按鍵使火車開動的小不點罵道：『你這個壞孩子，你是個騙子，你說吃了羊肉，我會變年輕好看，怎麼沒有呢？』

「小不點說：『因為你沒有在羊肉上放上迷迭香和橄欖油，你也沒有用溫泉的水呀。』

「『你還是在騙我，對吧？你早知道我會成這個樣子，我會給你好受的！』她扔掉羊腿，從衣服裡摸出一個掃帚來，想飛起來，可是掃帚柄上全是羊油，她騎上去，馬上又滑下地。這時小不點的火車已經駛出好遠好遠。火車裡的孩子統統擠在第一節車廂裡，全在恐懼地哭：『哇，我要媽媽，我要回家！』『看哪，女巫抓我們來了。』『我們要死了，媽媽快來救我！』

「女巫的笑聲在車窗外：『太好了，他們哭起來，給了我動力，我最喜歡哭的孩子。』她不需要掃帚，也能飛。

「小不點加快火車速度，按鍵到最快一檔，輸入兩個字：『回家。』火車馬上掉轉方向，往來的地方行駛。

「可是沒有用，女巫跟了上來，在車廂外飛著。

「小不點想起媽媽的故事裡，女巫都會有寶物，那麼它們會在哪裡呢？她打開駕駛室鍵盤下面的一個小盒子，有一瓶香水，還有一把梳子和一支口紅。這些東西不會是寶物吧，臭女巫的東西，扔了吧。她開窗扔出香水。香水被飛快的車速拋到車身後，那裡出現了一個大如海洋的湖。小不點高興了，哇，原來香水就是寶物。雖然女巫會飛，但這個湖香氣熏人，有吸力，女巫馬上被湖水吸下去了，只剩下一個頭來。火車裡的孩子們停住了哭。

「可是過了沒多久，女巫又飛在車廂外，使勁地叫著：『那是我的寶物，不許你用。』

「小不點開窗扔出梳子。梳子一著地便成了連著天空的柵欄，隔開了女巫。火車繼續往前行駛，可是沒過多久，女巫又飛在車廂外了，用腳狠狠地擊著玻璃窗，想進來抓小不點。這回小不點扔出口紅，口紅著地，變成了紅色陡峭的山，擋著女巫，也許這山會讓她爬一個晚上。火車繼續朝前行駛。可是沒過多久，女巫又飛在車廂外了，狂叫道：『壞孩子，臭孩子，我會抓著你做刺身吃的。』

「小不點沒有寶物，車裡的孩子害怕得只有大哭，這哭聲讓女巫法力大增，她一拳擊向車窗玻璃，玻璃碎了，出現一個洞，她的爪子伸進來，孩子們嚇得往兩邊後退。小不點離開駕駛室，不知道該怎麼辦，突然她哈哈大笑起來。女巫的手縮回去，大叫：『停住笑，停住笑！』

「小不點對火車裡那些慌亂失措的孩子們說：『不要哭，女巫怕笑，我們一起笑！』孩子們一起笑了起來，女巫馬上掉在地上，翻了個滾，尿也流出來。她夾著褲子走路，樣子非常滑稽。孩子們笑得更厲害了，女巫渾身抽筋，倒在地上，化成一團灰散掉。小不點這才鬆了一口氣。火車繼續朝小不點所在的城市行駛，沒過多久，就回到運河上。她停了車，帶著車上的孩子回家。她的媽媽正萬分焦急地等著，一見她，便笑了，緊緊地抱著她不放。」

米米朵拉停止了說話。

小黑問：「這個故事完了嗎？嘿，人們應該有一個慶祝 Party 才是。」

「應該跳踢踏舞，小妹妹在船上跳的。從此之後，所有的孩子都可以一個人出門，對吧？」克勞迪歐說，尾巴在空中擺來擺去。

「但願是這樣，可你們不要忘掉，我講的小不點生活在一個亂世呀，跟這裡一樣，什麼都是亂亂的。如果你們要加上去美好的結局，我也不會反對。這個故事，是我與媽媽在家吃飯時講的，她開了一個頭，我便接了下去，媽媽接著我講，我又接著媽媽講，我們經常這樣即興講故事。」

「你的媽媽一定為你感到驕傲吧？」克勞迪歐問。

「我的媽媽是世界上最好的媽媽，今天是我最最想她的一天，怎麼辦？」米米朵拉說著，眼睛便紅了。

「不要哭，剛才不是說了，不要給壞蛋——添魔力。」

小黑眼睛眨了眨說：「克勞迪歐說得對，米米呀，記住你自己講的故事。」

米米朵拉點點頭，一抬眼，看到太陽從小窗口投射進來，她拍了拍手說：「你們看，天變了，出太陽了。」

小黑和克勞迪歐也從地上跳了起來，踮起腳尖也看不到一點點天，貓就站在狗的身上看，還是看不到。米米朵拉蹲在地上，讓牠倆跳到她的肩上，然後站起來，克勞迪歐馬上說：「看到了整個小塊天空，有太陽的天空。」

小黑無不悲痛地說：「明天我們就看不到太陽了！」

這句話讓他們都沉默了，克勞迪歐和小黑跳下地來，塔裡有太陽直照，氣溫很熱。米米朵拉一回頭看到牆角自己的書包，有了主意：

「要是那個假先知王八蛋薩利姆改變主意，萬一提前把我們殺死，我們沒有辦法，天哪，我的媽媽怎麼辦？沒了我。對不起，我是想說，我們要有想到這最最壞的情況。我書包裡有紙有筆，我們給自己的最愛的人寫一封信吧！好不好？」

「寫遺書，好。」克勞迪歐耳朵一下子就豎起來。

「好的，好的。」小黑也很興奮，「我可以給孟姜寫。」

米米朵拉把書包裡的筆記本和筆取出來，小心地撕了紙，和筆一起給大家，他們趴在塔裡的地上寫起信來。只聽到筆劃在紙上的聲音，不知過去了多少時間。克勞迪歐寫得飛快，誰也看不懂貓的文字，牠自個兒念出聲來：

「父母親大人萬萬歲，我馬上沒有歲了，別哭，人類的孩子穿襪子，一個大X，寫錯字了。該是放在腳上，卻放在頭上。當然穿不了，因為不是帽子。我就是想把襪子穿在頭上，犯了一個不容原諒的錯誤，使得米米小妹妹、小黑和我都被關在這裡。父母親大人別罵。明天的太陽只有你們享受了。父母親大人別恨，放心，若時光重來，我一定會拚了老命和老鼠精打架，打死牠和被牠打死都光榮。父母大人別笑，告訴船長，我偷吃了他的酒和奶酪，告訴烏龜弗弗老爺爺、八哥小弟弟、海螺姑娘，我把八顆象棋子藏到船長的枕頭裡了。爸爸，媽媽，克勞迪歐想在這裡叫你們一次，你們在我的心裡藏著，永不會改變。」

米米朵拉的眼淚流下來了，克勞迪歐念得不是太連貫，可是她完全明白，感動得不行。小黑的遺書也一樣認不出來，像是腳印一樣，牠說：「我要讀給你倆聽，可以嗎？」

米米朵拉和克勞迪歐點點頭。

「孟姜好姐姐，自從我跟米米走了以後，沒有一天不夢到你給我的肉骨頭。我的心臟跳動。奇怪我這麼說，因為我算是死了的一條狗，可是在孟莊，是你給我新的一條命，讓我的魂和肉身繫在一起，屬於我自個兒，像一條真正的狗。在這個世界上只有你和米米是我的親人，你看到這信就能知道，下一世我還要和你在一起，米米不要嫉妒。憂憂，是一個小男孩，米米最好的同學朋友，請一定要告訴他，米米，是他的米米，不要上那個妖女的當，米米才是女朋友呀。這是個祕密，如果米米沒有了我，我希望她還是有憂憂，千萬告訴他，好嗎？這兒的壞老鼠王，要拿走我們的命，要把我們吊在城牆上，再見了，孟姜好姐姐，不要難過，因為我是和米米和克勞迪歐在一起的。」

小黑讀完，忐忑不安地看著米米朵拉。

「摺起來，放好。」米米朵拉一臉是淚說，「小黑，我太幸運了，我有了你，失去了你，又遇到了你。」

小黑撲過來，舔她臉上的淚水，親她。

克勞迪歐也依偎過來：「小妹妹，你寫好了嗎？」

「我寫好了。」

狗和貓望著她，耳朵豎起來，米米朵拉拿起紙來念：

「親愛的媽媽，你在哪裡？你可好？媽媽，我遇到了我家的小黑，還有憂憂，你不會相信這是真的，我還遇到了好多朋友，克勞迪歐和牠的父母，馬可船長、阿蘭達蒂，和丞相，還有娃娃魚、幾維鳥、侏儒和大力士，好多好多真正的朋友。我數都數不過來，他們都幫我找你。我也想他們。今天我們仨被壞老鼠精抓著了，他要砍我們的頭。媽媽，我不要死，我要相信奇蹟，你說的，相信奇蹟，奇蹟才會發生。媽媽，等著我，我一定會找到你，一定會見到你，我要用行動來向你證明。」

小黑把米米朵拉手裡的遺書翻轉過來，遺書的背面是一幅畫，一大一小的女人，緊緊擁抱在一起，周圍有好多花朵和星星。

克勞迪歐懇切地說：「寫得言簡意賅。小妹妹，把我也畫上你的畫吧。」

小黑叫了起來：「還有我。」

米米朵拉說著拿起筆來，添上一隻狗和一隻貓。然後摺起來，寫上「媽媽田朵拉收」六個字後，犯愁了。

「怎麼啦？」小黑問。

「麻煩大啦，遺書得交給信任的人保管，由這個人轉到接受遺書的人手裡，可是，可是我們三個都得死。」

「寄給馬可船長？」克勞迪歐說。

「不行不行，他現在在哪裡呀，他說要朝北方來，他說要去孟買，沒有辦法寄給他。」米米朵拉說。

「丞相大人？羅伊夫人？」小黑說。

「哎呀，小黑，你提醒了我，沒準他們兩個現在也有麻煩，但願沒有問題，千萬千萬不要有事。」

克勞迪歐看著她說：「那這遺書白寫了。」

米米朵拉點點頭，攤開手，一臉苦笑。這時她聽到一個聲音說：「我看這遺書沒有白寫，如果你們信任我，可以交給我，我替你們保管，並保證交給收信人，如何？」她順著聲音轉過頭來，一隻長嘴鳥站在小小的窗台上，她跳起身來，大聲叫道：

「幾維鳥小老哥，怎麼可能是你？」

幾維鳥飛下窗台，停到米米朵拉的手臂上：「除了我，還會有誰？」

「可是你怎麼能到這裡？我以為你已回到你的家鄉去了。」她把臉貼在幾維鳥的身上，能呼吸到牠的心跳。沒錯，牠是真的，不是一場夢。「你不知道，我有多麼想你。」她的眼睛含著淚水。

「我聽到你剛才信裡說到我的名字，唉，我現在不是來了，來到你的面前了嗎？」

「真好！」米米朵拉說完，把小黑和克勞迪歐介紹給幾維鳥，牠們用各自的叫聲問好。

第七章　紙條和老鼠

久別重逢幾維鳥，米米朵拉激動地說：「自陰陽樹前分手後，我們有多久沒見了？」她掐著手指頭算，「星期天過浴蘭節，我媽媽不見了；第二天漲大水，我逃學去找憂憂，又去找歐笛阿姨；當天傍晚我走下江水，遇到了你，哦，該是星期一吧？星期二，一早乘大絨球到了這兒；星期三一早跟著馬戲團走了，遇到假強盜，晚上去果阿找貓；星期四一早到了果阿，遇到船長和克勞迪歐，傍晚回到這兒；星期五上午，也就是今天，我們被抓到塔裡。四天，清清楚楚記得，我們分開了四天，哇，怎麼就像四年，不，跟四十年一模一樣呀！」

小黑插話：「一日不見如隔三秋！」

克勞迪歐也插進來：「終日思君淚汪汪！」

米米朵拉把手舉起來，放在嘴邊噓了一聲，可是克勞迪歐停不下來：「米米的好朋友，你來得正正巧巧是時候，看到那個臭老鼠薩利姆了嗎？你真的會把遺書交給我爸爸媽媽？那你怎麼找我的爸爸媽媽——」

小黑打斷牠的話，急急地說：「幾維鳥不是不能飛嗎，你怎麼能飛？我早就聽米米說過你。」

「我親愛的朋友們，不要爭著說話，安靜！讓幾維鳥說話。」她聲音不得不提高：「唉，小老哥，請你告訴我，你怎麼在這裡，你的情況如何？好不好？」

「不急不急，我的朋友們，總會輪到我講話的。現在我可以講話了嗎？好的，你們同意，行，我說了。」

米米朵拉笑了：「四日不見，小老哥怎麼說話這麼逗，我洗耳恭聽。」

小黑和克勞迪歐叫了起來。

「安靜！」幾維鳥煞有介事地清了清喉嚨，「說來話長，長話短說，短說還是要說，說就要說清楚，不是嗎？」看著塔裡的三雙焦急的眼睛，牠撲了撲翅膀，飛了起來，連連在他們的頭頂這個不是太大的空間飛了三圈，然後停下說，「你們看，我飛得不錯吧？可是之前我不可能這麼做的，我這個沒有翅膀的鳥，雖然練了魔法，可以飛，也只能飛十步遠吧。」

米米朵拉說：「我記得這件事。快點說吧，你怎麼在這裡？」

「我一點也不囉嗦，小傢伙，我是要你記起四天前的事來。」於是幾維鳥說那天與米米朵拉分手後，一個人在陰陽樹上想了好一會兒，突然牠看見了樹葉背後結了一串青果子，便摘了一個果子吃，覺得好吃，又吃了好多個，記不得到底吃了多少，反正肚子吃飽了，都動彈不了，才下樹來。想到米米朵拉一個人走了，覺得過意不去，想去找她，便朝前走，可是無論走多遠，最後還是走到陰陽樹那裡。

米米朵拉忍不住插話：「哈，跟我當時一樣，那是個迴旋路呀，可能你和我都在那兒轉著圈，可是我不知道你在後面，你不知道我就在前面，可憐的我，可憐的你，就這樣錯過了。小老哥，那你怎麼辦？」

「聽牠往下說，真是的，小妹妹盡打岔。」克勞迪歐說。

幾維鳥說，當時牠沒有辦法，便走到湖邊，看見湖水，家鄉親人的面容都在水中，那本魔法書也在水裡漂浮。這是完全不可能的事，幾維鳥認為自己是在做夢。牠揉揉眼睛，發現沒錯，存在自己記憶深處的一切全部浮現在水上，牠伸手想摸摸親人的臉龐，不能，牠們的臉龐散開成水波。牠想撈起那本魔法書，也不能。當牠氣惱地坐在地上時，魔法書裡的每個字出現在腦子裡。牠照著魔法書練時發現，之前全都熟知，為何不能飛遠、也不能施魔法？這時水面浮現蛇精的臉龐來，嘲笑地說：「因為你從心底裡畏懼我！」沒錯，因為我畏懼蛇精，心裡充滿復仇的火焰，使我亂了章法，不得要領，我必須放下仇恨，才能打敗敵人。魔法的祕密在內心強大，好比面對另一個你，你凝視著另一個你，透澈純潔。幾維鳥深深地吸了一口氣，閉目思索。不知過去了多久，牠感覺內心一派寧靜，這才睜開眼睛，張開翅膀，朝湖上飛去。牠對自己說，要麼掉下湖去，要麼飛過去。牠飛在湖上，來來回回飛著，最後停在陰陽樹上三天，練習魔法書上每一種魔法。世上的事真是奇怪，若是不通，事事相阻；若是通了，事事相融，如同流水。牠用魔法回到大中國南海小島，蛇精看到幾維鳥能飛大吃一驚，使了詭計，用暗器傷了牠。可是傷口馬上好了，也不知道是什麼原因，牠的體力比之前強。島上所有的動物都來幫幾維鳥，牠們一起把蛇精打死，扔進海裡，被一條大鯊魚吃了。離開小島前，幾維鳥替親人們找了一塊地，將所有能找到的牠們的遺骨——大大小小的石頭鳥，全部埋在一處，立上碑。牠牽掛米米朵拉，想到自己允諾要幫助她找寶物，就用魔法回到陰陽樹。可是找不到進冥界的路，牠坐在陰陽樹上那個愁呀，愁得沒事做，坐在那兒摘果子吃，結果發現了樹枝上有根繩子，再細心地搜那，發現了一個可以推開的門。

「那繩子不是別的什麼繩子，當然是我借給侏儒的繩子，我居然忘得一乾二淨，哎呀，我也是從那兒進冥界的呀，對不起，對不起。」米米朵拉說完，趕緊用手捂上嘴。

「我也知道，你是從那兒進去的呀！」小黑得意地說。

「我也知道，我也知道。」幾維鳥看著米米朵拉和小黑，「請你們耐心地往下聽，就明白了我一點也沒有亂說，我真的知道你是從那兒進去的。」

幾維鳥那天從那個樹枝中找到門，推開後，進到冥都。可是怎麼找米米朵拉呢，這好比大海撈針。牠非常焦急，飛到圓形廣場。那兒有一位瞎眼老人在算命，牠對老人說想算一個人間來的女孩米米朵拉。老人在地上將米米朵拉的名字寫完後，對著東邊，在地上敲了三下後，便對幾維鳥說了一個小客棧的地址。幾維鳥找到了小客棧，發現那兒只有兩個客人——大力士和侏儒。

「天哪，他倆怎麼樣啦？」米米朵拉叫了起來。

「他們一直在找我，沒想到我自己送上門了，他們告訴我關於你的一切，他們要了我的頭頂毛髮。現在你要，我也給你，請扯下我的頭髮吧。」

「你真不是一般的鳥，什麼都知道了。好的，我扯兩根吧。」她說著從幾維鳥的頭頂輕輕扯下兩根頭髮。

「六根吧，六六順。」

「好吧，小老哥。」

米米朵拉把書包打開，將幾維鳥的頭髮夾在《當我們變成辣椒》書裡。幾維鳥看著她關上書包說：「你的兩個朋友，對，大力士和侏儒說，嘿，對不起，還沒有找到你的好朋友憂憂，憂憂沒有再出現。我們估計瑤姬公主把他扣下來了——這是他們原話。」

「瑤姬喜歡憂憂。」她一副生氣的樣子。

小黑說：「哼，沒有女孩子不喜歡憂憂的。」

「哼，我例外，誰叫他是我的好朋友呢？」

幾維鳥看著米米朵拉一派認真樣兒說：「這樣好，有志氣。」牠打了個嗝，一股金銀花味兒。「大力士他們非常擔憂你，要我趕快找到你。所以呢，我又用魔法來到了這兒。」

「那你怎麼知道我們被關在這裡？」米米朵拉問。

「我亂飛，靜耳聽，終於聽到樓底衛兵的對話，便飛到這兒來了，正好偷聽到你們的話好幾分鐘。」

「哼，看我不捏你一下，罰你不早點露面。」米米朵拉舉手要捏幾維鳥，幾維鳥閉上眼睛，她放下手，「我哪裡下得了手。算了，饒你。」她把自己的遺書交給幾維鳥，狗和貓也把自己的遺書交給幾維鳥。

幾維鳥統統接下來，用嘴銜著，飛到小窗口上，長長的嘴輕輕一觸窗台，只聽吱地一聲響，石塊裂開，牠將嘴裡的三封信插入裂縫裡，嘴在石塊上一敲，吱地一聲，石塊恢復原樣。幾維鳥飛離窗台說：「暫時放在這兒，誰也不會發現，放心吧，我會為你們看守的。」

米米朵拉感激地點點頭。

「好吧，現在我們該離開這裡了。」幾維鳥說著便朝門說了一句咒語，門開了。小黑和克勞迪歐射箭一樣快的衝出去，米米朵拉背起書包，彎身撿起牆邊的小劍，也跑出了門。

兩個小小的老鼠衛兵站在塔門前。他們一行走過時，居然一點也沒發現，其他的老鼠衛兵也沒發現他們。米米朵拉走在前面，出了城堡大門，一直走到石階底端，她才鬆了一口氣。她問飛在邊上的幾維鳥：「這是怎麼一回事？」

「這些老鼠受了老鼠精的魔法，變為老鼠衛兵，我用遮障法把我們四個罩起來，誰也看不見。」

「這個好，你用同樣的魔法，我就可以進冥府裡的河神宮殿了，多麼簡單，對不對？」米米朵拉說。

沒料到，幾維鳥聽了，居然冷笑了一聲，眼睛眨了眨。

「嘿，不要笑我，這兒衛兵是老鼠！」米米朵拉說完，自個兒笑了起來。孟婆不是說了，河神宮殿可不是一般的神守著，尤其是河神的一對兒女，文武雙才，超越一般牛頭馬面這類角色，進那宮殿想都不必想。的確，孟婆指給她一條最明白不過的路，她只能做一件隱身衣才行，沒有任何捷徑達到目的。

幾維鳥笑得長嘴一上一下的，特別滑稽，弄得狗和貓也笑了起來。

所有的街都跟她第一次到達時一樣，如同死城。他們決定去藍房子，走到那兒嚇了一跳，大門敞開，庭院裡亂七八糟，到處是折斷的花樹。一個男僕倒在一棵檸檬樹下，渾身是血。她的預感證實了，先知薩利姆不會放過羅伊夫人。小黑嗅了嗅男僕的鼻孔說：「他死了。」

米米朵拉四下查看，發現給她準備過香水浴的女僕倒在床邊，額前有血，她貼在女僕的胸口，聽見了心跳，便把女僕移到床上躺下，給她擦去血，還好，只是擦破皮，可能是嚇壞了，暈過去。她輕輕地搖搖女僕，女僕閉著眼睛，像在說夢話似的說：「夫人——不，快逃——」聲音太微弱，聽不清楚。

女僕突然抓著米米朵拉的手，睜開眼睛，看到米米朵拉，恐懼地指著門大叫：「快跑，快跑，他們來了——」接下來的話說得斷斷續續。米米朵拉聽了好久，才弄明白了，原來丞相及隨從凌晨時便撤了，結果被一隊人馬擋著，雙方打了起來，死傷多人，瑞傑和丞相逃脫。他們沒放過藍房子，衝進來，又打又砸，把羅伊夫人抓進城堡去了。「他來救我，我，我——」女僕沒說完，閉上眼，繼續睡。

太陽正當頂，城堡以及整個皇城的人吃了綠豆子、被施了魔法，進入睡眠之中。城堡裡的少年皇帝阿克巴，跟所有他的士兵一樣，也在睡覺。羅伊夫人吃了解藥，單這條，她就會被殺頭。

米米朵拉關上大門，從房間裡找了一塊布蓋在男僕的屍體上。小黑在檸檬樹邊刨坑，米米朵拉用一塊布把那具屍體蓋上。

她來到角樓上，四下觀望，街上其實不安靜，遠處有老鼠衛兵在城南巡邏。她心裡著急，要是丞相在，哪怕瑞傑在也好呀，他們一定有主意。這下子她獨當一面，心裡慌得像有面鼓在裡面，要知道最晚明天最早今晚先知薩利姆就要南伐了，他是個最大的壞蛋，他說過，就會做的。

正在此時，角樓下的庭院有異常的聲響，她跑下去，聽到門外有人正在撞大門，小黑狂叫不已，幾維鳥停在一棵芒果樹上，當什麼事也沒有發生。米米朵拉打開大門，幾個老鼠衛兵衝進來，看到克勞迪歐嘴裡銜了個紙條從房間裡奔出來，他們愣住了，慢慢地退到門外，嚇得周身發抖。

「放心，放心，我今天不吃你們，你們來得正是時候，小壞蛋，把這個紙條交給你們的大王。」克勞迪歐說。

老鼠士兵不敢接，幾維鳥飛起來，用長長的嘴叼過來，驚奇地說：「這個忙，我可以幫。」話音剛落，嘴裡的紙片變魔術似的多出一張，往城堡方向飛去。

「趕快滾，告訴你的大王，讀我的挑戰書吧。」克勞迪歐罵道。

那幾個老鼠衛兵相互瞧瞧，撒開腿，一眨眼跑得一個不剩。

「小老哥，請給我一張。」米米朵拉對幾維鳥說。

一張紙條朝米米朵拉飄來，她雙手接住。紙上的字，尤其是第一排寫得歪歪扭扭，大小不一，她慢慢認，輕輕讀出聲：

一粒老鼠屎壞了一鍋湯，而你的屎壞了整個陸地和海洋！薩利姆啊薩利姆，你這個不眨眼雙手是血的劊子手。小小威尼斯貓公子克勞迪歐寧交一幫抬楨蒼蠅臭蟲，也要斷絕你這種殘忍的皇帝的義父先知老爺。

今天本公子要為所有死去的貓討個公道，偉大的薩利姆，你不會有老鼠怕事的膽，你肯定有我們貓一樣無畏的膽，那麼來吧，單獨來與本公子決鬥！不見不散。

時間：今晚日落前。

地點：城南廣場。

這紙條的內容讓米米朵拉嚇了一大跳，她沒想到怎麼辦，但是她不願意克勞迪歐去與先知薩利姆單挑決鬥，好危險！不行，不行，她抬起頭來說：「我不願意你去送死。你想好了，你要和那個天下最大的臭蛋打架？」

「唉，怪了，擋我做什麼，這本是你帶我來的目的，不是嗎？而且，我的遺書也寫好了，不然寫遺書做什麼？」克勞迪歐振振有詞地回答。

小黑求停在院牆上的幾維鳥：「小老哥，你出出主意吧！幫幫我們！」

「誰會反對貓和鼠決鬥，我想，誰也不會，而且會相當精彩。所以，我很期待。這樣吧，我用魔法把挑戰書譯成當地話，發遍這個國度各個角落，觀者越多越好。這是我能做的。」幾維鳥的言下之意是，其他的事，牠不能幫，得靠你們自己。

「話說得在理。我得找回我們貓的尊嚴。請小老弟發消息吧。」克勞迪歐跳了起來，攀上樹，跳到院牆上，走到幾維鳥邊上，鬍鬚顫動著說。

幾維鳥在院牆上走了幾步，長長的嘴仰起來，輕輕朝空中嘘了一聲，風頓時吹過來，紙條從米米朵拉的手裡像雪片一樣，隨風飄舞，密密地朝天空飛去，越飛越遠，看上去就像一隻隻白鳥，飛向四面八方。

幾張紙條在風裡打旋，朝角樓飛。看著克勞迪歐在牆上踱步觀望的身影，米米朵拉奇怪自己心裡不像之前那麼擔憂。相反，她心裡有一陣喜悅，自從母親失蹤後，好久沒有這種感覺。她的視線移到紅砂岩城堡，在那最高的塔裡，有三封遺書藏在高高的窗台裡。生命真是奇特，一個人把自己的生死想清楚，知道結果後，反而不緊張了。

幾維鳥朝城堡飛去。不到一個時辰，牠回到了藍房子，停在米米朵拉的肩上，告訴她自己看到的情況：

老鼠衛兵害怕地跪在大床前，通報塔裡的犯人和動物逃掉了，正在睡覺的先知薩利姆坐起來。牠和顏悅色地下令將守衛的老鼠衛兵全部從高處往下當場摔死。整個城堡上空飄著紙條，有一張居然落到先知薩利姆的鼻尖上，牠用食指和拇指掂起來，費勁地讀了一遍，輕輕地說：「來人，把他們全給我抓來！」衛兵們正要動身。「停！」先知薩利姆叫道。牠在屋裡走了幾步，在窗前看著城堡下的那些高高低低的各式房子，笑著說：「讓這隻驕傲的外國貓和牠的同夥活到日落時分，我倒要讓你們歡歡喜喜地死個明明白白！」

「所以，薩利姆會去廣場的，放心吧，小傢伙。」幾維鳥說道。

「你來之前，我在想呀想，想臭鼠精讀到紙條的反應，這壞蛋來或是不來？」她敲敲自己的腦袋，「你說的，和我想的，一模一樣。我想得腦袋都快冒煙了。」

幾維鳥嘿嘿笑出聲來。米米朵拉長這麼大，還沒聽到過一隻鳥的笑聲呢，有些沙啞，像是尖尖的長嘴裡有點堵著喉嚨。她問：「笑什麼，這樣笑的話，會有塊糖堵著喉嚨。」

幾維鳥說：「糖！呵，太想吃糖了。」

「老鼠精居然沒有暴跳如雷，了不起。」小黑跑過來說。

「假先知比我想的有耐心，讓你們多活一會兒。」

小黑一派認真地說：「看不出來，牠還很善良。」

幾維鳥笑得更厲害，米米朵拉也一樣，一邊笑一邊說：「小黑，知道嗎，一條懂幽默的狗，其實比人還聰明呢。」

「我很傻瓜，可崇拜真理，本性難改，沒辦法。」

克勞迪歐從牆上躥下庭院來：「你們在笑什麼呢？」

「不告訴你，否則都笑了，那多沒勁。」小黑說。

米米朵拉給那個醒不來的女僕送了些水果和水。幾維鳥飛來，對著女僕撲閃了一下翅膀，她完全醒過來，驚慌地起跑到檸檬樹下，揭開蓋著的布，緊緊地抱著地上男僕的屍體哭了起來，原來他是她的丈夫。她也不讓米米朵拉和小黑幫忙，一個人把他給埋進坑裡，坐在那兒，不停地抹眼淚，然後拿起掃帚清掃起院子。

米米朵拉也幫著她整理，狗和貓都加入進來。天上出現了大朵白雲，慢慢在他們頭頂移動，時間在迅速逝去，終於裡外都收拾得差不多了，米米朵拉問：

「嘿，你們要不要休息休息呀？」

他們都搖了搖頭。大家一起動手，沒一會兒，庭院變整潔了。女僕給他們端來水和吃的，幾維鳥在庭院裡啄土裡的蟲子吃，克勞迪歐和小黑吃了一些乾羊肉，米米朵拉吃了一些餅和水果，把陰陽樹冠放回包裡，坐在迴廊的椅子上，看天上的雲。

她幾乎睡著了，幾維鳥走過來，抬起頭來，看了看天色，嚴肅地說：

「朋友們，決鬥的時間快到了，如果你們幾位要改變主意，還來得及，我可帶你們逃走！」

這話雖是說給克勞迪歐聽的，也是說給米米朵拉聽的，她從鼻孔裡哼了一聲，第一個朝門口走去，正在給花澆水的女僕把木桶一放說：「我也要跟你們去。」

「你知道我們要去哪裡？」

女僕點點頭：「我雖是睜不開眼，但心裡明白，全都聽見了，我要給我的男人報仇。」

「你會丟命的！」

「我不怕。」

小黑和克勞迪歐都叫了一聲，表示贊同。女僕拿起牆邊的掃帚，當成武器，跟在米米朵拉的身後。

第八章　決鬥

幾維鳥絕對是第一流的觀星相學家，米米朵拉一行人到達城南廣場，面對著城堡方向站立，太陽沉落進西邊的山丘。沒到兩分鐘，塵土飛揚，一大隊人馬浩浩蕩蕩到達，最前面是騎著棗紅駿馬的先知薩利姆，牠穿戴非常威武，有將軍那樣的帽子和金光閃閃的盔甲，佩著長劍，白鬍子飄逸，襯得一張臉不那麼鼠頭獐腦，反而生出幾分人氣來。整大隊人在廣場北邊列成方陣。先知薩利姆清了清喉嚨，一個人騎馬向前，打量著廣場南邊站著的米米朵拉、一條狗和一隻貓，目光停在米米朵拉肩上的幾維鳥，慢吞吞地說：

「這是什麼怪鳥，真是非常非常好興致，我堂堂皇帝的義父，舉國聞名的先知竟然陪著你這幫小雞毛菜玩，這是什麼世道？好吧，我可以陪小孩子小動物們玩玩，有一點不錯，你們倒是準時來。可憐呆憐，你們死期到了，你們死前，需要我做什麼，我一定代勞，你們得先說明，不然你們死後，我有大事要忙，全軍向南，收復落到異邦人手中的屬於我們皇帝的土地！」

米米朵拉走上前，拱了下手說：「皇帝的義父、偉大的先知大人，謝謝你陪我們玩，這麼說，反正我覺得你是一個大好心眼兒的人。我感覺好有運好有氣和你說話。」

大概是她清脆的童音，說著像大人又不像大人一樣的話，先知薩利姆竟然笑了一下，老鼠眼睛一眨一眨，牠想停，卻停不下來。

米米朵拉覺得牠的樣子好玩，也笑了，偏著小腦袋問：「這麼重要的決鬥，為何不請皇帝來觀看？」

「我的義子阿克巴？」

「對呀，就是他。」

「不，不，皇帝殿下這會兒還沒睡醒，龍體重要。」薩利姆一口回絕，牠的眼睛終於不眨了，從米米朵拉身上移到克勞迪歐。克勞迪歐朝牠微微一笑，抖了抖鬍鬚。

「這麼，這麼劃時代的老鼠戰勝貓的特別大的事，不讓皇帝殿下和他的部下來，有點兒不公平，不，應該叫有很大的遺憾。」她對先知薩利姆說，「你肯定是勝利者，絕對不能失掉這個千載難逢的時刻！嘿，讓他們都醒來吧！」

牠的手舉起來摸著白鬍子考慮，嘴裡輕輕說著：「嗯，這個嘛，這個嘛。」

幾維鳥嘰嘰咕咕地叫了起來，像唱歌似的，從米米朵拉的肩頭飛到空中，飛了一個圓圈，天上雲聚集，瞬間便風沙瀰漫，眨眼功夫風沙便消失，少年皇帝阿克巴神奇地出現了，三頭大象駕著的舒適漂亮的輦車上，在廣場東邊，他睡眼迷離，眼睛半睜半閉的，有兩個侍衛給他打著黃羅蓋傘。幾維鳥還用魔法喚醒數也數不清的士兵，把他們移來簇擁在阿克巴的身邊。

「其實這也不錯。」先知薩利姆摸著白鬍鬚，朝東邊看了看，牠的雙腿一夾馬肚子，那馬嘶鳴一聲，馱著牠到了大象輦車跟前，牠向皇帝阿克巴請安，皇帝阿克巴舉起手來，揮了揮，馬上又閉目養神。

先知薩利姆騎馬在廣場上，掉轉馬頭回過身來，突然發現西面南面都是觀眾，黑壓壓一片，全是幾維鳥用魔法移來的。牠一驚，老鼠眼睛又開始眨起來了。

米米朵拉順著他的視線看過去，觀眾起碼有幾千甚至上萬人吧，其中丞相和他召集的人馬也在其中，不過可以輕鬆地區別城裡城外人，城裡人被幾維鳥喚醒了，卻跟少年皇帝一樣睡眼迷離；城外人全都精神抖擻。除了人之外，還有好多動物，大如大象、猴子、牛、羊；小如雞、兔子、各式鳥。先知薩利姆呢，米米朵拉發現牠的眼睛不眨了，變得賊亮，牠的得意勁上來了，頭搖著，長長的白鬍子威風地飄來蕩去。

幾維鳥仍在嘰嘰咕咕地飛著圓圈，嘴裡唱著歌似的念著咒語。又一陣狂風颳起，突然一艘特別大的帆船停在廣場，船上都是曬得黑黑的水手，他們跟著一個絡腮鬍的意大利人、兩隻貓、一隻烏龜和八哥都落在地上，甚至那隻薩利姆派出的間諜老鼠也在。

米米朵拉驚呆了，她一下子奔過去擁抱絡腮鬍的意大利人，親熱地叫道：「馬可船長，太好了，你來了！」

馬可船長說：「我們都看到克勞迪歐的紙條，當時我們的船正朝北航行。突然一陣大風把我們颳到此。」

「我們來給你加油，我的兒子！」羅阿咪說著，牠與菲力波都搖著尾巴，與兒子的尾巴相纏在一起，喵喵叫個不停。烏龜弗弗伸長脖子，朝他們點了一下頭，八哥叫著中文：「殺了牠，殺了牠！」天哪，什麼時候牠學會我的口吻和語言？米米朵拉不由得想，她發現八哥居然朝她點了一下頭。

鑼鼓手排成一隊，站在西邊，看到先知薩利姆的手一揮，就拚命地敲起來。牠的手一擺，鑼鼓聲停頓，四下一片安靜。先知薩利姆跳下馬，走到了中間地帶，克勞迪歐也一下子躥到中間地帶，牠像人一樣站立，與之面對面。

這時幾維鳥飛到他們中間。

「並不可愛的小怪鳥，這兒沒你的事，趕緊抬起你的小屁股離開吧，不然一會兒血會濺瞎你並不美麗的眼睛。」先知薩利姆傲慢地說。

「尊敬的先知大人，為了今天舉世聞名的盛會，我專門給你叫了這麼多觀眾來，還需要我為你效勞什麼，請一定下令！」幾維鳥的聲音非常害怕而謙卑。

「你就會這點叫醒人的本事，真是井底之蛙，到邊上乖乖站著吧！」

「遵命，先知大人。等等，還有一件特別小的事，瞧瞧你這麼強大無比，這隻貓這麼小，赤手空拳。這樣對先知大人你非常不利，會有人說你在欺負一個弱小者，傳出去對你的名聲相當不好。為了公平起見，讓這隻敢冒犯你的該死的貓也學你英武的樣子武裝起來吧。」幾維鳥的話音一落，克勞迪歐的頭上就有了頭盔，身上有了護甲，腰上有了佩劍，金光閃閃，威風凜凜。克勞迪歐驚奇地看看自己的護甲和佩劍，抬抬手臂，朝前走了走，轉過身來，朝幾維鳥豎起一個大拇指。

先知薩利姆對幾維鳥叫道：「走開吧，馬屁精！我的耐心不會沒有底的。」

「這就走，先知大人息怒，祝你旗開得勝！」

幾維鳥果然飛到邊上去。先知薩利姆抽出劍來。牠身後的隊伍向前移動，弓箭手拉開弓，牠聞聲喝斥：「出我醜嗎？一對一，給我退後！」

隊伍和弓箭手退了回去。

克勞迪歐拔出劍來，警覺地看著先知薩利姆。先知薩利姆笑著說：「投降吧，我可饒你一死！」

突然從克勞迪歐身後躥出兩隻一白一黑的貓來，羅阿咪在左，菲力波在右。「了不起懂藝術的老鼠精，我們是專程來替你們伴奏的。」菲力波說著，立起身，將一把三弦小提琴放在肩上，拉起來。羅阿咪激情澎湃地唱起來：

讓我唱吧，
哦，讓我永遠地歌唱吧！
面對如此殘酷的命運，
在如此巨大的痛苦中，
有誰來撫慰我？
讓我歌唱吧！

羅阿咪的手舉起來，牠的歌聲在整個廣場上飛揚。幾維鳥飛了過來，翅膀撲稜著，使這歌聲傳入每一個人每一個動物的耳朵。少年皇帝阿克巴的眼睛慢慢睜開，聽了起來，連先知薩利姆也跟著琴聲和歌聲搖起腦袋，士兵和民眾更是進入狀態，在原地跟著音樂唱，跟著音樂舞起來，跳起來：

讓我唱吧，
哦，讓我永遠地歌唱吧！
面對必然要來到的離別，
山在悲傷，水在悲傷——

兩顆晶瑩的淚水從羅阿咪的眼眶裡滾落：「有誰來撫慰我？讓我來歌唱吧！」這最後一句，幾乎是所有的人和動物跟著牠一起唱上去的，突然變成一個大合唱了，每個人都深深感動了。米米朵拉從未聽過這樣的歌曲，唱自內心深處，有點像她跟母親去歌劇院聽的意大利歌劇，她以為自己是在一個夢裡，便狠狠地抓了一下自己的頭髮，真痛，她不由得叫了起來。不錯，是真的，她把手放在左胸上，跟著大伙唱：「讓我唱吧，哦，讓我永遠地歌唱吧！」拉完琴、唱完歌後，兩隻貓站著不動，仍沉浸在悲傷裡。先知薩利姆見機揮劍，一道白光掠過，兩隻貓沒有防備，統統倒在地上。

廣場裡的人和動物發出一聲驚歎。

克勞迪歐躥到羅阿咪身邊，又躥到菲力波身邊，牠們前胸腿上被刺傷，流著血，痛苦得大聲呻吟。克勞迪歐心疼不已，伸出舌頭舔著傷口。船長和米米朵拉衝過來，一人抱起一隻貓撤回，羅伊夫人的女僕和其他幾個人跑過來給貓包紮傷口。

「唱歌還行，怎麼如此不經打？」先知薩利姆假裝同情地說。

「你真卑鄙！」克勞迪歐一下跳到先知薩利姆的身邊，揮劍過去。先知薩利姆的劍馬上擊過來，兩劍相遇，鏗鏘一聲響，雙方舉著劍，對峙著轉動身體。人和動物都緊張地看著，統統屏住氣。克勞迪歐還沒先知薩利姆一小半高，從牠身邊閃過，像一道影子。先知薩利姆更快，像一道風，追著克勞迪歐。兩道劍光相互糾纏，突然克勞迪歐跳開來，看著先知薩利姆哈哈大笑。

先知薩利姆一下子愣住了，後退一步。

「看來米米小妹妹講的故事有用，所有的壞巫師都怕笑。」克勞迪歐說著，跳起來，用前掌掀掉先知薩利姆的帽子，牠露出一個老鼠頭頂和一對圓尖的耳朵。先知薩利姆舒服地抖了抖耳朵，猛地一轉身，舉劍朝克勞迪歐的脖子刺來，克勞迪歐跳向牠的褲襠間，一口咬去。牠痛得叫了一聲，把劍往地上一扔，雙手伸出來，對準克勞迪歐。

「有種的，不要使詭計。」

先知薩利姆笑著說：「對付你這種君子，最好就是使詭計。」牠口念咒語，發力。克勞迪歐避開了，地上出現一個小坑。牠的雙手對準克勞迪歐，嘴裡念著咒語。

馬可船長奔過來，撿起地上的劍，對準先知薩利姆吼道：「不准傷害我的貓！」揮劍刺過去，先知薩利姆閃開了，接連五六次都是如此。先知薩利姆不反擊，只是讓開，猛地一回頭，對準馬可船長，手指頭一動，閉眼唸咒語，沒想到那隻間諜老鼠神不知鬼不覺衝上前來，擋在馬可船長面前。間諜老鼠、馬可船長和克勞迪歐當場受傷倒在地上，間諜老鼠受傷最重，全身是血。

馬可船長問間諜老鼠：「為什麼替我擋？」

間諜老鼠說：「你對我太好了，天天有好肉好飯吃。」說完就昏過去了。

先知薩利姆手指頭一點，間諜老鼠整個身體到了牠的手心裡，牠對著自己的軍隊高聲道：「瞧，這是叛徒的下場！」老鼠在他的手裡化成焦糊的灰狀掉下地。牠朝馬可船長走過來，克勞迪歐爬起來，嘴裡是血，擋著船長。

「好吧，那我先對付你這隻不怕死的貓！」先知薩利姆右眉毛往上一挑說。

克勞迪歐的兩隻前掌在流血。盯著牠走了五六步。先知薩利姆以為克勞迪歐會直接衝過來，沒想到牠繞著他轉圈，突然手中的劍一揮，牠屁股後面的盔甲裂成兩半掉下來，褲子破了，牠的老鼠尾巴露了一截出來。先知薩利姆轉身去看地上的盔甲，克勞迪歐躍到牠的胸前，尖利的爪子抓著牠的白鬍子使勁拔，痛得牠大叫，揮手想扔掉克勞迪歐，結果不成。克勞迪歐像黏在牠胸前一樣，唰地一下，又拔掉牠一大縷鬍子。牠痛得大叫，口中念念有詞，雙手一伸，克勞迪歐跟著地上的盔甲一起被拋出五十米，倒在地上，吐了一大口血，劍也脫手了。先知薩利姆輕輕一躍，到了克勞迪歐跟前，一隻腳踩在牠流血的身上，另一隻腳挑起劍來指著牠的脖頸說：「投降吧，可憐的貓，我可以考慮不活剝你的皮！」

「絕不，你勝不了我，你盡用詭計，是老鼠的敗類！是殺是刮隨便。」

「好的，我成全你。」

「住手！」米米朵拉大叫，

先知薩利姆笑起來：「傳說中的小女孩，下一個就輪到收拾你，怎麼就等不及了？」

小黑衝上去，對牠狂叫。

烏龜弗弗慢慢地踱著步，向他們這邊走來：「要殺，也，帶上，我！」

「還有我，還有我！」八哥飛到烏龜背上。

羅伊夫人的女僕拿著掃帚跑了上來：「還有我，你這個劊子手，殺了我男人，把我也殺了吧！」

米米朵拉上前一步，伸出雙手擋著，不讓他們向前，她對先知薩利姆說：「先知大人，這一切都是我引起的，與這隻貓、跟我的朋友沒有關係，放了他們，有本事朝我一個人來好了，你是皇帝的義父，讓我看得起你一丁點兒，實實地打我吧！」她笨拙地從書包裡掏出那把小劍來，拿在手中。

八哥飛到米米朵拉頭上：「還有我，還有我！」

「沒有不怕我的人，難道你會例外？」先知薩利姆的腳離開了克勞迪歐，走到米米朵拉跟前，她後退著。她的朋友們趁這機會就把克勞迪歐抬下去了。她眼睛看過去時，先知薩利姆飛快地從地上撿起沙子扔向米米朵拉的眼睛，她轉過身，一粒沙子鑽入她的眼睛，她不由得使勁眨眼睛。這時，牠朝她的胸口揮劍刺來，她本能地用手中的劍擋著。先知薩利姆的劍往上一挑，米米朵拉的劍掉在地上。她馬上跳開來，可是牠一步跨到她跟前，朝她的脖頸刺來，她蹲下，就地一滾。牠不知她將做什麼，左手害怕地摸口袋，居然摸著一把綠豆子，牠顧不了，用力一握，全是綠色的粉末，朝米米朵拉扔來。米米朵拉頭一偏，雙手舉起來擋著，雖是讓開了，可是她的一節袖子裡被削掉，她偏頭，右耳朵裡中彩了。她的耳朵痛得轟鳴，尖叫起來，使勁地歪著腦袋拍耳朵，拍出了一些綠色的粉末。牠趁機一腳將她踢翻在地，用劍尖在她的周身上下和臉頰上留下一道道傷口，她痛得鑽心，忍著沒叫，汗水和淚水直流。

先知薩利姆停了下來，問：「中了我的綠豆子，你隔不了多久就會睡去的。給我跪下吧，叫我一聲爺爺，我會給你解藥。」

「你和一個孩子打架，居然耍了兩次陰謀詭計，不害臊！」

先知薩利姆溫柔地說：「小孩子，知道嗎，我天生就喜歡陰謀詭計。我只是和你玩，告訴你，我一分力也沒用，不然，你早就沒命了。」

「你明明全力以赴，還自吹自擂，不值得我們小孩子來尊敬你。」

「小孩子哪懂尊敬，我倒是想問你，你痛嗎？」他的劍尖掠過她的手指。

米米朵拉尖聲叫起來，她看著手上的傷口，血沁出來，疼痛難忍。小黑狂吠著飛奔而來，一口咬著先知薩利姆的腿，牠痛得叫了起來，一腳將牠踢遠。米米朵拉急得大叫：「小黑！」

「叫也沒用，你的狗起碼會昏迷一個時辰！」

先知薩利姆說著，揮了揮劍，米米朵拉背上的書包帶子斷掉，書包剖開一個大口子，裡面的白裙、花冠和書等等統統暴露無遺。牠將白裙劃得一片片，劍尖翻著書頁，停在米米朵拉的母親做菜的一張照片上。

米米朵拉撲過去說：「不許碰我的書，不許碰我媽媽的照片！」

牠一把抓住她的頭髮，一邊看照片：「哇，你媽媽，不錯，她是一個美人。」

「你根本不配說我媽媽，我媽媽從不害人。」

牠鬆開了她，米米朵拉一個趔趄，重重地跌到地上。牠的劍劃破了母親做菜的照片，挑起碎片來。米米朵拉跳過去撿，心疼地叫了起來：「你還我照片，天哪，媽媽，媽媽。」她把破碎的照片緊緊地貼在胸口。

「好吧，不碰就不碰，瞧瞧，我也是有同情心的人哪，再說你媽媽十分可憐，她馬上就要失去她的女兒了！哎呀，我都要落淚了！」先知薩利姆一臉慈悲地說。牠收起了劍，繞著她走了幾步：「你放心，怕了的話，我就讓你死得乾脆一點，不怕的話，我再給你來幾下，跟海邊的人生吃魚，割成一片片的，等一會兒我也那樣生吃了你，再進軍南方。」

米米朵拉看著牠，笑出了聲說：「哪有人怕一隻老鼠的理?!薩利姆大人，你看看你現在的樣子，你不害羞，我都要替你的皇帝殿下難為情，哎呀，他居然尊你為義父。」

「你在說什麼？」先知薩利姆愣在那兒。

「那你保證，不要使詭計，來對打。」

「我保證。」牠的鼠眼亮亮地轉動著，也擺開了架勢，手握著劍，緊張地盯著米米朵拉。

米米朵拉雙腳彈跳著，拚足力氣，蹦起來，用標準的跆拳道反腳踢，一腳正中牠的鼻子。牠尚未反應過來時，她側身背對他，把牠背上的盔甲使勁地扯了下來。她拳頭緊握，繼續彈跳著，眼睛盯著敵人。

先知薩利姆摸摸鼻子，吃驚地看著手指上的鼻血。牠搖搖頭，彷彿不相信似的，又看了看地上的盔甲、身上的衣衫褲子，歪歪斜斜，撕破了一個大洞，牠氣惱地將破衣一把扯掉，上身裸著，皮膺和肩膀都是白色的鼠毛。傍晚發紫的天空下，牠投下的身影很長，尤其是牠拖在地上的尾巴，像條蛇一樣擺動。

廣場上的人和動物都「哎呀」一聲，驚叫了起來。

先知薩利姆聽見了，對此非常不快，索性扔下劍，坐在地上，閉上眼睛，嘴裡念念有詞，臉色蒼白，汗珠沁出來。突然米米朵拉整個身體彈起在半空中，重重地摔倒在地上，一動不動。

在場的人驚呆了，尚未反應過來時，女僕、受傷的船長、克勞迪歐、烏龜和八哥都朝米米朵拉奔過來。先知薩利姆站了起來，笑了笑，歡喜地叫道：「好啊，都來了，真是貨真價實的好朋友。好吧，讓我喘一口氣後來成全你們。」牠朝前走了幾步，鼻尖上的血滴在白色的胸毛上，牠伸手抹了抹，放在嘴裡嘗了嘗，大概是味道不好，啪地一下吐在地上。

坐在大象輦車上的少年皇帝阿克巴的眼睛慢慢睜開來，朝先知薩利姆招手，牠身邊的幾個侍衛騎馬飛快地到先知薩利姆跟前。先知薩利姆朝皇帝這邊看了看，不錯，皇帝朝牠招手。牠習慣性地整整衣衫，卻是什麼衣服也沒穿，牠皺了皺眉頭，還是畢恭畢敬快步走過去。這時，丞相一幫人也迅速地撤到廣場東邊，他們穿著跟皇帝的侍衛一模一樣的衣服，幾乎不為人知站在隊伍邊上。先知薩利姆準備揭帽向皇帝敬禮，發現頭頂沒帽子了，一絲不悅出現在牠的臉上，不過牠仍是彎下腰來說道：「陛下晚上好，臣聽命！」

「我以為自己在做夢，夢見一場馬戲表演，有八哥，有烏龜，有外國船，有貓，三隻貓，還有一個小小美麗的女孩子，他們有唱有打。真的，比幾天前小雷蒙馬戲團的表演要精彩好看得多。」一牠坐直了，聲音大了起來。幾維鳥飛到廣場中間，撲扇著翅膀，馬上少年皇帝阿克巴的聲音大起來，響在整個廣場上：「我剛才發現，原來這不是一場夢，也不是什麼馬戲團表演，一切都是真的，就在我眼皮子底下，這麼多可愛的動物和人被傷害、將被傷害，原來是因為我的義父。」牠停了停，看著地上站著的驕傲無比的先知薩利姆，一字一頓地說，「你不是我的義父，你是一隻老鼠！衛兵，拿下牠！」

先知薩利姆惱羞成怒，從衛兵鋥成亮的武器上看清自己的樣子，赤身露體，一隻拖著長尾巴的大老鼠精，可是牠一點也不在乎，乾笑了一聲，朝少年皇帝阿克巴伸出手。丞相騎馬當前，擋在大象輦車前。先知薩利姆輕蔑地看著丞相說：「唉，老朋友，你不在邊界，跑到這裡做什麼？哦，來保駕！當然當然，今天怎麼可能少了你呢，有你陪葬，諸事才算圓滿！」牠輕聲念咒。可是丞相還是在馬上，正盯著牠看。這是怎麼回事？牠不敢相信自己的眼睛，牠下意識地看自己伸開的雙手，臉上的汗水和鼻尖上的血滴落下來。更多的侍衛朝牠圍過來。牠的身體在縮小，變成一隻尺寸稍大的白老鼠。牠還是不甘心，嘴裡念著咒語，仍是一樣，牠的魔法在少年皇帝阿克巴說出那句「你是一隻老鼠」時就消失掉。「不，這是不可能的——」牠對天狂叫，急忙擇路而逃。

沒用，丞相及皇帝的侍衛們全圍攏過來。

所有的老鼠衛兵們都恢復了之前的大小和模樣，從廣場每個方向朝老鼠精薩利姆湧來，穿過眾多皇帝侍衛的腳間、馬蹄間，密密麻麻地把牠圍著，一層又一層，黑壓壓一片，只聽到一陣咀嚼聲。沒一會兒，失去魔法的老鼠精薩利姆便被老鼠們吃得一粒渣也不剩，連地上的血都舔得乾乾淨淨，只有牠們的嘴在動。

米米朵拉覺得自己快死了，她努力睜著眼睛，看著前面，心裡倒抽一口氣，老鼠精薩利姆平日裡對老鼠們殘忍，老鼠們受了牠的魔法控制，成了他的工具，心裡一定恨之入骨，否則絕不會這樣。

她感覺自己被一個人抱在懷裡，看見好多人的頭緊挨在一起，關切地看著她，其中有一個是馬可船長：「船長，我快不行了！」馬可船長把她的嘴閉上，她閉上眼睛。這時丞相的聲音在說：「趕快叫御醫！」她努力地睜開眼，費力地說：「丞相叔叔，老鼠精——終於——死了——我好高興！媽媽——對不起，我沒有找到你，我——」話沒說完，她頭一歪，便什麼也不知道了。

城堡紅砂岩那種紅，與藍房子濃重的藍，形成鮮明的對比，使夜幕下的阿格拉瓦那顯得異常美麗。好多的人在奔走相告，從家裡走出來，喜形於色，滿天的星星閃耀著像新娘的眼睛，月亮也從雲裡擠身出來。米米朵拉洗過的長髮散開來，腳上的紅鞋擦得亮亮的，宮殿裡好多侍女給她淋浴熏香。

一個侍女手拿漂亮的藍色繡花邊絲綢禮服，幫米米朵拉穿上；另一個侍女給她戴上陰陽樹花冠；一個侍女雙手呈上一個銅盤，上面是用綢巾包裹好的東西。她接過來一看，居然是一個紅色手繡布袋。她猛然想起，自己的包被老鼠精薩利姆破壞了，這個布袋真是雪中送炭，剛好可以放她所有的東西。窗外傳來聲響，她探頭一看，原來是少年皇帝阿克巴在樓下一個空地，一身是汗地馴著一頭兇猛無比的戰象。他試了好多次，想上大象的背，大象都憤怒地跑開了，而且進攻他。他被大象的鼻子抵到牆角，非常危險。突然他的雙腳蹬牆躥上大象的背上，雙手輕撫大象的耳朵，嘴裡說著什麼，狂暴的大象一下子溫順了，帶著他朝拱門走去。

米米朵拉這才鬆了一口氣，眼睛亮亮地看著他的身影消失。

這陣子，馬戲團的朋友們都在廣場搭帳篷。當老鼠精薩利姆傷了她、她快死時，是馬戲團老闆阿蘭達蒂趕到，取出隨身帶的藥，抹在她身上受傷的地方，她才緩過氣來了。那藥真是神奇，傷口沒一會兒就癒合了。阿蘭達蒂也給小黑、船長、克勞迪歐一家人擦了藥，他們都跟她一樣，立馬見效。

據說，少年皇帝阿克巴駕大象直奔她而來，飛身跳到地上，看到她雙目緊閉，臉如死人一樣，著急地蹲在她的面前，他的心被米米朵拉強烈地吸引住，看到她奇蹟般從死亡線上醒過來，當即下令，封馬戲團的老闆阿蘭達蒂為神醫，並且讓馬戲團在廣場上演三天三夜，讓所有的老百姓觀看。小蜜蜂和她的夥伴們開始搭帳篷。老鼠們紛紛逃竄出城，牠們知道在城裡，老鼠過街，人人喊打。小黑跟著船長一夥跑去幫馬戲團準備節目，實際目的，是想學幾門絕活。

城堡皇帝的宮殿前鋪了地毯，掛著彩旗，點著火把和油燈。城堡下面的街道同樣張燈結綵，喜氣洋洋。城牆上士兵往大炮裡裝喜炮，轟隆聲後，歡慶典禮開始，少年皇帝阿克巴坐在御座上，他一身長到腳踝白底藍繡花的禮服，帽子全是珍珠寶石點綴，脖子上戴了三串熠熠生輝的珍珠項鍊，氣宇非凡。山羊鬍丞相操辦了這一切，忠心耿耿的他重新得到了皇帝的重用，人顯得喜氣洋洋。他和瑞傑等人，與許多大臣、智者依立在皇帝的御座下面左側，他們邊上站著好些穿戴華麗的皇親國戚。

米米朵拉和她的朋友們——船長、小黑、貓家族、烏龜弗弗、八哥站在右側，與之並排的是馬戲團的老闆阿蘭達蒂和小蜜蜂，臉上一派快樂。羅伊夫人從囚室裡放出來，除了手臂和腿有紅紅的勒痕外，穿了件訂了珍珠黃金花瓣的綠色絲綢沙麗，顯得整張臉神采奕奕。

禮樂吹奏聲中，少年皇帝阿克巴站了起來，女侍衛端著一個金盤悄然佇立，丞相陪同米米朵拉走上前。阿克巴將盤裡的由幾種鮮花串成的花環，戴在米米朵拉的脖子上，又伸出一個手指頭按了盤裡的硃砂，在她的眉心輕輕點了一下。

鮮花環有一種是黃玫瑰，米米朵拉嗅了嗅，奇香無比。這時，阿克巴把一個小而精緻的盒子放在她的手裡。「打開吧，我的小勇士、遠道而來的美麗姑娘！」

米米朵拉抬頭看站在面前這位英俊的少年皇帝，他正熱切地看著她，她趕快把目光收回，落到手上的盒子，慢慢啟開，她一下子驚呆了：一枚墨綠色的寶石，像一枚雞蛋大，天然呈花瓣形，上面的花紋美如青山與浮雲，也有點像鳥與河流。莫非這就是孟婆說的孔雀寶石？她激動地抬起臉來。阿克巴對她說：

「這是我祖父的祖父傳下來的孔雀寶石。」他指著沉香木的御座上嵌著寶石的地方，那兒空著，「聽說你來我的王國是為了這顆寶石，現在這顆寶石屬於你，你配擁有它，你拯救了我的王國，怎麼感謝你都不夠。」

米米朵拉感動得熱淚盈眶，小心地把盒子放入挎著的紅布袋裡，然後向阿克巴深深地鞠了一躬說：「謝謝你，陛下。」

阿克巴伸過手給米米朵拉，他讓她與自己並肩坐在御座上，然後問：「米米朵拉，你喜歡這兒嗎？」

「陛下，非常喜歡。」

「那麼留下來吧，留在這兒。」

她沒有想到，一愣。身邊的八哥在船長肩頭，大聲叫：「留下來，留下來。」馬可船長輕輕地對牠說：「小聲點。」

「我美麗而勇敢的姑娘，你看你在這兒有這麼多的朋友，怎麼樣，不要離開。」阿克巴滿心期待。

「陛下，我特別想待在這兒，可是，可是，我要回去找我的媽媽，我得快一點離開，要是晚了，那就糟了，我媽媽就真沒了，那樣的話，我也就完了，活著也沒有意思了。」米米朵拉眼睛紅了，盈滿淚水。

阿克巴臉上的笑容沒有了，明亮的眼睛黯淡了，嘴裡直說：「我聽了也很難過，你會找到她的。」他伸出手拍拍米米朵拉的肩膀，表示安慰。隔了一會兒，他問了米米朵拉好些問題，她把尋母啟事拿出來給他看，他注視著照片說：「你和你的母親真像，很善良很聰明，你要好好活著，你一定會找到她的。」

「你真的這麼想，我會找到她？」

「我這裡是這麼想的。」阿克巴指指他的心。

「啊，謝謝你，陛下。天哪，我好想她。」

阿克巴遞給她一杯木瓜汁，待她喝了下去後，他才問：「現在感覺好一點了嗎？」

「是的，陛下。」米米朵拉回答。她從包裡取出插圖書《我們去打獵大熊》，雙手捧著，送給了阿克巴。

他非常高興地收下，邊看邊讚歎：「好動人的故事啊！謝謝你的禮物。」然後附在她的耳朵邊輕聲說：「米米朵拉，我要告訴你一個祕密，我不識字。」

米米朵拉嚇了一跳。

阿克巴告訴她，他的童年正是在父親流亡波斯的日子裡，沒能接受良好的教育，只能通過別人給他朗讀書來獲得知識。他舉了舉手裡的書，仍是低聲說：「沒準，現在我可以學你的國家的語言，開始認字寫字。」

「可不可以，我們在花園裡走走？」

「你肯定行的，我敢保證。」

阿克巴眼裡流露出感激的神色，向她伸出手來：「可不可以，我們在花園裡走走？」

米米朵拉把手交給他，兩人手牽手離座走到一邊的庭園裡，身後跟著一隊士兵。波斯風格的花園，有水池，也有一個古老的神雕像的噴泉。兩行並排的參天大樹把花園分成四個同樣大小的長方形，每一個角落都種著玫瑰花，芬芳襲人，非常漂亮。她覺得這兒跟白天帶克勞迪歐來時不一樣，也許是心情不一樣吧。阿克巴摘了一朵玫瑰，插在她的頭髮上，走到一側看著她說：「米米朵拉，你真美！」

米米朵拉經常聽到母親這樣說她，除此之外，沒有什麼人這樣對她說，她的心裡覺得與阿克巴好近，像一個認識了很久很久的朋友一樣。於是她便這樣告訴他。他聽了，喜笑顏開。她看著他，充滿好奇地問：「陛下，請問你怎麼一直不知道先知薩利姆是一隻老鼠？」

「這個問題，很容易回答，把你的雙手伸出來吧。」

米米朵拉伸出雙手。

「我們來做個遊戲，不必碰你，我會使你的手反過去。」看著她笑著，他問，「準備好了嗎？」

她點點頭。

「你的手伸反了。」阿克巴說。

米米朵拉一聽馬上將手反過來。

他大笑：「你上當了。你看，我們都是如此單純、容易相信人的人。」

米米朵拉發現這位少年皇帝非常可愛，她喜歡他，遠遠超過她的想像。她抬眼看他，發現他正在看自己，她有點手腳無措。他把手放在她的肩上：「米米朵拉，你知道，我一見你，就喜歡上你，非常在意你。」他把她的手放在他的胸上，他的心跳得急促而有力，「做我的皇后吧，米米朵拉，我需要你在我身邊，我等著你長大。」

米米朵拉笑了起來：「做皇后？哦，一定要做好多好多複雜又複雜的事。」她覺得好麻煩，「殿下，殿下，我喜歡做簡單的事，哦，你知道的，我不能留下，我得去找媽媽。你這個事情，可能，可能你最好找另一個人，好不好？我喜歡你，不要不高興，我不知道──」

阿克巴沒想到她這麼回答，神情黯淡，不過他善解人意地說：「不要馬上答覆我，想著我的話。」

米米朵拉點點頭。

阿克巴退後一步，學米米朵拉的跆拳道架勢：「這叫什麼拳？可以教我吧？」

這真是給她解了一個圍，她退後一步，舉起雙手來。「陛下，聽命，這叫跆拳道。」她做了個騰空上踢、掄踢、側踢飛人的示範。

阿克巴看得仔細，對她說：「來吧，我們一起打。」

米米朵拉的左腿側踢阿克巴，他閃開，側踢米米朵拉的肚腹部，她也閃開了。阿克巴身手不凡，越打越猛。米米朵拉也發揮得從未有過的好，她閃躲自如，兩人從廊柱左端打到右端，直拳蹬腿，收拳提腿送髖，單腳勾起，發力與速度如閃電。侍衛們拉開一個大圈子，不敢靠近。兩人打得汗流浹背，米米朵拉皺著眉頭說：「殿下，不和你玩了，你明顯在讓著我。」

「開始沒有讓你，現在是，我怎麼捨得和你真打。我從小是摸著刀劍長大的。你不同，告訴我，你學了這跆拳道多久？」

「兩年。最先我不喜歡，是我的媽媽非要我學。」

「你母親一定是一個特殊的人，言傳身教，你也是一個特殊的人，不然你不會如此吸引我。」

兩人回到大廳，阿克巴請米米朵拉坐回御座前，他甜蜜地看著她。印度竹笛吹奏著纏綿的音樂，一排綠衣長袍拿手鼓的帥小伙子扮成青蛙新郎，正在朝一排淡綠衣沙麗的青蛙新娘情深意濃地唱著歌，互訴愛情：

搭，搭，搭，搭個篷，我和你躲在下面
說，說，說，說你是我的
想，想，想，想你是不可能的未來
穿過千千山萬萬水，來到這裡

領舞的新郎扮相好眼熟，他邊擊鼓邊獨唱：「你，你，你，和我一起歌唱。」

所有的新郎新娘拍著手，加入他。

米米朵拉注視他走到新娘身邊，與她對舞。阿克巴的眼睛跟著米米朵拉的眼睛，她看誰，他便看誰。她回頭朝他笑，他便笑得更加開心。

那個晚上，阿克巴真的和馬可船長做了一大筆生意，他把從威尼斯帶來的食鹽、棉花、羊毛換了香料和茶葉，與皇帝、丞相成了朋友。阿克巴喜歡他的貓家族、烏龜弗弗和八哥。船長捨不得送牠們。阿克巴便說貓家族可以寄養在城堡裡，若是菲力波讓羅阿咪懷孕，生下一窩小貓咪，那麼貓夫婦便可隨來拜訪的馬可船長離開。

「這個主意不錯。」馬可船長高興地接受了。

米米朵拉把手機送給馬可船長，他推卻。她告訴他，這個索尼防水太陽能充電手機最大的用途，是兩個不在一個地方的人撥一串數字就可以說話，她的號碼在SIM卡上，手機裡是雙卡槽，她將留下記憶卡，取走SIM卡，待回到她的世界，再買一個手機，裝上就可以了。聽了她解釋，船長欣然同意收下。米米朵拉把手機裡喜歡的照片存在SIM卡裡，取出來，小心地放入布袋裡。

正和馬可船長交代手機不必充電，有時發燙了，需要關機諸事時，烏龜弗弗擠進來，大聲叫喚。米米朵拉蹲下身來，烏龜弗弗伸出長長的脖子，把白色的前腿也放在米米朵拉的手上，慢吞吞地說：「這，次沒，幫上，什，麼，忙。孩子，後，會，有期！」

八哥飛到她的肩膀，調皮地重複：「後會有期，後會有期。」

就是那個晚上，少年皇帝阿克巴決定日後在不遠處的法塔赫布爾西格裡城修一座宮殿，覲見廳要二層，中心是柱子，托起一個圓形平台，平台上還有四個橋通向宮殿四角，與兩層迴廊相連。皇帝御座設在二層的平台上，他可以坐在那兒，傾聽群臣在下面議論國事。也可以聽不同的人士展開辯論，信佛的說佛的好，信主的說主的好，信希瓦的說希瓦的好，信安拉的說安拉的好。阿克巴看了看停在米米朵拉肩上的八哥說：「也歡迎各種動物坐於不同的平台，參與人類的問題，給予建議。」

「這個好，阿克巴成為一個開明的君主。」八哥在她的耳朵邊悄聲說道，牠的聲音太低，米米朵拉沒聽清楚，再問，八哥居然聲音更輕。她拍拍牠，羡慕地對阿克巴說：「在我的國家，甚至好多國家裡，動物沒有資格參與議論國事的權利和機會。」

「哦，那會多麼遺憾！」阿克巴說。

米米朵拉無奈地聳聳肩。

「那你覺得這座宮殿叫什麼名字好？」阿克巴問。

「就叫它勝利之城，如何？」米米朵拉有了主意。

阿克巴說：「我也是這麼想的。」他伸出手掌來，她也伸出手掌來，兩人擊掌確定。身後的孔雀一瞧，居然洋洋得意地開屏了。阿克巴真心地喜歡動物，動物能感覺到這點。真好，她得離開了，她抱歉地站起來。阿克巴臉上的笑容馬上消失，站起來，緊緊地抓著她的手，「米米朵拉，呵，你不知道今天對我來說，是一個永遠難忘的日子，因為有了你，我的王國和我本人的命運徹底改變。在你離開我的國度前，任何時候，如果你改變主意，請告訴我！」

「陛下，對不起。」

「你的母親需要你，我知道你必須走，你是她的生命。」

「陛下，謝謝你，我，我，非常高興遇到了你，贈我你最珍貴的東西。」她的手摸著紅挎包。

「光是聽你這麼說，我便覺得好幸福。我的小女孩，你知道的，我們處於不同的國度不同的時間，恐怕以後不會見面了。容我再次請求你，你起碼可以先做我的漢語老師，怎麼樣？」他的樣子認真極了，眼巴巴的樣子，跟他與她對打時的強悍完全兩樣。

「這個主意真不錯。謝謝你。」米米朵拉忍著淚水，難過地說，「陛下，不一定呀，我們以後不見面，沒準哪一天你會中了魔法，突然闖入我的世界來，一個和你的世界很不同的世界，唉，我們不能說死喲，未來將發生什麼，會發生什麼。」

「也是的，那麼我們祝願再見好嗎？」他一把將她攬入懷裡，她也捨不得離開，緊緊地依靠在他的胸前。過了好一會兒，他放開她，眼睛紅紅的，轉過身去。

米米朵拉閉上眼睛，舉起雙手塞著耳朵，她不敢看不敢聽阿克巴離開。

丞相走到她面前說：「小小姑娘，陛下已經走了。」米米朵拉這才睜開眼放下手來。他告訴米米朵拉，要去北方回謝白髮女巫迦德盧的預言。看著米米朵拉的眼睛，他說，如果沒有米米朵拉和她的朋友們的努力和勇敢，那個預言也只是個預言而已，米米朵拉沒有辜負他的期望，他從內心深處對她充滿感激。

米米朵拉不好意思地低下頭去。丞相把手放在她的肩上祝福道：

「願安拉保佑你從今以後，一切吉祥，早日找到你的母親。」

米米朵拉抬起臉來，拉著丞相大人的手謝他，突然發現他的身後站了好些人：瑞傑、羅伊夫人和她的女僕、珠寶店的老太太等等，他們都是來和她告別的。羅伊夫人一把抱緊米米朵拉說：

「真想你留下，好吧，一路小心，希望你早點見到你的母親！」她送了一包自家庭院裡的印度海娜花種子，「這花還可以用來洗長髮。」米米朵拉謝了她。

瑞傑輕聲問米米朵拉：「喜歡今晚的祈求季風青蛙的婚禮歌舞表演嗎？在我們這裡，一年才演一次。」

「我喜歡。領舞的新郎是你裝扮的，對嗎？你真了不起。」

「你居然看出是我，真了不起。再見了！」他的眼睛濕濕的，雙手合十，「願安拉保佑你。」

「讚美安拉。」米米朵拉學樣，雙手合十說著。

該告別的人，都道了再見。可是她心裡還有點什麼東西，覺得不對勁。是的，幾維鳥不在宮殿裡，她張眼四處尋找牠，也沒找到。

米米朵拉獨自走到城堡的牆邊，天上的星星怒放著光芒，碩大的紫色雲團飄浮在其中。居高臨下，放眼看去，城堡下面的街市熱鬧非凡，人們在廣場上載歌載舞，歡慶不必晝夜顛倒，結束了老鼠精薩利姆的黑暗統治，一幢幢白房中夾有藍房，格外醒目，好多紫色九重葛、粉色夾竹桃，開得妖豔十足。一切恍若夢境，四天前在這兒她無人相識，現在在這兒她有數不清、彼此相知甘願獻出生命的朋友。

「可是，我的幾維鳥小老哥你在哪裡？」她輕輕地呼喚牠。

風吹動著她的長髮，幾乎遮著她的臉。沙沙的、有點嗚咽的聲音在她的耳邊響起，沒錯，就是幾維鳥小老哥的聲音：「小傢伙，原諒我的不辭而別。你需要我時，我會來到你身邊，當你不需要我了，我便離開，米米，我的朋友，再見了。」

淚水從她的臉上流下來，小黑來到她的身邊，舔她的小腿。她把牠抱到城牆上說：「第一次感覺離別是這麼的難。」

「做人如此，做狗也一樣。」小黑說完，唱了起來，「讓我唱吧——」

米米朵拉把手放在胸口跟上：「哦，讓我永遠地歌唱吧！面對必然要來到的離別，山在悲傷，水在悲傷——」

聲音忽然大起來，她一回頭，發現朋友們都站在自己的身邊唱，馬可船長、克勞迪歐和菲力波的男聲加入，烏龜弗弗用兩個前腳有節拍地敲打著，羅阿咪和小黑加入叫聲，八哥飛到城牆上指揮著，牠大聲地唱最後兩個字。他們把整首歌唱了一遍又一遍，唱得人和動物都熱淚盈眶，難捨難分。

米米朵拉和小黑一邊唱一邊朝城堡大門走下去，她停在大門口，聽到廣場小雷蒙馬戲團的帳篷發出暴風雨一般的掌聲：「再見了，阿蘭達蒂！謝謝你兩次救了我的命！」然後她閉上眼睛，輕輕地從心裡說了一聲：
「希瓦，我需要你，帶我回冥都吧！」

第四部

第一章　正確的選擇

米米朵拉感覺自己整個身體失去了平衡，從一個古老的門，直接撞入另一個門裡，渾身觸電一樣抽搐不已，奇痛難忍，可是無法叫出來，整個呼吸都停止了。

不知過了多久，她的呼吸漸漸平穩，生怕自己不能回到冥府，她慢慢地睜開眼，天空全是燦爛的火燒雲，像熱情的鶴在飛舞，它們的影子下來，把大地映照得一片光燦燦，真是美極了。她伸手摸了一下身旁雕著龍鳳呈祥、雲彩翻騰的玉石，是真的。

謝天謝地，她在冥都了，站在廣場南邊的古牌坊下。整個廣場籠罩在霞光之中，靜悄悄的。冥都還未醒來。一頭金色的牛緩慢地從廣場一旁雕刻著動物的大石柱之間走出來，瞬間變成白色的大象，上面坐著一身紅衣黃褲的美男子希瓦。看見了她，他輕輕地跳下地來，朝她走過來，風吹著他一頭披肩長髮，飄逸而英氣。

她一下子撲過去，緊緊地抱著他。他撫摸著她的頭。過了好久，她也不放手，渾身發抖，喃喃地說：「希瓦，我害怕！」

希瓦把她一把舉起來，看著她的眼睛對她說：「不要怕，孩子，我知道，你是如何一路走過來。」

「不知為什麼，我心裡充滿了畏懼，我找到了做隱身衣的孔雀寶石，感覺離媽媽近多了，可是感覺再向前走一步都難，我該怎麼辦？」她哭了起來，「我不行了，真的，我，我——」

希瓦把她放在地上，耐心地等著她哭，她哭得一把鼻涕一把淚的，過了好幾分鐘，她才停了下來，希瓦遞給她一塊布巾，她擦了擦。

高大的希瓦蹲了下來，即使這樣他還是比米米朵拉高出好多：「小小姑娘，只要你願意，你可以繼續留在莫臥兒王朝，皇帝阿克巴是開明的君主，而且非常喜歡你，要等著你長大，當他的皇后。在那裡，你還有那麼多朋友，我可以讓你再回去，怎麼樣？」

「呵，那兒不屬於我。我的媽媽不能沒有我，我也不能沒有她。可是，害怕就像害蟲，鑽進我身體每一個地方，我隨便一抓，就是一大把，哦，我是多麼沒用的一個人呀！」她把布巾還給他。

「孩子，好了，就一會兒，什麼也不要管，這樣吧，我可以陪你看看這個世界。這個世界包羅萬象，有好多好多面，各不相同，遠不是你生下來，長大的世界，也不是你在冥都看到的。怎麼樣，要看嗎？」

她猶豫地問：「會花很多時間嗎？」

「不會，孩子，不必擔心時間，相信我，你該知道我是誰？」

她點點頭。

希瓦拉著她的手站立。

僅僅眨了一下眼睛，她便發現一個穿著印度服飾的大中國小女孩進入了一片冰天雪地的北極。她看清，那是她自己。一隻威武兇猛的北極熊跑到她面前，放低前腿。她騎上去，一點也不冷，因為她身上的衣服變成了毛皮衣，戴著毛帽子和手套，她的印度紅布袋還是斜挎在身上。北極熊帶著她奔跑起來，頭頂上飛著海鳥，身邊是北極狐在慢慢地踱著步。他倆跳入海水中，逗著白鯨，追逐著海象，牠們高興地跳躍起來高聲尖叫。陽光照射下來，折射透明的浮冰上自身的光，照得她的眼睛亮亮的。以前她多麼嚮往這兒，記得上小學第一天，問母親「大中國」的來由時，母親就說到了北極：在很久很久以前，古代大中國大禹王，派出一位天神測量大地。天神從東極走到西極，測得長度為23.35萬里又75步。大禹王不放心，又派出另一位天神從北極走到南極，用一種約六寸長叫做「算」的竹片測量大地，結果與東西距離完全相同，方方正正，處於四海環繞的正方形大地的中央，大禹王便因此命名自己的疆土為大「中央之國」，以後就叫大中國。母親也對北極有強烈的興趣，說是有一天要去拍個愛斯基摩人一年四季的生活紀錄片。「看北極，沒有母親，有什麼意思呢？」

米米朵拉心裡這麼想，雖然沒說出來，可是希瓦從她的眼睛裡讀到了。她感到整個身體震了一下，她從北極跳了出來，身上的衣服又變成了之前的印度沙麗。

希瓦與米米朵拉同時飛升起來，遠到宇宙之外，俯視地球這顆行星。希瓦的手指移到大中國東邊，往下一指問道：「小小姑娘，你看看這裡吧。」

雲層下面是無比壯觀的尼加拉瓜大瀑布。希瓦拉著她，分別坐到一大一小的白馬上，他們騎馬到了瀑布上端，大量的水蒸氣中出現了一道半圓的美麗的彩虹。她凝視著，道路邊上有好多大中國人開著各式跑車，尖聲叫嚷，引起她的注意。說實話，沒一輛車有母親的紅色牧馬人吉普車更前衛，更實用，更讓她喜歡。希瓦問她：「你在看什麼呀？」

「車子，難道也有你不知道的東西？」

「呵，你是說車子，車子一點也不能吸引我。對你來說，車子並不重要。等等，車子裡有一樣東西重要。你看，我們要不要去蘇格蘭高地或是復活節島？」

米米朵拉心裡煩躁，不假思索地說：「去島吧。」

在南太平洋的復活節島上有好些潔淨的海灘，聳立著火山丘，那些無腿的半身石像，戴著紅帽子，神祕地面朝大海昂首遠視，讓人是那樣的渴望走入它們的內心。米米朵拉望而卻步，絕非沒有興趣，而是心裡東西擱得多，沒有空地擱了。

他們一路往東飛越，停到地中海中的靴國上，去了靴子中東部的福祈，在連綿不斷的丘陵和山谷山頂棕黃色的古鎮，可一覽眺望連綿不斷的丘陵和山谷、遠處覆蓋著冰雪的山峰和蔚藍如綢的大海。海鳥一線停棲在礁石上，燈塔海鮮餐館裡一個叫瑟珀的小女孩正在和爸爸媽媽吃飯。希瓦帶著米米朵拉，與小女孩認識了。他們給她叫了一大盆海虹，放了迷迭香洋蔥丁蒜丁，還澆了白葡萄酒和橄欖油，哦，放了好多檸檬汁，真是和母親做的美味差不離！她沾著一塊香噴噴的麵，吃了起來，想起母親，眼睛就紅了。她對瑟珀說，她想她的媽媽。瑟珀給她一個擁抱安慰她。看著瑟珀爬上父親的肩膀坐上馬車，米米朵拉羨慕地看著，一動也不動。希瓦猛然醒悟，對她說：「好吧，小小姑娘，也許你需要生命中最缺失的一種東西。」

「什麼東西？」

希瓦說：「父愛。」

她望著他說：「不，我不缺失，我有你。」

「可我不能代替他。怎麼樣，試試吧？」

不等她回答，他牽著她的手，整個喜馬拉雅山崖雪峰飄來，在大海之上，四周全是碧藍的天和白雲朵朵，一隻青蚱蜢正在爬上峰頂的宮殿。再看第二眼時，她已站在宮殿大門前，雙手捧著青蚱蜢。衛兵向她畢恭畢敬地敬禮，她走了進去。她穿著公主一樣的衣服，好多的僕從跟隨著。她的臥室窗外是一個美麗的花園。她把手裡的青蚱蜢放生了，牠飛到一棵蘋果樹上，與好多金色的小鳥一起歌唱：

你給我一把櫻桃，我哪裡也不逃。
你給我一串星星，我的心被照耀。
你給我一匹快馬，我揮鞭趕回家。

父親是國王，戴了個黑框眼鏡，瘦瘦高高的，十分威嚴。國王脫下漂亮的華服，成了一個花匠，教她種植花樹、施肥。他非常有耐心，手把手教她剪枝丫。池塘裡有小青蛙，正好跳到他的腳上，他開玩笑地說：「沒準這就是你的青蛙王子！」她帶著青蛙到葡萄架下，青蛙一動不動地熱情地看著她，眼神好像印度少年皇帝阿克巴。青蛙迫不及待地告訴她，他喜愛她，可以為她變成人。

「真的？」

「這還用懷疑嗎？」

「那麼，不管你變成一個王子或是貧民，我都會一樣對你，不僅與你平等，同讀書同做遊戲，還會和你同吃同睡！」

青蛙突然生氣地說：「我才不要變成一個貧民，那樣我會自殺的，我也不會與你平等，不管在哪個世界，都沒有平等，你得聽我的。你能接受我嗎？」

輪到她啞語了。青蛙一甩手，蹦跳著離開了。她失望地在葡萄籐下的草地上睡著了。父親將她抱起來，走進屋裡，把她放在床上。她睜開眼睛說：「給我講一個故事吧，爸爸。」

「沒問題，講一百個故事我也願意，我會把沒講給你聽的故事都補上。」

他說到做到，他講的都是自己年輕時的冒險故事，航海遇到了大風暴，跌進海裡，有時被鯊魚吞進肚子，有時被沖上一個孤島，但他都能化險為夷，克服一切困難生存下去，最後安全地返回家。她聽了，心裡釋然，父親是她心裡一直想像的那種父親。

父親的睡房與她的睡房隔著一個裝有形形色色衣服和各種遊戲書籍的大廳，雖然如此，她夜裡還是會做噩夢叫起來，父親馬上奔到她的床前，安慰她，直到她重新睡著。早上，父親親自下廚給她做飯。雖為一國之主，父親硬是擠出時間來陪她。他們有時去古羅馬鬥牛場遺址吃早飯，有時去東京的文華東方酒店，看著雪封頂的美麗的富士山吃晚飯。的確，父親有世界上最快最先進的飛機，神速如宇宙飛船。有一次父女倆上了月球，一腳輕一腳重地踩在月球的地上，好玩極了，不過月球太冷清了，她找織布的嫦娥和砍樹的吳剛，可是他們都睡著了，叫不醒。她給他們留下一張紙條，建議他倆乾脆在一起成夫妻算了。父親說，人不能因為孤獨就隨便擇伴，必須有愛，比如我對你的愛，這是任何東西都無法改變的。如果在王國與你之間只能選擇一樣，我會要你。為父親這席話，她親了親他。

有一次父女倆徒步，他們爬上尼泊爾喜馬拉雅山區高寒地帶，皚皚白雪在陽光下非常刺眼，她看到一個紅髮披頂的雪人，夾著一塊又重又黑又圓潤的石頭逃竄，在雪地上留下碩大的腳印。父親說雪人腋下的石頭是用來打野牛、打雪豹、打山貓、打女人的武器，據說一打一個准。

「我也是女人。」她心裡一驚，不慎扭傷了腳，父親便把她背起來，一直走到山下的營地，進了帳篷，馬上給她用藥。「你為什麼對我這麼好？」她問他。

「因為我是你的父親。」

父親給她端來一杯水，看著她喝完問：「心裡愛我不？」

她說：「當然。」

「會一直愛下去嗎？」父親傻傻地說。

她點點頭，實在忍不住問：「你為什麼要離開媽媽？」

他不回答，讓她看雲朵在雪山上形成的奇妙圖案。的確，這樣的美景，遠遠比一個世俗的男女為何不生活在一起要有意思得多。不愛了，就是不愛了，這是別的人，哪怕自己的孩子也無能為力的事。她記起來，在母親與她談父親的那天晚上，母親躺在她的身邊，說與父親在同一個船上認識，他們也是在船上做愛，懷了她。那是她第一次聽到母親說做愛一詞。母親說真心喜歡一個人，就會想到做愛，反之便沒有這個想法。看得出來母親是愛父親的。好久母親也沒說話，她伸出手去摸母親的臉，摸到一臉的淚水。

那天晚上米米朵拉突然發高燒，頭痛難忍，她夢到一天清早，一隻長嘴鳥，帶著她去一個小客棧，憂憂走在路上。「你為什麼不理我？」她攔著他大聲叫出來。

「沒事了，沒事了，爸爸在這裡！」父親撫摸著她的頭髮說。

她一下子醒來，睜開眼睛，發現父親慈愛地看著她，雙眼紅腫。原來他整夜守在她的床邊，一會兒給她用冰袋，一會兒給她量體溫，一會兒給她一勺勺餵藥水。天亮時她燒退了，睡著了。待她重新醒來時，整個人活蹦亂跳。回家後，父親給她開了一個慶祝宴會，請了全世界最有名雜耍魔術團來表演，大小客人都一味奉承她，討好她，看她的臉色行事。她覺得沒有意思，走到陽台上，外面飄起濛濛細雨。僕人急忙撐起雨傘，這是巴寶莉紅雨傘，她身上穿的也是巴寶莉黑風衣、夏奈爾白裙和銀皮鞋，手腕上是浪琴鑽石手錶。她推開雨傘走下陽台，覺得熱了，便把黑風衣脫掉，覺得手錶礙事，又把手錶拋到空中，一身白裙來到蘋果樹下。她生氣地說：「瞧瞧，我是多麼的幸福啊，每個孩子都會這麼想我。可就是差一點東西，我不知道是什麼。」幾個保母拿著好幾套衣服鞋子著急地追過來。

這時，一個母親帶著她的小女兒在參觀花園。她的眼睛一亮，對了，自己差的就是母親啊，她發自肺腑地說：「希瓦，你給我一個父親，是因為我從來沒有過。那為何不把失蹤的媽媽給我，帶到此地，這樣不就什麼問題都解決了？」

希瓦出現在蘋果樹下，看著她說：「我能給你一個父親，是因為你父親本來就不在這個世界上，我從另一個世界把他請來，而且他沒有大麻煩，是方便的。」

「那麼他死了嗎？他真是我的父親？」

「這是天機，不能說。但我可保證他絕對是你的父親。」

米米朵拉哀求地說：「希瓦，求求你，把我的媽媽帶來吧，我不能沒有她！」

「對不起，我的小小姑娘，你的母親，我不能把她請來，因為她的生命裡有一個大困惑和大麻煩，需要她自己解決。」

「這麼說，我媽媽沒死？」

「這也是天機，我不能洩露，你應該明白。」

「對呀，你早知我的過去，我去古印度，在莫臥兒王朝將發生的事，現在發生的事，未來的事，比如幾維鳥其實早就修練成了一隻精靈鳥，可是你不能說。」

希瓦笑而不答。

她走到他跟前，搖搖他的手臂。他過了一會兒才說：「萬事萬物本就不是完美的。」

「這麼說，神也有神的難處，神也不是萬能的，有神的苦衷，對吧？」

「可以這麼說，所以呢，你有一個當國王的父親應該滿足了，如此舒服富裕的生活，不會辛苦努力，也不必擔憂害怕，一切都是現成的，你是一個人人寵愛的公主，凡事你都比別人幸運，有最好的機遇。到了結婚年齡，好多白馬王子來到你的身邊，他們中的人會有憂憂的忠心和藝術才華，懂得你，相伴你，肯為你的幸福犧牲自己；也會有阿克巴的英俊和高貴的君王氣質，欣賞你，需要你，把你捧在手心裡；也會有別的男子，會讓你不斷感到新奇和激動，就像月亮的一半，遇到了另一半，你愛他，他也愛你。你會選擇一個人，和他結婚。之後，如果你願意，你可以要三個，甚至五個孩子，你會一直活到百歲之後，兒孫滿堂，其樂融融。我可以給你這樣一種容易的生活。」

「可是我覺得這樣的我不是我，」她搖了搖頭，肯定地說。「我不要這樣的生活，我要我的媽媽，有媽媽的生活，不論多麼辛苦，多麼困難，一點一滴的快樂和幸福都需要爭取和努力才能得到，這樣的生活才有意思。天哪，我的媽媽，一定在什麼地方受苦呢，我怎麼會棄她不管呢，她是生我養我，陪伴我長這麼大的人，我錯了，我膽怯了，媽媽，原諒我，我不能再錯，我得馬上回到正軌上。」

淚水順著米米朵拉的臉頰往下流，她用手擦了擦模糊的眼睛，突然發現自己已從父親的王國裡出來了，站在冥都圓形廣場的牌坊下，滿天朝霞，這之前希瓦帶她經歷的每一種體驗，不過就是從雲層裡穿透而出的一束霞光而已，全部過程僅僅花用了幾秒鐘而已。

希瓦把手放在她的肩上說：「孩子，你做了正確的選擇，你會比以前更堅強，這件你父親給你的白衣裙很適合你，繼續穿著它，作個紀念吧。再見了，親愛的小小姑娘。」

他說完打了一個榧子，坐騎大象到他的身邊蹲了下來，瞬間變成一頭金牛。

她跳起來給他一個擁抱：「再見了，希瓦！謝謝你為我所做的一切！」當她鬆開手，希瓦和他的金牛坐騎已不在了。她發現小黑靠著牌坊睡著了，睡得很香。真是奇怪，她返回冥都時，幾乎把小黑忘得一乾二淨了。這是不可能的，她難以置信地搖搖頭。也許小黑與她一起抵達時，被希瓦催眠了，古老的印度神花了三秒鐘讓她獨自一人選擇自己的生活。

她叫醒小黑，抬起頭來，霞光和紅雲消褪了，太陽升上頭頂。幾乎沒要一會兒，廣場上全是人，一個大集市，只售鏡子、花和鳥，各式各樣的鏡子，包括可以吃的鏡子；花呢，世界上任何地方的花都有，售花的都是美麗的姑娘和老太太；鳥呢，有布質的，有紙做的，有木頭的，石雕和銅鑄的，真鳥只有一隻，生得奇奇怪怪的，嘴扁而長，有點像幾維鳥，只是個頭小多了，翅膀也寬了點。小鳥很聽話，在一個小籠子裡安靜地閉著眼睛。攤主是一個包著頭巾臉黑黑的少年，見她佇足打量，提起籠子，硬要塞給她。她不要，他不僅不接，還生氣地皺著眉頭。

她急忙解釋道：「對不起，我沒有錢。」

少年不說話，指指她的包。她打開一看，夾層裡確實有大中國的紙幣。

「多少？」

「一張。」

她遞了一張紙幣過去。

接過少年手裡的籠子，她朝正北方向走去。冥府衙門口的牛頭馬面盯著經過的人，她記得這個地方，急忙朝左走。

第二章　相同的夢境

沒走幾分鐘，他們就到了四方街街心。

「我們往哪裡走？」小黑問。

「我也不知道。」米米朵拉看了看小黑。

小鳥把籠子門啄開，飛了出來，朝南飛。她放下籠子，追了過去。小鳥飛哪裡，她就追向哪裡。每條小街看似相似，卻不太一樣，有的是兩層樓，有的有騎樓，有的木窗子發紫發藍。跑得一身是汗，遠遠看見一個小客棧的旗幟，在微風中發出呼呼的響聲。這地方好熟悉呀，不就是自己去古印度前住的地方嗎？

小鳥並沒有停，繼續朝前飛，她跟了上去，小鳥往西邊的一條街上飛去，她跟著鳥跑。小黑精力旺，她跟不上時，它跟上。這麼跑了不知多少時辰，太陽都偏斜了，小鳥又飛到有小客棧的小街上。

她實在跑不動了，喘著氣停下，抹臉上的汗。就在這時一個瘦高個少年朝她走來，穿了一件長衫和絲綢灰馬夾，腳上是一雙繡著黃色花朵的靴子，他邊走邊看房子。他走路的樣子像一個人。她朝他走去。

小鳥突然飛高，越過灰色的屋頂不見了。

兩人走到客棧門前，停下，彼此看著對方，小黑搖起尾巴，親熱地叫起來。

「米米，怎麼是你？」少年先叫起來。

「憂憂，天哪，怎麼可能？」她一把將他抱住，哭了起來。「你想起我來了！」她退後一步，看憂憂，幾天不見，他彷彿又長高了一頭。

他拉著她走進小客棧裡的椅子上坐下，摸出一塊手絹給她擦淚。

憂憂說他夢見一隻長嘴鳥，把他引到一個小客棧前，一個女孩對他說：「我是米米呀，你為何不理我？」她對他講了，為了尋找母親，要用五件東西做隱身衣，其中一件就是陽氣之水——在冥界活著的男童之手指甲和一縷頭髮。他早上醒來，夢裡的情景記得清清楚楚，他記憶的閘門一下子打開，記起了米米朵拉的臉，所有與她在一起的事洶湧而來。今天他偷偷地溜出瑤姬的公主府，決定去找夢裡的那個小客棧，結果找了好一陣子才找到，沒想到遇上了米米朵拉。

「不可思議，我們做了同一個夢。」米米朵拉說完，高興地跳了起來，夢裡的長嘴鳥只可能是幾維鳥。牠離開了她，仍然幫助她，沒有什麼比憂憂恢復記憶、與她相認更好的事，她的心裡對幾維鳥充滿感激。

兩個人幾乎爭著說發生在他們身上的事，憂憂非常擔心，在一分鐘裡看了門外兩次，他催促米米朵拉說：「我有你的隱身衣的第三件東西：活在冥界的男孩子的手指甲和一縷頭髮，快點剪吧。千萬不要出什麼意外！有了這兩樣東西，你和你媽媽重逢的日子就縮短了！」

米米朵拉走到櫃台前，掌櫃不在。櫃面沒有剪刀。兩人急得沒有辦法。這時她猛地拍了一下身上的紅布袋，從裡面取出摺疊小刀，刀子帶著一個小剪子。她扳開小剪子，拿起憂憂的手。他的指甲好長，確實應該剪了。剪完指甲，她又剪下他的一縷頭髮，這時門吱嘎一聲被推開，一個黃衣美少女，臉氣得發紅地站在門口，向憂憂抬手。憂憂看了看米米朵拉，又看了看少女，想了想，便朝門口走去。

「憂憂，」米米朵拉想去拉他，可是黃衣少女朝她手一揮，她動不了，被固定在那兒，眼睜睜地看著他走出房門。

樓梯上衝下來大力士和侏儒，侏儒大叫：「那就是瑤姬！」

「我真傻，沒認出她來。」米米朵拉感覺手腳可動了，衝出門去。外面一個人也沒有。她失魂落魄地走回來，看到小黑固定在門邊，她抱起牠，喚醒牠，一屁股坐在樓梯口。大力士和侏儒把地上的頭髮和手指甲撿起來。她撕下一頁紙來包好，連同小摺疊小刀一起放好。想到憂憂被瑤姬帶走，可能又會失去記憶，她難過得淚水在眼眶裡打轉。

整個小客棧只有大力士和侏儒兩位客人，他們早就聽到樓下的動靜，為了不打擾米米朵拉和憂憂，就沒下來，直到瑤姬出現在門口。

「現在萬事俱備，只欠東風——殘月之夜了。」大力士說著伸出手指來算，「論日子，現在是娥眉形月牙，就是孟婆說的做隱身衣的殘月之夜。可是昨天前天晚上陰沉沉的，沒有月亮。幸好今天天氣不錯，但願一直這樣。」

米米朵拉雙手放在胸前，祈禱：「好天好天！」

他們意外重逢，格外高興。客棧掌櫃提著一些麵粉回來，看到米米朵拉，驚奇地點了點頭。侏儒走過去請他做些餅。

大家到樓上的房間裡坐下後，大力士遞給米米朵拉三根毛髮。「幾維鳥的毛髮。大老哥，謝謝你。」她邊說邊接住，小心地夾入書裡。

「你怎麼知道？」

「當然是幾維鳥告訴我的。」米米朵拉說著，拿出孔雀寶石給他們看，講了莫臥兒王朝被一個老鼠精控制，皇城上下吃綠豆子，晝夜顛倒，所有的貓被殺死，她自己也險些被吊死。真是不敢相信，她經過了那一切。小黑突然撐起前蹄，躥到她的膝前，叫了一聲，嚷道：「當時我們以為會死，各自寫了遺書。」

「呵，對了，在高塔的小窗台的石塊裡，幾維鳥把我的、克勞迪歐和小黑的遺書藏在那裡。」

「如果我們有機會到印度去，說不定砸開那塊石頭，看看那三封遺書。」侏儒說。

大力士一笑：「看什麼，沒準信早成灰了，幾百年過去了。」

「遺書在石塊裡，不會。」

「會的。」

米米朵拉打岔他倆說：「嘿，講講你們在這兒的事吧！」

侏儒指著窗口，告訴米米朵拉，她禮拜三走後，他們試著找憂憂。可是憂憂完全沒在公開場合露面，一籌莫展，直到昨天幾維鳥來。與幾維鳥告別後，他們從祕密通道回到人間，希望能在江州找到她的母親的下落。他們打了好多電話到她的母親上班的地方，情況跟米米朵拉走時一樣，只能擅自去了她的家。她家樓下守著戴墨鏡的男人。他們想辦法進入她家後，從頭到尾找。結果找到好多機票火車票根，半年中，她的母親去的幾乎全是江州邊上的縣，又找到一個便條，上面全是孤兒院的名字。他們分析，「小小大中國人」這個計劃，跟她母親失蹤有關。他們想見歐笛，可是老是祕書接電話，說她不在，讓我們留話。感覺她真不在。侏儒說：「真是抱歉，我們害怕你回來，找不到我們，便回來了。你看，我們什麼事也沒幫成。」
「哪裡呀，如果沒有你們，幾維鳥就找不到我。謝謝你們。」
「有一個不太好的消息。」大力士說。
「怎麼啦？」
「江州的洪水更大了。」
「這可怎麼辦？」她急得在屋子裡團團轉。
「歐笛的丈夫，那個儒商歐陽雪張羅的諾亞方舟快建完了，真是傾注全力。聽說不是讓所有的人都能上舟，有錢人能上。」
「有權也能上，哼。」米米朵拉接過話說。
「小傢伙，但願老天爺今天成全你一個好天，讓月亮出來。」
米米朵拉一聽馬上跪下叩了一個響頭，坐起來，還是呆呆地看著外面：歐笛阿姨不在，會不會跟母親一樣，也出事了？
掌櫃端了茶水、餅和鹹菜到他們的房間來。他們坐在矮桌前，幾分鐘不到，把所有的餅和鹹菜一掃而光。
小黑什麼也沒吃，一直在門口打轉轉，幾分鐘後，牠跨出虛掩的門。
米米朵拉追出過道：「小黑，你要去哪裡？」
「孟莊。」牠注視米米朵拉半晌，搖了一下尾巴跑開了。
小黑也跟幾維鳥一樣，會不辭而別的。米米朵拉的這個感覺非常強烈，她傷感地坐在過道上，聽著小黑下樓的聲音。待她走進房間時，發現侏儒和大力士都倒在地鋪上睡著了，打著呼嚕。也許她走掉的這幾天，兩個人焦急得沒有睡過好覺，也沒有吃過好飯，還不辭辛勞和危險，專門到江州去查她母親的失蹤線索。她幫兩人蓋上薄被，沒想到冥界氣溫稍涼。這時她看見牆上掛著一件棗紅色薄外套，多麼有意思，整個印度之行，她都沒有發現這件衣服，以為在什麼地方弄丟了，原來在這兒。

真是一個小小的驚喜，她取下外套來，穿在身上。

第三章 殘月之夜

米米朵拉很緊張，不時望窗外，有烏雲蓋過來。盯了好久好久，烏雲終於淡去了。天尚未黑，她即使非常累，眼睛也不敢合上，怕一旦睡著，誤了時辰。

當她身挎紅布袋走下樓梯時，掌櫃坐在門前一個小桌子前，一個人在下棋。他戴了一頂西瓜式的帽子，帽子下有一根辮子，非常孤獨的樣子。她出了門，可是不想走遠，就坐在門檻上，看著天空。

有人敲著銅鑼走來，嘴裡叫著什麼，鑼聲太響，聽不明白。天上飛著黑壓壓的鷹，米米朵拉立即警覺地退回房子，從門縫裡往外瞧，黑鷹偵查似地飛得極低，不惜冒險擦著屋頂和騎樓的邊，緩慢地煽動翅膀，眼睛警覺地看著。也許牠們在找我這個人間來的人。敲鑼人經過客棧，敲了一聲銅鑼，有氣無力地吼著：「注意，注意，生人莫進，熟人快睡嘍！」

她趕緊閂上門，走到專心下棋的掌櫃跟前，足足站了好一會兒，才小聲地問：「叔叔，請問，我可以與你下棋嗎？」

掌櫃沒想到似的站了起來問：「你，你真的要與我下棋？」

她認真地點點頭。

掌櫃趕快給她搬來一把椅子，兩人坐下下棋。說是下棋，不如說是釣魚，帶線的竿，線頂端有個小尖鉤，池盤裡有五十條雕刻精美的小木魚，一人一次，釣著算魚，釣不著讓另一人釣。誰從池盤裡釣魚到盤裡多，誰就贏。掌櫃皮膚黑黑的，老實巴交，看上去最多四十歲。下了兩盤，米米朵拉都輸了，一條魚也釣不著。掌櫃讓她把魚竿拉直，扔下去，想像下面是真魚真水，讓魚咬著鉤，才行。她試了好幾次，漸漸地掌握了竿，釣起一條魚來，傻笑著舉在自己的頭頂看。掌櫃沒看她，淡淡地說：「孺子可教，再釣。」

米米朵拉舉竿到池盤，繼續釣，一邊問：「叔叔，那你死了嗎？」

他點點頭。

「你看我呢？」

他仍是埋著頭。門外有馬嘶叫的聲音，馬蹄聲不斷。「他們在抓生人呀，今夜不會消停。」

米米朵拉的手發抖，本來鉤上一條魚，也掉了。

「你就是生人。」

她倒抽一口涼氣，整個人呆在那兒。

「你不必害怕，暫時我不會告發你。」

她的神經都倒豎起來。「請問叔叔，你何以知道我是生人？」

「從第一次見你，我就知道。你額上有一個印，已變淡藍了，若藍了的話，你就不是生人了。」

米米朵拉嚇得渾身發抖，櫃台上有一個小銅鏡，起身伸手取下來一照，真是的，娃娃魚給她按在額頭的那個地方，顏色變淡藍了。她居然忘記查看了。當時娃娃魚警告她，若是變藍了，她便回不了人間。那樣的話，如何找母親，她與母親將永遠冥界人間兩隔。掌櫃剛才說暫時不告發她，並不是不告發。當她坐回原處時，眼睛看窗外，天色還未暗下來。她的臉色蒼白，嘴唇發紫。

「我在這冥界兩百年了，那不是一般的印。」

掌櫃目光盯著池盤說，緊閉嘴。她集中精神下棋，不行，她做不到。她一條魚也沒釣著，相反掌櫃釣著三條魚。

「心靜便能釣著。」掌櫃說。

她閉目靜思，聽著掌櫃釣魚的聲音，想像是在湖邊，水面平如鏡子。她重新睜開眼睛後，再釣魚，接連釣了四條。掌櫃也約了三條，一下子話匣子打開，說起兩百年前他在雲南大理湖邊開了一個小客棧，當時人們都玩這種魚棋，他也喜歡，因為棋藝高，沒有對手。突然被一個惡人打死，因為他一向對人好，陰司官對他格外開恩，允許他在冥都開同一間小客棧到如今，他無朋友無家人，惟一喜歡的事就是一個人下棋。

「叔叔，我喜歡這魚棋。我媽媽和我經常下象棋，勝負難分。可是她現在不在了，我在人界找她。實在沒辦法，聽從娃娃魚的話，來你們冥界找寶物。」她一邊對他說自己的經歷，一邊釣魚。奇怪，真正放鬆了，魚一條條釣上來。

掌櫃聽得認真，並不發表任何看法。待她說完，他雙手拍了一下，指著魚池裡，一條魚也沒了。這一盤棋掌櫃釣了三十四條魚，米米朵拉釣了十六條魚。「第一次如此成績，當賀！」掌櫃說。他起身取了一盞油燈來，放在小桌子上。米米朵拉抬起頭看窗外，天色已完全暗下來，可不，一輪殘月掛在頂上。她心裡好激動。

街上有嘈雜聲。掌櫃打開門看，人們拿著鏡子，臉上戴著面罩，還有樂曲響起來。看上去是冥都一個什麼節日似的。

米米朵拉躲在他身後，看著外面。這時犯愁地對他說：「叔叔，請告訴我，哪一個地方既可看見月亮，又完全無人來打擾？我想一個人待一會兒。」

掌櫃聽完她的話，將門關上。然後走到櫃台後面，打開那兒的門。裡面是一個窄長的房間，有一張單人床，他推開床邊的牆，居然是一個暗門，他掉頭向她招了招手。她進去一看，居然是一個小小的菜園子，種了好些菊花，整齊地擱著好幾個大罈子，上面用墨汁寫著「泡菜」、「鹹菜」、「豆子醬」的字樣，有一口古井，邊上是石桌石凳。

米米朵拉完全沒想到這個小客棧裡有如此避靜之地，她轉身對掌櫃說：「謝謝你，叔叔，讓我用你的菜園子，你真是一個好心人。」

「不必說好聽的話，看在你是第一個主動與我下棋的人，我暫時不告發你，並不是說明天不告發，一旦閻王知道我知道你是生人，我必會遭殃。」

她伸出手來，握著他的手，好冰的一隻手呀。掌櫃縮回手，看也不看她，便關上門。

米米朵拉飛快地將身上的棗紅色外套脫下，鋪在石桌上，敞開紅布袋。孟婆說做隱身衣要在殘月之夜，得有五樣東西：

第一樣，樂土之魂：陰陽樹的花朵和果實。她取出包裡的花冠，摘下兩朵花來，它們潔白如玉，新鮮依舊。接著她又放上陰陽樹的青色果子；

第二樣，精靈之毛髮：原本無翅卻能說話的鳥，這鳥練成正果後能飛，需要一叢牠的頭頂毛髮。她將幾維鳥的頭頂毛髮放在衣服上。謝謝你，幾維鳥小老哥；

第三樣，陽氣之水：在冥界活著的男童之手指甲和一縷頭髮。她將包著憂憂的指甲和一縷頭髮的紙打開，倒在衣服上；

第四樣，陰氣之汁：在冥界活著的女童之口沫和眼淚。她朝衣服吐了口水，眼淚呢，她狠狠地掐了一下手，沒用，咬了一口手臂，還是沒有用，眼淚不出來。

那麼第五樣呢，絕世寶石：古印度莫臥兒王朝的一顆孔雀寶石。她把盒子打開，把孔雀寶石小心地放在花朵上面。

看著衣服上所有的東西，沒有眼淚，怎麼辦？她一屁股坐在石凳上。殘月移進烏雲裡，園子裡有蟲蟲在輕輕叫著，很像母親有次生病發出的聲音，那時她剛會走路，保母帶她去醫院看母親。母親鼻子裡插著管子，她大哭起來。母親說，我沒事，我永遠不會離你而去。可是媽媽，你現在離我而去，我是一個沒有媽媽的孤兒哪，媽媽，你可知道，我是多麼想念你啊！晶瑩的淚珠湧出她的眼眶，一滴滴往下掉，掉在孔雀寶石、花朵、果子和頭髮上。

皎潔明亮的殘月從烏雲裡鑽出來，投下的光照射著淚人兒的米米朵拉和她攤在石桌的衣服上，她抽泣著，把衣服來回摺疊，摺成一個三角形。

她的呼吸急促，稍稍平靜了些，然後把右手放到衣服上，脆生生地說：「月神啊，我以孟婆之名請求你實踐傳說的誓言！」

會成功嗎？萬一不成，怎麼辦？她的心怦怦直跳，一二三四五六七，當數到二十下時，突然衣服閃現銀色的光芒，亮如鏡子，可照見她小小的臉龐，明亮的眼睛，一股股白煙冒起，匯在一起，嘩的一下，上面的東西全部燃燒起來，不管是花朵還是寶石全沒了，一點灰燼也沒有，衣服變得透明如蠶絲，薄如一張紙，離開石桌朝空中飛。米米朵拉一步跳上石桌，抓在手裡，穿在身上。

當米米朵拉挎上紅布袋，輕輕推開門，走出來時，她張大了嘴。小客棧的門大敞開，屋裡全是戴著面具的冥軍，一個矮個子冥軍的腳踩在掌櫃的身上，他在地上縮成一團，渾身發抖，用身體護著魚盤。

「黑鷹報告的目標在此，小生人在哪？」矮個子冥軍問。

「小生人……她，她在……」掌櫃手舉了起來，米米朵拉的心都懸起來，掌櫃的手最後指向大門外。

矮個子冥軍冷笑一聲說：「撒謊。」腳尖在掌櫃的胸口輕輕一踩，掌櫃慘叫起來，他的鼻子和嘴角流出綠血來。掌櫃閉著眼睛說：「你殺了我——我——也不會說。」

另一個冥軍衝上來，朝掌櫃揮手：「嘴硬，我成全你。」

米米朵拉好害怕，她飛快地脫掉衣服，拿在手中，一步跨上前來，聲音發顫地說：「我在這裡，放了叔叔，我，跟你們走。」

「孩子，你，你，怎麼在這裡，趕快逃，不要管我。」掌櫃一見她，居然有力氣站起來，把她往屋外推，她跌倒在門外的兩匹馬腿間，馬舉蹄仰頭嘶鳴。這時矮個子冥軍生氣地把手放在掌櫃的肩上，掌櫃幾乎沒有叫一聲，便化成了一堆白骨。

「天哪，哦，不，叔叔。」米米朵拉尖聲叫了起來，淚流滿面，嗚咽道：「你們，怎麼，怎麼跟人間一樣無情無義！」

「少說廢話，乖乖地跟我們走。」那個矮個子冥軍拍拍手走出來。

米米朵拉從地上爬了起來，用手抹了抹眼淚，點點頭。冥軍們從屋子裡出來，爬上馬。她穿上透明衣服。

「怎麼一回事，目標不見了。快追。」

矮個子冥軍騎著馬，指揮幾個冥軍往街右邊跑去，把一個綠笛放在嘴邊吹了起來，曲子怪怪的。頓時敲鑼鼓的人的聲音響起：「警告，緊急警告，有生人，有生人！注意注意！」黑鷹在空中亂飛，也有人聲嘈雜，人和馬飛快跑著的聲音。

她害怕地朝街左邊快步走，猛地一回頭，發現侏儒和大力士的腦袋出現在小客棧樓上的小窗戶上，但願他們看到她穿上衣服了。她在心裡說：「再見了，我的朋友。安息吧，掌櫃叔叔，我不會忘記你的。」

街中心四個牌坊下面站著一群紅衣人演奏著二胡，樂曲時高時低，一個穿著綠色蝴蝶裝的高個子女人唱著：「金幣開，銀幣閉，枚枚都是敵人的命。」女人停著唱，說了一串什麼話，圍著的聽眾突然哈哈大笑。

米米朵拉一閃神，居然對著人走，差點把人撞倒。那人站穩，左右看一下，才離開。這倒讓她徹底放心了，這衣服絕對隱身。從吃過陰陽樹的果子後，她的力氣變大，但沒有現在這麼大，有可能是隱身衣給她的。她弄不清楚，便不去弄清楚。母親若在，會說糊塗一點好。

每個路口都守著很多冥軍。挨個兒搜查過往的人。好在他們看不到她。她瞅著空兒，很快就到了冥府衙門前。

整個廣場跟她早晨見到的一樣，都是鮮花、鏡子和鳥，不同的是，之前是集市，現在一派過節的樣子，掛了好多燈籠，點了好多火把、穿著奇奇怪怪、花花綠綠的人，他們對著鏡子和各種假鳥兒跳舞。殘月之夜的冥都天一半亮一半黑，其實不點燈和火把，一樣可以看見。

她轉過身來，面對冥府衙門。她的心怦怦地跳起來，牛頭馬面二神都在，大門前還增加了衛兵。但這跟米米朵拉沒啥關係，因為他們根本看不到她。她大搖大擺，像走自家門一樣，走了進去。

這麼爽的感覺，是下冥界來從未有過的。

衙門裡大到搆不著邊界，有閃光的石頭和巨大的仙人掌，院子套著院子，鑽出來便是一個大斜坡，朝北是大片紫色帶簷的房子，一個連著另一個，層層疊疊，甚至歪歪扭扭。這些房子大都沒有窗，小窄門開在邊上，也不太整齊。這兒的路更不整齊，有時細有時粗，有時是石塊，有時是瓷器，有時是木塊。路上匆匆忙忙走著神或陰司官員，他們或拿鏡子或提鳥籠，有一個打扮得非常入時、戴著鳥帽、拖著長長裙邊的女人，走近一看是孟婆，她的身後跟著一個絕色的紅衣姑娘，提著一隻紙鳥。她們行色匆忙，往大門方向走，像是要去參加圓形廣場裡的節日似的，孟婆不經意地看了看米米朵拉，皺起眉頭。即便是神巫孟婆，也是看不到她的。心裡正在納悶，這時有人單手拿著一個古時圓鏡，走過她身邊。天哪，從鏡子裡能看到一身白衣皺著眉頭的她。孟婆一定是從鏡子裡看到她，才皺起眉頭，暗示她快走。

她趕緊走開去，可是晚了，一個令人恐懼的聲音在叫：「小生人在這兒哪！快，抓住她！小生人！」

好多黑鷹從房子間的空隙鑽出，尖叫著，低低地飛旋著，邊搜尋她，邊傳播消息。敲打銅鑼的人走在街上邊敲邊叫：「注意，注意，小生人進了冥府，她來了，小生人來了！」

本來安靜的路，一下子變得混亂，從天而降好多帶各式兵器的神怪，在路上和屋頂搜索。米米朵拉狂奔而下石階，後面有追擊的腳步聲，比她更快，她貼牆站立，不敢出氣。追擊者從她身邊跑過，他們看不到她。她緊繃的神經放鬆下來，不必跑，於是輕快地靠邊走下更加陡峭的石階。

可是下到石階底端，石階像魔方一樣，又轉出一層石階來，上面十幾個錐形體的房子，她繞著房子走，突然房子又轉出一層圓球似的房子，她又繞著房子走，走著走著，房子間又轉出一層三角形房子。她一步跨入，一個懸崖下出現比之前寬綽的一坡石階。數了一下，一共十八級石階。從石階裡傳出人的慘叫聲，一聲又一聲。石階與石階的縫隙，長滿野草，她用手分開來，看清楚了，裡面熊熊火焰，燒著一口像游泳池大的油鍋，翻滾著熱油，一個個罪人被拋入其中，慘叫一聲，竭力掙扎，在油裡冒了冒，便沒氣了。燙油刺刺地炸了一會兒，身上的肉全沒了，頭髮和皮都浮起來，只剩下白骨。

這可能就是故事書裡說的十八層地獄。她嚇得邁不開步子，蹲在地上。母親會不會在裡面？她痛苦地閉上眼睛。不，母親不會的，那裡應該是壞人罪人。不一定，他們也冤枉好人，比如小客棧的掌櫃叔叔若不是當場滅掉了，也會被投入這兒。她禁不住打了個冷顫。追擊她的神怪氣勢洶洶地跑過來，她連忙躲閃到邊上。他們一步併三步飛奔而下。如果沒有隱身衣，早就被抓住了。謝謝你，偉大的孟婆！謝謝你，美麗的月亮神！她繼續往下走。石階變成斜坡，她蹲下，雙腿併攏往下滑。這一段路房子更多，疊書一樣，有高有低，重疊在一起，小小的門裡透出光來，伴隨著哭叫聲。不過她看不了，因為她完全收不住自己的雙腿，整個身體一直往下衝去，衝到底端，在平地上奔出好大一段路。

她向前繼續，沒走五分鐘，入眼之處全是紅如血的顏色，天空和假山石相連，有的地方，需要她側著身或爬下鑽過，才能通過，飄來蕩去一雙雙飢餓的黑眼睛，看不到身體，黑眼睛在相互交頭接耳：「我嗅到了生人氣味。我本以為是他們瞎鬧騰呢，萬萬沒想到真有生人闖入哪！」

「在哪裡？」

「在我的大腿間、你的大腿間，鮮鮮的生人味兒好美味呀，阿嚏！」

「我激動得快尿尿。哼，小生人在哪裡？」

水流聲，像瀑布一樣灑下來。米米朵拉險些被淋上了，好熏人的臭氣。一雙生著毛茸茸的眼睛撲過來，她縮進假石山的峭壁裡。幾乎是爬著出來，一看那血紅色沒了，夜色恢復正常，一半亮一半帶紫色，浮起好些霧，依稀可見面前是略有坡度的松樹林，亮亮的松果奇大無比，如青色燈籠懸掛在樹枝上。米米朵拉想也不想，便奔跑起來。一棵古老的大松樹發出老人一樣的聲音說：「生人來了。」

「不，不，你在做夢。」另一棵古老的大松樹邊打鼾邊說。

月亮悄然逸出雲層，使亮的更亮，暗的也亮了，照著陡陡的山坡，由一節節松樹樁鋪的小道，兩旁都是松樹簇擁著的宮殿，她經過「森羅寶殿」，往上走著，不知河神宮殿在哪裡，心裡又怕又著急。好多松樹在交談，一個尖細的聲音說：「注意呀，生人朝什麼地方走去？」

「靜一點。」那個蒼老的聲音警覺地說：「生人是朝這小道上走，最上端就是河神的地盤呀，生人去那裡幹什麼？」

「打賭吧，一壇杜康酒。」

米米朵拉完全不能相信自己的耳朵，差點叫出來，她趕緊捂著自己的嘴，一下子來了力量。松樹們的聲音突然變得非常輕，像一群蟲子在低語，完全聽不見。她走上小道的盡頭，實際上站在懸崖邊，看清了一個山丘托著一座紫牆金框的宮殿，不用說，那就是河神的宮殿。它懸浮在空中，霧幔環繞，沒有橋也沒有其他路可通向那兒。糟了，她雙手在額前搭篷張望，急得像熱鍋上的小螞蟻，慌張地踩在邊緣上一節生滿苔蘚松樹上，往崖下滑，她驚恐地雙手抱緊樹，那節樹帶著她朝宮殿飄移過去。

好多持刀叉、長相怪異的衛兵密不見縫地站在宮殿虛掩的門前，只看到一節松樹前來，面面相覷。米米朵拉鬆手，跌落在地上，連氣也不敢出。厚重的大木門上端有匾寫著「第一殿」，斗拱碩大，全是金黃的琉璃瓦。她踮著腳尖走到邊上，不知道怎麼才能通過衛兵們，急得不行。一個蜘蛛掉在她身上，她啪地一下打掉，猛地一後退，居然撞著一個衛兵的腰了，那衛兵跳起來，踩著另一個衛兵的腳了。門前的陣式亂了，她趁亂閃入大門。

殿堂一個重疊一個，不是三進，也不是五進，也不是七進，分不清多少進，米米朵拉一進入便迷了路，到處是吐豔爭妍的奇花異草，蔥蔥蘢蘢的蒼天古樹。這兒靜得可怕，風一陣輕一陣猛地颳著，她看到遠處有一座石拱橋，挨個擺著紫色燈籠，便跑了過去。

過橋後，右邊聳立著一個灰色寶塔，造型別致，玲瓏剔透，牆上爬滿發亮的龍舌蘭。前面有一條特別寬敞的路，石雕怪獸整齊地排列在路兩側，兩個非常普通的鑲花木拱門在路的盡頭，統統懸掛著白蛇攀著的燈。

近了，一看不是燈，是兩條小白龍嬉夜明珠，她倒吸一口涼氣。

哪個拱門通向河神的正殿？進錯了怎麼辦？男左女右一個吧。她邁進右邊拱門裡。殊不知，她整個身體像觸電一樣發出光焰，她的花冠和隱身衣化成碎片，灑落在地上，馬上化掉，什麼痕跡也沒了。她著慌地看了一眼，不知該怎麼辦。

再抬頭一看四周，發現自己置身於一個鋪鑲有發光石頭的巨大殿堂裡，左右兩側立有好多亮亮的寶石柱子，使這個地方宛若白晝。左側高牆上居然是北宋王希孟18歲畫的《千里江山圖》，連綿的峰巒疊嶂、林木舟船橋梁，樓台殿閣，奇美逸麗，這畫卷可以纏著她整個身體起碼十幾圈吧。母親要在此，定會驚歎，她帶過米米朵拉到博物館看真跡。這裡不可能掛仿品，那麼以前她看的就不是真貨。兩側最末柱子中間，有一個台基，上面是三尊石像：中間是一位一身白衣的貌美女子，她的右邊是一位身著白衣的少年，只有十二三歲模樣，眼睛很像夢裡的娃娃魚的眼睛；她的左邊是一位美麗的少女，十四五歲左右，紅衣裙佩劍，她的模樣似曾相識。

米米朵拉認出她是河神的女兒瑤姬，第一次見她是在孟莊，當時瑤姬和憂憂在一起，第二次乘舟離開孟莊時，第三次就是今天，瑤姬把憂憂從小客棧裡帶走。由此說來，少年便是瑤姬的弟弟魚少爺，中間的女子便是他倆的母親至高無上的河神。

他們怎麼會是石像呢？米米朵拉想也不想地說了出來，聲音之大，嚇了她一大跳。

三尊石像全在一瞬間活靈活現，身高驟升，而且整個空間發生改變，宮殿還是宮殿，只是變得奇大無比，四面牆像是用透明的方形石頭疊起，重複疊加，來路伸遠，盡頭無限擴展，可以看到牆外全是無窮變化的波浪和灰色雲團，隱約可見水中一些金光四射的宮殿。幾乎同時，氣溫驟然下降，她不由得打了個哆嗦。魚少爺向米米朵拉作揖非常親切地說：「米米朵拉，你終於來了。他們都在找你這個小生人，但是在這兒，你不必害怕。我已在此等候多時。」

他怎麼如此說？為何等候在此，他的聲音除了有回音外，幾乎跟娃娃魚的聲音一模一樣。米米朵拉仰視他，心裡這麼想，跟剛才一樣，便聽到自己的聲音如此說了出來。

「不錯，我能聽見你的心聲，非常正確，我就是你救過命的娃娃魚。」

這河神的兒子魚少爺竟然說他是娃娃魚，就是那個要她到冥界來的娃娃魚，太突然了，米米朵拉一點思想準備也沒有，呆住了。這個地方讓她非常不舒服，身上罩著鐵衣一樣，呼吸不暢。

河神手搖一把閃光的葵扇，俯視小小的米米朵拉，聲音緩慢地問：「人間的小姑娘，告訴我，你為何而來？」

這個問題無疑救了米米朵拉的困局，她想也沒想便說：「河神姑姑好，我來此是為了你的鎮江寶物，為了我失蹤的母親，我不知她生死，但是我愛她勝過一切，我不能失去她，無論如何，我要救她！」

瑤姬一聽，氣得臉發紅，破口大罵：「好大的膽！我們的鎮江寶物會給你？哪怕借你也不行。」

「姐姐一派胡說！母親大人。」

河神朝說話的娃娃魚擺了擺手，他停止說話。

米米朵拉要努力集中精神才能聽明白他們說的什麼，他們中間會夾著她完全聽不懂的語言。河神抬起閃光的葵扇朝空中一扇，嘴裡說出一串話。只聽到一陣沙沙的聲音響，突然龐大的殿堂裡站了不少巨人，並不是各個殿的王、而是一些資格更老的冥界神，他們的樣子古怪可怕，有松樹神、人面鴞、灶神，還有一些更罕見的人獸同身的神，像孰湖、天愚、熊山神這樣上古的神，卻是半隱在牆上，身上罩了一層光環，寒氣逼人，臉上生有青綠的霉斑。河神對那些神說了一串話，一片噗噗的聲音。米米朵拉聽不懂，求助似的看了娃娃魚一眼，馬上她明白了，河神是在向眾神怪問好，說清官難斷家務事，她這個當母親的遇到麻煩了，請他們來，給她出出主意。

米米朵拉感激地朝娃娃魚點了下頭。瑤姬很高興河神的做法，她指著米米朵拉說了一大串話，顯然娃娃魚剛才對她做了魔法，她能明白瑤姬在請聯合委員會決斷，不僅不要把鎮江寶物給她這個小生人，反而應治她的罪，未死擅自進入冥界，該扔進油鍋炸死，而且永不得轉世。

娃娃魚不高興了，說他自己是始作俑者，米米朵拉是聽從了他的主意，不是擅自闖入冥界的小生人，要扔油鍋，該先扔他，他可以在油鍋裡跳舞給姐姐看。

有幾個半獸半人的神聽了，大笑起來。

姐姐與弟弟爭吵起來，聲音刺耳如電鑽，米米朵拉必須捂住才行。瑤姬生氣朝身後無盡頭的空間一指，一面像屏幕一樣的東西移來，上面波浪起伏，隔了幾秒鐘，水平如鏡，出現浩渺的森林，延綿的群山，江河湖海，鳥獸在嬉玩飛躍。

幾乎所有的神怪都立起身來，眼睛投在屏幕上，屏幕奇亮得發出光束來。米米朵拉本能地用手遮擋眼睛，但她想看，眼睛痛得往外淌淚。她只得擋一下，看一下，所以屏幕上的內容看得冒著光點，偶爾可見，清澈的江水裡流著汙水。大江上一座前所未有的水壩，尚未完工。

一個隱在殿堂牆裡的神，伸出滿是毛髮的怪臉搖搖頭，他朝那屏幕尖笑持續幾分鐘，怪聲怪氣地嚷了起來。米米朵拉不懂他為何那樣，稍等了一會兒，她的腦子裡有個聲音在轉換那笑聲，那神在說難怪最近一些日子他睡不著覺，總覺得有臭蟲子聲音吵得後腦痛，原來是人類不消停。

灶神爺大腹便便地走出隊列，抱怨道：「老夫也睡不好。吃也吃不好，老是打噴嚏，鼻子裡老是聞到速成辣椒的味道。哎呀，老夫我就好聞真尖辣椒呀。偶爾開眼看一下人界，不瞧不知道，一瞧嚇一跳，他們都在老夫的頭頂上鑽洞，這話不誇張，哈哈，我們冥界的結構會遭到改變，我討厭改變。」

灶神爺的語言，幾乎就像江州方言，米米朵拉聽得最清楚。不對，肯定是娃娃魚重新給她施了魔法，她朝他看，他也朝她看，她朝他點點頭。真好，希望所有的神都說她的家鄉話。灶神爺伸出手捏算，臉帶笑容：「這個事嘛，議議都讓我倒胃口。我都沒胃口，你們也有沒胃口。跟我一樣大腹便便的朋友，節食十天半月，這肚子裡的油定會掉不少，肯定減肥。」

「謝謝灶神爺指路。」瑤姬給他道了個萬福，「哼，要麼我們另闢防護道另找出進出口，要麼我們甘於被毀。」她手點屏幕。米米朵拉從手指縫看到霧濛濛的江州、兩江處聳入雲端的炮彈大廈、一艘幾十層高的方船已封頂。謝天謝地，瑤姬揮手讓其消失。米米朵拉鬆開沾滿淚水的雙手，她的眼睛又紅又腫。

瑤姬說那方舟只為上等人逃生所用。

一個穿青衣戴方帽的神一下子將身體拉長，他宏亮如鐘的聲音，像大象喘氣一樣：「嗯，人類按有錢有權與否分等級，嗯，像個塔一樣，塔底——甘願被馴化的賤民，聽塔頂的有權有錢人，塔中間——大量的天生奴性或自願放棄話語權力的默民，有意思極了，人類真是有意思。」

米米朵拉能感覺到這個神仇恨人類，對她也是心懷敵意。果不其然，他拉長的身體躥到米米朵拉跟前，一把將她抓在手心裡，張望著她：「小螞蟻，你膽大竟敢進到我最服氣的前輩的殿堂裡，知道嗎，這下子你完蛋了。」

這聲音太熟了。米米朵拉看著他一臉凶相，帽子上寫著「正在捉你」，想起四天前自己離開人界後，遇到的第一個兇惡之物大蟒蛇便有這聲音。她一下子來氣了：「你之前變作大蟒蛇嚇我，原來你就是故事書裡的黑無常，黑無心肝。」

「死到臨頭，不准對我恩師如此無禮！」瑤姬訓斥道。

娃娃魚躍到了黑無常跟前，輕聲說：「二爺，請放她下來，大庭廣眾之下，得給人間的孩子一個好印象，別讓她認為到了一個野蠻、無民主無自由精神的冥界。」

他的話引來天愚、熊山神大笑不已，一剎那整個宮殿都在搖晃。

瑤姬氣惱地說：「偉大的先神們，樂什麼呢？別的地方沒有民主自由，我們冥界卻是有的。」那兩個神停了笑，連連打臭屁，臭氣熏人。瑤姬用手拂開扇開，對黑無常說：「恩師，該怎麼民主就怎麼民主，別放這小姑娘，我看見她就煩。」

「二爺，姐姐說對了一半，還有一半是該怎麼自由就怎麼自由。請放了她。」娃娃魚說。

黑無常看著魚少爺，魚少爺充滿鎮定，手按劍柄，眼光非常犀利。黑無常的目光移向瑤姬，她搖搖頭，移到白無常，他從身上抽出一把大紙扇，吊著二郎腿坐在上面，一派漠不關心的樣子，移到站著的眾神們，他們看著，並未言語。

河神像歎氣一樣哼了一聲，點點頭。

米米朵拉落到地上，發自肺腑地說：「我其實並不恨你，無常黑大爺，因為你最後還是放了我。你不是無可救藥！」

黑無常非常不自在，幾步跨到白無常的大紙扇上坐下。

「恩師太仁慈。仁慈有時只會縱容一件壞事變得更壞。人界不尊重自然，隨意破壞，自然承受不了，會地震會火山，會下暴雨發洪水。」瑤姬看了米米朵拉一眼說：「人界已腐爛，充滿罪惡，該遭到自然的報應。洪水已來了，我們該加把力，讓洪水來得更大些，讓江州徹底葬身在水下，請聯合委員會贊同。」

米米朵拉走近瑤姬，瑤姬公主和娃娃魚看上去是十幾歲的少女少年，也許就跟貓一樣，實際年齡沒準幾百歲了呢。她揉了揉手，踮著腳尖，想拉著瑤姬的手，卻搆不著，只能扯著她的裙帶說：

「瑤姬姐姐，你想要那樣做的話，在我看來，是多麼不公平！請你千萬不要這麼做。」

「罪有應得。」瑤姬跳開來，嘲笑地看著她說，「最慢明天，最快就是今天，江州會有一場大暴雨，弄不好會一半沉在水裡，母親大人，最好，我們趁勢讓江州和大江沿岸的所有城市全都消失在水下吧！」

「不，不要這樣。」米米朵拉叫了起來，淚水嘩地一下奪眶而出。「那裡也有像我母親一樣的好母親，也有像我的同學一樣的好孩子，還有好多好多善良的人，他們沒有罪，他們不該死。」

「扎，人類該死！」黑無常說著望了望灶神。灶神爺開口說：「人類弄得我減肥，不可愛。」灶神看著鳥身人面神，鳥身人面神搖了搖頭：「這個嘛，讓我想想，人界積惡太重，教訓一下是可以的。」

「你們錯也！」娃娃魚對他的母親懇切地說：「母親大人，米米朵拉說得對。不是所有的人類都該受懲罰。」他的聲音急促起來，非常憂慮和悲傷。河神打斷他，問一句，他回答她，聲音變得平衡一些了。米米朵拉的耳朵嗡嗡響，心太雜，怎麼聽也聽不了。不行，她閉了下眼睛，想像著娃娃魚的形象，靜下心來聽，她聽到了：「人類也為之痛苦，為之付出了代價。更何況，在人間，也有很多像米米朵拉一樣的人，他們單純，善良，有同情心和正義感，勤勞又勇敢，並不像姐姐說的那樣可怕可憎，應該遭到這種懲罰，恰恰相反，我們該伸出援手，讓人類度過災難。」

一滴淚流出她的眼睛，她默默地擦掉。他的手往身後一點，還是先前那道屏幕出現，眾神一看，屏幕馬上發出刺目的光束。屏幕上是一個小女孩米米朵拉的臉，她在陪小客棧掌櫃下棋；她對希瓦說，她不要一種容易的生活；她在古印度的紅砂石城堡下的廣場與兇惡的老鼠精大戰；她往前一撲擋著射向馬戲團老闆阿蘭達蒂的箭；她在冥都廣場看見傷心欲碎的希瓦抱著死去的妻子，眼淚往下淌；她幫助侏儒、大力士和小黑在城門前；她和幾維鳥在一起走路，她唱著順口溜歌的傻樣兒：

米米朵拉釣魚魚，
魚魚鑽進水花中，
搖搖擺擺跳起舞，
大蝦小蝦往下竄，
只有魚魚往上蹦，
蹦上我的俏額頭。

娃娃魚停了屏幕，指著雙手掩著眼睛小小的米米朵拉說：「母親大人，聯合委員會眾位老前輩，你們看到米米朵拉為了尋找母親，經歷了萬般辛苦和一次次考驗，好不容易才到達我們這兒，從她身上我看到人類值得存在下去的希望，我們得幫助她才是。」

「不行，絕對不行。」瑤姬叫了起來。

「姐姐，難道你給她製造的麻煩還嫌不多嗎？」

「不要血口噴人。」

娃娃魚手指頭一動，屏幕上出現鷹群朝冥軍押著的囚車進攻，冥軍死傷無數，直到冥軍首領拔出令牌來，白鷹才放了小女孩。白鷹落在河神宮殿，搖身一變，是瑤姬。「母親大人，這樣的事一再發生。姐姐的行為已超越了冥界清規，該當何罪？」

米米朵拉倒吸一口氣，這麼說，自己進入冥界後，瑤姬就知道了，一再加害於她。

瑤姬伸手一抓，屏幕消失。她撲通一聲跪在河神面前：「請母親大人發落。」

河神生氣地看著瑤姬，生氣地說：「今晚家法伺候你！」

殿堂裡噓聲一片，隱於牆的神與站立的神們爭論開來，像奇怪的音響匯合，米米朵拉的耳朵被震得痛，眼冒金花。可她想聽，她必須聽。「我們不做暗事，暗地陷害一個人界的孩子有失臉面。」「母女情深，人類比我們更重視家庭和感情。」「早該結果她的性命。」有個神手一招，居然是閻王的帳本，他翻著：「哎呀，她在陽界期限未到，不可。」「請委員會表決，人界素年與我冥界並不友好，現在大壩建得我們得改道，還不好趁這洪水之機教訓教訓。」「定河寶物屬於河神，我們不能插手。」

惱羞成怒的瑤姬指責娃娃魚，竟然幫她做隱身衣進入宮殿拿鎮河神針。娃娃魚說他也不知道她怎麼會有隱身衣，可是若她沒有這衣服的話，恐怕早被魔門燒化。她是冥界第一毒的女人！他以她為恥。瑤姬拔出劍來，臉氣得緋紅，說：「弟弟，護著她，還當眾告發我！看劍！」

娃娃魚拔出劍，反手一擋：「人沒有感激之心，不是人，神也是如此。你該謝她救了你親弟弟的命！你不配當我的姐姐！」

瑤姬抽出劍來，朝娃娃魚臉上刺來，他微微低頭躲過。眾神馬上停止爭論，有的為弟弟喝采，有的為姐姐鼓勁。只看到一團白光和一團紅光靠近，纏在一起，馬上又分開，相互追逐，打得難捨難分。這時河神一聲喝斥：「夠了，停！」聲音有著長長的回音，久久不散。

瑤姬公主與娃娃魚馬上停了，收劍走到河神身邊，一個在左，一個在右。

河神眼睛朝眾神一一看過去，慢慢地說：「很榮幸諸位老友百忙中辛苦前來，那麼再花你們一分鐘吧！贊成我兒借寶物給這個人間的女孩的舉手。」

殿堂一下子清靜了，米米朵拉緊張極了，她仰面看著身邊這些高大的神怪。一分鐘過去，兩分鐘過去，終於，面鴞、松樹神舉起手了，另外的神也舉起手來。可是黑無常、灶神爺等面無表情，白無常不表態。

河神點數後說：「謝謝諸神。一半贊成一半反對。」她的目光轉向娃娃魚：「我的兒，你要我幫這位人間的女孩，但我要看她能否經受住最後一回考驗，如何？」

瑤姬氣鼓鼓的，雖不同意，可也不敢反對母親。殿裡諸神安靜下來，松樹神用蒼老得不能再蒼老的聲音對黑無常說：「老兄，這倒很公平。」

「不許使招使法，不然休怪二爺手下不留情。」黑無常表態。

不管是反對派支持派都齊聲噓了一聲，表示認同。

娃娃魚憂心忡忡地走到米米朵拉身邊，她的臉繃得緊緊的，事實上，她沒有選擇的權利。她朝河神點點頭。

「按你我之前的約定，你沒有告訴這女孩子鎮河寶物是什麼吧？」

「是的，母親大人。」娃娃魚回答。

「好吧，米米朵拉，人間的孩子，」河神居然用江州方言對米米朵拉說，「鑒於你年幼無知，我恕你作為生人私闖冥界、我的宮殿無罪。鑒於你有恩於我的兒，作為母親，我還是要親口謝謝你。」

整個宮殿響徹著她緩慢清晰的聲音。米米朵拉反倒不好意思了，低下了頭來。

「你千辛萬苦到達了這兒，你要的寶物，就在這個殿堂裡。」河神手裡閃光的葵扇輕輕一搖，整個宮殿變了，還是先前一樣透明的方形石頭壘起來的巨大空間，只是遍地都是金銀珠寶。河神繼續說：「我給你這個人間的孩子一次考驗，如果你能找到你說的寶物，我可借你一用。反之，你選擇了什麼，可以帶走，哪怕再價值連城，也將屬於你——作為我的答謝。你的時辰不多，我兒加在你額上的保護印記已開始變淡藍了，若全變藍，你將回不到人間。」

米米朵拉從透明的石牆上看到她的額心，原來淡藍，現在邊上的藍變深了。她非常著急，嚇得渾身直發抖。

娃娃魚輕聲安慰她：「米米朵拉，不必急，你還有一點時間。」

「哼，我的自以為是的弟弟，你該不是愛上這臭女孩了吧？」

「姐姐，少管閒事。」

「這事不是閒事，這也是我的事，我們家的事，我敢和你打賭，她過不了最後這一關。」

「好，若你輸了，你保證，不再給她添任何麻煩。」娃娃魚說。

「反之，你永不見她。」

娃娃魚伸出右手，瑤姬伸出右手，兩個人擊掌，力之大，像閃電一樣爆發出一道綠光來。

第四章　寶物與烏龜

這殿堂裡的金銀珠寶，沒有她喜歡的電影《哈比人》火龍盤踞的金子寶物多，但件件珍貴：金牛銀虎、金盆銀盤、金玉米銀爐、各式鑽石項鍊與琥珀、紅寶石和祖母綠、珍珠和玉器，其中一顆夜明珠碩大無比，閃閃發亮。米米朵拉記得娃娃魚之前告誡的話：「謀事在人，成事在天。切不可貪心。」

這麼多寶物，哪一樣是鎮河寶物？天哪，怎麼辦？她蹲下拿起一顆閃閃發亮的大鑽石端詳，然後放下，馬上撿起一把刻有古老文字的金劍，一個孔雀石的羅盤在珠寶坡上端抓著她的心，絕對是寶物。她握著金劍爬上去，拿了起來。羅盤上居然有銅盤，上面標有生命、骷髏和星月，而且可以轉動。對嗎？她對自己說，米米呀，時辰不多，不要選花眼睛，否則回不到人間，那就救不了媽媽。

米米朵拉滑到地上，一手拿金劍一手拿羅盤站起來，等等，瑤姬剛才說鎮江神針，那麼寶物就不會在這堆積如山的珠寶裡？米米朵拉轉過身來，手一鬆，金劍和羅盤哐噹兩聲響掉在地上。她呼吸急促，眼睛四下搜索。諸神退到牆邊注視著她。進殿堂時她覺得嵌有亮晶晶的寶石的柱子，非同尋常。她走過去。所有的柱子從地上頂上屋脊，極高極粗，由不同材料所做，她挨個看，先看左邊，有金柱、銀柱、銅柱、鑲著鑽石的柱、鑲著琥珀的柱子，鑲著真珠的柱子，再看右邊，也是一樣的柱子，突然眼睛一亮，最末一個柱子，居然是青綠的竹子，讓人心裡喜悅。她數起來，三十六根，跟冥都圓形廣場的柱子數目一樣，樣子也差不離，只是那些柱子雕刻著動物，這些柱子更大。寶物會在這些柱子中吧，她感覺腦子快僵住了，哦，哪根柱子會是娃娃魚說的寶物呢？她決定再看一遍，她飛快地走，一根根柱子看，走到竹柱子前，她停了下來，筋疲力竭。竹子青綠得好可愛，她伸手摸上去，居然渾身一震，像觸電一樣，心巨烈地跳動。天哪，沒準就是它。可它並不像定河神針。她看了看河神一家，他們臉上沒有任何表情，眾神大半隱在牆上，松樹神打起呼嚕，他真愛睡覺，黑白無常眼睛盯著她，監視著四周。媽媽，如果是你，如何選？從小到大母親給她讀的太多的書中，選擇寶物時，幾乎都是看上去最普通的東西，才最具有神力。在古印度，馬戲團小蜜蜂說過一句話，不，不是小蜜蜂，是兩次救了她命的巫師阿蘭達蒂說的。「馬戲和魔法都不是真的，不能完全依賴，它並不真正具有神力。相反，一棵小白蒿遠比皇宮裡的寶石寶貴，因為它可以治病，它來自於大自然。記住，具有神力，可以改變人和大自然的命，必然來自大自然。」米米朵拉先前不太明白，現在這句話定在心中，她轉過身來，從地上的珠寶看到宮殿左右兩側的柱子，最後目光還是停在青綠的竹子上。就算選錯了，起碼可以裁下一段，鑽個小洞，給母親的 iPhone 手機做天然的竹筒音響。她看了一下邊上鐵柱和鑽石柱，不，不會是別的東西。於是她說：「我選這竹柱子。」她大大地出了一口氣，心跳一下子平穩了。

遺憾它太大了，如果能變小一點就好了。奇怪，竹柱子貼著米米朵拉的手一剎那間變得小小細細的，她握在手裡。

河神和瑤姬相互望著，無言可說。河神拔下自己頭髮上的一個玉簪子，吹了一口氣，玉簪子移到角落，位於竹柱子的地方，即刻變成跟所有的柱子一般大。她手裡的扇子一搖，殿堂裡所有的黃金珠寶都不見了。

眾神從牆上走下來，有的喜悅，有的緊繃一張臉。河神輕輕咳了一聲，手握葵扇說：「謝謝諸位老友的時間，與人界的其他問題，另找時間計議，大家散去吧。」

那些神彼此看看，紛紛離開，一時殿堂裡全是腳步聲。他們也帶有寒氣，米米朵拉感覺沒有之前那麼冷了。不過，她還是感覺身上罩著鐵衣一般，胸口窒息。

待到殿堂一片靜寂後，河神對米米朵拉說：「米米朵拉，人間的孩子，你真是罕見的不貪心又有眼力，這竹子正是你要的寶物鎮江神針，我的玉簪可代替它頂好一陣子，好自為之！」她吹了口氣，在娃娃魚的耳邊。米米朵拉聽得真切，是一句咒語。一眨眼，河神消失不見。

娃娃魚開心地笑了，高興地跳了起來，像個男孩子一樣大叫：「米米朵拉，萬歲！」他激動得一把將她抱起來，丟在空中。米米朵拉在空中直轉圈，她既害怕，也高興。透明的石頭牆外，仍是灰色的雲團和波浪，可是五彩魚群游動在其中，結伴而行的美人魚飄然而過，非常壯觀。她看呆了，終於墜落到了他的雙臂上，娃娃魚神采奕奕地看著她。她也眼睛亮亮地看著他。

「沒見過這樣眉來眼去的！噁心。」瑤姬生氣地離開了。

米米朵拉看見，忙從娃娃魚懷抱裡掙脫，追上幾步叫道：「瑤姬姐姐，請留步。」

「小臭人，你放心，這次我不會再搗你的蛋，我跟弟弟打賭輸了，我會遵守諾言。」瑤姬停下步子，轉過臉來。「但我對人類的看法不會改變，後會有期。」

「謝謝瑤姬姐姐，我想請你讓憂憂走，他應和我一起回人間，他不屬於這裡。」

「如果我不同意呢？」

「你會想通的。」

「哼，我最初是因為你，才對他有興趣。當時他的魂在我無常恩師那兒，是我救下他來，現在我喜歡他，我才不要讓他走呢，懂嗎？」

「謝謝你救了他。」米米朵拉真誠地說。

「你愛他，對吧？但他屬於我。」

「你錯了，你不懂愛他呀，你要懂得，就該把他送回他的爸爸媽媽身邊。」

「討厭你這又笨又臭的小女孩，你怎麼知道鎮河神針不是寶石？」

「只有你這樣不笨不臭的公主才會問這麼聰明的問題，你知道嗎，剛才你跟魚少爺吵架時自己說『鎮河神針』。既然叫神針，一定是柱子形的。」

瑤姬氣得朝她撲過來。

娃娃魚馬上攔在米米朵拉面前。瑤姬笑了起來：「你這護花使者，也愛這個小妖精，真是自討苦吃！」她轉向米米朵拉，「我不知你是用什麼勾魂法子，讓所有見過的男孩子心裡都裝著你。」

「想知道嗎？」娃娃魚和氣地說：「你的心裡只有你自己。」

瑤姬氣得一跺腳，跑出殿堂的拱門。

娃娃魚的手在空中一招，一根細細的金鍊子來了，一下子連在小小的竹子上，完全像一個項鍊一樣。他給米米朵拉戴在脖頸上。

米米朵拉對娃娃魚說：「魚哥哥，你數也數不清的一次次救我，幫我，不知怎麼感謝你。」

「不，我沒怎麼幫你，比如你在這裡，身體不適應，我就幫不了你。而且很多時候，神是無能為力的。」娃娃魚心疼地看著她說。

他全知道，米米朵拉心裡一熱，仰面看他的臉，頭頂透明的石頭外一群群五彩魚，游動得無比快樂，幾乎驅散了那灰色的雲團，可看到波浪中的樓台瓊閣，發出燦爛的光芒。

娃娃魚猛地想起什麼來，他蹲下來，附在她的耳邊用非常輕的聲音說了一句話，然後稍稍離開了一點，仍是用非常輕的聲音說：「這是我的母親大人說的話，怕你記不住，我再說一遍給你。是使用鎮河神針的咒語，你一定要記住，不能讓任何人知曉。」

「我記住了。」

「你重複一遍給我聽。」

米米朵拉對著他的耳朵輕輕的說了一遍。

娃娃魚點了點說：「記住，你只能用一次，到時它會返回。」

「我記著你先前告誡我的每一個字，請放心吧，魚哥哥。」她停了停，「可能不該這麼叫你，你一定不止比我大幾歲？幾千歲？」

「我和姐姐的年齡遠比你想得還多。米米朵拉，我喜歡你這麼叫我。」

「我有一個疑問，可以說嗎？」

他點了一下頭。

「魚哥哥，你這麼神通廣大，當初我的魚鉤鉤著你了，你怎麼不可以脫身？」

「好問題！巧啦，那時我變成魚，那鉤子鉤住我頸椎的一根致命的經脈，奇痛難忍，我無法呼吸，最多幾分鐘就會斃命，謝謝你取掉鉤子。」

「原來是這樣，你是魚的時候是你最沒防範的時候，對吧？」米米朵拉問。

「一點兒不錯。」他轉臉看著身後宮殿的拱門，「那是你來的地方，現在你得出去。來，有信心嗎？」

米米朵拉點點頭。

他們站在拱門前，外面除了天色稍黑外，跟她進來時一模一樣。進去時就觸電一樣燒化隱身衣，出來一定不會簡單。她的心提起來。果然，他倆並行經過那道拱門時，娃娃魚一步跨出，什麼事也沒有。米米朵拉卻被鮮血一樣帶刺的細線攔住，快速地纏滿四肢，刀鋸一般疼痛，不由得尖叫起來，拚命掙扎。不，我必須出去，我不要放棄。她的臉上全是汗水，嘴裡吐出一個個氣泡來，氣泡移到身上，那些綁著她的線突然斷掉。她用力往前，整個人跨了出來，跌在地上。她的手上腿上全是一道道紅痕，嘴唇發白。雖然覺得胸口還是有些窒息，但沒之前那麼身負重荷了。米米朵拉回身看，拱門射出萬道光芒來。娃娃魚扶起她，說：「真險，你是惟一進出這宮殿的人類！」

這話的言外之意是，他也不知道她是否能出得來。

她謝他：「沒你，我如何能辦到。」

娃娃魚搖搖頭。

她不相信。

「是你自己的努力，哪怕會死，你內心的願望也沒有消失。」

娃娃魚說完，帶著米米朵拉往前走，庭院裡更多的燈籠點亮了。她跟他一起走，一步相當於十步，所以，幾步就到了爬滿發亮的龍舌蘭的灰寶塔。居高臨下，頭頂滿天繁星，可以看到山下圓形廣場的歡呼聲，稀稀落落地傳到這山頂上。突然騰起一團團焰火，像流星雨一樣撒下來，整個冥都變得五彩繽紛。

「是焰火嗎？」米米朵拉忍不住問。

「不，不是你們人間那種，是冥界的魔法師們的獻技。」娃娃魚耐心地說，「每年的鏡子節會有魔法比賽大會。」

她真的好想看，如果幾維鳥來參加，肯定會贏。也許今晚遇見的孟婆和孟姜是去那兒，按她們的資格，該是裁判吧。

娃娃魚讀出她的心思，有點遺憾地說：「孟婆是裁判。這回你沒有時間，也許以後，如果可能的話，我會親自帶你去看個痛快。」

山下傳來奔跑的聲音，而且焰火停了。娃娃魚閉目凝神：「啊，真是不巧，有不少搗亂分子出現，冥軍奉冥王之旨要清理廣場了。」米米朵拉一下子抓著他的手。

「不必害怕，在這兒你是安全的。」

「好的。」

他的聲音突然嚴肅起來，「米米朵拉，你該知道天堂冥界一日，人間一年的說法吧？」

「知道知道，天哪，這下子怎麼辦？」米米朵拉慌張起來。「有了寶物，我也沒法救媽媽，因為已過去了四天呀，那麼在人間已過去了四年，我媽媽多半會死，即便勉強活著，心也早死了。因為我四年不在人間，她怎麼找都找不到我的。」她急得哇地一下哭了起來。

「別哭，我想到了這點。我要介紹一位神奇的先生給你，幫不幫你，完全看他了。」

米米朵拉更著急了。娃娃魚讓她轉過身來，面對寶塔。她發現這寶塔除了爬滿發亮的龍舌蘭花外，沒窗也沒門。他帶著她繞著塔身走了三圈時，米米朵拉抬頭問娃娃魚：「沒門嗎？」

「我們在走，這門也在走。不知會多少圈時，可能會遇上。」

米米朵拉「哦」了一聲，她盯著寶塔的牆，想像一道小門的樣子，最好也有籐蔓，也有鏽跡的門把，求你了，門，我沒有時間了。她的腦子裡出現一個帶生鏽的門把小門，「哐噹」一聲，小門現出來。

他欣喜地看看她：「你會用意念做事！」

米米朵拉說：「我跟一位好心的姐姐學的。」她推門走入。裡面有一個盤旋鐵樓梯，光線非常暗。他們走得很慢，彷彿有磁鐵，要使勁抬起腳，才能起步，越往下走，光線越來越亮，一種滴答滴答的聲音也越來越響，像定時炸彈那樣的聲音，她不由得害怕起來。有數不清多少樓高的一大堆亮閃閃的機器，慢慢轉動著。原來聲音來自這兒，這兒彷彿是一個機器的王國。好不容易下到樓梯底下，瞧著那堆亮閃閃的機器更高了，瞬間變成分隔出五個同樣高扭曲成一團的機器，一個像她個子那麼大的烏龜，這恐怕是全世界最大的烏龜了，站立著，身上圍裙和袖口全是油汙，背上的殼全是密密的花紋，恐怕有幾千條了。牠尖尖的腦袋上有一副小小的老花鏡眼鏡。即便是有了老花眼鏡，牠也湊得很近地用一個紅色的扳手，在這兒敲敲管子，在那兒轉轉螺絲釘，牠的扳手的把柄變長，伸延到高處，擰緊鬆了釘子。牠根本不看進來的人一眼，專注地忙著自己的活。

「牠就是時間的看守先生？」米米朵拉問。

娃娃魚點點頭，他耷拉著肩頭，一副很難過的樣子。

「怎麼啦？」她不由得問。

「我們得告別了。」

「就在這兒？」

「是的，米米朵拉，祝你一切順利！」

「等等，你不能這樣就和我分開，我不喜歡。」米米朵拉的眼睛紅了。

「我也不喜歡，有時真是好無奈。知道嗎，你額頭上的點藍越來越深了，你得馬上回到人間，否則就回不去啦。」娃娃魚的眼睛紅了。「那不是你來冥界的目的吧？」

「不是，絕不是。」

他朝後退，退得很慢。

「你走了，我才能走，對吧，魚哥哥。」她的眼淚掉了下來。

他停住，走過來，掏出一塊手絹輕輕地擦去她臉上的淚珠，雙手捧著手絹放在胸口往後退，退到樓梯上，退出她的視線。她的眼淚止也止不住，一下子哭出了聲來。

烏龜咳嗽了一聲，慢慢地說：「哦，小傢伙，不要哭，離別，是，為了再見。」

好個烏龜，為了聽這句話，她的耐心都到了極限，於是她也學著牠的說話口氣，慢慢地說：「烏龜老人，你好，你真會說話！你在這裡，待了已經，幾千年，了吧？」

「呵，哪裡，哪裡，比你，想得，還要久，有時間了，我，便在。這裡了，呵，什麼樣，的事，都見過了。」

米米朵拉的心裡對牠充滿敬佩說：「這些，全，都是，時間機器嗎？全世界，的，時間嗎？」

「呵，遠，遠，不，止，小傢伙。呵，你，學，得，很像呀，你，真讓，我，開心。」

她自己也笑了，伸手摸了摸機器，弄得手指都是油，趕快揩在裙子上。

烏龜終於停下手上的工作，把老花鏡架在小小的鼻子上，看著米米朵拉，仍是用慢得不得了的速度說著：「好吧，小傢伙，我，知道，你，是幾時，到的，冥，界，現在，我，把你，送回，你來，的，時間，吧。」

米米朵拉睜大了眼睛：「哇，你怎麼什麼事都知道？」她看到牠的前肢是白色的，莫不是馬可船長的那隻烏龜弗弗，不不，世上哪有這麼巧的事？那是幾百年前的事。而且這隻烏龜比那隻大，比那隻年紀更老。

「小，傢伙，你，在想，什麼，我，知道。不過，我，不想，告訴你，我是，或不是。留著，一個祕密，不，是，很，有，意思的，事，嗎？」烏龜神祕地笑了起來，笑聲格外洪亮。

米米朵拉更情願相信牠是馬可船長的烏龜弗弗，即便這樣想，她的心裡也好溫暖。如果是牠，天哪，牠完全可以打敗老鼠精薩利姆，只要把時間逆轉到未獲得魔法的普通老鼠便可。牠沒有那樣做，才使米米朵拉盡自己的能力打敗老鼠精。米米朵拉笑了起來。

「笑吧，這，會讓，你，變得，更，好看，一些。」牠往自己的褲子上擦了擦油汙的手，然後讓米米朵拉站直身體。牠舉起手裡的亮亮的紅扳手，朝她的眉心來了，在上面敲了敲，又朝她的眼睛來了，她趕快閉上，紅扳手在她的眼睛上敲了敲，一晃移到鼻子上，緊緊地夾著，彷彿鼻子是螺絲釘一樣，用力地擰了一下。

米米朵拉當即痛得大叫一聲，整個身體翻轉過來，臉朝下，背對屋頂，飛起來，退出時間之屋，速度之快，她周圍的一切全是白光一片。她感覺自己退出了無法想像的地方，心裡不由得驚恐地大叫。一股巨大的吸力把她往下拽，她垂直往下墜，只聽到叭嗒一聲，她重重落在了水中，垂直往下沉，沉到底，她本能地一蹬雙腳，身體往上衝出水面，濺開一片水花。她伸出雙手想游泳，可是游不了，她跌在石頭上。她趕緊站了起來，一看水在她腳邊分開，面前是潮濕的長了青苔的石階，時間之屋以及烏龜先生都不見了。她邁步向上走，一直走到石階頂端，分開的水立刻合上。她掛在脖頸上的項鍊，青綠的竹子變成閃閃發光的金竹了。她來不及多想，馬上把它放入衣領裡。

一抬眼便看到獅子山的碧雲寺，她完全不敢相信自己的眼睛，她回到了人間，回到了江州。可不，遠處大樓上有個大鐘，上面的時間正是禮拜一的傍晚，她記得清清楚楚，她之前就是這個時候走下江水的。如果時間的看守先生烏龜將她送回對的時間，那麼就該有一個墨鏡黨男人追她才是，應該是那個光頭。

她一回頭，沒有墨鏡黨男人，什麼人也沒有。

第五章　金竹

一艘汽艇從下游方向駛過來，私人碼頭的跳板上走下來幾個穿黑衣的墨鏡黨人。他們走下岸，四處張望，其中有一個人是光頭。

這是怎麼一回事？除非，除非時間的看守先生烏龜將她回來的時間弄錯了，她提早回到人間。米米朵拉站在那兒，邊想邊看著他們朝自己走來。那個光頭墨鏡黨男人看見她，兩眼放光，加快腳下步子跑來，他的同夥分開，像以前一樣，向石階左右側而去，準備包抄抓住她。只差十來步台階了，他突然停下，掉頭看，江上天空翻捲著烏雲，同時狂風乍起，蛇形閃電和響雷卡嚓響起，瞬間便是傾盆大雨，奇怪雨水掉在她身上，她身上一點也不濕。戴墨鏡黨的男人全成了落湯雞，急忙擇路而逃。

媽媽，你在哪裡？我回來了！現在我可以用這寶物來救你，不管你在哪裡，如果你不在這個世界上了，你也會得救，我們馬上就會見面。

還沒來得及掏出繫著鍊子的金竹，江水漲到腳邊，她急忙跳上幾步台階。從上游沖下來一隻狗和兩個小男孩，他們趴在一個飯桌上，手抓著桌沿，驚恐的臉和十八層地獄被下油鍋的人的眼光一樣。天哪，這是怎麼一回事。她倒退著上石階，右邊傳來更大的喊叫：

「救命！」

她順著石階跑過去一看，廟宇邊上的好幾幢吊腳樓連根拔起，倒坍在滔滔洪水裡，房子裡的人全像倒垃圾一樣倒入水裡，他們的喊叫淹沒在大雨中，腦袋像個眼球一樣在江水裡一浮一沉，順著江水流遠，不一會兒江面便什麼也沒有了，一半城在汪洋之中。

這不會是真的吧？米米朵拉抹去眼睛上的雨水，絕對是真的，又一幢房子倒塌，邊上的樹也順著暴雨往江裡流。

江邊的舊式平房幾乎都被沖塌，躲在沒倒坍房子裡的人們上了屋頂，在恐懼地叫喚，希望能得救。整個濱江馬路全淹在水裡，坡上的路奔跑著瘋狂逃命的人們。位於兩江匯樓盤的杜莎夫人蠟像館有一半在水下，國家保護文物法國水師兵營也淹了水。不知從上游哪個地方飄下來猴子、熊貓，還有斑馬、犀牛和長頸鹿，牠們努力往岸邊靠。一定是動物園的管理員沒有辦法，打開鐵柵欄門，讓不傷人的動物跑掉。囚著的老虎獅子金錢豹呢？只有死路一條？

江面飛著各種花花綠綠的鳥。不應該這樣呀。可是冥界的瑤姬公主怎麼說來著，「最多明天，後天，江州會有一場大風暴，會一半沉在水裡。」

瑤姬是神，知道會發生什麼。天哪，我怎麼忘記了。不，不一定，烏龜弗弗讓我返回去冥界前的時間，這麼無情的大風暴和洪水，不是在瑤姬說的時間來臨呀，除非被她和黑無常一夥搗鬼。米米朵拉抬起頭看附近的大橋，橋上的標語飛落在江上，輪渡沒有開，江上還是有膽大的私家船行駛，但被浪掀來倒去，處於危險之中。濱江路上居然有車子在淹著水的馬路上不要命地行駛，車子馬上被狂風抬起，跌落到江裡。

雷電交加，狂風變得更大。她往高處跑，看右邊碧雲寺，那個光頭墨鏡黨一手緊抓門上鐵環，另一手使勁地敲廟門。她身上有鎮河神針，不僅暴雨淋不濕她，狂風也吹不倒她。這一切她盡可視而不見。媽媽，我要救你！她一把從脖頸上的金鍊條上扯下金竹，握在手裡，舉起來，對著它低聲說著一串咒語。她盯著金竹在手中變大，像一根筷子、像一根扁擔，本想說，讓我的媽媽站在我的身邊吧，可是洪水怎麼辦？天哪，假如媽媽在我身邊了，我們怎麼辦？她脫口而出：「退去吧，這一江洪水！」

話音一落，金竹脫離開她的手，變成一根大柱，上頂天，下頂江水。沒了金竹，米米朵拉跌落在岩石上，感覺整個身體被狂風往江裡捲，她急忙抓住岩石上繫躉船的鐵環，天地一片血紅色，她的耳朵一陣巨響，不到一分鐘，滾滾洪水退去，江水恢復洪水來臨之前的水位。

江面騰起一股巨浪，將金竹捲裹起來，彷彿是一個大吸盤一樣，將它捲入水中。頓時水面風平浪靜，暴風雨戛然停止，嚇人的血紅色沒了，天空射出一束束光來，使黃昏看上去一點兒也不像黃昏。

爬在屋頂驚恐的人們看不到這一切，連連驚呼：「洪水沒了！」

「日他媽的，洪水退屌了！」

他們尖叫、狂喜地亂罵粗話。那些瘋狂奔跑的人們也停止了，仰面看天空射出燦爛的光束。那個光頭墨鏡黨男人坐在碧雲寺廟前，扔了墨鏡，激動地一把鼻涕一把淚地痛哭：「萬能的菩薩啊！」

一艘大輪船居然擱在一幢五六層的樓房上，上面的人在呼救。救援的軍車接二連三地開到。神情嚴肅的軍人跳下車來，往大樓裡跑去。更多的軍人在江沿岸排除道路障礙，救出坍塌房子裡的受傷的人，傷員到醫院。身穿黃制服的技術人員在測量數據，緊張地工作。好多大學生們組成愛心救援小分隊，協助軍人搶救傷員，他們搭臨時帳篷，安撫災民，幫助災民登記失散親人的名字電話。他們替受了輕傷的人擦藥包紮，將麵包和水發給受災的民眾，並幫助無家可歸的人住進帳篷。

直升機頻頻飛在江州兩江沿岸，往下投救災物品。得救的動物們被人往修建好卻未售出的新樓裡趕，牠們經過米米朵拉時，向她發出輕輕的一聲又一聲叫喚。

米米朵拉從冥界返回人間後，力氣仍大過同齡孩子，可是她沒有了超語言能力。希瓦賦予她這能力只在古印度。這會兒，她怎麼聽，都覺得動物在對她說：「米米朵拉，謝謝你救了我們！」「我們記得你。」

米米朵拉的眼睛一下子潮濕了，朝牠們揮揮手。她的腦子裡一片空白，絕望極了，整個人虛脫一樣，就一屁股坐在石頭上。這下子自己要找母親，完全不可能了。她哭了起來，媽媽，我沒有選擇，這寶物我只能用一次啊，我必須救洪水。媽媽，我做對了吧？你在哪裡呀？

米米朵拉回過頭來，儘管看不到她家的房子，她還是朝山上層層疊疊的高樓看，那是母親和她的家，母親絕不會怪她，因為她是我的媽媽，她最愛說的一句話就是，我是米米的肚子裡的小蟲兒，我知道她的小心眼和大心眼。江水靜靜地流淌，有船在行駛，拉著汽笛，對岸是聳入雲霄的炮彈大廈，過江纜車在緩慢地滑動，風吹拂著她的頭髮，很像在冥都廣場，那風颳起蒲公英花球，那不過是三天前。沒有了寶物，也不可以放棄找母親。她心裡突然有了力量，媽媽，等著我。米米朵拉朝家的方向走。路上的商店和麵館全是人，人們用救災的方便麵在泡開水吃著，看著手機或電視，O公司的方舟裡躲藏了好多動物和人，正在走出，大中國每個網站和城市的電視台都在播江州洪水退去的喜訊，人民感謝軍隊和政府的救災。江州市長出來講話，感謝軍民同心抗災，江州馬上要有重大外事活動，歐洲外長們關於全球變暖的會議照常在江州舉行，全體軍民要團結一致，度過水災帶來的不良影響，讓這次會議圓滿成功地進行，這是頭等大事，還有二等大事，就是歐盟中小學的校長們近日將來訪江州，希望各大中小學校以新思想新面貌新行動來迎接這次訪問。

難怪，學校的警衛並沒有來抓我，米米朵拉想，原來是梅校長認為有比她這個搗蛋學生更重要的事，沒準是接到微信或緊急電話，暫時中止抓她。

前面是岔路口，一條路通向憂憂家的河濱街中路，一條通向半山腰自己的家。穿著黃衣的工人們在清理江水退去後留下的髒物、火葬場的車拉走淹死的人和動物。自行車、沙發、床墊，好多的石頭和垃圾，臭氣熏天，全都堆在路上。公共汽車、轎車和板車歪七豎八地橫著，從一輛車裡滾落出來培植的西紅柿，一街都是，被踩爛了，就像鮮血一樣。救護車呼嘯著行駛，但是走得不快，因為路上障礙物太多，軍人幫助清理車開道。有軍官拿著手機要求派更多人手來，不然明天外賓們來南岸學校參觀，路未全通，那就麻煩了。她爬上一段路，發現坐車是不可能的，走走停停，事實上什麼路都堵住了，除非她順著陡窄的山路走。媽媽，告訴我，現在我該怎麼辦？你會說，米米呀，你要小心點，要自己照顧好自己！五天前的早上，就在這江邊，我答應過你，這麼做。當時，母親把她的手握得緊緊的，生怕她會丟的。

米米朵拉停下來。這個半山腰的地方，電線樁倒了，十幾根樹都倒了，汽車斜歪不少。對啦，母親的車子停在圓形地底停車樓場。我怎麼可以把這事給忘了呢？該死！她詛咒自己。她走進圓形地底停車場，在一層電梯口邊上，在刺眼的大日光燈下，走到母親的紅吉普車前。

她一摸自己的布包傻眼了，當時離家出走時，忘了帶車鑰匙。

除非馬上回家拿車鑰匙，別無辦法。她生氣地伸手拉車門，竟然一拉就開了。要麼當時自己沒鎖，要麼是別的人進了車，忘掉鎖。他們找東西當然不會放過母親的車。可是他們找什麼呢？

之前她和憂憂討論過這個問題，沒有得出結論。現在她不得不又問自己這個問題。害母親的壞人在找什麼東西？母親肯定活著，因為她有他們想要的東西，書裡電影裡都是這樣的。只要母親活著，還在這個世界，哪怕只有一線希望，她這個女兒便要找到母親。

米米朵拉坐在車裡，取下方舟盤上母親的黑帽看，羽毛上沾了灰，她拍了拍，帽子裡沒有什麼東西。車座下面、縫隙、夾層、暗抽屜裡，除了車子安檢使用手冊保險文件發票外，一切跟六天前母親不見時一樣，沒有任何值得懷疑的東西。她看到墊子與座位的縫裡有段帶鉤子的鐵絲，這是什麼玩意？難道壞蛋用這麼原始的東西開了車鎖？她撿了起來，放進紅布袋裡。

「你這個笨蛋，我討厭你！」她氣得雙手捶打著自己的腦袋，罵自己。

「呵，你是說車子，車子一點也不能吸引我，對你來說，車子也不重要，等等，車子裡有一樣東西重要。」

希瓦對她這麼說過，當時她沒在意。真傻，希瓦這麼重要的話她怎麼會滑過？這等於在說，車子對我不重要，對你很重要，車子裡有一樣重要東西。這個重要東西就在車子裡，不行，得重頭到尾找，不找到就不下車。

她抬眼看見駕駛位上方車鏡子那兒吊著一個小小的布青蛙，是她做的手工，送給母親的，裡面有一個發出「I love You」聲音的小音盒。她捏了一下，小青蛙叫不出來了。她難過地想，母親不在了，連青蛙都不叫了。沒準是電池沒了。打開一看，放小電池的地方，換成一個紅色的小U盤。她見過母親用過，十有八九那些壞人是在找這個東西。難怪希瓦會那樣說，他是神，當然知道這車裡有一件對她至關重要的東西。

米米朵拉四下看看，沒有人注意。她將小青蛙直接套在脖子上的金鍊子上，跳下車關上車門。

網吧裡全是敲擊著鍵盤的聲音，人們埋頭回覆著親人們的問訊，也有人用微信輕聲通話：沒事了，洪水退了，請放心吧。

米米朵拉把U盤插入電腦，馬上出現了「小小大中國人」的文件。她點開看，「新小小大中國人」計劃，將優秀的孩子送到歐洲參加夏令營。英國有切爾騰納姆女子學校、莫德林男子學校，法國有奧詩學校，也有世界最頂尖的瑞士 Le Rosey 貴族學校，贊助機票學費十萬人民幣。這是好事呀！她戴上耳機，點開母親的音頻聽時，嚇得臉色發白，母親說她有一天收到女兒學校一個家長哭訴的電話，說是她的女兒失蹤，要母親幫助找。母親要她報告警察。母親無意中發現送到國外的孩子名單裡有那個失蹤的女孩的名字，這才順籐摸瓜，查出進行了三年的「小小大中國人」計劃內幕——表現優秀的孩子按付費送到不同的歐洲城市學習；在學校不聽話的孩子，和孤兒院的孩子一起，若不順從，就用針藥讓其失去記憶，送到國外。這個計劃涉及江州和好些城市。母親非常震驚。有些文件加了密打不開，有的是亂碼，怎麼試著讀都不行，但鼠標一點，可以看到有母親名字加注「碧雲寺」這是什麼意思？他們查到母親去孤兒院裡調查，現在明白了，母親是去調查相關孩子的資料。母親說的碧雲寺，歐笛帶她去過，裡面的尼姑塗了口紅。她當時是從那兒跑掉的。當時歐笛不見了。天哪，如果她也被壞人抓了呢？

不行，我得找她。她對我那麼好，事實上除了母親外，她是對她最好的人。

她移動著鼠標，突然聽到母親的聲音：「我知道他們都是早上天不亮時將孩子送走，一般都是在廟前不遠的私人碼頭。」就是這份東西，墨鏡黨人在找，沒準，紅鼻子校警也在找，千萬不能落在他們手裡。不能發給母親的郵箱，那發給她自己的郵箱。她找管理人員要了一個U盤，做了一個備份，並打開查看，確信文件都在。因為這個東西，母親失蹤了，她提醒自己，千萬千萬不要把這個東西弄丟了。

在櫃台付費時，她傻了，她沒有錢。

管理人員說：「哪有不帶錢出門的？看看吧。」

她一看，紅布袋的夾層有一疊人民幣，都是之前她從母親抽屜裡寫了借條拿走的錢。她付了上網費，看到玻璃櫃裡有各式手機在出售，正在做活動打折。她選了一個和之前一模一樣的索尼防水太陽能充電白色手機，恰好手機三個月內贈送1G的上網流量，還送一個5G的記憶卡。她算了算錢，剛夠數。米米朵拉把原先的SIM卡裝上去，卡上存的照片電話號碼都在，可是微信不工作。她請管理人員幫忙，把微信做好。她打開微信，沒一條新內容。她撥了母親的手機號碼，裡面一個聲音說：「你好，你撥打的電話已關機。」她打歐笛的電話，占線。

她乘網吧裡的電梯到二層，出來便是一條小街，食品店開著門，可是裡面貨架空空的，被人搶售了，還有人開著小三輪，裡面裝的全是瓶裝水。街上全是濕的家具和衣服，人們把暴雨打濕的東西拿出來曬太陽，還有不少人在抱著哭泣。狂風暴雨掀倒的平房，在山腰上也有不少，失去家的人，鋪了塊布或是地毯就躺在那兒，愁苦著一張臉。不少人在發微信，傳遞著網站統計的死傷人員數目、政府法辦造成這次洪災未遵守職責的官員的新聞。

沒到過江州的人，絕對想不出來這個城市建築的多變離奇，這家人的屋頂，是另一家人的門前馬路。地圖上的兩隔壁，可能上下相隔十層樓。地圖上打車好幾元，可能坐個一元錢的電梯就行了。明明一幢樓頂還沒另一幢樓的地基高，而在樓與樓間有一高架橋穿越，假若你住十二樓，窗外有人招呼你，不要以為是鬼怪，而是路人。汽車和輕軌穿橋越江過山，對直一幢高樓撞去，突然90度拐彎，擦著別的樓腰急駛而去，嚇得你要命。這是個旋轉城，空間扭曲，上下左右、內外統統顛倒，你的大腦開始暈眩，陷入這個巨大的迷宮，覺得荒唐無比。

從小生長在這兒的米米朵拉已習慣了，懂得如何鑽迷宮，她直接走下陡陡的生有青苔的石階，從那兒一堵牆上爬下，便已到了河濱中街最近的巷子。巷子裡有逃水災的人棄掉的物品，淹在泥水裡，還有幾輛自行車，橫七豎八地倒在地上。她扶起一輛輕巧的車騎上。

整個河濱中街，天未黑，可路燈已亮了。街上全是泥水，清潔工清理了，還是髒得不行。她騎著車，遠遠看見憂憂的鄰居老太太和一個戴眼鏡穿T恤衫的中年婦女站在街邊說話，便把自行車停在路邊，叫：「婆婆好，我是憂憂的同學米米，記得嗎？」

老婆婆眼力不錯，點點頭說：「米米呀，我記得你，你是不是要去找憂憂。唉，你看真巧，這是憂憂的媽媽。」

老婆婆給她們介紹完，就走掉了。

米米朵拉從未見過憂憂的母親，只聽他說過父母在離婚。憂憂的母親對她很好，說幸虧她那天留了紙條，她和丈夫正巧回家看到，就尋找落入江裡的憂憂，憂憂的父親用所有的關係搜索他，一個小時後在南岸區醫院找到。原來憂憂沒死，額頭受了傷，被人從江裡救上來，送到醫院。他一直發高燒，高燒時連續叫米米的名字。後來燒退了，卻像植物人，不吃不喝。今天傍晚，就是半個小時之前，他突然神志清楚，叫媽媽，要了一大碗麵吃。醫院檢查完他的身體，沒有任何毛病，通知他可以出院了。所以，她回家取點東西，正要返回醫院接他。

「真的嗎？太好了，我可以去醫院嗎？」米米朵拉沒有想到，激動得有點語無倫次。

「好呀，米米。」

「謝謝你，阿姨。」

憂憂的母親騎著自行車，米米朵跟著她騎，心想，瑤姬公主最後還是想明白了，把憂憂放回人間來了，謝天謝地。

沒一會兒她們就到達區醫院住院部。急診區域全是水災受傷的人，大都是外傷，流著血，哼叫著。穿白衣的醫護人員在忙碌著。她倆穿過急診區，進入大廳，往東邊的電梯走。憂憂的病房在住院部二層，房間裡就他一個人，他閉著眼睛，睡得很香。

一個護士走過來對憂憂的母親說：「等他睡醒吧，最好不要打擾他，醒了之後再辦出院手續。」

米米朵拉輕輕握著憂憂的右手，輕聲說：「真是好高興看到你，憂憂。」她取出筆和紙，畫了一個小女孩，寫上自己的名字，放在他的床邊桌子上。如果憂憂醒來看見了，便知道她來過了。憂憂的左手插著針管，吊著鹽水，嘴唇沒有血色，不過睡得很沉。米米朵拉鬆開自己的手，轉過身來對憂憂的母親說：「阿姨，我有一件事想拜託你。」

米米朵拉的聲音更輕了，幾乎是貼在憂憂的母親的耳邊說著。兩人輕聲說著。大約半個小時後，她把備份的U盤拿出來。「阿姨，就是這個。」

憂憂的母親接過來，輕聲說：「你放心好了，孩子。」

第六章　水火不相容

米米朵拉往停車場走，發現邊上蓋好多個電話間，貼著一分鐘一角。好些人在打電話，向親朋好友激動地說著話，哭著，說著災情及受傷治療狀況。米米朵拉看著不少人站在那兒排隊，她也走過去排隊。

突然想起自己有手機了，就走出長隊，找到一個避靜地方，取出手機來。快速地撥響，還是占線，讓留言。她翻找布袋裡的便條，找了足足兩分鐘，找到了一張皺皺的紙。她點開微信，加上紙上的數字，要求加微信，對方馬上通過了。她拔了微信電話：

「歐笛阿姨，是我。」

「天哪，真是米米。」

「歐笛阿姨，請問你沒事吧？」

「沒事。」

米米朵拉心裡鬆了一口氣，歐笛阿姨沒被壞人抓走。她急切地問：「找到我媽媽了嗎？我怕極了。」

「不要怕。下午時，我是有十萬火急的事，所以先走了。可是他們告訴我，你跑了，我都急死了，我讓人到處找都找不到，剛才洪水淹上來的時候，我好擔心你！小傢伙，你在哪裡呀？警察找到好多你貼的尋母啟事，你真是一個好孩子。」

「歐笛阿姨，我很好。只是，我——」她著急得說不出來話。

「慢慢說，不急不急。」

「我在媽媽的車子裡找到一個東西——好害怕，有那麼多孩子不見了，他們是學校裡不聽話孩子，還有孤兒院的孩子，還有人販子拐賣的孩子。好多好多的錢，那麼多孩子被壞蛋賣到國外，她們還做了妓女呀，一輩子都見不到爸爸媽媽，好多孩子都死了，好狠心哪，好可憐呀——」

歐笛馬上打斷她的話：「小傢伙，不要怕，別說了。這個U盤，能幫我找到你媽媽。你在哪裡？我派人來接你。」

「我就在附近，你說地方，我自己來。」

「你記得今天我帶你吃飯的碧雲寺素齋館，來那兒與我碰面。我馬上開車到那裡。」

「好的，歐笛阿姨。」她一抬頭，發現有個戴墨鏡的人正在張望，她馬上退到一輛三輪車後，「歐笛阿姨，我不能說了，有戴墨鏡的人壞人來了。」她掛掉了電話。

歐笛說的見面地點碧雲寺，母親也在文件上加注了。現在她將去那兒，她沒有別的人可以找，相比憂憂的父母，她更信任歐笛阿姨，歐笛阿姨會有辦法幫助她，除此之外，她沒有別的辦法。

自行車上坡非常難，好在從醫院出來，往獅子山的碧雲寺廟門一直下坡和平路，幾乎是一陣風似的快，就接近目的地。但是中心碼頭的馬路堵著了，幾百個大人孩子，靜坐在馬路上。米米朵拉走近，一打聽，原來靜坐的人中大都當地居民，被洪水淹了家，被洪水沖毀房屋，無家可歸，找街道辦公室，被推掉，說是要研究，最快一個星期、最慢一個月解決。他們沒辦法，只能上這兒來打著橫幅，要求江州市領導來解決。許多拿著電棍的警察站在濱江路邊上執勤，渡輪還未開，乘客都不讓上跳板。輪渡上有人拿著一個喇叭在喊：「現在還沒接到通知開渡，謝謝旅客同志們的耐心等候，稍等，一有消息，馬上開渡。」

她不敢停留，推著車過了靜坐的人，重新騎上車，一會兒就到了獅子山的碧雲寺廟門前。相比那兒，這兒顯得異常安靜，一個閒人也沒有，石階上有好些紅帶子，用墨筆寫著名字，祈福菩薩保佑生者平安長壽；也有不少黑帶子，祈福菩薩保佑死者好好去西天。遭遇大水災，廟門可能主持來了一會兒，發開光過吉利帶子讓人填。大門口貼有一個告示，說是水災素齋館休業三天。大門沒門上，她推開一個小縫，閃身跨過高高的石門坎，躲在一個垃圾箱後面蹲著。大殿前的台階上站著三個人，一個是梅校長，燙得高高的頭髮，像美國動漫電影裡的辛普森太太，戴著金邊眼鏡，一身幹練的灰色西服套裙；一個是紅鼻子校警，一身便服；還有一個是警官，大眉大眼，塊頭壯壯的，滿臉絡腮鬍，居然是憂憂的父親宋簡。他說因為中心碼頭發生了群眾靜坐，順便到廟來看看。梅校長說，太巧了，她是因為水災，來廟裡還願的。兩人說了一些客套話，他與梅校長握了握手說：「再見。」

宋簡朝大門外走。這時校長對紅鼻子校警說：「給警長送一份厚禮，像之前一樣。」

紅鼻子校警點頭稱是。

這麼說宋簡是他們一夥的。哇，自己把備份的U盤交給他的老婆，真是蠢透了！他們三個人在這兒做什麼？米米朵拉心裡好後悔。

紅鼻子校警快步趕上，慇勤地給宋簡拉開大門。米米朵拉還是蹲著，梅校長走下台階，兩個人都出了門，大門「哐噹」一聲合上。

米米朵拉大大地出了一口氣，站了起來。四周沒有人，幾隻麻雀停在暗暗天色籠罩的石階上，盯著她，馬上往殿裡飛。她順著大殿的外廊走，拐進裡面一個庭院，素齋館裡一個人也不在，每張桌子鋪有白桌布，亮著壁燈。「歐笛阿姨，我到了。你到了嗎？」米米朵拉坐下來，看著桌上瓷瓶裡的一枝蓮花，發了一條微信。

「快了，稍等。」歐笛馬上回一條微信。

過道裡傳來腳步聲，兩個尼姑提著水和盒飯走得飛快，她們進到大殿裡。米米朵拉悄悄跟了過去。尼姑們順右手走到裡側佛像面前跪下來，在拜佛。大門那邊傳來一聲響，她擔心地往那邊看，沒人，可能是風。等她再看佛像時，尼姑們不見了。

米米朵拉走過去，到金佛像前跪下拜佛。她們去了哪裡？

剛才兩隻麻雀停在香案上，看著她。突然傳來腳步聲，她馬上躲在柱子後面。兩個尼姑從黃絲絨布裡走出來。隔了好一會兒，她四下望望，覺得安全了，回到金佛前，這兒按按那兒敲敲，終於在拜凳裡側，碰到一個鍵，一聲響，黃絲絨布敞開，出現了一個小門。她對直走了進去。

從並不整齊的石階下來，每隔一段距離有盞不太亮的燈，可以看到這兒其實是一個防空洞，跟整個江州城裡到處都有的防空洞差不多。裡面很涼，米米朵拉打了個激靈。

她越往前走，路變得平了，而且寬敞，走了五十來米，全是石壁。尼姑們提著盒飯，到這兒來吃嗎？她絕不信。她取出手機來，想給歐笛打電話，可是沒有信號。她朝來的路上走回去，長著青苔石壁滴著水，水流得到處都是。她蹲下來看，濕濕的腳印，她跟著腳印走，在左邊的一段石壁前，腳印停住。她用手敲，石壁像是空的。便用手一推，推不動。她把手機的電筒打開，發現牆上有塊石頭色澤與周圍的石頭不同，她一按，石壁「哐噹」一聲開了。

裡面裝修得考究，頂和地上都是木頭，有好多滴水觀音植物，有射燈照著長長的走廊，裡面隱隱有人聲。門隨即合上，她一愣，馬上閃入。

她順著走廊走，好多房間，有廁所和淋浴房，都是鐵門帶小窗。她抓著窗口上的鐵柱攀上一看，看了三個房間都空著。第四個房間有幾個尼姑，安靜地坐在地上，面對幾張單人鐵床。嘴裡輕聲地念經。原來她聽到的人聲來自這裡。她跳下來，攀上第五間一看，裡面是八個孩子，蔫蔫地斜躺在床上，頭髮亂蓬蓬的，望著焊了鐵框的小窗口，樣子特別可憐。天哪，她的同學琪琪和小芳兩姐妹，坐在地上，眼睛害怕地看窗口。「琪琪，小芳！」米米朵拉輕聲叫。

兩姐妹看到米米朵拉，傻住了，眼睛裡充滿疑惑。

「真是我，米米。」米米朵拉朝她們一笑。她倆反應過來，也攀上鐵門，手伸過鐵欄杆抓著米米朵拉：「真的是你呀，快，快救我們出去，我們被關在這兒——」米米朵拉把手放在唇邊，噓了一聲，她們便不做聲了。難怪自己去她們的家找不到她們，原來被抓到這兒來了。她湊近鐵門的欄杆，對琪琪和小芳低聲說：「我一定會救你們出去。」

小芳說：「我們不知道這兒是哪裡，我們被蒙了眼睛。」

這時聽到人的叫喚聲，她的心馬上跳起來，這聲音是如此熟悉，她從小聽到大，是母親。

米米朵拉跳下地，順著走廊朝前走，右拐，走了一段隧洞，她看到射燈下有兩個房間，一個是木門，拉開一開是衛生間，另一個房間有一個鐵門，門沒有關，拉開發現裡面還有一個鐵柵欄的內門，裡面是一個二十平方大的空蕩蕩的房間，有一個方桌，二把舊椅子，一個女人一身是傷，白襯衣上有血滴，雙手被吊著，雙腳被套在一個環上，必須踮著，頭耷拉著，頭髮亂亂的，脖頸上也是傷，傷口流著血，她咬著牙，大概是忍不住了，才又叫喚了一聲。左牆上有個焊了鐵框的小窗，地上是一件藍風衣，被踩得髒髒的。

「媽媽。」米米朵拉叫了一聲，她的淚水馬上湧出來。

母親身體動了動，費勁地抬起臉來，她的臉上是五根手指印，嘴角腫了，整個人彷彿死了一樣。

米米朵拉壓低聲音說：「媽媽呀，是我。」

母親搖了搖頭，喃喃說：「不可能是米米。」

米米朵拉看到鐵柵門上的鎖是舊式的，便掏出書包裡的帶鉤子的鐵絲，多虧馬戲團的小蜜蜂教她開門技巧，所以，幾乎一分鐘不到，她打開了門，奔進去。

「媽媽，真是我！」她站在桌子上動手解開繩子和套環。把母親放在椅子上。

母親睜開眼睛，一把抓住米米朵拉的手：「米米，你怎麼來了？。他們抓了你嗎？」

米米朵拉搖搖頭，親著母親的手，察看母親臉上的紅手指印和脖頸上的傷，哇哇大哭起來，但又竭力止住聲音：「媽媽，我的媽媽呀！你怎麼成了這個樣子？」

「沒事，不要擔心。」母親看著她，心疼地說：「就一天多沒見，你就瘦了？」

「我不瘦，媽媽你好可憐，我終於找到你了。」她想把臉貼著母親的胸膛。

「不是他們抓的，是你自己來的，你，你趕快走。求你了，我的米米！」母親說。

「不，媽媽，我要帶你走。」米米朵拉亮出衣領裡的小青蛙。

「他們在找這個東西，千萬不要落在他們手中！」

「媽媽，不必擔心。我們逃到別的城市去吧！」

「哪個地方都一樣。」

「沒有人管他們嗎？那麼多孩子賣到非洲當童工——」

母親一把抓住她的手，打斷她問：「你打開U盤看了？」

米米朵拉點點頭。「我讓歐笛阿姨來救你出去。媽媽，我告訴她了。不要怕，媽媽。」

「這不，說救星，救星就到了。」母親費勁地說。米米朵拉急忙掉轉頭。

歐笛站在她的身後幾米遠的地方，穿了一件鐵銹綠提花 Maxmara 連衣裙，頭髮梳了個髻，戴了一頂有網眼的禮帽，顯得憂心忡忡。米米朵拉奔出去，一把抓著她的手：「歐笛阿姨，真好，你也找到了這裡，快，救我媽媽出去。」

「好的，小傢伙，了不起，能找到這裡，還能打開這門。」歐笛穿了高跟鞋，顯得腰肢擺動，

「你說的U盤呢，給我吧。」

「米米，不要，不要給她。」母親著急地叫了起來。「想想她的話。」

「什麼，媽媽？」米米朵拉驚呆了，她看看歐笛阿姨，又看看母親，「對了，歐笛阿姨怎麼知道我打開鐵門？除非她，不，不會是這樣的。」

母親朝米米朵拉點了點頭。

「歐笛阿姨，原來是你抓了我媽媽，明明就關在這廟裡，你卻騙我，說幫我找她。你這個大騙子！呵，那麼多可憐的孩子呀！還有我的好朋友小芳她們。」米米朵拉一邊說，一邊想擇路跑，可是沒有可能，即使用跆拳道邁過了歐笛，她的身後站著的好幾個假尼姑真保鏢。

「絕不是我要抓她，我要壞，就不會讓你母女相見了。」歐笛一臉委屈的樣子。

「你就是想看我有沒有你要的東西。」

「好吧，我承認。小傢伙，U盤呢？乖乖地交給我，不然結果也一樣。」

「那你放了我媽媽，我會交給你。」

歐笛笑了起來：「我可以答應你，但這完全取絕於你媽媽同意不同意。」

母親叫了起來：「不要相信她。」

「搜！」

兩個假尼姑走上來，米米朵拉跑到從頭髮到腳都搜了一遍，搜到紅布包，翻找裡面的東西，搜到脖子上的金項鍊上的小青蛙，裡面什麼也沒有。米米朵拉笑了：「你除非放了我媽媽，否則你找不到的，而且我備了份，交給了朋友，若你不放我們，他們就會來這裡。」

歐笛看著米米朵拉，突然放聲大笑起來，笑完了才說：「想要騙我，沒那麼容易。」

「我不必騙你。」

「老闆，讓我來對付這個小孩子。」一個臉上有麻點、穿灰運動衣的女保鏢走過來，進了鐵門，抽出右牆上的一條鞭子，啪地一下，狠狠地抽在母親的身上，母親叫喚了一聲，雙手護頭，鞭子抽在母親的雙手上，母親痛得失聲尖叫。

「壞蛋阿姨，求你不要打我媽媽！」米米朵拉衝過去，但是她不能動彈，一個假尼姑抱著她了。

那個保鏢扔了鞭子，從牆上取下一把雪亮的尖刀來。米米朵拉看到整個牆上全是刑具。那人一把抓起母親的頭髮來，刀放在母親的脖頸受傷的地方，母親痛得尖叫起來，米米朵拉哭叫起來：「停，停，我給你，給你！」

「好了。」歐笛輕輕說。那個麻臉保鏢放下刀，抓著米米朵拉的人也鬆開手。

米米朵拉蹲下身來，取出鐵門縫裡的U盤，拿在手裡，幾步跑到小鐵窗前，舉著U盤，窗前居然能聽到江水流淌的聲音。「放了我媽媽，不然我扔了它。」

「扔呀，那是我想做的。」歐笛冷冷地說。

米米朵拉沒想到，麻臉保鏢一把奪過U盤來，走出去，關上鐵柵門。

一個假尼姑遞上一個蘋果筆記本電腦，歐笛阿姨U盤插上，打開文件看了看，馬上取出U盤來，放在自己的胸罩裡。「端水端些吃的來，給我的最好的朋友。」

麻臉保鏢輕鬆地擰來一箱礦泉水。歐笛阿姨取了一瓶，擰開後，遞給米米朵拉：「來，小傢伙，給你媽媽喝。」

米米朵拉本想拒絕，看到母親的嘴唇起乾殼了，馬上說：「哼，這水不姓O，幹麼不喝？」米米朵拉扳開母親的雙手，把她抱在懷裡，連忙餵母親水。

「米米說得好，媽媽也應該學學女兒。親愛的，我倆一向是最要好了，為什麼要水火不相容呢？識時務者為俊傑，你知道這個孩子輸出計劃，是解決了人口過剩問題。不然，這麼多閒人下等人動不動就會罷工示威造反，社會不安定。親愛的，我才不願意你在這裡，是你選擇在這裡，答應我，跟我一起做這大事。」

米米朵拉的母親喝了水後，稍微恢復了精神，她聲音緩慢地說：「光是美國，三年下來就送走了七萬多個孩子啊，他們被迫當女傭和性奴。」

「親愛的，你知道那些女孩子多半是孤兒，被重男輕女的父母丟棄的，沒人要她們。菩薩知道，她們出國後，一生的命運改變了。O公司的基金會也給真正優秀的孩子獎學金，送他們到國外接受最好的教育，這是積德。」

「那是上等人的孩子。」

米米朵拉插話：「媽媽，那邊有我的同學小芳和她的妹妹呀，她們不是孤兒。」

母親氣得咳嗽起來，米米朵拉給她捶背，她輕輕說：「歐笛，你看你做的事，有多麼荒唐，多麼傷天害理，她們該是你不喜歡的孩子吧，也許就做了一點自我做主的事，就要被賣到國外去？你也是一個母親，你該明白他們的母親會有多麼絕望和痛苦！對不起，歐笛，你背叛了我的友誼和信任，你把我關在這兒，讓我的女兒陷入你的圈套，我不會原諒你，你對權力和金錢的貪婪沒有底線。」

「你錯看我了，我是有理想的人，並非為自己，我也給國家納了大量的稅，我是想改變這個世界。」歐笛難過地說。

「歐笛，每個人都想改變這個世界，世界也能改變每一個人，你早已不是從前的你了，我也不是從前的我。」

「要不是我保著你，你會受更多罪，若你不肯與我們合作，上面的人說不定會把小米米送到國外那種場所去的，還有你，他們到時會給你們打失憶針藥。親愛的，不要擔心，我會反對這麼做的。」

「歐笛壞阿姨，你比我想得還要壞啊。」米米朵拉叫了起來，要撲過去抓歐笛。母親一把抱著米米朵拉，搖著頭說：「米米才十歲呀！你們動我女兒一根汗毛，我不會放過你們！」

歐笛從身上掏出一張印有字的紙，遞進窗口：「不合作也行，那麼請在紙上簽上你的名字吧！你保證沉默『小小大中國人』計劃，你可得到一筆費用，我可送你們母女到國外去，從此隱姓埋名。」

米米朵拉把那張紙遞給母親，母親拿過來，沒看一眼。

「不簽。我知道你在我面前有面子。」

「好吧，歐笛，每個人有自己的活法，可人不能超過做人的底線，更不能做害人的事。」

「你就是一根筋。」歐笛無可奈何地說，轉過身來，兩個保鏢走近她，她吩咐道：「替我好好照顧我的好朋友，如果出了差錯，就挑了你們的筋，做鞋帶。」她雙手交叉，歎了一口長氣，「孩子的話不必全信，但今天得信，萬一她真的告訴了別的人的話——」

麻臉保鏢湊在歐笛跟前說：「老闆，我們不必等到明早行動，就在今晚如何？」

歐笛讚許地看了看麻臉保鏢，點點頭。「趕緊匯報上面。」她說完踩著高跟鞋，扭著腰肢往隧洞那邊走去。

第七章　江邊

假尼姑搬了把椅子，坐在走廊上。米米朵拉從鐵柵門看到。她轉過身來，看到母親眼淚嘩啦嘩啦地湧了出來。

「媽媽，你還痛嗎？」米米朵拉心疼地問母親。

「對不起，米米，媽媽不好，把你牽連進來。」母親握著她的小手說。

假尼姑手敲著椅子，吼道：「不許交談。」

晚飯是一個豆角鹹菜、茄子紅燒蘑菇，還有兩碗米飯，外加兩瓶水，還扔下一盒消炎藥膏和一個紗布繃帶。那個假尼姑看守說：「我走開一會兒，不准亂說亂動。監控室會有人盯著，你看看頭頂。」

米米朵拉抬頭一看，嵌在門口屋頂牆上真有小小的亮著藍光的探頭，乍一看像火警警報器。看到母親嚇了一跳的神情，那人滿意地離開了。

米米朵拉馬上給母親抹藥，纏紗布繃帶，母親拉過米米朵拉，在她的耳朵邊說：「怎麼辦？他們給我藥，怕我在旅途時添麻煩，歐笛不是假裝說說而已，時間提前了，今晚我們就要被弄走。米米。是媽媽害了你。」

「是米米無能。」米米朵拉坐在椅子上，把桌上的飯碗推開，「我才不要吃歐笛壞阿姨的飯。」

「這飯不姓O，幹麼不吃？米米，快吃飯，聽媽媽的。」

米米朵拉端起飯碗，吃了起來。母親拿著飯碗，又擱下了。「媽媽，是不是手痛，脖頸痛？」

母親點點頭。

「媽媽，你必須吃飯。」米米朵拉端起碗飯給母親餵飯。

母親吃了一口，輕聲問她：「U盤真給人了？」

米米朵拉點點頭，又搖搖頭。

她背對著探頭，黏著水在桌上寫：「東西我給了憂憂的媽媽，可進廟時發現憂憂的父親在，他跟梅校長是一夥的。」

母親伸手摸去桌上的字，絕望得直搖頭，但是她沒有責怪米米朵拉。米米朵拉繼續餵母親飯，悄聲說：「憂憂的父親是壞的，但是憂憂不是。」她對母親說了自己留下紙條的事。

「你的意思是憂憂——」母親停著了。

那個女看守突然走到門口來：「再次警告，不要交談，不然分開你倆。」

兩人只能沉默，母親好不容易吃了一半飯，喝了一瓶水：「我擔心你，之前你什麼都依賴我，沒我，你怎麼辦？」

「一天沒媽媽都不行，媽媽，你不見了，我都快成瘋子了。」

「如果我答應歐笛，改名換姓在國外生活，你覺得可以嗎？」

「媽媽，你願意嗎？」

母親點點頭：「違心而做，不，媽媽不是這樣的人。」

「媽媽，你做什麼，我都站在你一邊。」

「好孩子，我們想好事，不想壞事。你看我現在感覺好多了，這就是好事。」確實，母親的樣子比米米朵拉見到時好多了，抹了藥，脖頸纏上綳帶，她的傷口好受多了，她的眼睛有神。

母親居然在椅子上睡著了，發出均勻的呼吸。米米朵拉便像小時那樣，移過自己的椅子來，靠著母親也睡著了。沒睡多久，母女倆被驚醒了，鐵門「哐噹」一聲打開，走廊外站著痲臉保鏢和那個女看守，她們都換了一件黑衣服。痲臉保鏢氣勢洶洶走進來將母女倆的手綁住，披上帶帽子的黑外衣，嘴上塞了東西，戴了口罩。

整個防空洞裡全是腳步聲，孩子都戴著口罩，身上套著帶帽的黑衣，出了洞口。大殿裡金佛默默地看著他們經過。裡面光線乍明乍暗，安靜得只聽到他們的腳步聲，一行人在大殿外的石徑上走著，最後來到寺廟大門口。

濃郁的夜色中，一兩艘船在行駛，江岸上的高樓大廈霓虹燈光一如往日。他們一行走了幾分鐘路到達江邊私人碼頭，迎面吹來一股風，涼涼的，米米朵拉看到遠處的大樓上的鐘正是午夜時分。私人碼頭停了幾艘大小不一的快艇，惟有一艘中型快艇亮著燈，快艇大半有艙，小半露著。三個保鏢在前面開道，八個孩子在前面，米米朵拉在他們的後面，母親跟著米米朵拉的後面，痲臉保鏢在後面。她們走上跳板，進到船艙時，全坐在裡面的椅子上。

歐笛撑開艙門走進來，她的黑皮褲上一件香奈爾帶帽的半長藍T恤，腳上是 GEOX 運動皮鞋，跟米米朵拉的鞋一模一樣。這鞋是母親買的，米米朵拉一雙，歐笛一雙，那時母親與歐笛真比親姐妹還親。歐笛走到母親跟前，看著她綁著的雙手說：「親愛的，歡迎上船。變主意了，把手舉起來就行，起碼為了你的這寶貝女兒吧！」

母親瞪了歐笛一眼，掉轉臉。米米朵拉把自己捆綁著的手舉了起來。

「這種時候了，我才不和孩子做生意。」歐笛邊說邊擰開門走出去。

小芳開始哭，帶動其他孩子也哭，琪琪不知怎麼將自己的口罩揭掉了，又扯掉塞在嘴裡布，哭著說：「我要回家！」麻臉保鏢走過來，舉起電棍輕輕一敲，琪琪痛得倒在地上。麻臉保鏢指著琪琪說：「誰哭，跟她一樣。」

船艙裡的哭聲馬上停了。小芳用捆綁著的雙手去拉著妹妹的手，眼裡流著淚，神情充滿恐懼。麻臉保鏢的對講機響了，她握在手中，出了艙門。

歐笛對艙內的情況視而不見。米米朵拉本來緊緊地靠著母親坐著，蹲在母親的面前，用眼睛示意，母親綁著的雙手一下就將米米朵拉的口罩和布從嘴上扯出來，她也用同樣的方法，替母親取掉口罩和布。她長長地出了一口氣。她和母親也用同樣的方法，將其他六個孩子的口罩和布條取掉，她把手指放在唇邊，噓了一下。

米米朵拉注意到碼頭上站著一個穿牛仔T恤運動帽的男人，背對風在點紙菸。玻璃窗外歐笛走到船尾，拿著對講機不動聲色地說，「各位注意，岸上有可疑人出現，馬上開船！」

船馬達發動的聲音，可是船沒移動一步。歐笛的聲音有點急躁了：「怎麼回事，舵手回話。」

舵手馬上回覆：「不清楚。」

歐笛叫了起來：「快查！」她看看手錶，又看看江面，沒一會兒，對講機響起一個男人划動著水花的聲音，不可思議地說：「老闆，怪事，發動機被一張魚網網住，開不動。」

她命令道：「快清除！我們必須在天亮前到上游，上私人飛機，不得延誤。」

米米朵拉脖子上的金鍊子一閃一閃發出光來，「我沒看錯吧？」這是娃娃魚給她繫定河神針的。第一個感覺便是，會有事情發生，她的心怦怦跳起來，一下子奔到窗前。江水波浪翻捲，一條白色的娃娃魚從水中騰空而起，一旋身變成一條鱗片閃閃的白龍，栽進江裡，掀動著大大的浪。整艘船都搖動了，一個個小圓窗上玻璃馬上成粉末，捆綁著人的繩子都斷了，她抖掉捆綁著自己的繩子，激動萬分，娃娃魚來了，沒錯，他是來救她的。浪把船搖得更厲害了，艙裡的人尚未從綁著的繩子突然斷掉中反應過來，便從船艙的左邊盪到船艙的右邊，又從船艙的右邊盪到船艙的左邊。米米朵拉抓著窗邊的掛鉤，看到歐笛和她的四個保鏢們狼狽地船舷上跌跌穿穿。舵手的對講機在叫：「老闆，老闆，怎麼回事？」

歐笛握著對講機，浪花打過來，她手裡的機器掉在甲板上，滑到江裡。母親抓著椅把了，可是米米朵拉的身體飛起來，右腳正好撞著包著繃帶的脖頸。她叫了一聲，臉色發白。米米朵拉急忙叫：「請停，請停。」

真神，船立刻平穩了，所有的人都鬆了一口氣。這時一個兔臉人身的矮矮的人和一個馬臉人身高高的人出現在船舷上。

「大老哥！小老哥！」米米朵拉跳起來叫道，她的朋友大力士和侏儒來了，她簡直不敢相信自己的眼睛。

他倆對她點點頭。母親一把抓著她，俯在她耳邊輕聲說：「米米，你在說什麼？安靜，我們得想辦法離開。」

母親的話提醒了她，只有她一個人能看到侏儒和大力士。「媽媽，放心，我的朋友來幫我們了。」她想跑出船艙，可是母親用力地抓住她不放。

歐笛挽在腦後的長髮披散下來，看著船窗的玻璃粉末和艙裡的大人孩子綁著的繩子斷掉，她臉色蒼白，皺著眉頭說：「這是怎麼一回事？保鏢——」她手指船艙門口的一個保鏢，格格地笑了起來，一會抓抓腿，一會兒拍拍後背，一會兒抓抓頭髮，笑著，卻是著急的聲音在說：「啊，不對，不對。」

米米朵拉看到侏儒在搔歐笛的癢。歐笛跳了起來，接著笑得雙手將自己的身體緊緊抱著。侏儒停手了，歐笛看到站在駕駛室外邊愣著的舵手，一個一身是水的男人，她的脖頸昂起來，訓斥道：「快，把網弄掉！」她的左手舉起來，右腳也舉起來，看著二十來步遠的艙門，左肩膀高右肩膀低，整個身體前傾，腿扭著艱難地前行，好不容易快到那門前，伸手想去關，突然雙腳晃著，踩不穩甲板，整個身體滑向船頭，她的頭髮飛了起來，伸手想抓欄杆，怎麼也抓不著，她很用勁地抓，還翻了個觔斗，斜著身體站起，看到自己的墨鏡掛在纜繩上，歪著頭撿起來，往眼睛上戴，嫌不正，手格外費力地將左邊一端掛在頭髮上看。

所有的人都笑了。舵手指著她按著胸口說：「老闆，你真牛，我馬上去把網剪掉。」他從船頭跳到江裡。麻臉保鏢笑了笑，走到船艙門前一站，那意思是放心，有我在，他們跑不了。

大力士含笑站在船欄杆邊。歐笛想站直，可她無法辦到，她的嘴張開：「啊，停，停！我這是怎麼啦？」她把墨鏡斜斜地扔掉。她站直了，拍拍自己的身體，彷彿要把自己的雙肩放正一樣。侏儒站在歐笛的雙腳上，拉著她的衣服，她害怕地雙手亂抓，他跳下。她一停，他馬上站在她的雙腳上。

如此做了三次，她驚恐得手舞足蹈，她的頭左偏偏又右偏偏張望，私人碼頭上的水銀燈打在她驚恐不安的臉上，脖頸像鴨子一伸一縮。

「我從來沒見過歐笛這樣，米米，事情越來越不妙。我數了一下，船上一共五個壞人，一個下了水，還剩下四個，讓媽媽想想怎麼對付他們。」母親驚慌地說。

米米朵拉趁母親不備，掙脫開來，從窗口爬到船舷上去，小芳和琪琪也跟著她往外爬出來。

母親追了過來，米米朵拉對她說：「媽媽，放心，答應我，你待在這個角落不要動。」

「小蟲蟲爬出來，你們笑什麼？」歐笛突然清醒了，指揮著兩個保鏢，把三個女孩子抓著往窗口裡扔，卻怎麼也扔不進去，保鏢哈哈大笑起來：「別抓我癢，停，哈哈。」

「胡扯！」歐笛的雙手想前去幫忙，卻在空中揮著：「啊，幫我，不要讓這個人折磨我。」她狂叫起來。麻臉保鏢走過來，笑著問：「老闆，什麼人也沒有啊。」

侏儒拿起歐笛的右手打了一下自己的臉，她渾身打顫，一下子坐在地上，卻是坐不了，整個身體倒立起來，她完全崩潰了：「我這是怎麼啦。不對，有惡魔！」

「麻臉女人，她最會跳舞了，她對我媽媽和琪琪好得出奇！跳跳江南 Style！」米米朵拉叫道。

孩子們不像之前那麼害怕了，統統爬在船窗口或趴在船尾看。米米朵拉、小芳和琪琪爬了出來，她們仨在裡面使勁拉那兩個保鏢，她們又想抓三個孩子，一下子卡在窗口了。

侏儒點了點頭。駕駛艙裡的江南 Style 音樂響起，大個子麻臉保鏢笨拙地跳了起來，音樂節奏太快，她跳得一身是大汗。音樂停了，麻臉保鏢氣惱地從腰間拔出一把槍來，對準米米朵拉：「臭東西，我讓你出壞主意。」

母親從艙門那頭衝過來，用身體擋著米米朵拉。米米朵拉看著麻臉保鏢說：「你的O老闆不會讓你要我的命的。」

「O老闆，哼，我是看到老大的面子，才聽她的。她現在成了這麼個樣子——哼！」她的手顫抖了，因為她手裡的槍突然融化了，變成黏糊糊的一灘液體。恐懼使她的臉變了形，看著自己的雙手上黑乎乎的液體，叫道：「真的有惡魔啊！」她朝江裡跳下去，卻跳不下去，一下子倒在甲板上。母親說：「孩子們，快綁了他們。」

孩子們將那些斷掉的繩子接起來，將歐笛和保鏢們捆綁了，也往她們嘴裡塞了布，戴上口罩，全部弄進艙裡。母親坐在椅上，清點人數後說：「差舵手。估計那傢伙一看情況不妙，游泳溜掉了。」

「媽媽，說得有道理。」米米朵拉說，一抬頭，發現船艙外面門口全是黑壓壓持槍的警察，憂憂的父親宋簡走進來，邊打量，邊驚訝地說：「怪了，這是怎麼回事？」

「我也不知道是怎麼一回事。」母親朝他伸出手來：「我是米米的媽媽田朵拉。」

他們迅速地交談幾句，他便布置手下人開始工作，搜查的搜查，銬人的銬人，登記的登記。一片忙亂之中，米米朵拉四處張望，「娃娃魚呢？」

「你說什麼？」母親奇怪地看著米米朵拉說。

「媽媽，他化成一條白龍，還有我的朋友，兩個小老哥，媽媽，是他們救了我們，他們在哪？」

「米米，我的孩子，你太累了。」

米米朵拉的臉色蒼白，心跳加快。她朝江裡看，白龍彷彿知道她在尋找，便從水裡躍起，抖了抖身上的水，變成她熟悉的那個高高的翩翩少年，他一半在水裡，即便如此，米米朵拉還是得仰視他，呵，真好，他沒事。

他的眼睛環視兩岸和靜靜流淌的江水，然後看著米米朵拉點了點頭，大力士和侏儒出現在甲板上，幾乎是同時，他們仨尊敬地朝米米朵拉鞠了一躬。米米朵拉的眼裡含著淚，也低下頭鞠了一躬。

「我們還會再見的，當你真正需要我時。」娃娃魚看著米米朵拉說，然後對著她身後的母親吐了一個氣泡，一眨眼便不見了。

母親哎喲一聲，摸摸脖頸上的傷，身上的傷，統統癒合了，手背上的鞭痕，全沒了。她覺得不可思議，愣在那兒。米米朵拉什麼也沒說，看著江水沉吟了一會兒，掉過頭來，挽著母親的手臂往岸上走。

母女倆回到家時，已是凌晨兩點。她倆去小區的24小時開著的超市買了一些菜和水果。兩人開了燈，把髒亂的屋子打掃了一下。母親站在自己的書房，緊緊地抱著米米朵拉。她放好一浴缸溫熱的水，加了浴鹽，把米米朵拉的髒衣服扒光，看著她跳進水裡。母親同時也沖了個淋浴，兩人換衣後，決定先把一屋子扔得亂亂的書清理歸整。母親一邊整理一邊告訴米米朵拉。憂憂的父親是警察局派出的臥底，調查孩子失蹤的案子已有三年。米米朵拉離開醫院後，憂憂的母親給他打電話，他馬上趕來，取了U盤。聽說米米朵拉去了獅子山的碧雲寺，他趕過去，比她早了一步，遇上梅校長。為了不打草驚蛇，便離開了。不過布置好了人馬在廟門外面。待他決定行動，趕到私人碼頭時，大吃一驚。母親看了看米米朵拉說：「如你知道的一樣，發現壞人全都被綁了。你錯怪宋簡叔叔了，米米。」

「孩子有時也能看走眼呀。」她回答道。

母親把一個紅挎包遞給她：「宋簡叔叔在船上找到的。」

米米朵拉打開紅挎包看，手機、印度的花種子、小本子筆呀，尋母啟事呀，所有的東西都在。她大大地鬆了一口氣。一抬腳踩著地上的一本書，十有八九是大力士和侏儒幹的，想著他倆在這個屋子心急火躁地當偵探的樣子，她笑了起來，而且他倆在快艇上作弄壞歐笛，他們的臉上幾乎少有表情，真能穩住，那故意裝酷樣，她笑得更厲害了。

母親待她笑夠了，才說：「等你想告訴我時，才說你為何笑，好不好？」

米米朵拉點點頭。她像個小跟班一樣永遠跟著她，一會兒給母親倒一杯水，一會兒給母親捶捶背，心裡好享受重新得到母親的快樂。

喝了太多的水，她進了衛生間。她洗手時，對著鏡子看自己，牆上有她身高的尺寸，她退後一比，這六天，她飛速地長高了五厘米，這一頭長髮在父親的城堡裡剪過，但還不夠短。

她取了剪刀，齊耳剪去，頭髮掉在地板上。母親走過來，站在臥室的門口，沒說好也沒說不好。母親不說話的時候，嘴角往上翹，看上去，非常性感。若是她說出來，母親會像別的母親那樣驚慌地斥道：「孩子不能說這個詞，性感不性感，孩子哪懂。」不，母親不會這樣，這是母親與別的母親的不同。性感就是美呀，孩子當然懂，孩子懂大人懂的一切，也懂大人不懂的一切。

從窗裡能看到少許人家尚未熄燈入睡。「媽媽，我餓了。」米米朵拉說。

母親親親她，走進廚房做意大利麵，先用蒜片炒有機西紅柿，再加生火腿肉小火煎半小時，做成醬。她守在邊上，母親需要鹽時，她遞鹽，母親需要奶酪時，她遞奶酪。母親開了一瓶意大利馬凱省的 Dezi 紅葡萄酒，這是母親的最愛，也給她倒了一點兒。兩人決定就在陽台的長桌上吃飯。點上蠟燭，坐在相同方向，看著窗外花園的樹，米米朵拉抿了一口葡萄酒，滿口香潤，埋頭吃掉盤裡大半麵後，抬起臉來說：「媽媽，這是我一生吃過的最最好吃的麵，生為你的女兒，我好有福氣啊！」

「生為你的媽媽，我好滿足，真的，別無他求！」母親舉起杯說：「來，我親愛的小米米，乾杯，為今晚我倆能安靜地坐在這兒。」

「為我們永不分離。」米米朵拉添了一句。

母親喝完杯裡的酒，推開玻璃門，去廚房做甜點。看著母親的身影，米米朵拉淚流滿面，她看見母親也在悄悄地擦眼淚。「媽媽，我愛你。」她輕輕地說。

「我也愛你，最最愛你。」母親說。

牆上的月曆簡簡單單，每個日子有一個方框，真是的，整個六月剛開始不久。她看著，昨天是她到冥界去，也是時間的看守先生將她送回人間的時間。米米朵拉用彩筆，在一個個方框裡畫一個符號，她在最上面一頁上畫了個小女孩，又畫了一顆心，一支紅箭頭朝向右邊，右邊她畫了一個母親。

不就是一個小女孩愛她的母親的一天嗎？不錯，這是非常特殊的一天，有意思的是，她返回人間時，並非是離開時的時間，也許早了半小時，也許早了更多時。突然，她想到，那提前來的毀滅性的大風暴，導致的大洪水，也許來自河神，說不定是對她這個人間的孩子的又一次考驗。好在昨天已經過去了。

為了不弄錯，米米朵拉取了小本子，寫了起來。事實上，在她腦子裡另有一個時間表：

星期日浴蘭節，媽媽不見；

星期一漲大水，找憂憂，一起去找歐笛；

當天傍晚到冥界，遇到了幾維鳥、大力士、侏儒，夜遇希瓦；

星期二上午到古印度莫臥兒阿格拉瓦那城，被丞相抓著；

星期三一早隨馬戲團到粉色之城；

星期四一早到果阿，遇到馬可船長和貓家族，晚上回到阿格拉瓦那城；

星期五一早和傍晚都見老鼠精，還見了皇帝阿克巴。回到冥界，找到寶物。回到星期一傍晚的人間，終於，終於找到了親愛的媽媽。

看看吧，如果按照這時間算來，她對自己說，我比別人多了四天時間，這四天時間發生的一切，如同四年，甚至更長，並沒有因為回到人間而改變，皆在她的記憶裡，以後長大了也不會忘。

那天夜裡，米米朵拉厚著臉，跑上母親的床睡覺，她始終抱著母親，不斷地說：「媽媽，我愛你，我最愛媽媽了。哇，明天我不想上學，我想在家裡。」第二天一早，米米朵拉聽到響聲醒來，赤腳走到走廊，看見母親在廚房準備早午飯，正在切蘋果：「我接到學校通知，今天因為外賓可能會來參觀。所以我要去學校家長委員會開會，如果你改變主意，想去上學，那麼跟我一起走。一會兒我開車，記住別逃學，上課不要看故事書，中午吃飯不要吃太多冰淇淋，吃一個足夠了。」

「哈哈，媽媽又變成一個愛嘮叨的媽媽，可我還是愛你。」

母親笑了。早餐是切好的水果沙拉，酸奶攪拌，還有兩片火腿肉，一個雞蛋，一杯牛奶。

吃完後，兩人乘電梯到樓下停車場，可是找不到紅色吉普車，這才想起車子停在半山腰的圓盤停車房裡。結果兩人各打了一輛出租車，母親去取車，米米朵拉直接去上學。

米米朵拉走進教室，坐下後，上課鈴就響了。班主任還在，仍是對她挑眉毛，她沒有見到梅校長，有一位新校長。小芳在前排位置上坐著，憂憂的位置在末排，空著，他沒來上課。放學時，她跑到學校後山那片竹林前，怎麼找，也找不到他倆逃出黑屋後有意插在地上的標識。她一個人無精打采地出校門，用手機問憂憂。

憂憂馬上回覆了，說他母親擔心他的身體沒有恢復，不讓他來上學。他的父母不會離婚了，為不讓他母親坐輪渡上下班，他父親同意調到城中心區。「所以——」他停了停，才不情願地說，「我得轉學到江對岸去了。對不起，米米。」

「真是不好的消息。」她回答道，但覺得這麼說又太自私，就改口說：「不對，是好事，你爸爸媽媽好了。他倆好，你才會好！」

一個從小沒有父親的孩子，當然知道孩子缺了父親或是母親，是多麼不幸。她真心地為憂憂高興。以後要見面會隔著一條江，會不方便，但這是沒有辦法的事。彷彿知道她心裡的想法，憂憂說：

「嘿，我們會經常在一起的，不要難過。我保證，周末的一天屬於我們倆，高興起來。」

她不知該怎麼說。

之後憂憂便沒有消息了，她去他家，發現已搬走。她好傷心。這時鄰居老太太交給她一個摺疊封住的信封。

她謝了老太太，打開一看：「若你來，便能看到。我覺得再也不適合上學，害怕你怪我沒出息，還是在這裡告訴你。我會想念你的。」沒有落款，而是一幅憂憂的自畫像，上面有他新家的地址。

米米朵拉覺得孤獨極了，她給他發了微信，他沒有回。

接下來一個星期都是霧靄天，米米朵拉每天戴著口罩去上學。琪琪、小芳的父母認為是米米朵拉的過錯，才使兩個孩子遭到不幸，險些被賣到國外，不准她們往來。他們把這件事在家長中宣揚，別的同學也對米米朵拉敬而遠之。上跆拳道課時沒人願意跟她對打，她一個人對著鏡子練習。她在學校裡形單影隻。

母親這段時間經常去警察局，協助宋簡為組長的專案組尋找三年來失蹤的孩子。校長和紅鼻子校警被關起來，他們都是歐笛的人，O公司裡百分之三十的人捲入犯罪，還有一些海外跨國福利社機構、一些國外政府官員、江州一個副市長、大中國一個副部長，都被抓了。歐笛的丈夫，O公司的董事會主席歐陽雪一直未露面，據說待在西藏寫書，忙於他的保護稀有動物的事業。他的律師出示了一份和歐笛早在三年前的分居協定，對外還是夫妻，共同對女兒負有義務和責任，除了公司裡的生意外，兩人少有私交。他並不知曉歐笛的這個「小小大中國人」計劃。

宋簡的團隊也查不出疑點，也沒有證據。所以歐陽雪並沒有受到牽連。母親聽宋簡說，他們抓了那個想抓米米朵拉的光頭墨鏡人，大渡口黑社會的，因為知道歐笛與米米朵拉之間的關係，想用她來與歐笛換錢。

米米朵拉半夜經常聽到母親的哭泣聲。原來家長委員會的人，都認為母親過分了，不夠朋友，讓自己最好的朋友歐笛成了階下囚，還讓家長委員會斷了財源，他們當面背面都詆毀她。學校新校長對母親也很冷淡，母親只得辭去家長委員會裡的職務。這天夜裡米米朵拉醒了，聽到母親在書房裡走來走去，不時發出重重的歎息。

她下了床，跑過去：「媽媽，怎麼啦？」

母親的眼睛紅紅地對她說：「我又夢見歐笛了，再也睡不著了。她跟我說，咱們國家人口世界第一，能源成了危機。我倆是這麼多年的好朋友，年輕時的理想就是拯救國家危難，現在是輪到我們做點什麼的時候了。可是你，不跟我一條心。母親說，理想建立在害人利己的基礎上，就不是理想了。我倆在夢裡吵起來，吵得很凶。跟我第一次反對『小小大中國人』計劃時一模一樣。」母親咳嗽起來。

「媽媽，喝口水。」米米朵拉端起桌子邊的茶杯，遞給母親。

母親喝了水，情緒平靜了一點。米米朵拉問：「媽媽，浴蘭節那天，你怎麼不見的？」

「他們趁戲台失火抓走了我，把我弄到歐笛阿姨在江邊汽艇裡。前兩天我和她在微信裡吵翻了臉，我說除非歐笛改變計劃，否則我要報告國家有關部門。她叫我不要惹事，並問我有證據嗎？我說有證據。」母親看了看她：「只是苦了你，我的米米。你那天找不到我，你一定瘋掉了。我的心都碎了。」

「我沒事，媽媽，現在我要一點點把你的心補好。」米米朵拉緊緊地抱著母親。

轉眼間，好幾個月過去了，有一天周末下午米米朵拉一身紅絨衣短裙坐過江輪渡去看憂憂。按著地址，好不容易找到他的家，是一個大樓的頂層，很大很簡潔，就他一個人。他變了髮型，剪得很短，額前頭髮稍長，用慕絲豎起來。看到她，他愣住了，僅一秒鐘便蹦跳了起來，高興地一把抱住她。

「你不怪我，不辭而別吧？」他鬆開她問。

「我不怪，米米朵拉會怪！」她說著踢了他一腳，他本能地後退，但她緊跟著踢了他第二腳。他當即倒地，摸著自己的後腦勺連連問：

「這樣，米米朵拉小姐會不會好受一些呢？你來看我，給了我一個大大的驚喜！我正式道歉，對不起！」見她沒說話，他馬上說：「對不起，對不起——」

她笑了：「別再說了，我知道你在等我說『沒關係』。好吧，沒關係。」

憂憂也笑了，拉著米米朵拉的手，帶她走上樓梯。一直來到一個大露台，這兒種了好多植物，還有一個玻璃房，升降百頁窗簾，依牆有好幾大小不一的油畫，黑色的鳥與原野，籠罩著發黑發紫的雲彩。那些景物很像冥都，也像孟莊。不過全是灰色調子，非常神祕。這些畫很像大中國少年畫家憂少憂的畫，那幅灰色螢火蟲和女孩，最近在香港蘇絲比拍賣出天價，一炮中紅。

這時她已看到畫上的簽名「憂少憂」，「你就是憂少憂？」

他不好意思地點點頭。他請米米朵拉盤膝坐下，他也坐在畫架上：「不要動，我想畫你的眼睛，我每一次看你的眼睛，都不一樣。嘿，米米，我喜歡你短髮，有男孩子的帥氣。」

下午的陽光斜照著他們，憂憂邊畫邊告訴她，有一天他把自己的畫拍成小視頻放在網上，被一家藝術公司看中，與他簽下合同，並包裝他，做得成功。他選中這個有露台的房子搬進來，父母住在同層樓的另一套公寓裡，母親現在全職負責照料他，與簽約公司打交道，母親為了他，每天都去英語強化班。

他們就這樣聊著，陽光暗了，米米朵拉伸了一個懶腰。順勢把音響的鍵按了，激越而有些悲傷的音樂響在玻璃房裡。她站起來，憂憂也站起來，兩個人跟著音樂跳舞，有些不好意思，有些不敢，可是音樂轉到第二支時，米米朵拉與憂憂靠近，兩個人摟著腰跳起來。她的心跳急促，能感覺到他的心跳，她抬起臉來，他也抬起臉來，眼裡湧滿淚水。「我好想你。」憂憂說。

「我也是。」米米朵拉回應他。

他一把擁著她。他在她的耳邊說：「米米，等著我們長大，有一天，我要娶你。」

米米朵拉搖搖頭。

「不願意？」

「不，我不知道。」憂憂仰面倒在地板上。米米朵拉也倒在地板上。「因為未來是未來，對吧？可是米米，重要的是現在——」他不往下說了。

「現在怎麼啦，接著說。」

「我告訴了你！」

憂憂的眼睛充滿自信。米米朵拉看著他。他一笑，臉上露出酒窩，眼光裡有淡淡的憂傷，他還是從前那個讓她著迷的少年憂憂。陽光居然穿過烏雲照射下來，打在他倆的臉上，他們看著玻璃頂上的變化的雲。時間彷彿過去了好久好久。憂憂坐起來，她也坐起來，瞧著遠處空中的索道纜車。憂憂問。「想上去坐坐嗎？」

「我正要問你呢。好。」米米朵拉高興地跳了起來，

他們出了門，一路小跑到索道站。

第一次和憂憂一起在過江纜車上看南岸，江風習習吹來，真是一次全新的感覺。南岸的高樓大廈彷彿玩樂高，一幢疊一幢，依山聳立。他們趴在窗口，看到江上緩緩移動的輪船，近處遠處的橋，一座又一座，周圍的高樓和舊舊的居民樓，包括長在垃圾上的野花，都一清二楚。憂憂說做一個年少成名的畫家的生活令他困惑不已，他也不想回到學校裡。他討厭學校，他說自己在家看的

書，學到的東西比學校裡多得多。母親雖然與父親和好了，可眼睛裡只有錢，並不怎麼開心，父親很少回家。他很擔心，這個家還能維持多久。

他要米米朵拉經常來看他。纜車一會兒就到了，於是兩個人又坐纜車回去。從纜車站出來，正巧一輛灑水車駛來，米米朵拉朝憂憂遞了一個眼色，說時遲那時快，兩人飛快地跳上車子水箱邊的踏板上，一邊緊抓水箱邊的鐵桿。車子往陡坡的馬路往下滑，他倆一邊尖叫，一邊抬起一隻腿來。司機從後視鏡裡看到，按喇叭警告，他們也不管，仍站在踏板上吹著口哨。

灑水車一路往江邊去，終於停了，司機打開車門，朝他倆走來。他們像魚鰍溜得更快，往江邊跑去，司機無可奈何地搖搖頭，上了車，將車開走。

江邊大大小小的船泊著，遠洋輪就三艘，還有一艘極大的方船，有幾十層高，像座大廈一樣，跟米米朵拉在河神宮殿屏幕上見到的一模一樣。他倆走近，看到方舟 Logo 名字「諾亞方舟俱樂部」和 Logo 漆了閃亮的金色。他們跑上長長的跳板。警衛要他們出示俱樂部會員證。他們沒有，警衛不讓進。

兩個人下了跳板，走在沙灘上。「我在河神的宮殿就見過這大玩意兒。」米米朵拉脫口而出。憂憂奇怪地看著她，然後拿出口香糖來。兩人一邊嚼口香糖，一邊撿石塊打水漂。

看著石塊在水面跳躍著，掉進江裡，米米朵拉說起在冥界的事，孟婆的莊園真是個迷宮，在那兒她遇見憂憂，當時他和瑤姬公主在一起。後來，她與他在小客棧重逢，憂憂搖了搖頭，沒有印象，彷彿她講的是別人的事。

不用說，瑤姬放他的魂回人間來時，也把他在冥界的那段記憶給清除了。米米朵拉心裡非常難過，半晌沒有說話。她看著天色不早，決定早些坐輪渡回家。憂憂陪著她往輪渡口走去。售票處與輪渡口之間有大段石階和平地，圍了好多人，他們擠過去，一看，居然是在搭了個四米左右長的戲台，拉開紅錦緞簾子，正在演偶戲。

米米朵拉一看台上裝束，馬上感覺，自己一定看過。可不，正是娃娃魚變狼外婆要吃小孩子的故事。木偶小姑娘拚命地在戲台上跑，一圈又一圈，一邊唱：「狼外婆要吃我，狼外婆要吃我，誰來救我？」一邊上有琴師拉著恐怖的音樂。

木偶的衣服是刺繡的，連木偶狼外婆小小的眼鏡也是真的，頭髮包在一塊絲綢的圍巾裡，毛茸茸的腳上有一雙手工黑靴子。木偶狼外婆追著木偶小姑娘。兩個操偶人熟練地操縱戲偶，一舉手一抬足都恰到好處，裝木偶小姑娘的聲音，稚聲稚氣唱著：「這世上，誰可信誰可依靠呀？」一會兒裝狼嘶啞的聲音，連連回應：「我呀，信我呀！」

天哪，這聲音怎麼如此熟悉！米米朵拉不由得去看操偶人，她們穿著紫衣，嘴角有痣。這不是浴蘭節上的操偶師嗎？當時被雷擊中，救護車來將她們載走。米米朵拉在冥都也見著她們，一次在廣場，一次在孟莊，雖未見著，耳朵卻聽著了。與冥界不同的是，她們臉上化了濃妝，完全瞧不出是死是活。

儘管如此，米米朵拉渾身上下起了雞皮疙瘩，只感覺涼氣往背部鑽。「憂憂，你看過她們的表演嗎？」

憂憂點點頭。

「在哪？」

「就是你媽媽出事那天，在對岸呀。」

「那天我也在對岸看這偶戲呀。」

「太有意思了，我倆都在場，卻沒有發現對方。」

「唉，憂憂，你在別的地方看過嗎？」

憂憂搖搖頭，然後說：「就是那天你媽媽不見的，我們第二天還冒了好多險，被關黑屋子，鑽防空洞，開了一艘快艇，結果我掉進江裡。好像是一個星期一，很久很久以前。」

「對的對的，感覺是很久很久以前，事實卻只有幾個月的時間呀。」

憂憂的目光還是盯著戲台，手碰了碰她，「換景了！」

米米朵拉趕緊看戲台上。

手工做的立體城隍廟，雕梁畫棟。木偶小姑娘疾步跑來，跪在一尊城隍菩薩前，要菩薩替她做主，說狼外婆是妖怪變的，要菩薩送狼外婆到地獄去。木偶狼外婆也追去那兒，辯解說：「不要相信這個小姑娘的話，我還一個人也未吃過，菩薩給我做主！還我清白。」

「肅靜！」城隍菩薩說。他從供台上走出來，不像紅臉菩薩，完全是一個普通的木偶老頭，只是穿著古代的男人衣服而已。他指著木偶小姑娘說，「你說說吧。然後狼外婆再說。」

台上響起變奏二胡與快板聲，木偶女孩嘴裡說著，然後是木偶狼外婆說著。

「夠了。」城隍菩薩一說話，音樂也停了。他轉向木偶狼外婆，「這麼說，你一個人還沒吃過。我看見你的心，你的話是事實。那麼，你為何要從一個娃娃魚假扮狼外婆進入她的生活，不是想吃她嗎？」

「我是覺得現世的孩子非常孤獨，我想陪她玩玩！」

「你撒謊！」木偶小姑娘叫道。

「你不覺得也很好玩嗎？」木偶狼外婆問。
「很刺激，也有些惡作劇，搞笑。」木偶小姑娘承認。
「確實狼外婆要吃你，易如反掌。」城隍菩薩說完，隱回供台了。台上兩個木偶相互看看，音樂響起，木偶狼外婆與木偶小姑娘朝對方走近，不知是誰在說：「啥事，再嚴肅再正經再麻煩，一旦帶著調侃和幽默，就變了性質，也就不棘手了。」下面的聲音突然很輕很輕，台下人聽不到。
「憂憂，這台戲的結局完全出乎我的意料呀。」米米朵拉不再怕那兩個操偶人，反而開始喜歡她們，做出這樣不落俗套的戲來。難怪冥都宴請重要客人時也請她倆去表演，難說她們不是因為積德而容許返回人間來。
「我也沒想到是這樣的一齣戲。」
「你真的想不起來在冥界看過這戲？」
「我怎麼會去冥界？完全不可能。」憂憂一下子火了，聲音提得很高。「你說你去過，我情願相信是真的。可是你不要提了，好不好？」惹得好些人回過頭來看他們。
米米朵拉扭頭離開。憂憂跟了上去。這是打認識以來兩人第一次不高興。「對不起，米米。」
「沒關係。」
憂憂看著江水說：「我剛才發火，也不知道為什麼，這個夏天經常這樣，媽媽帶我去看心理醫生，給我開了一大堆藥吃。我才不要吃呢。」他的頭髮從額前搭了下來，遮著一派迷茫的眼睛。
「對不起，憂憂，謝謝你告訴我這些。我不會再說了。」她替他拂去額前的亂髮，心疼地拉著他的手。
她把嚼得沒味的口香糖取出來，貼在一塊石頭上，憂憂也取出口香糖來，貼在她的口香糖邊上。兩人蹲下來，各自捏了一個小小的人，肩並肩地端坐在岩石上。「真想他倆永遠這樣，任憑時間老去。」憂憂說。

「會的，他們會的。」米米朵拉說。

「不管發生什麼，米米，相信我，我都會像那個小人一樣喜歡你，愛你。」他說著舉起手來，向她宣誓。她的手也舉了起來。

在過江的輪渡上，憂憂站在屯船裡向她招手。她的眼淚都快下來了，雖然她與他還會見面，但她知道剛才在岩石邊自己在撒謊，她無法永遠與他這樣下去，她和他都不是從前那個人了，他們之間好些重要的共同記憶缺失了，或者可以說他們內心的某個部分損壞了，他們無法回到經歷這一切之前的日子。她為之悲傷欲絕。侏儒的兔臉人身，大力士的牛臉人身，他們不肯像別的人轉世投胎，就是為了保留他們這一世的記憶。心裡感激他們沒有忘掉她，在最關鍵時刻來救她。她都沒有來得及和他們說再見，不知他們現在如何？在米米朵拉離開孟莊時，孟婆那樣處置他們的去向，就是為了這一點。這個老巫婆一向冷酷無情，做各種忘魂湯，專門讓人喝了失去記憶，有時也有例外。穿紫衣的操偶女人，也是因為有記憶，不管是生是死，記憶未離開她們，她們盡自己所能，用小小的偶戲呈現內心願望，便是說明。如果問毀滅一切又創造一切的神希瓦，記憶對他何如，他會怎麼說？

她走進全是灰的四方高塔裡，爬著嘎吱作響的旋轉樓梯。頂層房間裡有個小窗，可看見蔚藍的天空。她想爬上窗台去，她幾乎爬上了，可是怎麼也扳不動那石塊，反倒重重地跌到地板上。這時，一隻長嘴鳥飛到窗口，牠撲扇著翅膀問：

「遠道而來的朋友，你在找什麼？」
「米米朵拉、小黑和克勞迪歐的遺書，我想看。」
「哈哈，你沒資格看。」
「我是米米朵拉呀，幾維鳥小老哥，你不認識我了？」
「實話說，你有點像她，表面像她，內心像不像她，還得經過時間的檢驗，所以我不能在這時說你就是她。」
她傷心地走下窄長的旋轉樓梯。
「不要難過，」那隻長嘴鳥悄無聲息地飛到她的身邊，悄聲說：「我是受最好的朋友所託，守在這兒。不過我正在寫一本書，詳細地講她尋找母親的故事。告訴你吧，我快寫完了，要不了多久，你就會讀到的。這件事，請你暫時替我保密。」
鼠王笑吟吟地站在門口，一口將幾維鳥吞吃了。「不要！」米米朵拉大叫一聲醒了，發現自己躺在自家床上做了個夢。幾維鳥說了好了不起的話呀。時間隔開了我們，她既想念牠、想念舊日的朋友，又害怕鼠王薩利姆，她抓著枕頭，低聲哭泣起來。在這個夢裡夾有一個夢，夜深的大街上，一個人也沒有，侏儒正在切肉，他的臉上只有一個眼睛，天哪，這是什麼預兆呢？
母親走到她的床邊，專心地聽她講這個夢，聽她講好多好多事。她講累了，母親俯下身親親她的臉頰，輕輕哼唱自編的歌兒：「睡吧，米米，睡吧，他們說每顆星星需要睡覺了，每顆星星保護的孩子也需要睡覺了，睡吧，米米，睡吧。」
米米朵拉聽著聽著，拉著母親的手，感覺安全了，閉上眼睛。
事實上，除了母親外，誰也不會相信她說的事，也許別人會覺得，這些事，只是一個人憑著胡思亂想講出來的，他們哪裡知道，沒親歷過這一切的人，是說不出來的，他們哪裡懂得，一個女兒愛母親會到達這種程度。

就是那天夜裡母親說，去過冥界那樣地方的人，一旦回來，肯定與我們不一樣。如同美國士兵去過越南打仗，回去後他便不是從前那個人了。所有經歷過的事都會繼續在生命裡產生作用，有心理疤痕或創傷後遺症，少數人隨著時間流逝而淡忘並治癒，多數人會更憂鬱、精神失常或自暴自棄，一生不幸。

但願憂憂屬於前者，那她自己呢，能倖免嗎？她與母親相依為命，也許比任何藥物有用。

第二天晚上母親吃飯時告訴米米朵拉：「我想了好久，我們可以在一個新的城市生活，重新開始？」

「我也可以換一個學校，交新的朋友，對吧？」米米朵拉馬上這麼問。

母親點點頭。她們得以離開這個深深愛著的生長之地為代價，原諒是唯一的方式，必須艱難地面對新的世界、新的一切。母親嘴上沒說，但是米米朵拉從她的眼睛裡讀到了，她只能接受。

事情就這麼決定了。母親沒有想好去哪裡，做什麼，她只想帶米米朵拉離開這兒。

整個下午她都把自己關在房間裡做一盞紙船，紙船做得講究，寫有字，畫有帆，插著野花。當天晚上，她穿著紅皮靴，為配短髮，特地穿了一款短白裙，一個人來到江邊。兩江三岸的萬家燈火非常像滿天的星星，她蹲下，呼喚娃娃魚。沒用，不管等多久，江水只是江水，靜靜地流淌，娃娃魚沒有出現，她脖頸上的金鍊也沒有一閃一閃發光，也許現在並不是她最需要他的時候。真的，有時她覺得一切都像夢，有時又不覺得是夢，心裡的悲傷在一天天加厚。

她把這個寫有印度和冥界朋友名字的紙船，放在水上，看著它順水漂遠，希望娃娃魚和其他在印度和冥界的朋友們會收到她的祝福，知道她在想念他們。記得在冥界時間之屋的烏龜先生說過，「離別，就是為了再見。」到了需要見的時候，她就會再見到他們，起碼這位時間的看守者到時會作證。

二〇一四年四月三十日完稿
二〇一五年八月三日、十二月修改

鳴謝

我在北京的寓所落地窗前有一條運河，常有人捲起褲子捉魚，逢大雨，河水會滿，上面飄著樹葉和浮萍，就是沒有一艘船，自然也沒有一列神奇火車。女兒頑皮時，為了嚇唬她，我對窗講一個紅頭髮的女巫帶走哭鬧的孩子去法國的故事，有時他們坐的是河上的輪船，有時是女巫變出的一列火車。那個法國非我們度假或居住的法國，是壞法國。在那裡，沒有父母，沒有學校，沒有同學，也沒有吃的玩的，只能給女巫做重體力活，抬石頭，修城堡。很多孩子都這樣失蹤了。

女兒一聽這個故事，馬上止住哭，吃飯好好的，睡覺好好的。

這是這本書的源頭，一個跟孩子失蹤有關的故事。

經常聽到身邊朋友講誰家孩子不見了，誰家父母滿商場找孩子。好奇心催使我做功課，上網和讀大量的資料，這才發現孩子失蹤量之大之可怕，超出了我承受的能力，直到有一天，穿著橘色長裙的長髮女孩米米朵拉出現在河面上。

她看著我，我看著她，不管是旭日東昇、星月之夜或是烏雲翻捲之正午，她認識這個世界，與我完全不一樣。她單純善良，弱小膽怯，慢慢學會無畏，不按成規行事，以全新的方式，向著這個多變險惡的世界舉起不妥協的手。

我開始寫她，是在五年前，時寫時斷，在二〇一四年發生了太多的事，有了很多新的想法，便決定花一年時間，將新的想法加入，就是現在呈現在你面前的這本幻想小說。

這本書題獻給女兒，作為一個特殊的禮物，也許到了真正讀懂米米朵拉的年齡，她才會明白我給她的這個禮物對她的一生意味著什麼。

感謝紅塵的直覺和智慧，給了我最好的建議。感謝二姐的幫助，她是最好的老師，有最懂孩子的一顆心。感謝亞當．威廉姆斯，他的想像力和判斷，像霧裡的指南針。最後，也要感謝九歌出版社的編輯們，以及總編輯陳素芳，讓《米米朵拉》的繁體版也能同步上市，希望臺灣的讀者也能喜愛這本書。

這本書得到《塞拉菲尼抄本》的作者、意大利著名畫家路易吉．塞拉菲尼（Luigi Serafini）的喜愛，親自做封面。並授權讓我用他的畫。在此謝謝這個來自利馬竇家鄉的世界奇才，用他的畫筆來表現他心裡憧憬已久的神奇的東方古國。

九歌文庫 1219

米米朵拉

作者　虹影
責任編輯　羅珊珊
創辦人　蔡文甫
發行人　蔡澤玉
出版發行　九歌出版社有限公司
台北市105八德路3段12巷57弄40號
電話／02-25776564・傳真／02-25789205
郵政劃撥／0112295-1
九歌文學網　www.chiuko.com.tw
印刷　晨捷印製股份有限公司
法律顧問　龍躍天律師・蕭雄淋律師・董安丹律師
初版　2016（民國105）年3月
定價　380元

書號　F1219
ISBN　978-986-450-049-9（平裝）
（缺頁、破損或裝訂錯誤，請寄回本公司更換）

國家圖書館出版品預行編目資料

米米朵拉 / 虹影著. – 初版. --
臺北市：九歌, 民105.03

面； 公分. -- (九歌文庫 ; 1219)

ISBN 978-986-450-049-9（平裝）

857.7 105001688